NEDIM GÜRSEL

DER SOHN DES HAUPTMANNS

NEDIM GÜRSEL

DER SOHN DES HAUPTMANNS

ROMAN

Aus dem Türkischen von
Barbara Yurtdas

DUMONT

Wie ein schwieriges Muster sticke ich
Das Gymnasium und die Liebe
Auf einen Stramin aus Melancholie.

Nihat Behram

Wenn endlich der Tag kommt, die Anker zu lichten,
Verlässt ein Schiff diesen Hafen ins Unbekannte.

Yahya Kemal

Gewidmet den gelb-roten Jahren
und meinen Kameraden

1

Ich beginne meine Erzählung mit dem Tod meiner Mutter. Am selben Tag hatte ich herausgefunden, wie das Lesen funktioniert. Das erste Schuljahr war fast zur Hälfte vorbei. Vielleicht war ich ja etwas spät dran, aber nun ergaben auch für mich die Buchstaben an der Tafel einen Sinn und waren keine verworrenen Striche mehr. Ich konnte sie einzeln entziffern, während ich im Buch mit dem Zeigefinger über sie hinwegfuhr. PAPA, KAUF MIR EINEN BALL! HIER HAST DU EINEN BALL. DANKE, PAPA, DANKE! Und tatsächlich kaufte mir mein Vater an jenem Tag anstatt der Plastikbälle, mit denen ich bisher gespielt hatte, einen richtigen Lederball, den man aufpumpen musste. Mein Vater war Hauptmann bei der Artillerie. Er hätte auch eine Kanonenkugel aus der Kaserne mitbringen und dabei seinen Lieblingsausspruch »Das Ziel ist Sparsamkeit« zitieren können, begleitet von einer seiner explosiven Lachsalven, die an Kanonendonner erinnerten. Zu den Klängen meiner Kindheit gehörte nicht nur das Lachen, das mein Vater insbesondere am Stammtisch explodieren ließ, vielmehr wurden manchmal tatsächlich richtige Kanonen abgeschossen. Und das nicht nur im *Ramazan*, um das Ende des Fastentages zu verkünden. Die Kanonen wurden zu Beginn der Manöver auch auf die Hügel gegenüber der Kaserne abgefeuert. Im Pulverdampf verschwanden dann die Anhöhen, die sommers von der Sonne ausgedörrt und winters von Schnee bedeckt waren. Mein Vater pflegte zu sagen: »Diese Schießerei ist völlig sinnlos. In den Hügeln treiben sich weder Feinde noch irgendwelche Geister rum! Da tut es einem um die Steuergelder leid.« Ja, er war sparsam, doch seine Geldbörse war trotzdem nicht prall gefüllt. Allerdings ist jetzt nicht der rechte Moment zum Scherzen, gerade erst wurde ein Leichnam aus dem Haus getragen.

Unter den Sargträgern, die den Sarg meiner Mutter zum Aufbahrungsstein trugen, befand sich kein einziger Angehöriger der Verstorbenen, es gab nur die Trinkkumpane meines Vaters und seine Waffenbrüder. Damals wusste ich nicht, dass meine Mutter überhaupt keine Verwandten hatte, da sie als Waise aufgewachsen war und mein Vater sie sehr früh, eigentlich noch als Kind, aus dem Waisenhaus geholt und geheiratet hatte. Inzwischen bin ich viel älter als meine Mutter bei ihrem Tod, und auch meinen Vater habe ich altersmäßig überholt. Dass ich den beiden viel verdanke, kann ich nicht behaupten. An meine Mutter erinnere ich mich sowieso nur als weißes, rundes Gesicht mit leicht hervorstehenden Wangenknochen. Und ich habe die Gebete behalten, die sie mir abends im Bett ins Ohr flüsterte, die sie ins Dunkle hauchte, um die bösen Geister zu vertreiben. Sie hatte eine ganz weiche, beruhigende Stimme. So kam es mir jedenfalls in den verschneiten Nächten meiner Kindheit vor, ehe ich einschlief. Damit unterschied ihre Stimme sich stark von der meines Vaters mit seinen kanonenartigen Lachsalven und einer Lautstärke, die insbesondere wenn er zu viel getrunken hatte, auftrumpfend anschwoll. Heute denke ich, dass meine Mutter, für deren Leben ich mich erst reichlich spät interessierte, eine jener anatolischen Frauen war, die sterben, ohne gelebt zu haben, wie es heißt, auch wenn ich nicht zu sagen wage: »Ihr Platz an unserem Tisch kam hinter dem Ochsen.« Sie war wohl nicht besonders hübsch. Auf dem Foto, das ich besitze, lächelt sie ein wenig gezwungen. Ihre schwarzen Augen sind leicht geschlitzt. In ihre Gesichtszüge hat sich der unheilbare Schmerz der verlassenen Waise eingegraben. Ihre Stirn ist breit und hoch. Vielleicht sieht das so aus, weil sie ihre langen schwarzen Haare hinten zu einem Knoten zusammengefasst hat. Wenn sie die Haare doch schön frei auf die Schultern hätte herabfallen lassen! Wenn sie sie doch »zerzaust« getragen hätte wie in dem Lied, über das mein Vater beim Zuhören weinte! Und wenn sie doch wenigstens richtig aus vollem Herzen gelacht hätte, wenn sie schon nicht laut losplatzte. Wenn sie sich doch ein wenig gehen gelassen und den Blick nicht so am Fenster in die kahlen, grauen Hügel gegenüber versenkt hätte. Wenn sie doch den Stickrahmen losgelassen und zu sticken aufgehört hätte. Wenn sie doch die Nachbarn und Freundinnen besucht oder meinen Vater ins Garnisonskasino begleitet hätte. Wenn sie doch miteinander am See die Gläser hätten erklingen lassen. Wenn sie doch auch mit eingestimmt hätte in die Lieder, die mein Vater mit seinen Trinkkumpanen sang.

Mittlerweile schaue ich ihr Foto häufiger an. Lange Zeit dachte ich überhaupt nicht daran, obwohl ich es während der Jahre meiner Umzüge von einer Stadt in die andere, von einer Frau zur anderen ständig bei mir trug. Also stimmt es wohl, dass man ein bestimmtes Alter erreicht haben muss, um nicht nur Erinnerungen, sondern auch alte Fotos aus Kisten mit Mottenpulvergeruch hervorzukramen. Mit der Zeit hat sich das Gesicht meiner Mutter in mein Gedächtnis eingegraben, ich muss nicht andauernd ihr Foto anschauen. Dennoch kann ich mich von dem Foto nicht trennen, ich weiß nicht, warum. Vielleicht kann ich nicht akzeptieren, dass sie aus dieser Welt gegangen ist, ohne eine Spur zu hinterlassen; vielleicht um sagen zu können, dass es eine Zeit gegeben habe, in der auch sie gelebt hat. Deshalb schaue ich »stets und ständig« – diese Formulierung würde mein Vater im betrunkenen Zustand ununterbrochen wiederholen – auf ihr Foto und versuche, aus ihren Augen, ihren schwarzen Haaren, aus ihrem Schicksal einen Sinn herauszulesen. Wie ich einst auch versucht habe, aus den schwarzen Gebilden des Alphabets einen Sinn herauszulesen. PAPA, KAUF MIR EINEN BALL! Tatsächlich kaufte mir mein Vater an dem Tag, an dem der Leichnam meiner Mutter zu Grabe getragen wurde, einen Lederball, vielleicht um zu beweisen, dass er sein Wort hielt, vielleicht auch, weil ich ihm leidtat. Ich wusste nicht, dass ich meine Mutter nie mehr wiedersehen würde, als ich meinen Ball gegen die Mauer der Offizierswohnungen schoss. Wahrscheinlich wäre ich auch nicht zur Beerdigung mitgegangen, hätte mich mein Vater nicht an der Hand genommen und mit sich gezerrt. Ich rächte mich an dem Lederball, der unter meinen Schüssen an der frisch gestrichenen, gelben Hausmauer abprallte, dem Ball, der sich wie ein Schädel drehte und schneller wurde, wenn ich hinter ihm herlief.

Es kam natürlich vollkommen unerwartet, dass meine Mutter so plötzlich verstarb, sozusagen »aus heiterem Himmel«. Diesen Ausdruck benutzte man häufig in der Provinzstadt, in die wir wegen der dienstlichen Versetzung meines Vaters erst vor Kurzem umgezogen waren. Sie war noch jung, emsig gewesen. Wenn sie mit der Hausarbeit fertig gewesen war, hatte sie sich mit untergeschlagenen Beinen auf die Polsterbank gesetzt und Zypressen auf Stramin gestickt, so als hätte sie schon ihren frühen Abschied von dieser Welt geahnt. Wenn ich mich an ihre Zypressen erinnere, in Form und Farbe wie auf osmanischen Fayencen, kommt mir nicht nur ihr unheilvolles Schicksal in den Sinn, sondern auch mein Vater, der weinte, wenn er nachts sternhagelvoll heimkam und die knarzende Aussteuerkiste öffnete, um an den kostbaren Handarbeiten meiner Mutter zu schnuppern. Meine Mutter hatte es nicht über sich gebracht, ihre Tischdecken auszubreiten, zumal der Bursche meines Vaters ein derartig ungeschickter Mensch war, dass er beim Putzen sicherlich im Handumdrehen die wertvollen Stickereien angeschmutzt hätte. Beim Putzen und Aufräumen half er meiner Mutter, zum Einkaufen jedoch wurde Ahmet alleine geschickt. Weder meine Eltern noch meine Großmutter väterlicherseits, die von Aussiedlern aus Rumelien abstammte, riefen den Burschen mit seinem richtigen Namen. Sie nannten ihn Memet, wie alle einfachen Soldaten genannt wurden. Memet hier, Memet da. Und er antwortete daraufhin sogar meiner Großmutter mit: »Zu Befehl!« Dass er Memet gerufen wurde, nahm er nicht übel. Am Standort gab es viele solche Memets, die lieber als Burschen dem Kommandanten dienten, als zu exerzieren oder in der Kaserne die Tage zu zählen.

Tatsächlich gab es keinen erkennbaren Grund, weshalb der Todesengel Azrail so urplötzlich auftauchen und meiner lieben Mutter das Leben nehmen sollte. Sie sprachen von einem Aneurysma, angeblich war die Aorta geplatzt. Ich begriff nicht, wie eine Ader einfach so platzen konnte. Aber nicht nur ich, auch die Ärzte konnten sich das nicht erklären. Freilich hatte ich damals keine Ahnung, was ein Aneurysma oder die Aorta war. Jahre mussten vergehen, ehe ich Bescheid wusste. Erst als ich alt wurde, bekam ich die Zerbrechlichkeit des Körpers zu spüren. Durch all die Leiden, die ich unter den Händen der Ärzte ertragen musste, lernte ich, dass der »wahre Lehrmeister im Leben« nicht die »Wissenschaft« war, und auch nicht der Sauerkonservenhändler

Hurşit, der jeden Tag mit seinem Wagen mit den Fahrradreifen an unserer Tür vorbeigefahren war, vielmehr war es die Zeit. Der Wettlauf des Stundenzeigers mit dem Minutenzeiger zerstört mich gänzlich, meinen gesamten Körper, und mit jedem Blatt, das vom Kalender abgerissen wird, nähere ich mich ein wenig mehr dem Tod.

Schon bald werde ich mit meiner Mutter vereint sein. Ich lebe mit Azrail, der mir in Gestalt meiner Mutter erschienen ist, ehe er selbst kommt. Schon lange ist er mir nahe, ich lebe mit ihm mein Leben zu Ende, das mir meine Mutter durch ihren frühen Tod geschenkt hat. Meine Mutter nähert sich leise, und nachdem sie aufgeräumt hat, setzt sie sich auf die Polsterbank. Wie seltsam, ich bin wieder in der Wohnung meiner Kindheit, aber ein Kind bin ich nicht. Ich kann alles sehen, was geschehen ist, als lebte ich damals. Zwischen den Lachsalven meines Vaters höre ich sogar, wie meine Großmutter vor den Nachbarinnen über meine Mutter herzieht. Aus unserer Wohnung im obersten Stock des Offizierswohnhauses sehe ich die gegenüberliegenden Hügel und den See. Unten steht der Jeep, der meinen Vater jeden Tag in die Kaserne bringt, doch der Bursche ist nicht da. Ahmet ist verschwunden, wohin zum Teufel auch immer, und nicht einmal auf das Geschrei meiner Großmutter reagiert er. Dabei müsste er schnell zum Einkaufen gehen und danach den Tisch für das Trinkgelage decken, während meine Mutter in der Küche das Essen kocht, die *Meze* vorbereitet. Später dann, wenn alle diese Arbeiten erledigt sind, muss er meinen Vater fragen: »Haben Sie noch einen weiteren Befehl, mein Kommandant?« – wenn mein Vater nicht anwesend ist, muss er meine Großmutter fragen –, erst dann darf er sich verziehen, und das soll er auch, um nicht den anderen zwischen die Füße zu laufen. Aber keinesfalls früher am Tag, nicht, ehe die Stunde des Zechens gekommen ist. Inzwischen geht der Vollmond auf, rund und silbern wie ein Teetablett. Und der Mond steht in dem fleißig ausgestickten Stickrahmen hinter den Zypressen. Sein Schein fällt auf das Gesicht meiner Mutter.

Lange Zeit blieb mir verborgen, wann und wo genau meine Mutter gestorben ist, und als ich die Wahrheit erfuhr, war es zu spät. Meine Großmutter, die immer »Mit den Sterbenden stirbt man nicht« gesagt hatte, war längst tot, und mein Vater, der mit jeder Faser seines Wesens diesen Spruch verkörperte hatte, hatte ebenfalls schon lange seine letzte Reise angetreten. Ich will nicht behaupten, dass auf mich das Gedicht zutreffe, das wir in der Grundschule auswendig lernten, in dem es heißt: »Ich war ein Kind, spielte Ball und war hungrig«, doch ich versuchte auch nicht das Geschehen weiter zu ergründen. So wie alle, die Nachbarn, die Waffenbrüder und die Trinkkumpane meines Vaters und sogar der Bursche Ahmet, begnügte auch ich mich mit dem, was man mir erzählte. Mit meinem Kinderverstand war ich nicht in der Lage, allzu viele logische Überlegungen anzustellen. Ich musste meine Tränen unterdrücken, weil mein Vater sagte: »Hör auf zu flennen, ein Junge weint nicht.« Meine Großmutter aber trauerte nicht. Es war offensichtlich, dass sie ihre Schwiegertochter verabscheut und ihres Sohnes für nicht würdig erachtet hatte. Deswegen schien sie das Stoßgebet »Gott, verzeihe ihr ihre Verfehlungen!« für eine gänzlich Unbekannte zu sprechen. Ich erinnere mich aber, dass ich in ihren Augen eine gewisse Angst, ja Beunruhigung wahrnahm, der ich damals keine Bedeutung beimaß, die mir aber heute, da ich die Wahrheit weiß, sehr verständlich erscheint.

Ich kam gerade aus der Schule, im Mund den Geschmack von »Leben«. Unsere Lehrerin gab jedem Kind, das die Schrift zu entziffern gelernt hatte, einen Bonbon der Marke »Leben« aus ihrer schwarzen Handtasche, die einem geflickten Tragebeutel vom Flohmarkt glich. Zwar konnte man diese Bonbons für ein in der Mitte gelochtes Hundert-Para-Stück auch beim Krämer kaufen, doch der Geschmack von »Lebensbonbons« war anders, wenn man sie als Belohnung aß. Außerdem waren unsere Hunderter, wenn wir sie bei den Bahngleisen auf die Schienen gelegt hatten und die Lokomotive und die Waggons darübergefahren waren, ziemlich groß und fast unkenntlich geworden. Wir glaubten allerdings, dass ihr Wert dadurch gestiegen sei, und warfen sie in die Spardose. Immerhin »war das Ziel Sparsamkeit«, so als könnte es in unserem Alter keine anderen Ziele geben. Wir aßen den Bonbon, was heißt hier »essen«, wir verschluckten ihn, ohne zu kauen, und sammelten auch das Bonbonpapier.

Ich habe in meinem Leben nicht viel gesammelt, habe alles hergegeben, auch meine Briefmarkensammlung, der ich später im Leben viel Zeit widmete, bloß die Zypressen meiner Mutter und die viereckigen Papierchen der »Lebensbonbons«, die sich schon zersetzten und deren Farben ineinanderflossen, konnte ich einfach nicht wegwerfen. Immer noch bewahre ich sie in einer Kiste auf. Vielleicht aus Angst, dass ich mich vom Leben trenne, wenn ich mich von ihnen trenne, oder vielleicht, weil sie mich etwas über die Welt gelehrt haben, nämlich dass es in anderen Ländern auch andere Lebensformen gibt. Weil sie mich hin zu den weiten Ozeanen riefen, zu den undurchdringlichen Wäldern und den Wüsten hinter den bläulichen Bergen.

Manchmal gab es auf den Bonbonbildchen von »Leben« auch verblichene Tierbilder, Wale, die aus ihren Köpfen Wasser verspritzten, Löwen mit dichter Mähne, gefleckte Leoparden, Adler, deren Blicke denen meiner Großmutter ähnelten … Wenn die

Serie vollständig war, gab es eine Schachtel »Leben« gratis. Ja, es war schon etwas, wenn man Leben gewann, inzwischen weiß ich, dass derjenige, der sein Leben gewinnen will, es in Wahrheit verliert, doch jetzt habe ich weder etwas zu gewinnen noch zu verlieren. Weit entfernt von jener kleinen Stadt am See, von meinem Leben dort zwischen Kaserne und Schule, der Bahnstrecke und den Dienstwohnungen, weit entfernt von meiner Kindheit, die im Sommerkino durch Filme mit Ayşecik verschönt wurde, weit entfernt auch vom Lachen meines Vaters, das nach dem Tod meiner Mutter nicht mehr wie ein Kanonenschuss explodierte, vergehen auch hier die Tage. Die Nächte hingegen wollen überhaupt nicht vergehen.

An jenem Tag erlebte ich durch den Bonbon, den mir meine Lehrerin geschenkt hatte, eine zweifache Freude. Ich hatte zum einen die größte Hürde meines Lebens genommen und das Lesen gelernt, zum anderen durch das Bildchen mit dem Bären, der Honig stahl, eine Serie von »Leben« vervollständigt. Während ich in Gedanken bei den gewonnenen Bonbons war, erfuhr ich, dass meine Mutter gestorben war. Sie war entschlafen, um nie wieder zu erwachen, wie es in den Versen des Gedichts heißt, mit dem ich später den Lesewettbewerb gewann. Wie der Dichter des Gedichts »Zum fünfunddreißigsten Lebensjahr« sagt, hatte meine Mutter für die Dauer einer Gebetszeit gewissermaßen die Herrschaft auf dem thronähnlichen Aufbahrungsstein übernommen. Ich stand in der Reihe der Trauernden neben meinem Vater direkt vor dem Sarg. Meine Großmutter aber stand hinten bei den Frauen, die nicht befugt waren, das Totengebet zu sprechen. Die meisten waren Offiziersgattinnen, die meine Mutter stets herabgesetzt und abschätzig betrachtet hatten, die sie nicht ein einziges Mal zum Kartenspielen oder zu Tee eingeladen hatten. Sie standen zusammen und tuschelten. Ich erinnere mich, als wäre es heute, dass keine einzige auch nur eine Träne vergoss.

Mein Vater trug seine Uniform, hatte die Stiefel poliert und sich spiegelglatt rasiert. Offensichtlich wollte er seine Frau auf ihrem letzten Gang wie eine Gefallene begleiten. Seine Waffenbrüder trugen Zivil. Der Regimentskommandant war in letzter Minute ebenfalls gekommen. Mein Vater hatte als Hauptmann erstmals das Vergnügen, den Platz vor einem Ranghöheren einzunehmen. Natürlich war mir das mit meinem Kinderverstand nicht bewusst, doch wenn ich mir jetzt die Aufbahrung des Leichnams im Hof der Marktmoschee vorstelle, kann ich nachvollziehen, was in meinem Vater vor sich ging. Er benahm sich nicht wie ein älterer Ehemann, der seine Frau verloren hatte, oder, seinem Rang entsprechend, wie der Kommandant eines Bataillons, sondern wie der des gesamten Regiments. Seine Kameraden schienen sich wegen dieser Anmaßung unwohl zu fühlen. Auch seine Trinkkumpane, allen voran der Staatsanwalt – die damalige Bezeichnung war *müdde-i umumi* –, hatten ihren Platz in der Trauergemeinde gefunden. Wenn ich sie aufmerksam angesehen hätte, hätte ich aus ihren Mienen sicherlich etwas herauslesen können. Ich hätte neugierig werden können, weil der Staatsanwalt ständig seufzte und die arabischen Gebetsworte *»Lâ havle vela kuvvete«* murmelte; ich hätte nach der Beerdigung meine Großmutter fragen können, was diese Worte bedeuteten. Aber, wie schon gesagt, in Gedanken war ich bei den Bonbons und nicht beim Tod meiner Mutter, meiner lieben, armen Mutter.

Als der *Imam* sagte: »Lasst uns für die Verstorbene die Sure *El Fatiha* beten«, breitete ich wie alle die Hände aus und begann mit dem Gebet. Ich kam aber nicht über den ersten Vers hinaus, den mich meine Großmutter gelehrt hatte, die mit ihrem schwarzen Kopftuch hinten an der Mauer des Moscheehofs aufrecht stand wie ein in die Erde gestoßener Dolch. In Gedanken war ich bei den Affen, die sich mit ihrem roten Hintern in den undurchdringlichen Wäldern Afrikas von Ast zu Ast schwangen, bei den Adlern, die mit einem Hasen in den Klauen durch die Lüfte flogen, bei den Gorillas, die sich auf die Brust trommelten, den Tigern, Nashörnern und den pappelhohen Giraffen.

Nach Aussage meines Vaters strichen auf den nahen Bergen Bären in wachsender Zahl umher. Was für ein Zufall, dass einer von ihnen auf meinem Bonbonpapier der Marke »Leben« Honig aus dem Bienenstock stahl, während mein Vater einen anderen erlegt hatte und seiner Mutter aus dem Fell einen weichen, wunderschönen Gebetsteppich gemacht hatte. Den Kopf hatte er mit Stroh ausgestopft und auf dem Buffet im Besuchszimmer dicht neben dem Hochzeitsfoto aufgestellt. Damals bestand die Welt für mich aus einem Buch, das mir mein Vater zum Geburtstag geschenkt hatte, *Die Welt der Tiere*, das ich nur Silbe für Silbe entziffern konnte, während mich die Menschen weniger interessierten. Womöglich lag darin der Grund dafür, dass ich später die Gesichter, die ich von den Trinkgelagen meines Vaters kannte, mit Tieren verglich. Ja, so denke ich heute, doch im Todesjahr meiner Mutter bestand meine Welt weniger aus Wörtern als vielmehr aus Bildern und Tönen und gar nicht aus Gesichtern. Der Ton kam noch vor dem Sinn, der Ruf des Sauerkonservenverkäufers Hurşit, der mit seinen Einmachgläsern voll eingelegtem Weißkraut, Gurken, Pfefferschoten und Tomaten durch die Straßen zog, das Geflüster meiner Mutter beim Gebet, das Trommeln des Regens auf dem Dach und das Rauschen des Windes in den Pappeln am See, das kanonengleich losplatzende Lachen meines Vaters und dazu die Stimmen, die mich nachts aus dem Schlaf rissen und mir immer noch in den Ohren klingen, alle diese Laute waren ein Teil jener Welt, die ich lauschend zu entdecken versuchte.

Nun ja, das Gebet für meine Mutter dauerte nicht lange. Dabei hob meine Großmutter den ganzen *Ramazan* über kaum den Kopf vom Gebetsteppich, sie betete bis zum Morgen das *Teravi*-Gebet, während mein Vater sich im angrenzenden Zimmer mit seinen Kameraden berauschte. Zu ihnen gehörte auch der Schulrektor, der vermutlich in meine Klassenlehrerin verliebt war. Damals ahnte ich nicht, dass sich über diese Liebe alle das Maul zerrissen. Der Rektor mit dem Giraffenhals, der jeden Morgen so schick in die Schule gekommen war, sich nach der Zurückweisung gehen ließ und seine gesamte Autorität verlor, weil er Trost im Alkohol suchte und eine innige Herzensfreundschaft mit meinem Vater einging. Unsere Klassenlehrerin heiratete schließlich einen Lebensmittelhändler, und der Rektor blieb ratlos »mit der Hand an der Hüfte« zurück. Eigentlich wurde überall getuschelt, dass seine Hand am »Penis« bleibe, nicht an der Hüfte, doch da ich für das männliche Organ kein anderes Wort als »Pipi« kannte, verstand ich das Gerede nicht. Der Pipi aber diente zu nichts anderem als zum Pieseln, so glaubte ich, wie er da so harmlos zwischen den Beinen baumelte. Jener Rektor »mit dem Penis in der Hand« kam vor der Beerdigung zu mir und tätschelte meine Wange. Seine Hand zitterte. Dabei hatte ich von dieser zitternden Hand auch schon eine Ohrfeige bekommen, die mich wie ein Blitz getroffen hatte und mich hatte bereuen lassen, je geboren worden zu sein. Doch es war wohl der Ratschluss Gottes, dass er an jenem Tag meine Wange streichelte. Ich erinnere mich, dass er sagte: »Gott schenke dir das Leben, das deine Mutter noch vor sich gehabt hätte, mein Kind.« Ich muss gestehen, dass ich seit jenem Tag mit der Befürchtung lebe, meiner Mutter das Leben geraubt zu haben, als hätte ich sie irgendwie persönlich getötet, um mein eigenes Leben zu verlängern. Seine Zunge war wohl so lang wie sein Hals, sodass sein Gebet bis zu Gott vordrang, und seine knochige Riesenhand war heilbringend, wenn er kleinen Kindern eine altosmanische Ohrfeige verpasste. Ich erinnere mich, dass sein Gesicht weniger dem einer Giraffe ähnelte als dem eines wiederkäuenden Kamels, wie er seufzend und schmollend bei einer großen Flasche *Rakı* saß, zusammen mit dem Staatsanwalt und dem Finanzdirektor. Der Staatsanwalt war klein, wendig wie ein Affe, mit raschen Händen und Füßen, während der Finanzdirektor einem Bären glich, der Honig aus einem Bienenstock stibitzt. Ich behaupte sogar: Der mit Stroh ausgestopfte Bärenkopf, der vom Buffet aus die Gäste beobachtete, war sein Kopf oder der seines Zwillings. Der Gott, der mich dies im Alter sagen lässt, war in meiner Kindheit nicht anwesend, ich habe nicht ein einziges Mal an ihn gedacht. Vielmehr dachte ich an die Tiere auf den Bonbonpapierchen von »Leben«, an das Vollmondgesicht meiner Mutter und die raschelnden Zypressen auf ihrem Stickrahmen. Ja, daran dachte ich vor dem Einschlafen, und in den kalten Winternächten malte ich mir aus, dass meine Mutter mich zudeckte und, in die Dunkelheit hineinhauchend, Gebete spräche. Nachdem ich von zu Hause fortgegangen war, um mich in Istanbul im Internat einschreiben zu lassen, habe ich weder den Finanzdirektor noch den Rektor wiedergesehen. Wie denn auch, wo letzterer lange schon tot ist. Richtiger gesagt: Er hat sich umgebracht. Aus Liebe! Ach, die Liebe, diese Himmelsmacht! Wozu verleitet sie den Menschen! Den Staatsanwalt dagegen traf ich viele Jahre später in Istanbul wieder. Von seiner Beweglichkeit war ihm ebenso wenig geblieben wie von seiner Affenartigkeit. Dann, auf dem Sterbebett, war er ganz klein, zusammengeschrumpft. Er war es, der mir sagte, ohne dass ich danach gefragt hatte, meine Mutter sei in Wirklichkeit keines natürlichen Todes gestorben, sondern habe sich mit der Pistole meines Vaters umgebracht. Um zu verhindern, dass mein Vater in Schwierigkeiten geriete, wenn Ermittlungen gegen ihn eingeleitet würden, habe er eigenhändig den Bericht der Gerichtsmedizin abgeändert. Mein Vater aber, mit dessen Lüge vom »Aneurysma« ich mich nicht zufriedengab, sagte mir, als ich älter war und die Wahrheit wissen wollte, meine Mutter habe sich aus Versehen beim Reinigen der Waffe erschossen. Ob nun Selbstmord oder Unfall, meine Mutter war urplötzlich gestorben, »aus heiterem Himmel«, mehr gab es dazu nicht mehr zu sagen. Beide sagten: »Schicksal«, und: »Das war halt ihr Schicksal.« Hieß sie nicht sowieso mit Vornamen *»Kader«*, also »Schicksal«? Und als sie uns verlassen hatte, um nie wieder zurückzukehren, sie hatte bei ihrem Weggang nicht einmal die Haustür abgeschlossen, blieb der Schauplatz gänzlich den Affen, Bären und Giraffen überlassen. Sowie meiner Großmutter mit dem Adlergesicht und meinem sentimentalen Vater. Von jetzt an war alles erlaubt, das Jammern und Klagen, wenn man betrunken war, ebenso wie die unanständigen Witze und die Lachsalven. Jeden Abend war bei jemandem zu Hause oder in dem Lokal »*Muhtars* Platz« am See der Tisch gedeckt, es wurden *Rakı*-Flaschen geöffnet, und zu orientalischer Musik wurde bis zum Morgen gezecht. Manchmal wurden auch Frauen eingeladen, doch das erfuhr ich erst, als ich ein wenig älter war, von meiner Großmutter. Aus ihrer Sicht würden sie alle außer meinem Vater in der Hölle landen, sie würden beim Überqueren der Brücke *Sırat* ins Feuer hinunterstürzen. Offensichtlich hatte sie Nachsicht mit meinem Vater. Sie tadelte ihn zwar, weil er sich vom Staatsanwalt, vom Finanzdirektor und vom Rektor verführen ließ, und wenn er dieses liederliche Leben fortsetze, würde er in den Händen der Höllenwächter Höllenqualen erleben, doch dann wurde sie stets wieder weich und sagte: »Hör nicht auf sie, mein Löwe! Du bist anders. Du wirst später einmal Pascha!«

Mein Vater fürchtete seine Mutter. Er schwieg und gab ihr keine Widerworte, sagte nicht, was er dachte: Sie werden aber eines Tages Richter oder vielleicht Staatssekretär sein. – Eigentlich hatten wir beide Angst vor ihr, doch ich vermute, mein Vater fürchtete sich noch mehr als ich. Schließlich war ich die Waise im Haus, ein armes Kind, das dazu verurteilt war, mutterlos aufzuwachsen.

Mein Vater heiratete nicht noch einmal, er lieferte mich keiner Stiefmutter aus, dafür schickte er mich ins Internat. Und wenn er auch nicht Pascha wurde, so gab er schließlich doch den Alkohol auf und wurde ein geachteter Kommandant. Er entmachtete sogar die Regierung. Seiner Mutter jedoch drohte er kein einziges Mal. Er hatte Angst vor ihr, sogar richtiggehend Todesangst. So wie meiner Mutter die Aorta geplatzt war, so würde ihn, wenn es so weiterginge, eines Tages der Schlag treffen.

Ich konnte nicht wirklich verstehen, was es bedeutete, dass der in das Grabtuch eingewickelte Leichnam meiner Mutter aus dem Sarg genommen und in die Grube gelegt wurde. Es war, als läge jemand anderer in dem Tuch, während meine Mutter, weil Ahmet nicht da war, zum Krämer gegangen wäre und gleich zurückkommen würde. An jenem Tag bedeckten sie jemand anderen mit Erde, das Gebet, das der *Imam* mit brechender Stimme sang, war für jemand anderen, ebenso wie der Krug Wasser, der über dem Grab ausgegossen wurde. Vielleicht war meine Mutter nicht zum Krämer gegangen, sondern woandershin, nach ein paar Tagen würde sie heimkehren, den Stickrahmen, den sie neben dem Fenster hatte liegen lassen, wieder aufnehmen und weiter an ihren Zypressen sticken, während die Pappeln am See rauschten und der Mond aufging. Nur zu gerne hätte ich ihr meine Tierserie auf den Bonbonpapieren von »Leben« gezeigt. Vielleicht fühlte sie sich dort wohl, wo sie war, und kam deshalb nicht wieder. Es dauerte Jahre, bis ich mich an ihre Abwesenheit gewöhnte, bis ich mich zugleich zu sehnen begann nach der Nähe und Zärtlichkeit der Frau, deren rundes, weißes Gesicht vor mir aufgeleuchtet war, bevor sie mich zugedeckt hatte. Wo war sie denn wirklich hingegangen, wo hielt sie sich denn versteckt? Ihr Platz konnte nicht im Himmel oder in der Hölle sein, diese beiden Wörter ergaben für mich keinen Sinn, und auch unter dem Grabstein war sie nicht, auf dem ihr Name später eingemeißelt wurde: »Kader als Opfer des Schicksals«. Wo war sie, in welchem Haus und mit wem? Aus welchem Fenster schaute sie, in welche Stickerei ließ sie ihre Einsamkeit fließen, ihre Verlassenheit, ihr schlimmes Schicksal?

Ich erinnere mich nicht, während meiner Kindheit viel gespielt zu haben, ausgenommen die Tage, an denen ich mit den Nachbarskindern hinter dem Ball herrannte. Doch in meinen Träumen spielte ich immer mit meiner Mutter Verstecken. Wenn ich mein Gesicht zur Mauer des Moscheehofs wandte und zu zählen begann, versteckte sie sich entweder hinter einem Baum oder in der knarrenden Kiste in der Diele und kam nicht wieder hervor. Ich hielt mich nicht daran, dass die anderen Kinder riefen: »Wenn ich ›Apfel‹ sage, komm raus; wenn ich ›Birne‹ sage, komm nicht raus!«, sondern schaute gleich als Erstes in die Kiste, wo ich meine Mutter vergeblich zwischen ihren handbestickten Tischdecken, Spitzen und Vorhängen suchte. Die Zypressen rauschten nicht im Mondschein, sondern in meinen Händen. Auch wenn ich hinter den Baum schaute, sah ich niemanden. Es war, als hätte sich die Erde aufgetan und sie verschluckt. Später im Internat in Istanbul und auch in weiter entfernten Städten suchte ich meine Mutter oft, in der Einsamkeit menschenleerer Parks, unter Brücken und in dunklen Nebengassen. Von dieser aussichtslosen Suche habe ich immer noch nicht abgelassen, doch ich kann nicht mehr wie früher bis zum Morgengrauen wach bleiben. Und wenn ich sie fände, könnten wir doch nicht miteinander sprechen. Denn die Toten sprechen nicht. Sie geben keinen Ton von sich und keine Nachricht.

2

Der Tod meiner Mutter änderte nicht viel in unserem Leben. Ich vermisste sie nicht sehr. Die Sehnsucht steigerte sich erst im Laufe der Zeit, und als ich in das Alter kam, in dem meine Mutter gestorben war, nahm die Sehnsucht unerträgliche Formen an. Das lässt mich jetzt ein eigenartiges Gefühl empfinden: Meine Mutter ist nicht tot, sie ist scheinbar zu einer Bekannten zum Übernachten gegangen. Am Morgen wird sie zurückkommen und mich mit den Worten aufwecken: »Los, aufstehen! Schnell, du kommst zu spät zur Schule!« Und dann wird sie mich umarmen und meine Wangen küssen. Die Liebe, die sie meinem Vater nicht geschenkt hat, gibt sie mir, mir allein. Und ich weiß genau, dass sie keinen einzigen Freund außer mir hat, ihren einzigen Sohn. Doch als sie starb, war ihr Sohn hinter den »Lebensbonbons« her. Wie gesagt, ihr Platz am Fenster blieb leer. Das war alles. Im Besuchszimmer räumte meine Großmutter nach einer Weile das Foto neben dem Bärenkopf auf dem Buffet weg, das am Hochzeitsabend aufgenommen worden war und auf dem sie neben meinem Vater aus irgendeinem Grund nicht im Brautkleid steht, sondern lediglich im weißen Kostüm. Der mit Stroh ausgestopfte Bärenkopf, der die Besucher angrinste (außer den Saufkumpanen meines Vaters besuchten uns selten Verwandte meiner Großmutter – und Onkel Orhan), stand alleine da. Eines Tages, wohl aus Sorge, das Gesicht meiner Mutter völlig zu vergessen, holte ich das Foto aus der Schublade, schnitt den Kopf meiner Mutter heraus und trennte ihn von dem meines Vaters. Das ist das Foto, das ich seither wie einen Glücksbringer bei mir trage und das ich immer noch von Zeit zu Zeit anschaue, überzeugt davon, dass es mich nicht nur vor Unheil und Unfall, sondern auch vor dem Tod bewahren wird.

Mein Vater wurde nicht Pascha, allen Gebeten, Ermahnungen, Lockungen, ja sogar Drohungen seiner Mutter zum Trotz. Doch am 27. Mai 1960, als die türkischen Streitkräfte die Macht übernahmen, was die Linken später mit der berühmten Bezeichnung *»erke el koydu«* benannten, war er beteiligt, und zwar im Rang eines Oberst. Bei seinem Abschied aus der Armee, die drei Politiker, einen Ministerpräsidenten und zwei Minister, aufhängte und unzählige andere vor Gericht stellte, dem Land aber auch eine demokratische Verfassung schenkte, wurde er in den Rang eines Natürlichen Senators befördert. Aus »Plattfuß Hasan«, seinem Spitznamen, war »Henker Hasan« geworden. Das verhindert, ehrlich gesagt, dass ich nach all den Jahren auf meinen Vater stolz bin.

Die Bezeichnung »Plattfuß« bekam er nicht etwa, weil er einen lädierten Fuß hatte, sondern weil er so gerne marschierte. In seiner Freizeit ging er über Stock und Stein mit der Doppelflinte auf die Jagd, zusammen mit dem Finanzdirektor, der den Spitznamen »Spatz« hatte. Sie schossen nicht einfach auf Rebhühner oder Wildschweine, auch nicht auf Wildenten, die in der Zeit der Vogelzüge im Schilf am See siedelten, sondern auf Bären, die sich in den umliegenden Bergen ständig vermehrten und aus deren Fellen sie Gebetsteppiche, aus deren Köpfen sie Nippes machten. So wie sie den Finanzdirektor nicht »Großer Junge« nannten, so wurde mein Vater nicht »Dreikäsehoch« oder »Kurzbeiniger Hasan« oder sogar »Kahlkopf Hasan« genannt, sondern »Plattfuß Hasan«. Einst war die Türkei stolz auf ihn, während ihm nun in Abwesenheit der Prozess gemacht wird. Ihn hat nicht vor Schreck der Schlag getroffen, wie ich ihm das in der Kindheit, wenn ich wütend auf ihn war, gewünscht hatte, nein! Er starb an Leberzirrhose. Dabei hatte er aufgehört zu trinken und teilte das seinem Bekanntenkreis mit, weil es sich für einen Revolutionsoffizier nicht gehörte, ein Nachtschwärmer zu sein. Zu seinen nahen Bekannten zählten inzwischen weder der Rektor noch der Finanzdirektor, sondern Minister, Staatssekretäre und sogar Staatspräsident Cemal Gürsel aus dem Stab der Streitkräfte. Mit Waffengewalt nahm »Cemal *Ağa*« den Sitz des Staatspräsidenten in Çankaya ein, während die vom Volk Gewählten zuerst auf der Insel Yassıada die Tage zählten, bis sie aufgehängt wurden.

Was mich betrifft, so sah ich meinen Vater äußerst selten. Von seinen Trinkkumpanen war er lediglich mit dem Staatsanwalt noch freundschaftlich verbunden, zumindest teilten sie jahrelang dasselbe Geheimnis. Wenn sie sich in Ankara oder im Ausland trafen, werden sie eine große Flasche aufgemacht und an alte Tage gedacht haben. Sie waren ja nicht imstande, Milch zu trinken. Sie nahmen mit Löwenmilch vorlieb. Ein Glas, dann noch ein Glas. Wenn die Flasche leer war, beschlossen sie, mit dem Trinken aufzuhören, aber ich vermute, am nächsten Tag begannen sie wieder, als wäre nichts gewesen. Doch als »Plattfuß Hasan« zu »Henker Hasan« wurde, gab er sich vollständig den Staatsgeschäften hin und »weihte sein Dasein gänzlich der Türkei«, womit er endlich auch den Eid erfüllte, den ich als Kind jeden Morgen in der Grundschule geschworen hatte. Nicht nur in der Armee, auch bei seinen alten Kumpanen verbreitete sich die

Kunde schnell, dass »Plattfuß« nicht mehr trank, dass er das Gift nicht nur selbst mied, sondern auch im Kühlschrank keins für eventuelle Gäste stehen hatte. Ja, so war es. Immerhin bekamen er und der Staatsanwalt nach dem Putsch wichtige Posten. Der eine wurde Mitglied im Komitee der Nationalen Einheit, der andere Stellvertreter von Generalstaatsanwalt Egesel im Obersten Gerichtshof. Sie waren bereit, die »Einheit der Nation zu wahren und zu schützen« und dafür ihr Leben und Blut zu opfern, und wie sie, ohne mit der Wimper zu zucken, Menderes, Zorlu und Polatkan aufhängten, so waren sie auch jederzeit bereit, das Trinken aufzugeben.

Zur Beerdigung meines Vaters konnte ich nicht kommen. Ich war weit weg im Ausland, in einer der Hauptstädte der Depression und Einsamkeit. Während er mit meiner Großmutter durch ganz Anatolien von Kaserne zu Kaserne gezogen war, hatten wir uns nicht oft sehen können. Meine Großmutter, die immer wieder zu Nachbarn und Verwandten sagte: »Soll ich länger leben als mein Held, mein Löwe, und einfach auf dieser Welt nicht totzukriegen sein?«, überlebte meinen Vater. Sie war immerhin Aussiedlerin, war, ehe sie mit meinem Vater wie ein Soldat durch Anatolien zog, an einem gesegneten Ort aufgewachsen, hatte reine Bergluft geatmet. Sie kam aus Rumelien, jenem reichen, nach Rosen duftenden Land, das sie nie wiedersah. Wenn sie sagte: »Dort ist es nicht so wie auf der trockenen anatolischen Scholle, dort lebten wir in der Fülle«, so verspottete ich sie, indem ich sagte: »In der Gülle, was?« Doch gleich darauf tat es mir leid, sie gekränkt zu haben, und ich entschuldigte mich. Ich versprach ihr, sie in ihre Heimat Bulgarien zu bringen, wenn ich erwachsen sei, doch ich erfüllte mein Versprechen nicht. Als mich mein Weg in die Heimat meiner Großmutter führte, lebte sie, die in meiner

Kindheit mit eiserner Hand regiert hatte, nicht mehr. Sie hatte ihr Leben ihrem Sohn gewidmet, und wenn sie ihn auch nicht zum Pascha gemacht hatte, dann in gewisser Hinsicht doch zum Wesir. So wie der Staatsanwalt war sie auf ihrem Sterbebett ganz klein geworden, zu Haut und Knochen zusammengeschrumpft. Ehe sie ihren letzten Atemzug tat, flüsterte sie noch: »Berge können nicht zueinanderkommen, aber die Menschen wohl doch.« Danach krümmte sie sich zusammen wie ein Igel und blieb so liegen. Als ich sie vom Kissen hochhob und wegtrug, war sie so leicht und rund wie das erste Geschenk meines Vaters, der Ball. Als wäre es nicht genug, was sie meiner Mutter angetan hatte, so überlebte sie auch noch meinen Vater. Sie wurde in dem nach Rosen duftenden Leichentuch aus ihrer Aussteuerkiste beerdigt, die sie seit jenen Tagen des Krieges und des Zusammenbruchs aus ihrer Heimat mitgeschleppt hatte.

***

Wenn ich mich an Großmutter erinnere, fallen mir immer Häuser ein. Außer dem mit roten Dachziegeln gedeckten, zweistöckigen Holzhaus mit Erker und Garten in Tirnowa, wo sie ihre Kindheit verbracht hatte, das sie in ihrer Erinnerung immer mit dem Nest verband, in dem eine Vogelmutter brütete, besaß sie in diesem endlichen Leben in den Jahren nach der Aussiedlung kein Haus, und nachdem ihr Mann jung verstorben war, verschlug es sie mit ihrem Sohn aus den Hütten der Arbeiter in die Offizierswohnungen. Ich stelle mir vor, wie sich diese gestrenge Frau nach ihrer Heimat gesehnt hat, während sie in Anatolien von Ort zu Ort zog. Eines Tages führte mich mein Weg nach Tirnowa. Die Häuser waren so gebaut, dass sie auf den Fluss Jantra schauten, der aussah, als flösse er, aber er floss entweder gar nicht oder nur sehr langsam. Die Straßen waren in den Fels gehauen. Ich bemühe mich, mir die glückliche Kindheit meiner Großmutter an diesem abgelegenen Ort, weit entfernt von der Hauptstadt, auszumalen.

Osman Pascha war aus Plewen abgezogen, dann waren die Feinde gekommen und hatten die Wachtposten überrannt, bis sie die Donau erreichten. Danach war ein Krieg dem anderen gefolgt, und die Katastrophen hatten begonnen. Ich verband die Erzählungen meiner Großmutter mit den verblassten Fotos in den Geschichtsbüchern und stellte mir die Vergangenheit, die Leiden der rumelisch-türkischen Bevölkerung vor. Als sähe ich sie vor mir: von müden, bis auf die Knochen abgemagerten Ochsen gezogene Wagen, beladen mit Betten und Decken, Kinder, denen vor Hunger die Augen aus den Höhlen traten, am Weg Frauenleichen, denen die Ohren mitsamt den Ohrringen abgeschnitten worden waren. Im Traum erscheint mir nicht der Vorfahr, der unserem Ministerpräsidenten vorschwebt, das Idealbild eines Urahns, der nie vom Pferderücken absteigt, vielmehr ein Nachkomme der Balkantürken mit wund gelaufenen Füßen in den schlammigen Ebenen Thrakiens. Was kann ich dafür, ihr Blut kreist immer noch in meinen Adern, manchmal verspüre ich den innerlichen Drang, wie meine Großmutter begeistert zu rufen: »Osman Pascha weicht aus Plewen nicht!« Sie wissen ja wohl, dass die Jugend dieses Marschlied mit abgewandeltem Text gegen den Despoten Menderes auf den Straßen gebrüllt hat.

»Die Donau sagt: Ich fließe nicht,
Was um mich ist, zerstör ich nicht.

Der große Osman Pascha spricht:
Ich weiche hier aus Plewen nicht.

Ist das denn wohl die Möglichkeit?
Bruder schießt auf Bruder nicht!
Nieder mit den Diktatoren!
Euch gehört die Erde nicht!«

Ich kann mir die Freude vorstellen, die meine Großmutter empfand, als ihr Sohn, Plattfuß Hasan, Revolution machte und diese Welt nicht den verdammten Diktatoren überließ. War sie am Morgen des Putsches wohl erstmals im Leben stolz auf meinen Vater? Oder sagte sie wie immer: »Er ist nun mal nicht Pascha geworden. Das macht mir einfach zu schaffen.«

Wenn sie von meinem Vater sprach, sagte sie immer: »Ich habe den kleinen Kerl unter großen Anstrengungen aufgezogen. Ich habe in der Fabrik bei der Firma Merinos Andtuch gewebt.« Ich war noch nicht alt genug, um zu verstehen, wie sie »Andtuch« gewebt hatte. Erst später erfuhr ich, dass Großmutter wie alle Aussiedler aus Rumelien kein »h« sprechen konnte. Ich erinnere mich, dass sie, wenn sie meinen Vater rief oder erwähnte, immer *»Asan«* sagte, also »Henker«. Das war keine nachlässige Aussprache, sondern eine Dialekteigentümlichkeit, doch später traf auch ein, was sie gesagt hatte: Das Todesurteil der drei Politiker, die am Galgen baumelten, hatte unter anderen das Mitglied des Komitees der Nationalen Einheit, Oberst Hasan Hoşgör, unterzeichnet.

Ja, meine Großmutter hatte den Namen Hoşgör angenommen, als das Gesetz über die Nachnamen erlassen wurde. Der Beamte im Einwohnermeldeamt in Bursa besprach sich gar nicht mit ihr, er fand den Namen Hoşgör, also »wohlwollend«, passend, da ihr Vorname ja Gülhayat war, also »lächelndes Leben«. Gülhayat Hoşgör. So als hätte die arme Frau nicht schon genug zu ertragen gehabt. Dabei betrachtete sie das Leben nicht lächelnd, wie auch das Leben sie nicht mit einem Lächeln bedachte. Doch ich will ihr nicht absprechen, dass sie wohlwollend war, auch wenn ihre nationale Ader zuweilen anschwoll. Einzig, wenn jemand gegen das Rauchen war, tolerierte sie das gar nicht. Sie zündete eine Zigarette an der anderen an, und auf alle Ermahnungen meines Vaters, doch mit dem Rauchen aufzuhören, antwortete sie: »Wie soll ich denn aufhören, mein Junge?, ich habe mir das kleine Ding so schwer verdient wie du.« Nach dem Tod meiner Mutter nahm sie ihren Platz auf der Polsterbank ein, doch nicht mit dem Stickrahmen, sondern mit der Zigarette in der Hand. Dabei redete sie unaufhörlich von den alten Tagen, von ihrer großen Sehnsucht nach den Dingen, die für sie nicht wiederkommen würden. Sie begann bei Osman Pascha, den persönlich zu sehen sie nicht die Freude gehabt hatte, mit dem zusammen aber ihr Ahn auf dem Feld der Ehre gekämpft hatte und gefallen war, um mit *Gazi* Pascha zu enden. Und am Schluss sagte sie stets: »Ach! Mein Junge ist nicht Pascha geworden, meine Stütze im Leben.« Es war, als flösse ihr Honig aus dem Mund. Als sie dort gelebt hatten, in jener nach Rosen duftenden Welt, hatten die Häuser ihnen gehört. Sie hatten Obstgärten gehabt, Weinberge und sogar Gestüte. Daher rührte ihre ewige Liebe zu den Pferden. Doch leider war die Reiterei beim Militär längst abgeschafft; ihr Junge war kein Pascha geworden, nicht einmal ein vom Wind beflügelter Kavallerist, er hatte sich für die Artillerie entschieden.

Ja, ihre Familie hatte sogar Gestüte besessen. Und in der Moschee Imame mit Bassstimme. Ihre Häuser, besser gesagt: Villen hatten von oben auf den trägen Fluss hinabgeschaut. Sie selbst war in der Kindheit ein Mädchen mit blonden Zöpfen gewesen, das den geschwänzten Drachen vom Turm der Burg hinunterschweben ließ.

Meine Großmutter erzählte immer von ihrer Kindheit, als hätte sie keine Jugendzeit erlebt. Von den Pferden und den Klöstern. Von den Tausenden bunter Fresken auf den Klostermauern, deren Farben hie und da abblätterten, von den Steinbrücken, dem Stolz der Balkanbewohner, deren Mörtel mit Blut angerührt sei und die nicht nur zwei Flussufer verbänden, sondern Menschen. Von Kirchen, in denen Popen predigten, die schwarze Kutten trügen und lange Haare wie Frauen und dichte Bärte. Aus irgendeinem Grund gebe es in den Moscheen keine Menschendarstellungen. Die Wände seien leer und so weiß, dass sich die Kinder fürchteten. Doch es gebe eine Moschee, die man die »Bunte Moschee« nenne, deren Inneres dem Paradies gleiche. Da neigten sich auf den Wänden Zypressen, Seerosen öffneten sich, und Vögel regten ihre Schwingen. Sie habe diesen Garten ganz heimlich angeschaut, denn Mädchen würden nicht mal am Freitag mit in die Moschee genommen. Sie beteten die Pflichtgebete und den Rosenkranz in einer Ecke des Hauses mit ihrer Großmutter, während die Männer nicht nur in die Moschee und ins Kaffeehaus gingen, sondern auch an die Front.

In Tirnowa waren sie wohlhabend gewesen. Vor der Unterdrückung durch die Bulgaren flohen sie nicht wie die Armen, die ich auf den Fotos in den Geschichtsbüchern gesehen hatte, mit Betten und Decken auf Ochsenkarren. Wenn auch unter großen Schwierigkeiten, überquerten sie den Balkan immerhin in einer Kutsche. Sie begegneten nirgends Räuberbanden, die im Hinterhalt lauerten, und gelangten blitzschnell ans Ufer der Mariza. Doch auch sie mussten nach der Niederlage bei Kırkkilise in einem Viehwagen Edirne verlassen, ehe diese unsere Grenzstadt dem Feind überlassen wurde. Meine Großmutter erinnerte sich dunkel an die osmanische Armee, die sich hinter die Frontlinie bei Çatalca zurückgezogen hatte. Verwundete, erschöpfte Soldaten ließen ihre Kanonen an der Front stehen, in Militärmäntel gehüllte Offiziere und einfache Soldaten machten sich auf den Weg und zogen sich strauchelnd und hinkend in der thrakischen Ebene zurück. Der Herbst ging zu Ende, der Winter war nahe und die Kälte ebenso unbarmherzig wie der Feind. In dem Waggon, in dem sie zusammengepfercht waren und sich noch mehr aneinanderdrängten, um sich gegenseitig zu wärmen, dachte Gülhayat an den Hof, wo sie Himmel und Hölle gespielt hatte. Alle redeten von den Geheimbündlern, die angestiftet von den Popen, Dörfer überfielen und junge Mädchen vergewaltigten, oder von den Gräueln der bulgarischen Soldaten, die Babys in die Luft würfen, um sie mit ihren Bajonetten aufzuspießen. Doch Gülhayat empfand keine Angst. Der Krieg erschien ihr wie ein Spiel. Sie bedauerte, dass sie mit den Kindern im Waggon nicht Fangen spielen konnte. Sie dachte nur an schöne Dinge, stellte sich Flüsse, Berge, Wälder und Wolken vor, die den Turm der Burg streiften. Ein Imperium zerbrach, unschuldige Kinder starben, die Soldaten einer besiegten Armee gingen sich gegenseitig wegen eines trockenen Zwiebacks an die Gurgel, aber für Gülhayat begann ein neues Leben.

Mit Ach und Krach erreichten sie schließlich den Bahnhof Sirkeci. Und als sie Istanbul erstmals erblickte, vergaß sie alles andere. Die Moscheen, die Höfe mit den Tauben, die Bleikuppeln und ein tiefblaues, glasklares Meer. Erstmals sah sie diese endlose Weite, die in ihrem Kinderherzen den Wunsch erwachen ließ, Flügel zu haben und zu fliegen. Es gab einen Hafen mit Seglern im Schatten von Platanen, Dampfer, die aus ihren Schornsteinen schwarzen Rauch ausstießen, und tausenderlei verschiedene Boote. Und Pferdebahnen, auf denen die Reiter machtvoll über die Galatabrücke donnerten. An dieser Brücke bestiegen sie den Raddampfer nach Mudanya, dann ging es weiter nach Bursa, wo sie am Fuß des Berges Uludağ in weißen Zelten untergebracht wurden. Nun war die Burg Vergangenheit, von deren Türmen sie einst den geschwänzten Drachen hatte fliegen lassen, doch nichts hinderte sie daran, um die Zelte herum Fangen zu spielen.

Später versank all das Vergangene. Die Kriegstage wurden Geschichte, auch wenn sie tiefe Spuren im kollektiven Gedächtnis der rumelischen Türken hinterlassen hatten. Von den Frontkämpfern waren die meisten nicht zurückgekehrt. Nicht nur ein riesiges Imperium war zusammengebrochen, auch das bescheidene Leben meiner Großmutter war erschüttert.

Ja, auch meine liebe Großmutter ist nun längst begraben, sie, die ständig von der Heimat sprach, aber doch bei jeder Gelegenheit betonte, sie liebe unsere rot-weiße Fahne sogar noch mehr als ihren Jungen. Immer lebte sie mit der Sehnsucht nach der rumelischen Erde und hatte im Leben keine andere Stütze als ihr Herzblatt von Hauptmann. Nun liegt sie in Ankara begraben, dem Herzen der Türkei, weit entfernt von ihrer eigentlichen Heimat. Jetzt ist die Reihe an mir. Nach meinem Vater und meiner Großmutter bin nun ich mit dem Sterben dran. Trotzdem steht nicht fest, wer zuerst kommt. Gott möge es verhindern, aber vielleicht sterben sogar meine Frau und meine Tochter vor mir. Ich möchte nicht der Letzte sein, der übrig bleibt, doch vom Leben kriegt man nie genug. Von diesem geliebten Anblick Istanbuls, vom Duft des *Rakı* und von einem guten alten Wein. Von den *Meze*, die sich im Mund verteilen, und den vielfarbigen Blumen, die in den Gärten blühen. Und auch von den Frauen, selbst wenn sie inzwischen für mich unerreichbar geworden sind. Sie sind so anziehend wie Meteoriten. Mit Lichtgeschwindigkeit rauschen sie an mir vorbei, ohne mich zu streifen. Es gab einmal eine Zeit, da war das anders, insbesondere bei der ersten Frau, die ich traf, meiner ersten Geliebten, Cazibe. Als ich sie kennenlernte, war ich der Meteorit. Wie eine Treibmine schoss ich durch die Gegend, wurde von ihrer Attraktivität erfasst, und wir verknallten uns. Aber auch die Geschichte mit Cazibe soll auf einen anderen Tag verschoben werden. Es ist spät geworden. Wie sagt doch der Dichter? »Die Wasser wurden dunkel, dein Gesicht verblasst immer mehr. / Schau, wie bei diesem Wetter der Abend kommt.«

***

Als mein Interesse an den »Lebensbonbons« und den Tieren auf den Papierchen nachließ, das mich die gesamte Grundschulzeit begleitet hatte, begann ich, eine Briefmarkensammlung anzulegen. Ich löste die Marken nicht nur von den Briefen meines Vaters mit heißem Wasser ab (er korrespondierte sowieso sehr selten mit seinen Verwandten in Istanbul), sondern auch von denen der Soldaten in der Kaserne. Meistens waren diese blauen, grünen und orangefarbenen Marken mit den Porträts von Atatürk und Inönü geschmückt, doch es gab auch andere. Da waren dieser riesige Schmetterling mit bunten Flügeln oder verschiedenartige Insekten, manchmal auch Segelboote. Es gab sogar Schaufelraddampfer der Schifffahrtsgesellschaft Şirket-i Hayriye. Und Städte. Ich besaß die vollständige Serie mit den Städten Anatoliens von Edirne bis Ardahan, einschließlich der Stadt, in der wir wohnten.

Dann kam die Reihe an ausländische Städte, doch es fiel mir sehr schwer, an Briefmarken aus dem Ausland zu gelangen. Diesen Mangel behob ich dank Orhan *Bey*, der weder Trinkkumpan noch Waffenkamerad meines Vaters war, sondern ein Landsmann meiner Großmutter, Gymnasiallehrer für Französisch, der uns ab und zu besuchte.

Onkel Orhan war mittelgroß und hatte blonde, lockige Haare. Wenn er seine Brille mit dem schwarzen, runden Gestell aufsetzte, um die Briefmarken, die er mir mitgebracht hatte, genauer zu betrachten, wirkte er älter. Dabei war er jünger als mein Vater und sah viel besser aus. Zumindest hatte er Europa bereist. Und er besaß Freunde in Frankreich. Er hatte zwei Kinder, einen Jungen und ein Mädchen. Seine Tochter Leyla brachte er manchmal mit. Während er und meine Großmutter voller Heimweh über den Krieg und den Zusammenbruch sprachen, spielte Leyla ganz brav in einer Ecke. Ihr schenkte ich mein graues Bärchen, das früher mein Kuscheltier gewesen war. Als ihr Vater nach Istanbul versetzt wurde, sah ich sie nie wieder. Gut so, sonst hätte ich mich noch in sie verliebt und wäre wie Mecnun durch die Wüste geirrt. Ich wusste damals in etwa, was eine Frau ist, doch ich hatte mich noch nie verliebt, dieses brennende Gefühl hatte ich noch nicht erfahren.

Onkel Orhan hatte den Balkankrieg nicht miterlebt, er war kein Augenzeuge der Katastrophe gewesen wie meine Großmutter. Er hatte auch nicht mit Kinderaugen auf das Geschehen geblickt, auf so viel Leid und Tränen. Doch die vielköpfige Familie von Onkel Orhan, die aus Skopje stammte, war auf den Straßen umgekommen. Nur seine Mutter war am Leben geblieben, hatte sich in Mersin verheiratet und ihr Kind an der ruhigen, von der Sonne erleuchteten Küste des Mittelmeers zur Welt bringen können. Deswegen wurde es ihm nie langweilig, Gülhayat aufmerksam zuzuhören. Dass er sie aufrichtig gern hatte, drückte sich in seinem gesamten Verhalten aus. Während Gülhayat ihren Sohn auf die Militärschule von Kuleli geschickt hatte, weil er eines Tages als Pascha Rache nehmen sollte für das auf dem Balkan Verlorene, war Orhan an der Lehrerbildungsanstalt eingeschrieben worden und hatte dann an der Hochschule die Ausbildung zum Französischlehrer als Jahrgangsbester abgeschlossen. Später hatte er Gelegenheit gehabt, in fremdsprachigen Büchern etwas über die rumelische Katastrophe zu erfahren. Will sagen: Er hatte dazu eine andere Meinung als unsere nationalistischen Geschichtsschreiber, doch seine Ansichten teilte er meiner Großmutter nicht mit, sondern mir, auch wenn ich eigentlich noch zu jung dafür war. Die Erzählungen meiner Großmutter beeindruckten ihn zwar, doch glaube ich mich zu erinnern, dass er die despotische Regierung von »Einheit und Fortschritt« kritisch betrachtete. Dass ich das, was ich von meiner Großmutter gehört hatte, später im Licht der historischen Tatsachen diskutieren konnte, dass ich während meines Journalistenlebens immer dagegen war, eine Katastrophe nur aus einem Blickwinkel zu betrachten, verdanke ich großenteils Onkel Orhan. Er wusste unter anderem, dass gerade in Mazedonien, wo seine Mutter geboren und aufgewachsen war, der christlichen Bevölkerung die türkische Nationalität aufgezwungen worden war und dass diejenigen, die sich geweigert hatten, ohne Anhörung und Gerichtsverfahren aufgehängt worden waren. Nach der Verkündung der Konstitution zwangen die Unionisten mit Militärgewalt die dortige Bevölkerung, Türken zu sein. So wie es nun, Jahre später, die Nachfolger der Unionisten mit den Kurden machen. Jetzt richtet sich der Krieg nicht in Rumelien gegen die Bulgaren, sondern in Anatolien gegen die Kurden –

was für ein Jammer. Unsere ruhmvolle Armee ist wieder im Einsatz, Osman Pascha ist nach Plewen zurückgekehrt, und die Donau sagt wieder: »Ich fließe nicht. Was um mich ist, zerstör ich nicht.« Wir werden sehen, ob unser Ministerpräsident es schaffen wird, in Plewen zu bleiben, so wie der weißbärtige, *Fez* tragende Kriegsheld Osman Pascha.

Onkel Orhan hatte wenig mit meinem Vater gemeinsam, doch mit meiner Großmutter war er ein Herz und eine Seele. Ich wusste nicht, ob sie das Aussiedlerschicksal oder etwas anderes verband. Ich wollte es auch nicht wissen. Meine Neugier wurde ausreichend befriedigt durch die vielen ausländischen Briefmarken, die Onkel Orhan bei jedem seiner Besuche mitbrachte. Die meisten stammten von Postkarten aus Frankreich, von seinen französischen Freunden oder seinen Lehrerkollegen, die in Europa ein Praktikum machten, um »Wissen und Benehmen« zu erwerben, wie man damals sagte. Die Postkarten bekam Nedim, der Sohn Onkel Orhans, der in meinem Alter war, die abgelösten Briefmarken aber fielen mir zu. Irgendwie verstand ich mich nicht gut mit Nedim. Ich war eifersüchtig auf ihn wegen seines Vaters. Genauer gesagt: Ich hätte mir einen Vater wie seinen gewünscht, gelehrt, kultiviert, mit gutem Benehmen. Schon damals begann ich mich dank Onkel Orhan nach Paris zu sehnen, doch öfter noch träumte ich von Istanbul. Damit Paris an die erste Stelle trat, musste ich erst Französisch lernen, musste nachts im Schlafsaal, wenn die Mitschüler eingeschlafen waren, beim Schein der Taschenlampe französische Lyriker lesen und auswendig lernen. Vor Frankreich aber musste ich Anatolien durchwandern, über Stock und Stein, durch Dörfer und Städte, und mein eigenes Land kennenlernen. Und erst nachdem ich in Istanbul Anker geworfen hatte, konnte ich die Segel setzen zu anderen Meeren, fernen Küsten.

Damals gab es genau siebenundsechzig Regierungsbezirke in Anatolien, jetzt übersteigt ihre Zahl achtzig. Selbst wenn ich wollte, könnte ich heute nicht mehr alle bereisen. Später hat mich mein Weg in fast alle Städte meiner Briefmarkensammlung geführt. Jedes Land, in das ich reiste, alle Städte, durch deren Straßen ich spazierte, in deren Cafés ich den Morgen begrüßte, haben bleibende Spuren in meinem Gedächtnis hinterlassen. Während ich die Frauen, die in mein Leben traten, leicht vergessen habe, vergesse ich die Städte nicht, die ich durchwandert habe, so als erforschte ich den Körper einer fremden Frau. Doch möchte ich Istanbul für keine von ihnen eintauschen.

Morgens beim Erwachen sehe ich von meinem Schlafzimmer aus die Einfahrt zum Bosporus. Üsküdar, in seinen Fenstern ein blaues Leuchten, erwacht mit mir. Der Mädchenturm mit seinem schmutzigen Weiß taucht ganz langsam aus dem Dunst auf. Von der Brücke aus starten die ersten Dampfer zu den Inseln. Sogar die Möwen, die ihnen folgen, kann ich von meiner Schlafstatt aus sehen. Auch wenn ich ihre Schreie nicht höre, betrachte ich doch durch mein Fernglas, das mich stets begleitet, wie sie mit den Flügeln schlagen und ins Wasser eintauchen. Sie sind alarmiert wie ich, als ob gleich etwas passieren würde. Plötzlich könnte ein Dampfer untergehen oder gäbe es im Meer keine Fische mehr. Oder Istanbul könnte im Meer verschwinden, in der Tiefe versinken. Die Schiffe, die im offenen Meer ankern, liegen ebenfalls in Sichtweite meines Fernglases, ebenso wie Sivriada und Yassıada. Die Insel Yassıada war einstmals in aller Munde, stand im Mittelpunkt der politischen Tagesordnung. Inzwischen erwähnt kein Mensch mehr den Namen, niemand besucht den Ort. Wenn ich vom Bett aufstehe und ins Wohnzimmer hinübergehe, liegt die gesamte historische Halbinsel zu meinen Füßen wie ein blaugrüngrauer Perserteppich. Die Bezeichnung »historische Halbinsel« haben sie sich neuerdings ausgedacht, in meiner Jugend hieß es Istanbul. Es gab nur das eine Istanbul der Bleikuppeln und Minarette, das jenseits des Galataturms mit seinen belebten Plätzen voller Tauben begann, mit seinen Straßenverkäufern, den Straßenbahnen, an die sich arme Kinder hängten, und den zwei Brücken, die die beiden Ufer des Goldenen Horns verbinden.

3

Kürzlich klingelte es an meiner Tür. Seit Tagen hatte mich kein Mensch mehr besucht. Schwerfällig erhob ich mich und öffnete, es war der Briefträger. Er brachte einen Einschreibebrief für meine Frau, die ich seit Monaten nicht gesehen habe. Als ich sagte, dass sie im Ausland lebe, war er erstaunt. Daraufhin konnte er, als wäre es seine Pflicht, sich nicht enthalten zu fragen: »Dann leben Sie also alleine hier?« Ich fand es unnötig zu erklären, dass meine Tochter mich ab und zu besuchen kommt. Stattdessen unterschrieb ich sein Formular und nahm den Brief. Ich hielt es auch für unnötig, ihm zu sagen, dass ich nicht allein bin, sondern hier mit meinen Toten lebe. Allerdings wäre es nicht richtig, meine Frau, die noch lebt, wenn auch im Ausland, zu den Toten zu zählen. Genauso meine Tochter. Ach ja, wo war ich stehen geblieben? Ich habe wahrscheinlich vom Heimweh meiner Großmutter gesprochen und von den Taten meines Vaters. Und von seiner Trinkerei. Manchmal bringe ich beides durcheinander. Das muss wohl die frühe Demenz sein, von der die Ärzte reden. Sie verbergen die Wahrheit vor mir. Doch sie sind sich einig, dass mein Gedächtnis noch intakt ist. Wenn das so ist, warum klammere ich mich derart an die Vergangenheit? »Klammert euch an das Seil Gottes!«, soll der Prophet gesagt haben, wenn es nicht sogar im Koran geschrieben steht. Wie auch immer, ich habe weder von dem einen noch dem anderen viel Ahnung. An was kann ich mich schon klammern außer an die Vergangenheit, die Toten und die Vergangenheit der Toten?

Im Internat hatte ich einen Klassenkameraden mit einer unsagbar dreckigen Ausdrucksweise. Seinen Namen habe ich längst vergessen, aber sein Spitzname war »Fırlama«, also »Draufgänger« oder »Schlitzohr«. Er begann seine Reden immer mit: »Ich ficke seine Vergangenheit.« Ich verstehe noch immer nicht, warum er ständig die Vergangenheit der Leute beleidigte, warum er die Vergangenheit jedes Menschen, von dem er sprach, zu beleidigen wagte. Denn für mich ist die Vergangenheit das einzig Wirkliche und vielleicht der einzige Trost im Leben. Jeder soll wissen, einschließlich des Briefträgers, man soll wissen und es weitersagen, dass ich nicht allein lebe in dieser großen Etagenwohnung, sondern mit meinen Erinnerungen und meinen Toten.

Wie der Klassenkamerad, der die Vergangenheit von jedem fickte, der ihm in die Quere kam, war ich Gymnasiast in Istanbul, als mein Vater »die Macht übernahm«. Ich hatte einen Freiplatz im Internat einer Schule, die sich kaum von einer Kaserne unterschied. Mein Vater, der Offizier war, abends spät aus der Kaserne nach Hause kam oder am Stammtisch versackte, stand unter der Fuchtel meiner Großmutter. Er schloss sich sicherlich auch deswegen dem Komitee der Nationalen Einheit an, als er beim Generalstab in Ankara seinen Dienst absolvierte, und versuchte Revolution zu machen, besser gesagt, einen Putsch. Das gelang ihm, aber leider ist er weder ein ordentlicher Ehemann noch Pascha geworden. Ich kann auch nicht behaupten, dass er ein guter Vater gewesen sei oder das Format für einen großen Kommandanten gehabt habe, oder zumindest blaue Augen und einen Adlerblick wie der von ihm so verehrte Atatürk. Er war nur mein Vater, aber schon allein deshalb in meinen Augen ein Held. Heute denke ich, dass der Rang des Obersten viel besser zu ihm passte als das Paschasein. Zudem hatten wir im Gymnasium einen Mitschüler, dessen Vater, ein Generalmajor, ihn im Internat besuchte und den wir mit dem Vers »Papa Pascha / hat auf'nen Stein geschissen / den Stein hat's zerrissen / alle sollen's wissen!« verspotteten. Ich konnte das Wort »Pascha« in unserer Sprache nicht leiden, außer in dem Ausdruck »Paschakaffee«. In den tat man viel Zucker und gab ihn Kindern zu trinken. Ich weiß nicht, ob man das heute noch so macht. Von Atatürk erzählt man sich, dass er, nachdem er den Befehl zur Vertreibung der Griechen mit den Worten »Soldaten, euer erstes Ziel ist das Mittelmeer, los!« gegeben habe, in Belkahve bei Izmir gehalten habe, wo der Kaffeeröster Etem freudig-gespannt auf den Befehl des Paschas gewartete habe, einen Kaffee ohne Zucker zuzubereiten, als eine zarte, hohe Stimme gesagt habe: »Mach einen Kaffee mit viel Zucker!« Es heißt, die ganze Welt des Kaffeerösters, mit allen Träumen, sei eingestürzt und er habe sich lange nicht davon erholen können. Der hochverehrte Pascha habe mit seinem Adlerblick aus blitzblauen Augen die in der Bucht brennenden feindlichen Schiffe gemustert, seinen sehr süßen Kaffee ausgetrunken und sich von seinem Adjutanten noch zum Vergnügen aus dem Kaffeesatz lesen lassen, dann sei er wieder in sein Auto gestiegen, habe Staub aufgewirbelt und, wie er gekommen war, das Café von Etem *Efendi* verlassen. Dieser Oberbefehlshaber, *Gazi* Mustafa Kemal, wurde später zu Atatürk, dem Vater der Türken, doch der Kaffeeröster Etem *Efendi* überwand dieses Erlebnis nie.

Mein Vater, erst Leutnant, Oberleutnant, Hauptmann, Major, inzwischen Oberstleutnant und Oberst, versuchte immer, sich zwischen den »ordensbehängten Schultern« zu behaupten, doch oft konnte er sich kaum vom *Rakı*-Tisch erheben. Er lauschte den bekannten Schlagern und weinte, weil er entweder von einem Püppchen in seinem Arm oder vielleicht von meiner Mutter träumte. »Kein anderer Traum soll dir vor Augen stehen / Bewahre meine Züge, lass sie nie vergehen.« Wie meine Großmutter war auch er klein und schmächtig. Zudem war er kahl, deswegen hatte er in Zivil immer einen Filzhut auf. Er pflegte zu sagen, im Dienst trüge er seine goldbetresste Offiziersmütze oder das Käppi nicht, um seine Glatze zu verbergen, sondern um zu grüßen. Er ließ sich keinesfalls verspotten. In solchen Momenten wurde er dann plötzlich ganz hart und zornig. Er runzelte die Brauen, wurde ernst wie beim Salutieren vor der roten Fahne bei der Zeile der Nationalhymne: »... sonst haben wir unser Blut nicht für dich vergossen!« Später erfuhr ich, dass man Menschen, die urplötzlich von einem Gefühl zum entgegengesetzten wechseln, »Lunatiker« nennt, aber das war erst, als ich meine Sachen gepackt hatte und ins Ausland gegangen war. Sonst hätte ich den Spitznamen meines Vaters geändert, ich hätte verbreitet, ihm gefalle der Ausdruck »Mondgesicht« besser als »Plattfuß« oder »Henker«. Wer weiß, vielleicht hätte ich das auch nicht verbreitet, da doch meine Mutter, die ein Mondgesicht hatte, nicht »Mondgesicht« genannt wurde. Zwischen ihr und meinem Vater gab es keinerlei Ähnlichkeit, schon gar nicht in Hinblick auf ihr schlimmes Schicksal.

Da mein Vater alias »Plattfuß Hasan« nie zum Friseur ging, schickte er auch mich nie dorthin. Die Aufgabe übernahm der Bursche. Jedes Mal, wenn ich mich vor den Spiegel setzte, faszinierte mich das Foto von Generalfeldmarschall Fevzi Çakmak an der Wand. Die Augen des Marschalls mit dem feinen Schnurrbart blitzten ebenso wie die von *Gazi* Pascha. Und wenn man seinen militärischen Rang – er war der einzige Generalfeldmarschall des Landes – bedachte, musste er mindestens eine Feldschlacht gewonnen haben. Aber in der Grundschule kam aus irgendeinem Grund ständig der Name von *Gazi* Pascha, also Atatürk, vor, und auch der des Helden von Plewen, *Gazi* Osman Pascha. Der Name von Çakmak wurde nicht erwähnt. Doch von den Heldentaten *Gazi* Paschas konnte unsere Lehrerin nicht aufhören zu erzählen. Sie begann, den Marsch zum zehnten Jahrestag der Republik zu singen: »Seit zehn Jahren sind wir nun / von jeder Schlacht zurückgekehrt mit freier Stirn«, und am Ende sangen wir meistens: »Die Donau sagt: Ich fließe nicht.« Immer wenn sie mit tränenerfüllter Stimme rezitierte:

»Aus tiefstem Herzen sei dir Dank,
Dem Retter unseres Heimatlands.
Wir waren müde, voller Wunden,
War'n krank, doch du hast uns verbunden«,

dann gaben wir ihr gemeinsam folgende Antwort: »Die Kraft, die wir brauchen, besteht aus dem reinen Blut, das in unseren Adern fließt.« Im Büro des Rektors, der mit seinem Giraffenhals aufrecht am Schreibtisch saß, waren an der rückwärtigen Wand ebenfalls zwei Bilder des Paschas aufgehängt, auf denen die Schlachten von Dumlupınar und am Sakarya dargestellt waren. Es wäre wohl richtiger, nicht von »Bildern«, sondern von »Plänen« zu sprechen, denn diese Darstellungen glichen militärischen Karten. So wie an den Wänden im Quartier. Als wäre zwischen einer Schule und einer Kaserne kein großer Unterschied. Jeden Morgen rezitierten wir den Eid, der mit den Worten »Ich bin Türke, aufrichtig, fleißig!« begann und mit »Mein Dasein weihe ich der Türkei!« endete. Unsere Verbundenheit mit Atatürk konnte man in anderer Form auch auf den kahlen Hügeln lesen, die zur Kaserne gehörten:

»Welch ein Glück, sagen zu können: Ich bin Türke!« Wir trugen ebenfalls Uniformen wie die Soldaten. Mit unseren schwarzen Kitteln und den weißen Kragen füllten wir im Nu den ganzen Hof aus. In den Pausen waren wir wie Krähen, die von Ast zu Ast hüpften, Fledermäuse, die tagsüber mit den Flügeln schlugen. Wenn wir mit »Auf!« und »Nieder!« Soldat spielten, waren keine Mädchen dabei, und auch in der Klasse versuchten wir unter uns zu sitzen, weit von ihnen entfernt. Letztlich waren sie »nur Mädchen«, die unten herum wohl einen Schlitz hatten. Ein wenig ähnelten wir ihnen zwar schon mit unseren Kitteln, doch unter diesen trugen wir Hosen, und zwischen unseren Beinen baumelten unsere Pipis wie Bajonette, die länger wurden, wenn man sie berührte und an ihnen zog. Wie die Soldaten in der Kaserne jeden Morgen beim Exerzieren schweißgebadet sich die Seele aus dem Leib schrien mit Soldatenliedern wie »Die Almen, die Almen!« oder »Mutter hat mich aufgezogen, / Hier in dieses Korps geschickt«, so überbrüllten wir uns jeden Morgen in der Schule mit der Nationalhymne: »Fürchte nicht, dass im Morgenrot erlischt …«

Ganz anders klangen die Lieder derer, die abends am See »hinaus in den Mondenschimmer« fuhren. Es waren erwachsene Männer, die »An den Stränden der Insel warte ich« sangen und »Liebste, du warst so klein, du warst ganz anders«. Der Staatsanwalt, der Finanzdirektor, der Rektor und mein Vater mit dem Filzhut auf dem Kopf und dem *Rakı*-Glas in der Hand fuhren im Mondenschein hinaus. Stets waren sie beisammen, wie die »unzertrennlichen vier« oder die Dalton-Brüder, die ich aus *Lucky Luke* kannte, das ich damals nie aus der Hand legte. In Frieden und Krieg waren sie stets zusammen. Allerdings hatte keiner von ihnen einen Krieg erlebt. Bis heute nicht. Zwar wären sie heldenhaft nach Zypern gegangen, doch als die Armee dort einrückte, waren sie nicht einmal in der Lage, das Haus zu verlassen. Sie waren längst alt geworden, und Giraffe hatte diese Welt verlassen. Als sie mich bei sich aufnahmen, wurden wir die »unzertrennlichen fünf«, doch ich stimmte in ihren Chor nicht ein, hörte nur zu. Nun gut, ich konnte mir vorstellen, warum sie Liebeslieder und Schlager sangen, doch warum schmetterten sie ständig: »Vogelstimmen erfüllen das Tal«? Giraffe, Spatz, Staatsanwalt – den sie manchmal auch »Krampf« nannten – und Plattfuß stimmten wie aus einem Munde an: »Vogelstimmen erfüllen das Tal, / Hochentzückt sind wir allzumal.« Und mein Vater wiederholte die Zeile, indem er die rumelische Aussprache seiner Mutter nachmachte: »Och, entzückt sind wir allzumal!«, woraufhin er seine berühmte Lachsalve losplatzen ließ. Zu vorgerückter Stunde aber passte er ein Lied von Zeki Müren, das gerade berühmt wurde, seinem Leben an und sang weinend: »Deine Haare sind zerzaust / du ähneltest Kader.«

»*Muhtars* Platz« war ein einfaches Lokal, es gab fast keine *Meze*. Das Ganze bestand aus ein paar mit Wachstuch bedeckten Holztischen und Stühlen, die schon ihre Farbe verloren hatten. Im hinteren Teil befand sich ein Verschlag, den man kaum »Küche« nennen konnte, an der Wand aber hing ein Bild von Atatürk im Smoking. Ich möchte behaupten: Nicht nur die Gäste, alle Einwohner der Stadt sahen auf diesem Foto erstmals in ihrem Leben einen Smoking – doch aus der Stadt besuchte ja niemand »*Muhtars* Platz«. Die meisten gingen nicht mal dran vorbei. Wenn es Abend wurde, verschanzten sie sich in ihren Häusern und blieben in ihrer eigenen Welt. Auf den dunklen Straßen spielten die Geister Fußball. Sogar die Lichter der Hauptstraße wurden schon vor Mitternacht abgeschaltet. Es war wie die Verkörperung der Liedzeile »Abend kam, wieder lastet das Dunkel«.

Nur der Haupteingang der Kaserne war Tag und Nacht erleuchtet. Auch die Wachttürme auf dem umzäunten Areal tauchten ins Dunkel, aber die Soldaten im Inneren hielten Wache mit dem Finger am Abzug, als könnte jederzeit ein Überfall auf die Hügel gegenüber erfolgen. »*Muhtars* Platz« war außer dem Garnisonskasino der einzige Ort in der Stadt, wo man Alkohol trinken konnte. Später eröffnete ein weiteres Lokal in der Innenstadt, doch mein Vater blieb bei »*Muhtars* Platz«. Vermutlich befürchtete er, er würde sonst von den Kameraden als »Nachtschwärmer« bezeichnet werden. Deswegen besuchte er auch das Kasino nicht oft. Am Wochenende nahm er auch mich mit zu »*Muhtars* Platz«. Nach Dienstschluss kam er im Jeep, den Ahmet steuerte, nach Hause und zog sich um, dann gingen wir zu Fuß zum Einkaufen ins Zentrum. Auf dem Kopf den Filzhut, eine gebügelte Hose am Hintern, so hielt mein Vater mich an der Hand und beschleunigte seine Schritte. Er bemühte sich sehr, frommen Händlern auszuweichen. Beim Einkaufen verweilte er möglichst kurz in den Läden. Vom Knabberwarenladen kaufte er Nüsse, vom Schlachter Innereien, vom Obsthändler je nach Jahreszeit Honigmelonen und Wassermelonen, wenn sie frisch waren, sowie ein paar Pflaumen und Gurken. Auch der *Muhtar* briet Fische, wenn er welche bekommen hatte, oder *Köfte*, und das Lokal füllte sich plötzlich mit Rauch, sodass wir noch tagelang nach verbranntem Fett rochen. Gemäß dem Prinzip »Das Ziel ist Sparsamkeit!« war es eigentlich billiger, die *Meze* auswärts zu kaufen und mitzubringen, und so gab es weißen Käse und Oliven aus Kalamata, es wurde weder *Pastırma* noch Salami gekauft, weil das teuer war, doch ließen sie dem *Muhtar*, wenn die Köpfe nach ein paar großen Flaschen *Rakı* benebelt waren, ein ordentliches Trinkgeld da.

Ich trug für gewöhnlich das Einkaufsnetz. Mein Vater seufzte und sagte dann: »So wie du jetzt die Last des Netzes trägst, wirst du in Zukunft die Last des Lebens tragen.« In diesem Moment erschien vor meinem inneren Auge eine Kamelkarawane aus dem arabischen Teil des Buches *Die Welt der Menschen*. Die Wüste wurde augenblicklich zum See. Es schien mir, als sähe ich die mit Ballen beladenen Esel den See entlanglaufen, sähe Maultiere mühsam Material zu Baustellen tragen, Lastenträger auf dem Bahnhof von hier nach dort laufen. Mein Vater hat recht gehabt. Ich musste später ziemliche Lasten tragen, war aber niemandem zur Last. Jetzt, wo ich meine Geschichte erzähle, möchte ich zwar keinen damit belasten, diese Tonaufnahme anzuhören, aber eigentlich habe ich das Leben satt. Wenn ich Medikamente nehme, kann ich nicht mal das Glas vernünftig halten, wenn ich zwei Schritte tue, muss ich schon keuchen. Nun weiß ich, was die Schwerkraft bedeutet. Der Apfel, der Newton auf den Kopf fiel, ist bleischwer geworden und hält mir die Füße fest. Als bestünden meine Knie nicht aus Knochen und Knorpel, knirschen sie andauernd. Sogar eins der wunderhübschen Callgirls, die ich mir nach Hause bestellt hatte, konnte nur mit Mühe und Not mein männliches Teil beleben, das schon anfängt zu welken. Ich bin in alte Zeiten, in meine Kindheit zurückgekehrt, als ich an meinem Pipi zog, der irgendwie nicht größer werden wollte. Dabei habe ich in dieser vergänglichen Welt viel erlebt, gut gelebt und viele Gefahren überstanden. Es gab Tage, da habe ich halb Istanbul oder ganz Paris durchquert. Was für Frauen habe ich gehabt! Glaubt nicht, ich spiele mich auf, es stimmt wirklich. Oder, wenn Ihr es nicht glauben wollt, schiebt es auf meine Sammelleidenschaft.

Fırlama nannte sein Teil *»babafingo«*, es war ein Riesending. Ohne sich zu schämen, holte er es raus und zeigte es den Neugierigen tagsüber auf der Toilette, nachts im Schlafsaal. Ich aber machte mich vor Scham möglichst klein, wenn wir nachts vor dem Einschlafen im Bett unsere Zelte aufbauten. Das Zelt von Fırlama war groß wie das Prunkzelt des Sultans, während in meins kein Kind hineinpasste. Jetzt werden Sie glauben, ich übertreibe, wenn ich Ihnen erzähle, dass wir im Schlafsaal, ehe wir masturbierten, Zeltbauen spielten, indem wir die Zudecke über unsere aufgerichteten Glieder zogen. Sie werden es nicht glauben, dass ich trotzdem ein schüchterner, verschlossener Junge war. Am besten kehren wir zu »*Muhtars* Platz« zurück. Aber das eine muss ich noch hinzufügen. Fırlama rief irgendwann in der Nacht, während er aus dem Bett neben meinem aufsprang: »Ist deine Kanone bereit zum Feuern?« Es scherte ihn nicht, dass manche Mitschüler sagten: »Halt's Maul, was soll das jetzt? Verreck doch, leg dich hin und lass uns schlafen!« Stattdessen machte er sich lustig: »Meine Kanone ist ein schweres Geschütz, ihre Räder sind harte Nüsse.« Seine Kanone war »schwer«, ja, aber war meine dann eine Art »Leichtkanone«, wie sie vor der Kaserne aufgereiht standen, Hunden gleich, die bellen wollten, deren Kugeln aber nicht mal die Erde verbrannten? Das kann ich bis heute nicht entscheiden.

»Du hast ja das schwere Geschütz gesehen, Artilleristensohn, wenn das feuert, dann trifft es auch!«, sagte Fırlama und ging an jedem Wochenende in die Abanoz-Gasse, um eine Frau »abzuschießen«, während ich im vorderen Garten unter Platanen ein Buch las. Nein, er erschoss keine Frau, vielmehr schilderte er später haarklein im Schlafsaal, wie er sein großes Gerät herausgeholt und in die Frau gesteckt habe. Er ging offensichtlich in die Abanoz, um eine Frau zu erlegen, so wie mein Vater mit dem Finanzdirektor auf die Jagd ging, um einen Bären zu erlegen.

Diese Bärengeschichten am Stammtisch waren ebenso endlos wie die Geschichten von Abanoz, die Fırlama im Schlafsaal erzählte.

Jetzt noch, nach so vielen Jahren, kommt es mir so vor, als hörte ich die Gespräche meines Vaters mit Spatz, dem Finanzdirektor.

»Hauptmann, wir müssen nun unbedingt diesen Mörderbären abschießen.«

»Mörderbär? Wie kommst du jetzt auf diese Idee?«

»Spiel nicht den Unwissenden. Wer hat denn noch nicht gehört, dass neulich ein hungriger Bär aus den Bergen heruntergekommen ist und sich ein Mädchen geschnappt hat?«

»Ja, das habe ich gehört, aber einer, der ein Mädchen entführt, ist doch kein Mörder, eher ein Vergewaltiger.«

»Na ja, bei der Entführung ist es ja nicht geblieben, der hat das arme Mädchen auch aufgefressen.«

»Also nee, so war's nicht«, mischte sich Giraffe ein. »Nachdem er ihr Gewalt angetan hatte, hat er sie in ihr Vaterhaus zurückgeschickt.«

Mein Vater wollte da nicht zurückstehen und widersprach Giraffe:

»Nein, der Vater nahm seine Doppelflinte und machte sich sofort zur Höhle des Bären auf, um das Mädchen zu befreien und nach Hause zu holen. Nachdem er den Bären erlegt hat, fängt doch das Mädchen an zu heulen! Ihr Vater sagt: ›Mädchen, was heulst du dir denn die Augen aus?‹ Sie sagt: ›Was soll ich denn bei dir zu Hause? Jetzt nimmt mich doch keiner mehr. Der Kerl war grob, ein Bär halt, aber doch mein Ehemann!‹«, machte mein Vater das Mädchen nach, und dann ließ er sein berühmtes Lachen hören. Die anderen begannen verhalten zu lachen. Giraffe beugte seinen langen Hals und zeigte grinsend seine gelben Zähne, der Staatsanwalt wurde von innerlichem Lachen geschüttelt und gab ein Kichern von sich. Auch Spatz wollte eigentlich lachen, doch er beherrschte sich, denn er hielt daran fest, dass der Bär das Mädchen gefressen habe. »Lasst uns sofort aufbrechen und die Ehre des Mädchens wiederherstellen«, sagte er.

Aber dann konnte er sich nicht zurückhalten, eine andere Bärengeschichte zu erzählen. »Nicht immer vergewaltigt der Bär Menschen. Besser gesagt: weibliche Menschen. Es kommt auch umgekehrt vor.«

»Wie denn das?«, fragte der Staatsanwalt erstaunt. Spatz plusterte sich auf und fuhr fort wie jemand, der Bescheid weiß: »Es kommt vor, dass Bärinnen von Männern vergewaltigt werden.« Diesmal reagierte der Staatsanwalt tatsächlich verblüfft. »Das gibt's doch gar nicht! Ich weiß doch wirklich besser als ihr alle über Bären Bescheid. Vor allem in etymologischer Hinsicht. Aber so etwas höre ich jetzt zum ersten Mal.«

Die anderen lauschten gespannt und freuten sich, dass sich das Gespräch über Bären derart ausweitete. Oder sie wirkten so, als hörten sie zu, während sie sich lustig machten.

Der Finanzdirektor spann den Faden weiter: »Ich werde euch zu diesem Thema keinen wissenschaftlichen Vortrag halten. Das fällt eher dem Herrn Staatsanwalt zu. In seiner Gegenwart wage ich auch nicht, eine Predigt zu halten, die den Mord am Bären preist. Mit eurer Erlaubnis werde ich meine Ansicht durch eine Anekdote erläutern!«

Die Tischrunde stimmte wie aus einem Munde zu: »Bitte, Herr Lehrer, wir lauschen.«

»Es verirren sich ja nicht gerade viele Touristen hierher zu uns, höchstens zufällig. Aber es handelt sich hier nicht um irgendeinen Touristen. Ich spreche vielmehr von einer wunderschönen, hochgewachsenen, blonden deutschen Frau. Vielleicht etwas älter, aber was macht das schon. Hätte meine Frau solche Riesenbrüste, solch blondes Haar, das wie ein Weizenfeld im Winde weht, und diese himmelblauen Augen, dann würde ich mich nicht scheiden lassen, sondern sie hegen und pflegen wie eine Rose. Nun gut, sie war tatsächlich nicht mehr ganz jung, aber immer noch eine schöne Frau. Und wie man so sagt: Bei ihr saß alles noch da, wo es sein sollte. Eigentlich wollte sie nach Antalya, doch als sie unsere hübsche Stadt am See erblickte, konnte sie nicht anders und errichtete ihr Zelt gleich neben der Kaserne. Wie es dann Abend wurde, kroch sie ins Zelt und fiel in einen tiefen Schlaf. Und ganz zufällig bemerkte ein Schäfer, der seine Ziegen auf den grauen Hügeln weidete, die unser verflixter Hauptmann – entschuldige – jeden Tag mit Kanonen beschießt, in der Ferne das Zelt. Er wunderte sich und kam näher, und was sah er? Schlief da nicht eine blonde Schönheit? Und hoben und senkten sich nicht ihre riesigen Brüste beim Ein- und Ausatmen im Schlaf? Ja, da schwollen seine Lustgefühle. Ginge es euch nicht genauso, wären nicht auch eure Lustgefühle angeschwollen?«

»Klar doch. Nicht nur die Lustgefühle, sondern auch das, was sich unter der Taille befindet, wäre geschwollen«, feuerte die fachkundige Tischrunde den Finanzdirektor an. Der aber, erfreut über die Zustimmung, warf seinen mächtigen Körper nochmals in Positur und fuhr mit seinem Witz fort.

»Der Hirte schlüpfte vorsichtig ins Zelt und drückte unter der Decke der Dame seine Hirtenflöte an den Mund. ›Kannst du wohl mal ein bisschen blasen‹, sagte er. Als ob die deutsche Touristin darauf reingefallen wäre! ›Ich habe in meinem Leben oft Saxofon gespielt, aber mit einer Hirtenflöte kenne ich mich nicht aus‹, sagte sie. Das scherte ihn aber nicht. So legte sich der Hirte auf sie drauf, und bis zum Morgen kam er nicht mehr runter.«

»Na aber, was soll das denn?«, unterbrach Giraffe die Erzählung des Spatzen. »Du wolltest doch vom Bären erzählen. Wo ist denn der Bär?«

»Nur Geduld, dazu komme ich schon noch. Ich bin ja noch nicht fertig. Aber wenn nun vor allem der Bär interessiert, mache ich es kurz. Am nächsten Morgen, als der Schäfer merkte, dass seine Ziegen sich zerstreut hatten, bereute er es tausendfach, der Stimme Satans und der Frau nachgegeben zu haben, und kehrte zu seiner Hütte zurück. Kurz darauf klopften Gendarmen an seine Tür. Sie packten den Hirten am Schlafittchen und führten ihn ab.«

»Ja, alles klar, jetzt komm endlich zu dem Bären!«, unterbrach nun der Staatsanwalt die Erzählung des Finanzdirektors.

»Sagte die Frau doch: ›Ich erhebe Anklage. Dieser Hirte hat mich bis zum frühen Morgen vergewaltigt.‹«

»Tatsächlich!«, bestätigte die ganze Tischrunde fachkundig das Gesagte. Doch noch immer redete Spatz um den Brei herum, ohne auf den Bären zu kommen.

»›Unter einer Bedingung nehme ich meine Anklage zurück‹, sagte die Frau, ›nämlich wenn der Hirte mit mir nach Deutschland kommt und mein Mann wird. So einen Mann finde ich nie wieder. Bis zum Morgen hat er mich an allen meinen Stellen besucht.‹ Nun, der Hirte wollte aber seine Kinder und seine sehnsüchtig in der Hütte auf ihn wartende rosengleiche Frau nicht verlassen und sagte einfach Nein. Dann aber drohte ihm der Knast.«

»Ja, das stimmt«, sagte der Staatsanwalt. »Auf Vergewaltigung einer Ausländerin stehen mindestens zwanzig Jahre Strafe.«

»Wie auch immer. Der Hirte machte der Dame folgendes Angebot: ›Schau, meine Schöne, ich kann meine Ziegen, meine Kinder, meine zu Hause auf mich wartende rosengleiche Frau nicht einfach verlassen und mit nach Deutschland kommen. Doch mein Bruder ist ledig und sogar noch jünger als ich. Vielleicht kommt der ja mit dir mit.‹ Daraufhin meinte die Frau: ›Schon gut, aber ist er auch so ein männlicher Mann wie du?‹ – ›Von dieser Seite kenne ich ihn nicht so genau. Doch voriges Jahr hat er eine Bärin vergewaltigt. Und diese Bärin bringt ihm immer noch frischen Honig‹, gab der Hirte zur Antwort.«

Der Staatsanwalt schien etwas gebildeter, er hatte wohl etwas mehr Tinte geleckt als die anderen. Mit überlegener Miene bemühte er sich, das unter der Gürtellinie liegende Niveau der Bärengeschichten ein wenig anzuheben. Mir ist, als hörte ich ihn die etymologische Seite des Themas darstellen. »Wenn wir schon vom Bären sprechen, dann sollten wir nicht vergessen, von seinen Namen zu reden.« In einem Atemzug brachte er vor, dass es eine wissenschaftliche Studie gebe, nach der in manchen turksprachigen Dialekten statt *»ayı«* (»Bär«) auch *»ece«* gesagt werde, was bekanntlich so viel wie »Vorfahr, Ahn« bedeute, sodass die Türken nicht vom Grauen Wolf abstammten, sondern womöglich von jenem Feind der Tugend, dem Grauen Bären. Danach nahm er selbstzufrieden einen Schluck aus seinem Glas und wischte sich mit dem Handrücken den Mund ab. Wir zeigten natürlich nicht, dass wir diesen Vortrag in Etymologie nicht zum ersten Mal gehört hatten. Vor allem mein Vater spitzte die Ohren, hörte aufmerksam zu. Giraffe tat so, als lausche er, und wiegte seinen Kopf hin und her. Doch Spatz schien nicht erfreut, dass das Wort und die Aufmerksamkeit auf den Staatsanwalt übergegangen waren. Der

Staatsanwalt bekräftigte noch einmal, dass die Turkstämme nicht, wie es im Ergenekon-Mythos heiße, von *»gökböri«* alias Grauer Wolf abstammten, sondern vom Grauen Bären, fügte hinzu, dass die Bezeichnungen *»ece«* und *»apa«* auf älteren Quellen als die Inschriften von Orhun basierten; außerdem sage man im Mongolischen, das dem Türkischen verwandt sei, zum Bären *»babagay«* und manchmal *»ötege«*, das so viel wie »der Alte« bedeute.

Wenn ich mich recht erinnere, war es der Staatsanwalt, der dem Bürgermeister nahelegte, es nicht bei dem Reiterstandbild Atatürks in der Stadtmitte zu belassen, sondern ihm die Büsten der bedeutenden Türken zur Seite zu stellen. Nachdem ich nach Istanbul gegangen war, ergänzte er das Standbild durch die Büsten prominenter Befehlshaber, beginnend mit dem Grauen Wolf aus der Ergenekon-Saga. Von Mete Han über Osman *Bey*, Atilla, Bilge Kağan, Cengiz Han zu Alpaslan – wer auch immer Ihnen an Helden noch einfallen mag, einschließlich Tonyukuk, alle stellte er um das Standbild herum auf, sodass sie mit ihren Helmen, Turbanen und Pelzmützen, ihren Adlerblicken und gerunzelten Brauen unserer Stadt die Ehre gaben. Ich war nicht dort und habe das nicht gesehen, aber von meinem Vater erfahren. Ich erzähle nur das, was ich von ihm gehört habe. Jeder weiß, dass Kinder lügen, aber Väter natürlich nicht. Als wäre es damit nicht genug gewesen, hatte man unter der Büste des Grauen Wolfs noch eine Inschrift angebracht: »Wenn die türkische Jugend ihre Vorfahren kennt, wird sie in sich die Kraft finden, noch größere Taten zu vollbringen.«

Nachdem ich also in die Welt hinausgegangen war, im Glauben, dass die Kraft der türkischen Jugend in dem reinen Blut liege, das in ihren Adern fließe, wurden wir immer wieder von dem Staatsanwalt mit dieser »Abstammungssaga« verfolgt. Wie einer seiner Spitznamen besagte, war er ein wenig »krampfhaft«, aber immerhin lernte ich so meine Ahnen näher kennen. Trotzdem möchte ich betonen, dass niemand, auch der Staatsanwalt nicht, so kühn war, vorzuschlagen, dass man anstelle des Grauen Wolfes die Büste eines grauen Bären aufstellen solle. An »*Muhtars* Platz« aber wurden bis in die späte Nacht weiterhin Bärengeschichten erzählt. In jenen Geschichten verschleppten die Bären, unsere eigentlichen Vorfahren, nicht nur Mädchen, sondern sie stahlen natürlich auch Honig aus den Bienenstöcken. Im Russischen nämlich bedeute das Wort für »Bär«, *»medwed«*, so viel wie »Honigdieb«, wie unser Klugscheißer und Etymologe, der Staatsanwalt, wusste. Es komme sogar vor, dass Bären aus dem Winterschlaf erwachten und heißhungrig die Dorfbevölkerung überfielen. Ich muss dazu sagen, dass der Staatsanwalt natürlich kein Russisch konnte. Wenn damals jemand diese Sprache lernen wollte, wurde er schon deswegen für einen Kommunisten gehalten. Das Wörtchen *»medwed«* hat er wohl in einem etymologischen Wörterbuch gefunden.

Natürlich wurde auch die Geschichte aufgetischt, wie die Bären einmal durch den Fuchs betrogen wurden. Eine Geschichte, die Spatz immer wieder erzählte.

Der Fuchs und der Bär wurden Freunde und zogen zusammen los, und wie sie so über Stock und Stein wanderten, bekamen sie Hunger. Sie beratschlagten, wie sie sich ernähren wollten, als sie ein brachliegendes Feld erblickten. Das Feld war einladend, so unglaublich breit, und die Erde war fett und fruchtbar. Was man auch pflanzte, es würde im Nu reif werden. Der Fuchs schlug vor, Weizen zu säen und die Ernte zu teilen: Er selbst sollte bekommen, was oben war, der Bär aber, was unten war. Die Aussaat wuchs und gedieh, doch als die Zeit der Ernte kam, erhielt der Fuchs die Ähren, der Bär aber das Stroh. Als der dumme Bär den Betrug merkte, fing er zu fluchen an. Er wollte sich schon auf den

Fuchs stürzen, als unser Pfiffikus ausrief: »Halt, reg dich nicht auf! Diesmal machen wir es anders herum. Du bekommst das Obere und ich das Untere.« Und sie säten Zwiebeln ein. Auf diese Weise wurde der Bär erneut betrogen.

Ich erinnere mich, dass der Finanzdirektor selbst aus dieser Kindergeschichte ernstlich eine Moral ableitete. Ich höre noch seine Stimme: »Mit dem Fuchs soll man nicht Freundschaft schließen. Aber auch der Bär bringt einem keinen Nutzen. Lasst uns den Verfluchten abschießen.« Der Staatsanwalt war zu dem Zeitpunkt wohl schon reichlich blau, weil er diesmal heftig widersprach: »Wenn du den Bären erschießt, bedeutet das, du erschießt deinen Ahnen.« Ich weiß nicht, ob es richtig ist, dieses Ahnenthema heutzutage weiter zu vertiefen. Ich verfolge im Fernsehen, wie dies womöglich der Regierung missfallen könnte. Der Ministerpräsident rühmt täglich unsere Vorfahren, die Padischahs, die als Weltherrscher angeblich ihr Leben lang nicht vom Pferd gestiegen sind, Burgen erstürmt und die Erde in die Knie gezwungen haben, und er erstattet Anzeige gegen Fernsehserien, in denen sie im Harem als Sklaven ihrer Frauen gezeigt werden und Vergnügen und Freude genießen. Den Regisseuren droht er Gefängnisstrafen an. Und wenn er mich nun sagen hört, dass unsere Vorfahren Bären gewesen seien? In Wirklichkeit sage ja nicht ich das, sondern der Staatsanwalt in meiner Geschichte, aber was soll's! Wir sollten das Thema Ahnen und Bären lassen, ehe es lästig wird. Wenn man es recht betrachtet, heißt es sowohl in der Etymologie als auch in der Anthropologie weder, dass Bären unsere Ahnen seien, noch, dass wir von den Grauen Wölfen abstammen, sondern dass diese beiden Tiere in unserer Überlieferung tabu seien.

An »*Muhtars* Platz« wurden nicht nur unanständige Bärengeschichten erzählt; von einem bestimmten Zeitpunkt an, wenn die Köpfe reichlich benebelt waren, senkte sich Kummer über die Tischgenossen, und sie begannen, allen voran mein Vater, das Verlorene zu beklagen, die verflossenen Lieben, das verdammte Schicksal und das wankelmütige Glück. Doch wenn im Radio der Tanburspieler Cemil *Bey* spielte oder Müzeyyen Senar sang, weinte allein mein Vater. Wenn sich die anderen dann in ihre eigene Welt zurückzogen und in Träume versanken, verstummte auch die Stimme des Radios. Dann breitete sich Melancholie aus im Lokal. Die Klugscheißerei des Staatsanwalts ging meistens auf Giraffe über, »Langsam steigst du die Stufen herab, / Am Rocksaum Blätter in den Farben der Sonne«, zitierte er, mein Vater fiel ihm ins Wort und fuhr fort: »Und eine Zeit lang wirst du weinend zum Himmel schauen.« Giraffe tat, als hätte er ihn nicht gehört, und stimmte Verse aus einem anderen Gedicht an: »Wenn endlich der Tag kommt, die Anker zu lichten, / Verlässt ein Schiff diesen Hafen ins Unbekannte.«

Im Sommer, wenn die Tische hinaus auf den primitiven Landungssteg am See geschleppt worden waren, und wenn unsere Dalton-Brüder ihr Glas im Mondlicht erhoben und sangen, war es mir, als entfernte sich der Steg langsam vom Ufer. Und ich träumte, mein Vater wäre kein Hauptmann in khakifarbener Uniform, sondern ein weiß gekleideter Marineoffizier, der Kapitän eines Schiffes, das Kurs auf die gegenüberliegenden Berge nähme. Wenn die Stimmung von Humor zu Melancholie wechselte, wurde auch ich traurig und verspürte das Bedürfnis, bisher nie verwendete Worte von Liebe, Natur und Tod auszusprechen, doch da mir nichts einfiel, blieb ich stumm. Am Ende eines solchen Abends wollte Giraffe einmal nicht wie sonst immer neben Ahmet im Jeep sitzen, der uns abholte, sondern ein wenig zu Fuß gehen. Ob Sie es glauben oder nicht, am nächsten Morgen zog man seinen Leichnam aus dem See. Er war ertrunken. So war es tatsächlich. Er war damals noch immer leidenschaftlich in meine Klassenlehrerin verliebt gewesen, und wie viele anatolische Jünglinge hatte er alles getan, um dieses Feuer zu löschen, doch schließlich hatte auch er sich seinem Schicksal ergeben.

Der Tote wurde vor der Marktmoschee ausgesegnet, doch ich ging nicht hin. Selbst wenn ich gegangen wäre, hätte ich den Ablauf, der ähnlich war wie bei meiner Mutter, nun nicht erneut geschildert. Von den Daltons waren nur noch drei Personen übrig, doch diese verhielten sich so, als wäre Giraffe bei ihnen, und sie erwähnten ihn ständig. Wenn Ahmet spät in der Nacht mit dem Jeep kam, um uns bei »*Muhtars* Platz« aufzusammeln, brachte er erst den Staatsanwalt und Spatz nach Hause, dann meinen Vater und mich. Vor dem Einschlafen hörte ich im Nebenzimmer meine Großmutter brummen: »Dein Sohn wird mal dir nachschlagen!« Dabei komme ich überhaupt nicht nach meinem Vater. Womöglich habe ich seinen »lunatischen« Charakter geerbt, aber er hat mir weder sein Nationalbewusstsein noch sein Verhalten weitergegeben. Gott sei Dank bin ich auch körperlich nicht nach meinem Vater geraten. Nach Ansicht meiner Großmutter verdanke ich meine Größe und meine Haarfarbe ebenso wie die Farbe meiner Augen einem unbekannten Verwandten meiner Mutter.

4

Ich habe keinerlei Erinnerung mehr an meine Geburtsstadt, doch an unser Haus erinnere ich mich verschwommen. Es war ein zweigeschossiger Bau in einem Garten. Wir hatten das Erdgeschoss gemietet, der Hausbesitzer wohnte oben. Er hatte eine Tochter in meinem Alter, deren Namen ich jetzt vergessen habe. Etwa nur *ihren* Namen? Ich habe so viele Namen vergessen, von nahen und fernen Bekannten, von engsten Freunden und erbitterten Feinden, sogar von Menschen, denen ich einst in Liebe verbunden war, dass ich mich frage, wie ich mich an meinen eigenen noch erinnern kann. Die Gesichter sind in meinem Gedächtnis noch lebendig – sollte ich lieber »frisch« sagen? –, obwohl auch sie zum größten Teil dahingegangen sind wie mein zerbröckelndes Leben. Manchmal fällt mir ein Lächeln ein, das schönste Lächeln der Welt, manchmal ein Paar blaue Augen, »geschwungene Augenbrauen« und »Rosenwangen«, wie man in Gedichten der Divan-Literatur gesagt hätte. Ich werde auch von Körpern angezogen, weißen, langbeinigen Frauenkörpern, die im Dunkeln wie Wasser zerfließen. Jede Frau ist mittlerweile ein wilder Fluss, der sich nicht zähmen lässt, eine Frucht, deren Anblick von Ferne wunderschön ist, die ich aber nicht pflücken kann, selbst wenn ich den Ast erreiche. Hat nicht Fırlama, mein Bettnachbar im Gymnasium, wenn er eine schöne Frau sah, immer gesagt: »Iss sie nicht, lieg neben ihr!«?

Mit »sehen« meine ich natürlich Fotos auf dem Titelblatt der Zeitschrift *Hayat* oder Frauen auf der Istiklâl Caddesi, wenn wir am Wochenende für einige Stunden hinauskonnten.

Wir machten es wie in dem lüsternen Liedchen und »spazierten durch Beyoğlu, / begafften die Schönen«, doch nie hatten wir den Mut, sie anzusprechen oder uns gar mit ihnen zu unterhalten. Und in Gedanken sagten wir uns: »Iss sie nicht, lieg neben ihr.« Jetzt ist es ein Traum, auch nur neben einer zu liegen, selbst wenn wir manch eine »gegessen« haben. In der letzten Klasse konnte Fırlama, der mit jenem dunkelhaarigen, mageren Mädchen aus dem italienischen Lyzeum zu flirten angefangen hatte, endlos erzählen, wie er sie »gegessen« habe, während ich schweigend zuhörte. Ich unterschied mich von Fırlama insofern, als er seine Liebste ins Kino eingeladen und sie im Dunkeln einmal hatte küssen können, während ich im selben Alter wirklich wusste, was eine Frau war. Doch ich konnte mein Geheimnis mit niemandem teilen, am wenigsten mit Fırlama. Das ging einfach nicht. Ich kann mir vorstellen, dass Sie den Grund erfahren wollen, aber drängen Sie mich nicht, denn ich verrate es auch Ihnen nicht. Noch ist die Zeit nicht da, mein Geheimnis aufzudecken. Es reicht, wenn Sie wissen, dass meine Mutter nicht an einem Aneurysma gestorben ist, sondern durch eine verirrte Kugel beim Reinigen der Pistole meines Vaters oder durch Selbstmord. Über den Grund für den Tod von Giraffe braucht man dagegen nicht zu reden, es war offensichtlich Selbstmord.

Es ist schon seltsam, denn von wem auch immer ich spreche, wessen Tod mir auch immer einfällt, ich muss stets an meine Mutter denken, alle Wege führen zu meiner Mutter. Wenn ich »Wege« sage, so möchte ich ausführlicher von diesen Wegen erzählen, die ich auf dieser endlichen Welt gegangen bin, doch so weit ist es jetzt noch nicht. Es ist noch nicht an der Zeit, über die Wege, die Reisen zu sprechen, denn noch bin ich am Beginn meiner Geschichte. Das heißt, ich bin im Garten meines Geburtshauses, zusammen mit der Tochter des Hausbesitzers Bekir *Bey* – komisch, dass mir der Name ihres Vaters sofort einfällt, während mir der Name des Mädchens einfach nicht in den Kopf kommen will. Also mit diesem Mädchen kletterte ich im Garten auf die Schaukel, und wir flogen dahin. Danach schaukelten wir uns abwechselnd. Wenn ihr Rock hochflog, sah man ihr rotes Höschen. Schau an, die Farbe des Höschens habe ich irgendwie nicht vergessen. Dabei habe ich später von vielen Frauen die Höschen gesehen, und wenn sie sie auszogen, hatte ich heftiges Herzklopfen, als käme darunter eine Schatztruhe zum Vorschein. Vielleicht war ja die Scham jeder Frau eine Schatztruhe, aber der Genuss der von der Hose versteckten beiden Löcher, ich meine: beider, war verschieden. Vielleicht finden Sie meine Ausdrucksweise etwas vulgär, aber warum soll es vulgär sein, wenn ich das, was alle denken, sich aber nicht zu sagen trauen, in meinem Alter in Worte fasse? Außerdem regiert, wie Sie wissen, das Relativitätsgesetz die Welt, sodass auch Vulgarität eine relative Kategorie ist. Womöglich finden Sie den Ausdruck »Hose« grob, aber was ändert es, wenn ich »Schlüpfer« sage, wo doch später Höschen Mode wurden, die ein Hauch von Nichts sind – man nennt sie wohl *»string«*. Ich hatte das Glück, auch das zu erleben; durch meine zitternden Hände sind nicht wenige von diesen *strings* gegangen, schwarze, rote, weiße und sogar grüne, und sie waren federleicht. Was ich sagen wollte: Einmal hatte die Tochter von Bekir *Bey* kein Höschen an, ich sah zum ersten Mal ihre Schamgegend und war völlig verblüfft. Da war ein Spalt. Man hätte den mit beiden Händen auseinanderziehen können. Es wäre gelogen, wollte ich sagen, das Innere habe mich nicht interessiert, doch jemanden zu fragen, fehlte mir der Mut. Ich erinnere mich noch, dass die Vermutung, auch meine Mutter könnte den gleichen Spalt haben, mich in eine undefinierbare Sorge versetzte. Auch wäre ich vor Neugier fast geplatzt, doch wen hätte ich fragen können? Schließlich hielt ich es nicht mehr aus und legte meinem Vater den Sachverhalt dar, doch der, statt mir zu sagen, was herauskam, wenn man den Spalt nach beiden Seiten auseinanderzog, lachte los. Als ich endlich erfuhr, dass der Spalt sich auch öffnen konnte, um ein Kind hervorzubringen, waren wir aus diesem Haus und meinem Geburtsort längst weggezogen. Da wohnten wir schon in der Stadt am See, wo ich zuerst den Kindergarten und dann die Grundschule besuchte.

Was ich als »Stadt« bezeichne, unterschied sich nicht weiter von irgendeinem anatolischen Städtchen. Weil hier die Provinzverwaltung war, gab es ein schäbiges Regierungsgebäude und eine Landwirtschaftsbank; wie Sie wissen, existiert ohne diese beiden keine Provinzhauptstadt. Eine Universität gab es nicht, aber ein Gymnasium und natürlich ein flaches, einstöckiges Bahnhofsgebäude, vor dem Pferdekutschen warteten. Und die Bahnhofsstraße mit einer Reihe von Hotels, die fast über den Reisenden zusammenfielen. Die Eisenbahn kam einmal am Tag, und nachdem zwei, drei Reisende ein- und ausgestiegen waren, fuhr der Zug mit Ächzen und Stöhnen wieder ab. Im Zentrum stand direkt gegenüber dem Offizierskasino nicht nur das riesige Reiterstandbild Atatürks, sondern auf dem Sockelrelief wurden auch die Heldentaten der einfachen Soldaten erzählt. Ich spreche von dem Monument, dem auf Vorschlag des Staatsanwalts mit Zustimmung des Bürgermeisters später die Büsten der türkischen Helden hinzugefügt wurden. Gleich dahinter kam das Geschäftsviertel mit den Goldschmieden und Eisenwarenhändlern, mit den Schustern, die an der Werkbank schliefen, und mit anderen Handwerkern. Sogar Schmiede und Sattler gab es, wie zu Zeiten der Zünfte. Mit einem der Sattler war ich später befreundet. Er war ein Fachmann in seinem Handwerk, ein väterlicher Meister mit Schnauzbart. Auch wenn ich von ihm nicht die Feinheiten des Handwerks erlernte, so beobachtete ich doch, wie er die Sättel, die er mit großer Geduld in der fensterlosen, dunklen Werkstatt hergestellt hatte, sorgfältig den Reittieren der Bauern aus den umliegenden Dörfern anpasste. Ich hätte mich altmodischer ausdrücken können auf die Gefahr hin, dass die Jugend mich nicht verstünde. Dabei erzähle ich doch gerade ihnen meine Geschichte, die Alten müssen nicht unbedingt zuhören. Die stehen ja schon mit einem Bein im Grab wie ich. Und was ist mit ihren Händen? Ich kenne welche, die haben die eine Hand im Mehl, die andere im Honig, das heißt, ihnen geht es gut und sie nehmen sich eine junge Frau und genießen das Leben. »Leben Sie hier etwa allein?« Ja, ich lebe allein, was denkst du denn, du armseliger Kerl von einem Postboten? Ich habe das Einschreiben noch nicht mal geöffnet, verflucht! Ich bin jetzt in der Stadt, in der ich meine Kindheit verbracht habe, der Brief an meine Frau interessiert mich nicht. Ist doch völlig schnuppe. Schnuppe wie die Esel, denen Meister Salih die Sattelkissen angepasst hat. Sein Name war wirklich Salih, schaut an, ich habe ihn nicht vergessen. Sie sehen, ich bin doch noch nicht verblödet. Auch die Sattler sind längst historisch geworden, die Bauern reiten ja auch nicht mehr auf Pferden oder Eseln, sondern fahren im Mercedes herum. Ich bin der Einzige, der sich an jene Zeit erinnert. An Tagen, an denen meine Kraft reicht, gehe ich auf die Straße hinaus und warte an der Haltestelle auf den Bus, steige die steilen Gassen Istanbuls rauf und runter mit Stöhnen und Ächzen wie eine Lokomotive, die ihre Kolben mühsam in Gang setzt.

In unserer Stadt gab es alles, was zum seldschukischen und osmanischen Erbe dazugehört. Ein verstaubtes Kuppelgrab, eine Moschee und ein *Hamam* im Geschäftsviertel, außerdem die Ruine einer Karawanserei, die wir »Hügelgrab« nannten und in die hineinzugehen wir uns fürchteten. Daneben befand sich die letzte Ruhestätte eines Heiligen, wo Tag und Nacht eine flackernde Kerze brannte. Auf einem der Hügel thronte die Burg, die die Stadt noch immer provozierte. Sie lag weit entfernt vom Regimentszentrum, dort, wo die Steppe endete, am Abhang eines Hügels, mit dem das unebene Gelände begann. Dahinter kamen die Berge auf dem gegenüberliegenden Seeufer, danach der Taurus mit seinen nebeligen Spitzen, der aus dem Mittelmeer herauswuchs. Von der Kaserne aus gesehen war er fern und unerreichbar. Meine ganze Kindheit über bin ich nicht ein einziges Mal über die Berge geklettert, um die Küste zu erreichen. Ich habe mich nicht satt gesehen am Blau des Mittelmeers. Istanbul war die erste Stadt, in der ich das Meer erblickte. Von der verbotenen Frucht habe ich erstmals dort gegessen. Ihren Geschmack habe ich noch am Gaumen.

Bald nach dem Tod meiner Mutter bekamen wir ein Dienstmädchen. Es hieß Elif. Der Name blieb mir nicht nur in Erinnerung, weil er der erste Buchstabe des arabischen Alphabets ist, es war auch so lang und dünn wie sein Namenszeichen und stammte von den Jörüken ab, den Halbnomaden, die im Sommer auf die Bergweide ziehen und den Winter in ihren Dörfern am Fuß des Taurus verbringen. Meine Großmutter war darüber nicht sehr glücklich, aber wir brauchten eine Person, die das Haus ausfegte, die Wäsche wusch, flickte und Essen kochte, Arbeiten in dem

Dreipersonenhaushalt, die man Ahmet nicht übertragen konnte. Meine Großmutter war entschlossen, ihr bequemes Leben nicht aufzugeben, denn sie war in ihrer Jugend berufstätig gewesen, hatte ihren Sohn umsorgt und großgezogen und später in eine Militärschule geschickt, genau gesagt: nach Kuleli, und bis heute begleitet. Sie wünschte sich vom Allerhöchsten einzig, dass er Pascha würde, aber zerrissene Kleidung zu flicken war sie nicht in der Lage.

Elif nahm mich binnen Kurzem in Beschlag, sie liebte und herzte mich wie ihr eigenes Kind und ließ mich die Abwesenheit meiner Mutter vergessen. Eines Tages, als sie mich im *Hamam* badete, nahm sie sogar meinen Pipi und fing zu ziehen an mit den Worten: »Schau'n wir mal, wann der wächst und Pascha wird.« Dass er in seiner Hilflosigkeit nicht wachsen wollte, muss sie recht betrübt haben, denn beim nächsten Mal beließ sie es nicht beim Ziehen, sondern küsste ihn sogar. Dabei sagte sie: »Du bist mein Geliebter. Aber sag das bloß nicht deinem Vater. Versprochen?« Vielleicht war ich für sie ihr Geliebter, aber für mich war sie nur mein Kindermädchen. Die Frau, die meine Geliebte werden sollte, lernte ich in Istanbul kennen, und zwar nicht im *Hamam*, sondern in der Schule.

***

War ich damals stolz auf meinen Vater? Wahrscheinlich ja. Doch da war ich noch sehr klein. Später haben wir uns zerstritten. Ja, er war untersetzt, machte nichts her, glich in keiner Weise den hochgewachsenen, athletischen Offizieren im Kommandantenrang. Aber immerhin war er Kommandant, der große Hauptmann Hasan. Ich wusste natürlich, dass sein Titel *yüzbaşı* nicht bedeutete, dass er hundert Köpfe hatte, sondern dass jemand, der hundert Soldaten befehligte, so genannt wurde, doch manchmal stellte ich mir meinen Vater als hundertköpfiges Ungeheuer vor. Von dem träumte ich dann. Ich fing an, die Köpfe zu zählen, und kam zu keinem Ergebnis. Alle sahen verschieden aus, aber alle hatten eine Glatze. Wie die Köpfe der Bauernburschen, die aus Anatolien zum Militärdienst kamen. Die hatten schwarze Augen, schwarze Brauen und Krähennasen. Ihre Zähne waren ganz gelb, ihre Ohren abstehend, die Stirn niedrig. Sie sahen sich ähnlich, und doch unterschieden sie sich. Wenn ihre Körper und Hautfarbe sich auch glichen, so waren die Blicke doch verschieden. So viele Köpfe hatten nicht mal die Ungeheuer in den Märchen, die Großmutter mir erzählte, Ungeheuer, die Keloğlan mit List bezwang. Mein Vater aber hatte hundert Köpfe. Die Köpfe eines Hauptmanns waren die Soldaten unter seinem Befehl.

In sehr jungem Alter kannte ich durch meinen Vater bereits die Hierarchie der türkischen Streitkräfte und hatte die Befehlskette mitsamt den Befehlen auswendig gelernt. Ich kannte alle Rangstufen rauf und runter. Das verschaffte mir nicht nur bei den Mitschülern Überlegenheit, sondern auch Anerkennung bei den Lehrern. So wenig ich auch verstand, was all diese Begriffe wie »Unter« und »Ober«, »Einheit« und »Zug«, »Appell« und »Mannschaft« bedeuteten, so konnte ich doch ohne Stocken alle Ränge vom Unteroffizier bis zum Oberkommandierenden herbeten.

Jedes Mal, wenn ich meinen Vater in der Kaserne besuchte und durchs Haupttor ging, fielen mir sogleich die seltsamen Sprüche auf, die an den Wänden aufgehängt waren. Großbuchstaben zu lesen war nicht schwer für mich.

»WER BEIM EXERZIEREN KEINEN SCHWEISS VERGIESST, DER VERGIESST BLUT IN DER SCHLACHT«;

»DIE HURTIGEN VERKÜNDEN DEN SIEG«,

»ERZÄHLE DEIN GEHEIMNIS NICHT DEM FREUND, ER ERZÄHLT ES SEINEM FREUND«.

Was für Geheimnisse waren wohl an diesem Ort, der von knochentrockenen, grauen Hügeln umgeben war, verborgen in den mit Planen bedeckten Kanonen, den Flaks, den Panzerwagen, oder in den Herzen dieser seltsamen Soldaten, die alle ihre kahl geschorenen Köpfe mit den gleichen Käppis bedeckten und Soldatenstiefel trugen, die Augen in dieselbe Richtung ausrichteten und gemeinsam »auf und nieder« exerzierten, morgens und abends die Gewehre als Pyramide aufstellten, beim Appell die Fahne hissten und in der Grundstellung das Bajonett baumeln ließen?

Eines Tages besuchte ich nach der Schule wieder einmal meinen Vater. Er war nicht an seinem gewohnten Platz. Ich schaute in den Kartenraum, doch da war er auch nicht. Ich fand ihn nicht in der Laube, wo er bei schönem Wetter Tee trank. Der Exerzierplatz war leer, ebenso die Kantine. Als wäre er vom Erdboden verschluckt worden. Mir kam plötzlich die vaterlose Kaserne wie eine menschenleere Wüste vor. Doch die Kanonen waren an ihrem Platz. Die Läufe waren zu den Hügeln hin ausgerichtet, und die Fliegerabwehrkanonen zeigten zum Himmel, als wollten sie dort feindliche Flugzeuge durchsieben. Die roten Fahnen wehten an den Fahnenstangen. »Die Almen, die Almen!« schreiend, kehrten die Einheiten mit dem Gewehr in der Hand vom Exerzieren im Freien zurück. Himmel und Erde hallten wider von »Die Almen, die Almen!«, aber ringsum gab es weder Almen noch Berge. Wie immer bestand der Anblick in baumlosen Hügeln und dem Himmel. Doch mein Vater war nicht zu sehen. Er machte blau, wie man so schön sagt. Ich beschloss, in der Krankenabteilung nachzuschauen. Zwei vom Dienst befreite Soldaten, Günstlinge offensichtlich, saßen an der Mauer und schwatzten. Ich hörte sie sagen: »Da ist schon wieder der Sohn vom Hauptmann.« In dem Moment kam mein Vater aus der Krankenabteilung. Ich lief ihm entgegen, und er umarmte mich und hob mich auf seine Schultern. Ich nahm ihm das Käppi ab und setzte es mir auf. Die Soldaten grinsten, dann standen sie auf und nahmen die Habachtstellung an. Als mein Vater »Stillgestanden!« sagte, grüßten sie gleichzeitig. »Schau an«, sagte mein Vater, »nun bist du Pascha geworden.« Mit der Geste eines siegreichen Kommandanten zu Pferde schrie ich: »Rührt euch!« Die Soldaten reagierten nicht. Ich wiederholte den Befehl, doch sie beschwerten sich bei meinem Vater: »Ein Befehl wird in der Uniform gegeben, mein Kommandant!« Einen Moment lang wurde es still. Dann setzte wieder »Die Almen, die Almen!« ein. Mein Vater war verdutzt. Er ließ mich von seinen Schultern herunter, dann rief er den Soldaten »Rührt euch!« zu und entfernte sich. Ehe ich ihm folgte, hörte ich einen der Soldaten sagen: »Das ist nicht der Sohn des Hauptmanns, sondern sein *alafortanfoni*.«

Ich kannte die Bedeutung dieses Ausdrucks nicht, traute mich aber nicht, meinen Vater zu fragen. Tagelang wiederholte ich für mich *»Alafortanfoni, alafortanfoni«*. Wen immer ich in der Schule oder auf der Straße fragte, niemand wusste es. Meine Großmutter beantwortete meine Frage mit: »Wenn ich was verstehe, fress' ich einen Besen.«

Jahre vergingen. Wenn ich auch nicht wie mein Vater eine Regierung stürzte und zwei Minister und einen Ministerpräsidenten aufhängte, so habe ich in meinem Leben doch auch selbst etwas getan. Aber um zu erfahren, was *»alafortanfoni«* bedeutete, musste mich mein Weg wieder in eine Kaserne führen, nun nicht als Hauptmannssohn, sondern als Reserveleutnant. Eines Tages fiel mir beim Ausrücken zum Exerzieren ein Soldat auf, der am Lauf seines Gewehrs ein Gerät anbrachte, das ich bis dahin noch nie gesehen hatte. Als ich ihn fragte, was er da mache, nahm er zuerst die Grundstellung ein und grüßte, dann antwortete er: »Das ist ein *alafortanfoni*, Herr Leutnant.« Da verstand ich, dass vor Jahren in einer ähnlichen Kaserne ein ebenfalls kurz geschorener Soldat wie dieser mich mit *»alev örten huni«*, einer Feuerabdeckhaube, verglichen hatte. Ich war auf den Schultern meines Vaters also kein siegreicher Kommandant zu Pferde gewesen, sondern eine Feuerabdeckhaube für seine Glatze. Dieses Gerät soll das Mündungsfeuer abdecken und in der Dunkelheit den Schützen davor bewahren, zum Ziel der Gegenseite zu werden. In meinen Träumen sehe ich meinen Vater nun nicht mehr mit hundert Köpfen, sondern mit der Feuerabdeckhaube auf der Glatze. Und komischerweise bin ich noch immer stolz auf ihn. Doch nur in meinen Träumen, nicht im wirklichen Leben.

5

Wenn ich mich heute an die Saufgespräche der Dalton-Brüder unter Leitung meines Vaters erinnere, lebt aus jenen Tagen ein Bild in meinem Gedächtnis auf. Das ist kein sepiabraunes Foto, auch keines, das in einer Ecke des Fotoalbums vergessen wurde, sondern eine gänzlich reale Assoziation. Eines Abends erschien eine Gruppe von Musikern bei »*Muhtars* Platz«. Vielleicht hatte mein Vater dies veranlasst »auf Befehl innerhalb der Befehlskette«. Sie waren ebenfalls vier Personen, und die auffällige Gemeinsamkeit der vier war, dass sie genauso betrunken waren wie unser Kleeblatt. Auf den ersten Blick sah man, dass sie schon vorher irgendwo gezecht hatten. Der *Muhtar* stellte jedem von ihnen einen Doppelten und einen Teller mit Obst hin. Sie spielten und tranken zugleich und kamen von *Hicas* zum *Nihavent*, und insbesondere sangen sie seelenvoll den *Rast*. Ich war damals natürlich nicht so weit, die osmanischen Tonarten wirklich schätzen zu können, doch war ich an türkische klassische Musik gewöhnt. Sie hatte ein viel höheres Niveau als »Vogelstimmen erfüllen das Tal« und konnte den Menschen verzaubern und in die Weite hinaustragen. Die Hälfte der Wörter in ihren Liedern war mir unverständlich. Dieses Geheimnis verstärkte mein Interesse. Außerdem waren die Musikanten so fremdartig wie aus einer anderen Welt. Indem sie sich selbst begeisterten, begeisterten sie auch uns. Die anderen Gäste des Lokals stimmten zuweilen ein. Ich stellte mir vor, dass Atatürk an der Wand den Takt schlug. Unser Retter saß nicht am Tisch beim Alkohol, er trug einen Smoking, aber das Schwert hatte er nicht umgegürtet. Mit seinen liebenswerten blauen Blicken betrachtete er uns. Als wollte er zu den Musikern sagen: »Nur zu, meine Löwen!«, als wollte er den heldenhaften Soldaten, die in die Schlacht zogen, Mut zusprechen. Sicherlich wäre er glaubwürdiger gewesen, wenn er wie immer ein Glas *Rakı* in der Hand gehalten hätte, doch leider hatte er nicht mal eine Kaffeetasse, erst recht keine mit zuckersüßem Kaffee. Die Hände des *Gazi* Pascha waren leer. Dagegen versetzten die über ihre Instrumente gebeugten Musiker die Leute in Begeisterung. »*Muhtars* Platz« fuhr mit geblähten Segeln auf den Wassern des Sees ins Traumland.

Die Geige spielte ein kleiner Zigeuner, der beim Lachen sämtliche Zähne zeigte. Einer seiner Schneidezähne war vergoldet, seine Haare schienen vorzeitig ergraut zu sein. Auch sein Knebelbart war, wenn auch nicht weiß, so doch grau, während er mit seinen bräunlichen Fingern die Geige spielte. Offensichtlich waren Haar und Bart durch die Mühen des Lebens ergraut. Er war wohl durch sämtliche primitiven Kneipen Anatoliens gezogen, durch seltsame Spelunken, Bars und Pavillons, und wer weiß, was für Betrunkene, was für Kiezgrößen, was für geschminkte Frauen er gesehen hatte. Vielleicht war er sogar aufs Dach gestiegen und hatte dort gespielt wie der Fiedler auf dem Bild von Chagall. Ja, an der Geige saß ein grauhaariger Zigeuner. Ich möchte ihn am liebsten »Goldzahn« nennen.

Der *Kanun*-Spieler war im Gegensatz zu Goldzahn ziemlich dick. Doch seine Finger waren zierlich. Er schaute von oben auf die Saiten hinunter, und weil auf dem Tisch wegen des Obsttellers kein Platz für das *Kanun* war, hielt er sein Instrument unterhalb des Bauchs an sich gepresst. Mit den Plektren aus Schildpatt an den Zeigefingern schien er nicht die Saiten zu schlagen, sondern die Seele. Wenn er schlug, ließ er »die alte Wunde der Vergangenheit« wieder bluten.

Die Aufgabe des Trommlers, der neben ihm wie ein Raubvogel auf seinem Schemel hockte, war auch nicht leicht. Er hatte seine Trommel zwischen sein linkes Bein und die linke Achsel geklemmt, und bei jedem Schlag platzte fast das Leder. Seine Finger trommelten wie auf den Tasten einer alten Schreibmaschine. Er schaute kein einziges Mal auf sein Instrument, sondern hatte die Augen auf einen fixen Punkt gerichtet, war in einen Traum versunken.

Der eleganteste von allen war der *Zurna*-Spieler. Auch er war korpulent wie der Kanunist, doch er trug einen Anzug mit Krawatte. Da er die Beine nach beiden Seiten spreizte, war seine Hose zum Zerplatzen über seinem Unterleib gespannt. Man befürchtete, statt dass die *Zurna* piepte, würden die Knöpfe abplatzen und sein Gemächt würde sich im Raum verteilen. Wenn er blies, blähten sich seine Backen, und er wirkte noch dicker, als er schon war. Seine blutunterlaufenen Augen unter den schwarzen Brauen bewegten sich flackernd, als suchten sie etwas, das sie in Brand setzen konnten.

Als alle in ihrer eigenen Musik versunken waren, brach die *Zurna* plötzlich ab. Daraufhin schwiegen auch die anderen Musiker. Einen Moment lang herrschte Stille. Es war eine Stille, als wäre das Ende der Welt gekommen. Dann stimmte Goldzahn Mozarts *Türkischen Marsch* an. Ich weiß nicht, ob mein Vater für diese unerwartete Entwicklung verantwortlich war oder ob die Zigeuner von selbst damit begonnen hatten, um sich bei unseren

Leuten beliebt zu machen. Doch mir ist, als sähe ich noch immer das Erstaunen auf den erstarrten Gesichtern. Mit dem *Türkischen Marsch* erfüllte eine unbekannte Melodie das Lokal. Die übrigen Gäste saßen mucksmäuschenstill und warteten unentschlossen ab. In dem Augenblick begannen unsere Leute nach dem Motto »Aus der Situation ergibt sich die Pflicht« im Takt auf den Tisch zu klopfen. Alles, was auf dem Tisch stand, die *Rakı*-Flaschen, die hohen Gläser und die Teller voll mit *Meze*, fing an zu wackeln und zu klirren. Und es gab noch einen, der sich bemühte, mit der Musik zu gehen, nämlich einen räudigen Kater, der unter den Tischen herumschlich. Er hörte auf, um die Füße zu schleichen, und begann in schriller Tonlage zu miauen. Sofort kam die Antwort als Hundegebell von draußen. Der *Muhtar* schoss aus der Küche hervor und versetzte dem Kater einen Fußtritt, um ihn zum Schweigen zu bringen. Daraufhin wagte Giraffe es aufzustehen, doch mein Vater drückte ihn wieder auf seinen Platz. Dann stürmte er in die Mitte des Raumes, als wollte er auf die Tore Wiens zumarschieren. Auf sein Zeichen hin begann Goldzahn, der Mozart verpatzt hatte, mit dem Janitscharenmarsch. Alle schrien wie aus einem Munde:

»Dein Urgroßvater, Großvater und Vater,
Die ganze türkische Nation,
Alle ihre Armeen sind Helden,
Sehr lange Zeit
Brachten sie Ruhm weltweit.«

Dabei hatte doch der Staatsanwalt bei einem früheren Gespräch am Stammtisch von Amts wegen, aber auf etymologischen Daten basierend, behauptet, die türkischen Stämme stammten vom Bären ab. Auch wenn er nicht im Gericht in seiner Eigenschaft als Ankläger saß, sondern am Stammtisch. Doch auch er erhob sich nun plötzlich, hakte sich bei meinem Vater unter, und gemeinsam fingen die beiden an, zwei Schritte vor, einen zurück zu schreiten. Und unter Rufen wie »Hoch soll'n sie leben!« und Beifallsklatschen ließen sie sich zu Boden fallen. Oder sie taten so, als fielen sie, daran erinnere ich mich nicht mehr genau. Goldzahn jedoch wechselte zu einer *Zeybek*-Melodie, in die die anderen Musiker einfielen. Die beiden Tänzer breiteten die Arme aus, wippten mit den Füßen und sangen »Die Pappeln von Izmir«, worauf sie sich, als wäre nichts geschehen, wieder an den Tisch setzten und weitertranken. Daran erinnere ich mich sehr gut. Auch daran, dass sie nach dem Putsch vom 27. Mai, wieder Arm in Arm, den ehemaligen Führungskräften die Wurzeln kappen ließen.

Jahre sind seither vergangen, und ich bin nie wieder zu »*Muhtars* Platz« zurückgekehrt. Die Musiker habe ich ebenfalls nie wieder getroffen. Doch manchmal, wenn ich in den berühmtesten Konzertsälen Europas Mozart hörte, kam mir Goldzahn in den Sinn. Ich konnte keinem erklären, warum ich dann so ohne jeden Grund lachen musste. Zwar gab es einen, doch ich konnte all das keinem meiner Bekannten von damals erzählen, sie hätten mich nicht verstanden. Jetzt aber ist die Zeit zum Erzählen gekommen.

Sehr selten, wenn mich meine Tochter besucht, gibt sie meinem Drängen nach und deckt mir einen kleinen Tisch mit *Meze*, damit ich auf meine alten Tage noch einmal beim Anblick meines geliebten Istanbuls bechern kann. »Kleiner Tisch« sagt man so, aber sie lässt es an nichts fehlen, wenn sie nach und nach die Teller mit *Meze* vor mir aufbaut. Alles ist da, von *Pastırma*, und zwar solchem ohne Kreuzkümmel, der meinem Vater damals zu teuer war, bis hin zu Honigmelonen, diversen Kräutern aus der Ägäis, armenischem Topik und griechischem Lakerda. Doch die Stimmung fehlt, die bei den Gesprächen an »*Muhtars* Platz« aufkam. Ich nehme einen Happen von allem, mehr kann ich nicht vertragen. Ich begnüge mich auch mit einem doppelten *Rakı*. Eigentlich ist mir sogar ein kleines Glas verboten, doch was soll ich machen? Obwohl ich nicht süchtig bin wie mein Vater, schaffe ich es nicht, dieses Gift aufzugeben.

»Ach, verflucht seien diese Lieder«, welche Lieder auch immer damit gemeint sind. Natürlich bekannte osmanische Melodien, wie sie die Zigeunermusiker als Gruppen aus Geige, *Kanun* und *Zurna* von sich geben. Wie der Dichter sagt: »Auf meinem Teller eine Wolke / In meinem Glas der Himmel!« Hier, an diesem Ort, sieht man sich nicht satt am Anblick Istanbuls, so wie die Vorspeisen ohne *Rakı* nicht schmecken. Auf dem Kassettenrekorder kommt jetzt das Lied von Sadi Hoşses im Ton *Hicaz*: »Ohne zu lächeln, ging mein Schicksal fort, / Die anderen nahmen alles mit und gingen fort.« Ja, Sie haben richtig gehört: Kassettenrekorder. Muss ich denn daran erinnern, dass ich einer Generation angehöre, die nicht nach diesen neumodischen Geräten verlangt, die man wohl »CD-Player« nennt? Sehen Sie, ich verwende das Wort *»kuşak«* für »Generation«, nicht das altmodische *»nesil«*. Wenn ich auch kein Schriftsteller bin, so möchte ich doch in der Sprache beweglich sein wie ein Fisch im Wasser. Doch »iPhone« zu sagen kommt mir schon komisch vor – diese Internets und was weiß ich iPods ... das ist nichts für mich. Und erst recht nicht diese Lesedinger, wo man ohne Buch ein Buch lesen kann. Ich spiele meine Musik und singe in meiner Ecke im Angesicht meines geliebten Istanbuls. »Lieben ist eine besondere Qual / Die Fremde ist aber noch schlimmer.« Wer kennt denn heutzutage dieses Lied im Ton *Rast*? Wer singt das Lied? Doch, ich singe es, wenn meine Tochter mir den Pokal füllt. Denn ich weiß, was die Fremde bedeutet und auch die Qual der Liebe. Meine Tochter wollte ja auch, dass ich Ihnen meine Geschichte erzähle; wenn es nach mir gegangen wäre, hätte ich nicht damit angefangen. Denn meine Geschichte wird von den Qualen des Liebens erzählen, so wie das Lied. Missverstehen Sie dabei mein Lachen nicht. Ich werde von einer alten Liebe, einem Schmerz erzählen, aber bisher bin ich nicht einmal nach Istanbul aufgebrochen. Immer noch bin ich mit meinem Vater, seinen Freunden und den Musikanten an »*Muhtars* Platz«. Gedulden Sie sich etwas, dann werden Sie auch die Geschichte der einzigen Liebe meines Lebens hören. Natürlich nicht in einem Lied in der *Rast*-Tonart, sondern durch diese meine kaputte Stimme.

Eines Tages sagte meine Tochter: »Lieber Vater, du hast so viel erlebt, hast die Welt bereist, hast Kriege, Schmerzen erlebt und so viele Länder gesehen. Viele Jahre hast du im Ausland verbracht. Hast du uns nicht etwas anderes zu erzählen und etwas anderes zu hinterlassen als das Bild eines launischen, lüsternen Greises?«

Launischer Greis? Das wollen wir doch sehen, dachte ich; dass ich launisch und lüstern bin, kann ich akzeptieren, aber ein Greis bin ich auf keinen Fall. Und unwillkürlich wanderten meine Gedanken wieder zurück in die Internatszeit, in die alten Zeiten, als man Witze unter der Gürtellinie normal fand. Jetzt beschwipse ich mich mit einem Doppelten und schwimme in den unvergesslichen Melodien der alten türkischen Musik, in sentimentalen Wassern. Ich höre Sie schon sagen: »Wie kannst du nur einerseits so grob und andererseits so gefühlvoll beim Hören oder Erinnern eines Liedes sein?« Haben Sie sich nie gefragt, wer Dr. Jekyll und

Mr. Hyde waren? Wenn nicht, sehe ich keinen Grund, weshalb Sie sich nicht damit befassen sollten.

***

Wenn es Sie interessiert, dann schlendern Sie ein wenig durch die Straßen von London. Der Nebel, der bis in die Häuser vordringt, die Zimmer erfüllt und die Seelen verdüstert, lässt Sie den Weg verlieren, und im Halbdunkel der Straßenlampen lernen Sie Ungeheuer mit schiefen Fratzen, Herzen aus Stein und schrecklichem Blick kennen.

Einer dieser Verbrecher, die mit dem Stock in der Hand die schlammigen Gassen von Soho durchstreifen, ist der untersetzte Mr. Hyde, während der hochgewachsene, gebildete, wohltätige Dr. Jekyll derjenige ist, der ihn hervorgebracht, ihn aus seinem Körper erschaffen hat. Ich will sagen: Die menschliche Seele ist doppelseitig wie eine Münze. Sowohl das Gute als auch das Böse ist »dem Sein immanent«, wenn ich das jetzt mal ein wenig gehobener ausdrücken darf. Schließlich habe ich in der letzten Klasse Philosophie gehabt, sogar auf Französisch. Oder sagen wir es mal ganz ohne Philosophie: Man muss gar nicht nach Kopf oder Zahl fragen. Wo es Menschen gibt, da sind auch falsche Fuffziger im Umlauf. Heißt es doch nicht umsonst: »Was die Bronze im Geld, ist der Schurke im Menschen.«

Eigentlich erzähle ich Ihnen die Geschichte eines durchschnittlichen Bürgers, und die Stunde der Morde ist noch nicht gekommen. Sowieso haben wir in meiner Geschichte strahlend sonnige Vormittage in Istanbul, keine dunklen Londoner Nächte. Als ich das Buch von Stevenson las, bin ich wieder an einer Kleinigkeit hängen geblieben. Er schreibt, der Nebel habe die Farbe der Erde von Siena. Ich bin nicht allein aus diesem Grund nach Siena gefahren, um das aufzuklären, vielmehr hatte ich über eine touristische Veranstaltung zu berichten, die jedes Jahr dort stattfindet. Als mich mein Weg dann auch nach London führte, sah ich, dass der Autor recht hat.

Sie werden sagen, dass ich mich mit ziemlich unwichtigen Einzelheiten befasse. Richtig, ich schieße mich ja auch immer wieder mal auf den Ministerpräsidenten ein; dieser Spleen wird wohl etwas Ähnliches sein wie der Vergleich der Erdfarbe von Siena mit dem Londoner Nebel. Der Mann ist ein richtiger Traumfabrikant und das erhabenste Monument der Weisheit in diesem Land. Denken Sie nur an die Statue, die er zerstören ließ, nachdem er sie eine »Missgeburt« genannt hatte. Es war eigentlich ein richtiges Kunstwerk! Dabei ist er es, der sich verhält wie aus dem Laboratorium von Dr. Jekyll entsprungen, mit riesigem Körper, aber kurz von Verstand.

Doch kommen wir zurück zu meiner Schulzeit damals und zu Neco, dem Freund unseres Fırlama. Dieser Mensch gehörte zum Fundament der Schule. Ich könnte auch sagen: Er war ihr Stützpfeiler. Eigentlich war er längst in Rente, doch weil er nirgends sonst hingehen konnte, war er bei uns geblieben. Er hatte keinen Menschen mehr. Er war Kurde und stammte aus Ostanatolien, aus einem fernen Bergdorf. Doch Türkisch sprach er besser als wir alle. Man hatte ihn als kleines Kind einer Familie, die nach Istanbul übersiedelte, als Pflegekind mitgegeben, und er war nie wieder in die Heimat zurückgekehrt. Ich weiß nicht, ob er sich immer noch an die verschneiten Berge erinnerte, die im Winter unpassierbaren Straßen, die Almen mit lockigen Schafen und die

Höhlen im Berg. Er erzählte nie von dort. Die Appelle an »Vaterland, Nation, Sakarya« hatten seinen Verstand zerrüttet. Diese Redensart gab es natürlich nicht, als ich Gymnasiast war, denn die invaliden Veteranen und die Mitglieder der Kuvayı Milliye, also die echten Helden und die *Kalpak*-Träger waren noch am Leben. Dagegen leben wir jetzt in »Modernen Zeiten«, wenn ich das mal, Bezug nehmend auf einen Film, den ich sehr gerne habe, so sagen darf. Neco hatte Schüler der Schule in die Schlacht von Çanakkale ziehen sehen, die dann nicht zurückkamen, er hatte für sie beim *Mevlut* gebetet. Damals war er noch zu jung fürs Militär gewesen, aber schon Hausmeister in der Schule. Auch am Befreiungskrieg nahm er nicht teil, bei der Verkündung der Republik wurde er jedoch vom Hausmeister zum Kochgehilfen befördert. Er beklagte sich, dass er nicht den Rang eines Blutzeugen, eines Märtyrers erreicht hatte. Er wurde auch nicht müde, immer wieder zu predigen: »Wir verdanken unsere paradiesische Heimat den Blutzeugen und dem *Gazi*.« Als der erlauchte *Gazi* unserer Schule zum ersten Mal die Ehre gab, schälte Neco in der Küche Zwiebeln und Kartoffeln, schnippelte Gurken. Beim zweiten und dritten Besuch Atatürks war er schon Pförtner. Und er ließ keine Seele hinaus. Später sagte er im Stil der Aussiedlerfrau, die seine Verlobte hätte werden sollen: »Ich hab dem *Gazi* kein schönes Essen machen können, habe ihm keine *Meze* für seinen *Rakı*-Tisch auffahren können.«

Als ich Neco kennenlernte, tat er immer noch an der Pforte Dienst, obwohl er schon in Rente war. Jeden Samstag beteiligte er sich an der Fahnenfeier, und nachdem er mit uns die Nationalhymne gesungen hatte, kehrte er mit feuchten Augen im Laufschritt zur Pforte zurück und kontrollierte gründlich die Hinein- und Hinausgehenden. Schüler kamen und gingen, so wie viele

Lehrkräfte, Lehrsaalaufsichten, Assistenten und deren Gehilfen, Direktoren wechselten sich ab, doch niemand hatte Neco von seinem Platz vertreiben können. Mehr als wir alle war er der Schule und ihren Farben Gelb und Rot verbunden. »Sogar in unserer Nationalflagge kommt eine der Farben unserer Schule vor, was will man mehr?«, pflegte er zu sagen. Mit Fırlama verstand er sich sehr gut, auch wenn Fırlama sich insgeheim über ihn lustig machte. Im Schlafsaal meinte er zum Beispiel grinsend: »Heute ist wieder mal niemand bei Neco rein und raus.« Neco drückte ein Auge zu, wenn Fırlama unter der Woche schnell zur Abanoz-Gasse lief. Fırlama hingegen hatte, wenn man den Gerüchten glauben wollte, für Neco eine Aussiedlerfrau von Abanoz besorgt. Doch lange dauerte dieses Zusammensein von Rumelien und Anatolien nicht, denn eine Schwarze Katze drängte sich dazwischen, besser gesagt: ein großmäuliger Zuhälter, der Neco seine Braut wegnahm. Nach diesem Vorfall war ihm das Glück nie wieder hold, er war aller Welt gram und begrub den Traum vom eigenen Heim. Seiner Ansicht nach war den Frauen nicht zu trauen, und so wohnte er fortan mit Erlaubnis der Vorgesetzten in der Schule.

Als er starb, wurde sein Leichnam von der Schule aus zu Grabe getragen. Ich weiß nicht, ob er es gewesen war, der Fırlama mit Abanoz bekannt gemacht hatte, oder ob umgekehrt Fırlama im Vertrauen auf seine »Ausstattung« Neco vom rechten Weg abgebracht. Doch ich kann bezeugen, dass die beiden die engsten Freunde waren. Neco hielt Fırlama auch nach der Sache mit der Aussiedlerin weiterhin die Freundschaft. Gleichwohl blieb es beim Spitznamen »Fırlama«, niemals bekam er den Titel »Zuhälter«. Jedenfalls nicht von mir. Warum erzähle ich all das? Um zu beweisen, dass die Liebe zu Vaterland und Nation nicht die Liebe zu einer Frau verhindert, im Gegenteil, dass beide wie die zwei Seiten eines Geldstücks in einem Herzen Platz haben. Da sind wir wieder beim Thema Dr. Jekyll und Mr. Hyde. Doch entscheiden Sie selbst, wer welcher ist.

Mir ist bewusst, dass ich von diesem Fırlama ständig negative Dinge erzähle. Dabei hatte er ein gutes Herz. Nach so vielen Jahren muss ich nun endlich bekennen: Hinter seinem Äußeren und trotz seines Schandmauls hatte er eigentlich ein reiches Innenleben, war er äußerst gefühlvoll. Ich erinnere mich immer noch an ein Liedchen, das er im Schlafsaal sang, wenn er sein Zelt errichtete.

»Früh am Morgen steht er auf,
Baumelt zwischen den Beinen.
Die Mädels haben vor ihm Angst,
Bumballa bumballa bum!
Einer Zwiebel gleicht sein Kopf,
Einer Schlange die Mitte,
An der Wurzel ist ein Wald,
Bumballa bumballa bum!«

Dabei schrieb er heimlich Gedichte, nicht bloß irgendwas, sondern recht schöne. Nach Jahren hat er mir eins von den Gedichten aus der Schulzeit geschickt, das hebe ich noch immer auf. Einige Verse sind bei mir hängen geblieben, ich murmele sie vor mich hin und lasse auch Sie daran teilnehmen:

»Auf meinem Grab wünsch ich mir Rosen,
gelb und rot,
Und meine Klassenkameraden sollen um mich
trauern.

Der Hauptmannssohn,
Wenn er noch lebt,
Soll kommen und an meinem Grabe knien:
Der arme Fırlama, er tut mir leid.
Sein Mundwerk lose wie sein Hosenbund,
Doch war er herzensgut.«

Es ist die Frage, wer von uns zuerst geht, aber wenn Fırlama vor mir stirbt, will ich seinen letzten Wunsch natürlich erfüllen.

Vorhin habe ich gesagt, dass ich wisse, was die Fremde bedeute, denn nach dem Schulabschluss zog ich nach Paris. Das war keine freie Wahl, sondern ein Muss. Es gab keinen anderen Weg, um die einzige Frau meines Lebens, diese verbotene und unmögliche Liebe zu vergessen. Die Liebe trieb mich in die Fremde, nicht die Neugier. Und schon gar nicht die Politik. Und dass mich Paris zu einem gestandenen Menschen gemacht habe, will ich auch nicht sagen, denn ich bin in diesem Leben weder gestanden noch tüchtig, aber doch zu einem weltoffenen Menschen hat mich die Stadt gemacht, das ja. Ich habe freilich viele Kriege, Schmerzen, Menschen und Länder gesehen. Und das, was ich gesehen habe, haben andere, hingestreckt auf ihren Fernsehsesseln im warmen Heim, auf den Nachrichtenkanälen gesehen. Ich war ein durchschnittlicher Korrespondent, muss ich sagen, eine Zeit lang arbeitete ich auch für eine Zeitung, doch ich glaube nicht, dass ich begabt genug bin, meine Geschichte zu schreiben. Schreiben ist eine ganz besondere Tätigkeit, wie schön, wenn jemandem das gelingt. Mir ist es nicht mal gelungen, ein guter Berichterstatter zu sein, ich wurde sogar nach einer Weile im Job gefeuert. Danach habe ich eine Zeit lang Handel getrieben. Meine Rente verdanke ich jedoch meiner abgebrochenen Journalistentätigkeit.

Meine Tochter meinte: »So nimm halt deine Geschichte auf Band auf. Sprich aufs Band, als würdest du den Lesern etwas erzählen.« So wird es nun gemacht. Doch ich bin erst am Anfang meiner Geschichte. Wenn Sie mein Pendeln zwischen Vergangenheit und Zukunft nicht gelangweilt hat und Sie nicht genug davon haben, dass ich in die Gegenwart zurückkehre, in die Einsamkeit meiner Wohnung mit dem schönen Ausblick auf Istanbul, dann heißt das wohl, dass Sie auf die Fortsetzung gespannt sind. Dann geht es also weiter, zuerst mit *Saz*-Musik, dann mit dem Wort!

Was wollte ich eigentlich sagen? Wer kennt denn heute dieses Lied im *Rast Makamı* von Kâzım Nami Erdölen und erinnert sich daran, dass dieser im achtzigsten Lebensjahr bei einem Verkehrsunfall starb? Wie sehr liebe ich sein Lied:

»Während du, meine Schöne, kokett unter Rosen wandelst,
Will ich mit Nachtigallen Verse von deiner Schönheit singen.
Lehn dich doch einmal nur an diese verwaisten Arme,
Dann will ich begeistert ersterben in den Stirnlocken.«

Wenn ich das höre, werde ich traurig und muss sogar weinen. Denn es erinnert mich an meine Mutter. An meine liebe Mutter, die nicht begeistert in den Stirnlocken starb, sondern durch eine Kugel aus der Dienstwaffe meines Vaters. Das Interesse an der *Saz* verdanke ich vielleicht meinem Vater, ja sogar meine Liebe zum Alkohol. Aber irgendwie kommt mir nicht in den Sinn, »lieber Papa« zu sagen. War er, wie die Zeitungen in einer bestimmten Periode schrieben, ein »Revolutionär« oder sogar ein »Vaterlandsliebender«? Ich glaube das nicht. Im Grunde war er vor allem ein Putschoffizier, aber er war mein Vater. Und hat nicht er den Ehemann der Frau, die ich in meiner Jünglingszeit liebte, vor dem Strick errettet? Hier an dieser Stelle, wo es am spannendsten ist, halten wir inne. Fortsetzung folgt.

Morgen werde ich wie immer früh aufstehen, mich mühsam ins Bad begeben und zum Frühstück Tee trinken, dann werde ich mit Blick auf Istanbul Platz nehmen. Zu meinen Füßen die auf- und absteigenden Gassen, gegenüber der Galataturm. Das Goldene Horn mit seinen drei Brücken und links davon Sarayburnu, das Topkapı Sarayı im Grünen. Die bleiernen Kuppeln und die Minarette wie Bleistifte. Was will ich mehr? Und das tiefblaue Meer. Mitten im Meer liegen Sivriada und Yassıada. Dort sind spannende Dinge passiert.

6

Manchmal gegen Morgen, wenn ich gerade aus dem Schlaf erwache und es noch nicht Tag ist, fallen mir menschenleere Bahnhöfe ein. Ein Dampfzug nähert sich dem Bahnsteig. Die Dampfwolke, die durch den Kolben der Lokomotive entweicht, hüllt alles ein. Doch man hört keinen Laut. Niemand steigt ein oder aus. Selbst der Stationsvorsteher mit der roten Mütze ist nirgends zu sehen. Ein Kind mit einem Blondschopf schaut aus dem Zugfenster. Als suchte es etwas mit schlaflosen Augen. Dieses Bild meiner ersten Reise habe ich nie vergessen. Nicht einmal in den belebten Bahnhöfen Europas, durch die immerfort Expresszüge rauschen. Ich erinnere mich an Güterwagen voller Rüben und an Wassertanks. Und an den Weichensteller. An der Gabelung blieb der Zug fauchend stehen, und der Weichensteller legte in der Morgendämmerung die Weiche um, indem er mit ganzer Kraft gegen den schweren Hebel drückte. Reisen beleben den Menschen, sie geben ihm das Gefühl, ein Teil dieser Welt zu sein mit ihren Strömen, über die man fährt, und den Bäumen, die ihre Blätter verlieren, mit den Feldern und Herden und dem Himmel. Jene Koffer mit gefalteter Wäsche und die Bahnhöfe, vor denen Pferdekutschen warten. Und die Aufregung, eine neue Stadt zu betreten.

Wie ist doch das Reisen schön! Wenn niemand auf Sie wartet, dann sind Sie an nichts und niemanden gebunden. Wenn Sie vom Deck eines Schiffes, das den Hafen verlässt, zum letzten Mal auf die Stadt blicken. Wenn Sie Ihrem Geburtshaus, den immer wieder durchlaufenen Straßen, den Zimmern, in denen Sie Ihr Leben verbracht haben, ohne Trauer zugewinkt haben. Manchmal besteigen Sie auch ein Flugzeug und lassen sich in den Sitz am Fenster sinken. Während Sie das Getränk schlürfen, das eine schöne Flugbegleiterin Ihnen gebracht hat, schweben Sie über den Wolken. Diese segeln vom Wind aufgebläht unter Ihnen dahin. Dann klart der Himmel auf. Die Welt unten liegt zu Ihren Füßen wie ein Leckerbissen, ein bunt gedeckter Vorspeisentisch zu Ihrem Getränk. Die Städte sind klein geworden, die Häuser sind fast nicht mehr zu sehen. Die Ströme aber fließen trotzdem, als sähen Sie sie aus der Nähe. Die Berggipfel sind verschneit, die Täler tief eingeschnitten. Und bald schon sind Sie in einer anderen Gegend, in den Straßen einer fernen Stadt, die darauf wartet, entdeckt zu werden.

So bin ich immer voll Vergnügen um die ganze Welt gereist, voll Begeisterung, Neues zu entdecken. Ich bin gereist und habe zugleich gearbeitet. Doch jetzt habe ich mich schon lange überhaupt nirgends mehr hinbewegt. Ich bin an diese Wohnung gefesselt, kann nicht aufstehen und irgendwohin gehen. Der einzige Ort, an den ich noch gehen kann am Ende meiner langen Reise, ist jener Ort, von dem keiner zurückkehrt. Ich bin hier wie ein Schiff, das ins Unbekannte aufbricht. Mit dem Teeglas in der Hand sinke ich in einen Sessel. Der Ausblick ist atemberaubend, Istanbul ist schöner denn je. Von der Welt bekommt man nie genug, doch mit jedem Morgen entfernt sich die Küste ein wenig weiter. Was sich entfernt, was nie mehr wiederkehrt, ist nicht das Schiff, sondern Istanbul.

Auf einer meiner beruflich bedingten Reisen durch Frankreich fuhr ich mit dem Auto am breitesten, leuchtendsten, schnellsten Fluss des Landes entlang. Ich fuhr einen gebrauchten Volkswagen, den man »Käfer« nannte. Ich kam mir darin wie ein am Grund des Aquariums vergessener Fisch vor, doch ich war zufrieden. Ich fuhr langsamer, als der Fluss floss, denn ich hatte keine Eile. Das Leben, das damals bedächtig verlief, passend zu meinem schrottreifen Auto, ist mit zunehmendem Alter immer schneller geworden. Jetzt bin ich früh morgens gerade erst aufgewacht, da ist es schon wieder Abend. Jagt die Nacht den Tag oder ist es umgekehrt? Die Städte wechseln, und die Kinder werden größer. So wie meine Tochter. Hatte ich sie gerade erst neugeboren im Arm, so ist sie jetzt eine erwachsene Frau im heiratsfähigen Alter. Früher haben wir uns auch nicht oft gesehen, genauso wie jetzt. Dabei leben wir beide in Istanbul.

Der Fluss strömte unter alten Steinbrücken hindurch. Weiße Schlösser, eins schöner als das andere, spiegelten sich im Fluss; der Schatten ihrer schiefergedeckten Türme fiel auf ihre regelmäßig, nahezu geometrisch angelegten Gärten. Die engen, von Steinhäusern gesäumten Straßen liefen auf einen Kirchplatz zu, die Innenhöfe der Klöster verschwanden hinter hohen Mauern. Ich habe in den Fels gehauene Häuser gesehen wie bei uns in Kappadokien, dabei war ich auf einer Reise ins Herz Frankreichs, als meine Tochter noch nicht auf der Welt war. Damals herrschte Krieg in Vietnam. Es gab hungrige Kinder, Brände, Väter, die nicht von der Front zurückkehrten. Wäre ich dem Fluss in die entgegengesetzte Richtung zur Quelle hin gefolgt, hätte ich mich auf einem Berggipfel befunden, weit entfernt von den Siedlungszentren. Ich hätte in der Einsamkeit bleiben können. Doch meine Absicht war es, den Atlantik zu erreichen, das Delta aus dem Buch *Zwei Kinder auf Weltreise*, das ich als Kind mehrmals gelesen hatte, dessen Zeilen mich gepackt und in die Ferne geführt hatten, in Welten, von denen ich nicht mal träumen konnte.

Ich wusste nicht, dass eines Tages an der Mündung dieses Deltas, wo die Loire die Weite erreicht, meine Tochter geboren werden würde. Dort wurde ich erstmals Zeuge davon, wie das Meer frei davonflutete, die im Schlamm versunkenen, verwaisten Boote hinter sich zurücklassend. Wenn selbst der Ozean sich zurückziehen und weggehen konnte, wie es ihm gefiel, wie sollte ich da zu Hause bei Frau und Tochter bleiben? Eines Tages war ich in Nantes, wo an einem regnerischen Himmel die Sonne mit den Wolken Verstecken spielte – Sie mögen diesen Vergleich kindisch finden und ablehnen, doch was kann ich dafür, dass manchmal meine poetische Ader anschwillt? Damals war ich eigentlich ein ganz guter Journalist, während ich jetzt im Alter ein schlechter Poet bin, was soll's. Ich sah dort in diesem unvergleichlichen Licht der Loire-Region mit Herzklopfen, wie der Fluss zu seiner Quelle zurückfloss. Sie haben sich nicht verhört, und ich habe mich nicht verschaut. Die anschwellenden, rauschenden Wasser begannen verkehrt herum, rückwärts zu fließen. Für einen Moment hatte ich nicht daran gedacht, dass man dieses Naturphänomen die »Gezeiten« nennt, das mit den Launen des Mondes zusammenhängt. Ja, ich ging fort und ließ meine Frau mit meiner Tochter zurück wie jene Boote. Von den Mündungen der rückwärts fließenden Flüsse aus ging ich in die fernen Länder hinein. Doch jedes Mal kehrte ich zurück, auch wenn ich dann wieder wegfuhr. Ich bekenne, dass ich daher kein guter Vater war, und ich versuche nicht, mich reinzuwaschen. Es gibt sowieso keinen »guten Vater« nach einem bestimmten Schema, sonst hätte mein glatzköpfiger Vater mich nicht gänzlich an der »Schule des Sultans« vergessen. Er wäre gependelt zwischen der Hauptstadt Ankara, wohin er übersiedelte, um Revolution zu machen, und der alten Hauptstadt Istanbul.

Meine Tochter wurde mir nach der Geburt in die Arme gelegt, jedoch nicht in Paris, sondern in Nantes. Hier wohnte meine Schwiegermutter in einem Haus mit hohen Zimmerdecken, das sich wie ein Landstreicher leicht zur Seite neigte und auf den alten Hafen hinausschaute. Der Hafen, wo einst Dreimaster und Schaufelraddampfer an- und abgelegt hatten und wo Waren in die Lagerräume der hohen Gebäude am Hafen verladen worden waren, war tot, die Kanäle zunehmend mit Sand verstopft. Und während ich durch die Welt zog und mich bemühte, den Menschen, die in Frieden und Wohlstand lebten, bittere, unter Tränen verfasste Nachrichten zu übermitteln, wuchs das Kind in seinem Zuhause auf. Bei seiner Mutter entwickelte es sich und wurde größer. Sein Vater war lediglich eine Stimme am Telefon. Er rief zu allen möglichen Zeiten aus Ländern jenseits des Ozeans an, fragte aus zerstörten Städten, wie es ihm gehe, wollte wissen, ob es gesund und wie groß es geworden sei, mit der Stimme eines Vaters, der schuld daran war, dass er nicht sehen konnte, was für ein süßes Kind er hatte.

Bei »süß« fällt mir etwas ein. Die Familie meiner Frau war durch Sklavenhandel reich geworden. Sie hatte die Sklaven aus Afrika in der Karibik verkauft, wo sie Zucker gekauft, den sie in Nantes eingelagert habe. Vielleicht hat meine Tochter deswegen eine Figur wie ein Zuckerrohr und ist genauso süß, doch man muss aufpassen, sie nicht zu ärgern. Dann reißt sie den Mund auf und beschimpft blindlings, was ihr unterkommt, in ihrem Türkisch, das sie spät und auch meinetwegen gelernt hat. Doch ihr Zorn legt sich schnell, sie ist so zärtlich wie ihre Mutter und ebenso weich wie sie.

Zuletzt haben wir uns wiedergefunden, doch wozu ist das nütze? Wir sind stets völlig verschiedener Meinung. Obwohl wir in derselben Stadt wohnen, sehen wir uns seltener als früher. Oder es kommt mir so vor. Vielleicht weil ich alt bin. Am Ende bin ich zum nachtragenden Greis geworden, vom schuldigen Vater wurde ich – meiner Frau sollen die Ohren klingen – zum greisen Ehemann befördert. Einst war ich der Hauptmannssohn, jetzt bin ich der trinkende Sohn eines Alkoholikers. Ich habe mir angewöhnt, meine Probleme mit mir selbst auszumachen. Deshalb teile ich meine Bekenntnisse nicht mit meinem Bekanntenkreis, sondern mit Ihnen. Wenn ich »Bekanntenkreis« sage, dann ist das eine Redensart, denn außer meinen alten Klassenkameraden treffe ich fast niemanden mehr. Ich bin ganz allein. Als Freund, als Kameraden betrachte ich einzig Istanbul, dem ich täglich gegenübersitze.

Geliebtes Istanbul! Du hast deinen Hafen noch nicht verloren wie die Geburtsstadt meiner Tochter. Immer noch fahren Schiffe aus dem von Bleikuppeln und Platanen beschatteten Hafen in die Ferne, noch immer entleeren Schlepper ihre Fracht in die Lagerhallen. Wenn der Tag kommt, den Anker zu lichten, werde auch ich meine Segel setzen, zugleich mit dem Schiff, das vom blauen Hafen ins Unbekannte aufbricht.

Aber noch ist es nicht Zeit, auch wenn ich »Am Horizont des Abends ohne Wiederkehr« bin. Und während ich das Lied singe, das mit »Ich beklage mich bei niemandem« beginnt, hebe ich jeden Abend das Glas und trinke auf deine Gesundheit, Istanbul. Du warst schon vor meiner Geburt da und wirst da sein, wenn ich von dieser Welt geschieden bin. Manchmal fällt mir auch ein anderes Lied ein, das mich in die Geburtsstadt meiner Tochter versetzt. Auf dem Kassettenrekorder singt Barbara vom Regen in Nantes. Sehnsuchtsvoll beklagt sie, ihren Vater niemals gesehen zu haben, und schluchzt, weil sie es verpasst hat, ihn auf seiner letzten Reise zu begleiten. Sie singt: »Gib mir die Hand, der Himmel in Nantes lässt immer noch mein Herz schmerzen.« Wenn Sie wüssten, wie viele Dinge mir Herzschmerzen verursachen. Doch dafür ist kein Platz in dieser Geschichte.

***

Als ich zum ersten Mal nach Istanbul kam, war das nicht meine erste Zugfahrt. Ich erinnere mich, dass wir, als ich drei Jahre alt war, einen dunklen Eisenbahnwaggon bestiegen, die Holzbänke voller Bauern, um meinen Geburtsort zu verlassen und in die ferne Provinzstadt an jenem See zu ziehen, wo ich zur Schule gehen würde, wo meine Mutter begraben werden sollte, nachdem ich das Lesen gelernt hatte, und wo ich jeden Morgen mein ganzes Dasein »Vaterland und Nation« hingeben würde. Damals waren meine Eltern bei mir, ich war nicht so mutterseelenallein, nicht schutzlos wie ein ausgesetztes Kätzchen. Nachdem wir meine Großmutter in die zweite Klasse mit den grünen Polstersesseln verfrachtet hatten, drängten wir uns auf eine Holzbank der dritten, und die ganze Fahrt über rührten wir uns nicht nur nicht, sondern schauten auch nicht aus dem Fenster, bis wir an einer dunklen, kalten Station ausstiegen.

Jetzt aber war es anders. Ich war nun schon groß. Beim Baden brauchte ich die Hilfe Elifs nicht mehr. Ich bewies auf diese Weise meine Männlichkeit. Aber ich war allein. Wenn ich auch kein Schiff war, das »ins Unbekannte« fuhr, wie in dem Gedicht, das Giraffe leise rezitiert hatte, so war ich doch ein Reisender in der dritten Klasse des Dampfzugs nach Istanbul. Ins Unbekannte ging auch ich, mein Vater hatte mich bis zum Bahnhof gebracht, doch wieder war es wie in jenem Gedicht: Als der Zug abfuhr, winkte keine Hand, und kein Taschentuch wurde geschwenkt. Keines Menschen Auge wurde feucht. Und aus keinem Krug wurde mir Wasser hinterhergeschüttet. Wir waren mit der Pferdekutsche zum Bahnhof gekommen. Es war die schrottreifste Pferdekutsche der Stadt. Die Räder quietschten, die Pferde wirkten verhungert. Beide waren grau, doch sie hatten nichts mit dem legendären grauen Pferd von Köroğlu gemein. Die Kutsche war zudem oben offen. Aber es war zum Glück nicht kalt, der Herbst begann erst. Als ich mich, den Holzkoffer auf den Knien, dem alten Polstersitz gegenüber auf die Holzbank setzte, wusste ich natürlich nicht, dass ich nie wieder hierherkommen würde. Mein Vater war in Zivil. Mit dem Filzhut auf dem Kopf saß er im Sommerjackett mir gegenüber wie eine Statue. Er hatte sich tief in die Polster gedrückt. Mit gerunzelten Brauen hatte er seine ernsteste Miene aufgesetzt, wie es die Pflicht erforderte. Es war nicht leicht, den einzigen Sohn »ins Unbekannte« zu schicken. Sein Waisenkind, das ihn nicht einmal am Stammtisch alleine gelassen hatte. Doch die Lage erforderte dies, ja, wie jeder Soldat war er sich der Sache bewusst, also musste man aus der Situation das pflichtgemäße Handeln ableiten. Und die Pflicht war jetzt, den Sohn, wenn schon nicht nach Istanbul, so doch bis zum Bahnhof zu geleiten. Was danach geschehen würde, war ungewiss. Wenn man nur diesen Tag überstand, dann entwickelte sich danach alles von selbst, wie wenn sich ein Strumpf aufribbelte. Wenn nicht, würde man sich keinen Kopf machen. Der Sohn war eigentlich kein Kind mehr. Wenn es sein musste, würde er ebenfalls aus der Situation das pflichtgemäße Handeln ableiten, und damit basta!

Wenn ich auch an manchem Abend meinen Vater nach der Rückkehr aus der Kaserne zu »*Muhtars* Platz« begleitet hatte und in manchen Winternächten in tiefen Schlaf gesunken war, ohne meine Hausaufgaben fertig zu haben – immer noch eine schlechte Angewohnheit –, so war ich doch ein erfolgreicher Schüler. Nach Ansicht meiner Großmutter war ich womöglich nicht fleißiger als meine Mitschüler, aber sicherlich viel gescheiter. Elif zog im *Hamam* zwar nicht mehr an meinem Pipi, dafür konnte sie es nicht unterlassen, mich ständig auf die Wangen zu küssen. Auch sie befahl mich ständig Gott an, so wie meine Großmutter. In ihren Augen glich ich einem kostbaren indischen Stoff, ich war sowohl gescheit als auch ein Nichtsnutz und ein verstockter Schlingel.

Ich hatte das Schuljahr damals als Bester der Grundschule abgeschlossen und auch die Prüfung für einen Freiplatz an einem Internat bestanden. Ich würde fortan an einem der berühmtesten Gymnasien studieren. Nicht mehr im schwarzen Schulkittel mit weißem Kragen, sondern in dunkelblauem Jackett mit gelb-rotem Schulwappen und grauer Hose. Und laut Elif würde ich mich in Istanbul niederlassen und alle vergessen.

Ich stand an der Schwelle eines neuen Lebens. Mich erwarteten neue Gefühle, andere Aufregungen. Mein Vater war ein wenig besorgt. An jenem Tag bemerkte ich erstmals die Falten auf seiner Stirn. Er hatte das Gesicht eines vorzeitig gealterten jungen Mannes. Als stünde er vor einem Zusammenbruch, während ich vor einem neuen Anfang stand. Er sprach nicht. Bis wir am Bahnhof ankamen, schwieg er. Auch wandte er seinen Blick nicht von mir. Als sei er mir gram, dass ich ihn hier in diesem Loch, umgeben von kahlen Bergen, allein zurückließ. Der Kutscher sprach ebenfalls nicht, er sog tiefe Züge aus seiner kleiner werdenden Zigarette, die er nicht aus dem Mund nahm. Ab und zu, wenn sich Kinder an die Kutsche hängten, klatschte er mit der Peitsche nach hinten, danach streifte er gewohnheitsmäßig damit über die Rücken seiner grauen Pferde. Sie schienen aus ihrem Trott heraus etwas schneller zu werden, dann verfielen sie wieder in Trab. Nachdem wir eine Runde um das Reiterstandbild von Atatürk gedreht hatten, bogen wir in die Bahnhofsstraße ein. Die Platanen hatten ihre Blätter noch nicht verloren. Die Hotels und die anderen Häuser entlang der Straße standen krumm und schief. Bei ihrem Anblick erfasste mich eine schwer zu beschreibende Traurigkeit. Als ahnte ich, dass ich mein Leben weitgehend in Hotelzimmern verbringen würde, dass ich später nach einem ähnlichen Weggang aus Istanbul von einer Stadt zur anderen ziehen und wie ein Schiff ohne Heimathafen, dessen Trossen sich gelöst hatten, trunken durch die Welt treiben würde, begann ich zu schluchzen. Danach zu lachen. Vielleicht war es ein gezwungenes Lachen, doch gab ich meinem Vater keinen Anlass zu sagen: »Heul nicht rum, ein Junge weint nicht.«

Er setzte mich rasch in den Zug, als wollte er sich von einer unerträglichen Last befreien, und entfernte sich, ohne auch nur zu winken. Ich blieb mit meinem Holzkoffer allein auf einer Holzbank der dritten Klasse zurück. Schließlich galt es zu sparen, allein meine Großmutter hatte auf Reisen das Privileg der zweiten Klasse mit ihren grünen Polstersesseln. Ich erinnere mich, dass ich in dem Augenblick meinen Vater hasste, was ich später sehr bereute.

Außer mir befand sich niemand in dem Waggon. Ich setzte mich ans Fenster, nachdem ich meinen Koffer verstaut hatte. Im Koffer hatte ich etwas Wäsche und Kleidung und außerdem den Schluss, also das zehnte Heft, von *Zwei Kinder auf Weltreise.*

Nachdem ich die Schule beendet und auch die Aufnahmeprüfung für das Stipendium im Internat bestanden hatte, hatte ich den ganzen Sommer über die Abenteuer von Yanik und Jano gelesen, war mit ihnen von Frankreich aus durch die Welt gereist, als hätte ich ihre Abenteuer selbst erlebt. Ich hatte mit Stürmen auf dem Ozean, Raubtieren in Urwäldern, Gletschern auf verschneiten Bergen gekämpft, und dank dieses Buches hatte ich die Langeweile dieser abgelegenen anatolischen Stadt bis zu einem gewissen Grad überwinden können. Neun Bände hatte ich in einem Rutsch ausgelesen und den zehnten mitgenommen, voll Neugier, welches Ende es mit den beiden Freunden nehmen würde. Doch die ganze Fahrt über schlug ich den Band nicht auf, so viel Interessantes gab es um mich herum zu sehen. Der Ausblick aus dem Fenster, der anfangs gleich zu bleiben schien und sich dann ganz plötzlich veränderte, sowie die bei jeder Station ein- und aussteigenden Reisenden allein und zu zweit, beispielsweise Händler, Losverkäufer … Der eintönige Anblick der Steppe und der kahlen Hügel, die ich immer von der Laube aus gesehen hatte, in deren Schatten mein Vater Tee trank, wenn ich ihn in der Kaserne besuchte, endete, und unter wolkenlos blauem Himmel begann eine weite Ebene, deren Menschenleere in mir ein Gefühl von Unendlichkeit hervorrief. Dann kam wieder ein einsamer Baum, hilflos und verlassen, und plötzlich erschienen eine Ziegenherde und Lehmziegelhäuser; in der Ferne tauchten blaue Berge auf und Felder, immerzu Felder, ein Minarett, das im Abendschein rötlich schimmerte, daneben Fabrikschornsteine, und dann die Bauern, die ich im Waggon dritter Klasse des Zuges kennenlernte, der mich in eine andere Welt, die Stadt meiner Kinderträume, nach Istanbul brachte. Das alles war so spannend, die Brücken auf Eisenträgern, über die wir hinwegrauschten, und die schlammigen Flüsse, dass ich mir vorkam, als reiste ich mit den beiden Kindern aus dem Buch, aber nicht auf ihren Spuren, sondern so, als wäre ich auf meine eigene Weltreise gegangen. Jeder der Reisenden hatte seine persönliche, erzählenswerte Geschichte. Sie hatten sich dem Schicksal ergeben, als hätten sie von vorneherein ihr armes, entbehrungsreiches Leben akzeptiert. Ihre Geschichten, die ich während der ganzen Fahrt hörte, werde ich vielleicht eines Tages erzählen, aber jetzt geht es um meine Geschichte, um meine Kindheit, mein Schicksal, das mir auf die Stirn geschrieben war. Wenn der Zug an einer Station hielt, stiegen immer Leute mit ihren Siebensachen aus und ein. Die meisten kamen aus den umliegenden Dörfern, die Frauen dick und im *Şalvar*, die Männer trugen Schirmmützen und Schuhe, manche auch Ledersandalen. Ich könnte einen Ausdruck verwenden, den ich später gelernt habe, dann wäre ich mit »Sandalenfürsten« gereist, nicht wie mein Vater und seine Kameraden mit hochdekorierten »Schultern«. Ich werde diese lange Zugfahrt, die einen Teil meiner eigenen Geschichte bildet, nicht in Einzelheiten wiedergeben, sondern mich kurz fassen. Doch eines möchte ich festhalten: Dieser Zug besiegelte in gewisser Weise auch mein Schicksal, denn noch immer sind die Reisen, die damals begonnen haben, nicht zu Ende. Jetzt stehe ich mit einem Fuß im Grab und bin dabei, eine Reise in die Vergangenheit anzutreten, aber außer mir ist niemand im Waggon. Binnen Kurzem wird der Zug in den Tunnel einfahren, ohne wieder aufzutauchen, ohne dass die Finsternis je wieder der Helle weicht, und ich werde nicht mehr da sein. Meine Großmutter hat ihren Sohn überlebt, aber es ist sonnenklar, dass ich meine Tochter nicht überleben werde. Doch ich will mich nicht in Gottes Angelegenheiten einmischen, auch wenn ich mich von nun an mehr mit den Verstorbenen als mit den Lebenden befassen werde.

Wieder macht die Philosophie sich breit, und zwar die Metaphysik. Lieber erzähle ich einen Witz, um die gedrückte Stimmung zu vertreiben. Dadurch entgeht man am besten den Todesgedanken und diesen philosophischen Spitzfindigkeiten. Während die Bauern in ihre Gespräche vertieft waren und ich erstmals im Leben mit Leuten außerhalb meiner sozialen Schicht redete und über meine Sorgen sprach, war es Nacht geworden. Hinter dem Fenster sah man weder Berge noch Dörfer noch größere Siedlungen. Auch hielten wir kaum an den Bahnhöfen an. Als es kühler wurde, schien mir der Schweißgeruch, der den ganzen Tag lang den Waggon durchzogen hatte, etwas nachzulassen. Plötzlich fiel mir einer jener Witze unter der Gürtellinie ein, die an »*Muhtars* Platz« erzählt worden waren, vielleicht, weil mir war, als hätte ich den Geruch des Kellers wahrgenommen, in dem sich Ahmet, der Bursche meines Vaters, aufhielt. Ich erinnere mich wie heute, dass ich rot wurde, als ich diesen Witz zum ersten Mal hörte. Dabei bringt er mich heute komischerweise nur zum Lachen. Selbst auf die Gefahr hin, dass man mich wegen Beleidigung der Armee einsperrt, möchte ich Ihnen den Witz jetzt erzählen.

Eigentlich kann es das ja gar nicht geben, aber Pardon, nehmen wir mal an, dass es da einen sehr gut aussehenden jungen, schwulen Offizier und seinen sehr männlichen Burschen Memet gab. Dieser wohnte so wie unser Bursche im Keller des Offizierswohnhauses. Wenn den jungen Offizier der Teufel ritt und seine Lustgefühle anschwollen, dann stieg er runter und rief um die Ecke nach Memet: »Komm und befriedige mich!« Und Memet befolgte den Befehl augenblicklich. So verging die Zeit, und ein anderer Bursche Memet, ein Nachbar des ersten, wurde Zeuge des Vorgangs. Als nun dessen Lustgefühle anschwollen, schlug er dem Memet des gut aussehenden Offiziers mit einem Stein auf den

Kopf und betäubte ihn, um selbst der Einladung zu folgen. Im Dunkeln sah man ja nichts. Der gut aussehende Offizier näherte sich von hinten, doch plötzlich drehte er sich um und sagte: »Ach, Memet, du hast mich so oft befriedigt. Dreh dich um, dieses Mal will ich dich befriedigen.«

Das, was ich da an »*Muhtars* Platz« von erwachsenen Männern gehört habe, will mir einfach nicht aus dem Sinn. Ich erinnere mich, wie Giraffe nach diesem Witz, den ich damals, als ich ihn hörte, nicht richtig verstanden habe, der mir aber heute irgendwie gefällt und den ich ohne Hemmungen erzähle, weil mir schamlose Wörter, die jeder kennt, die aber niemand aufschreibt, Spaß machen, seine Backenzähne zeigte und sagte: »Das ist doch immerhin besser, als den Kadetten zu ohrfeigen, nicht wahr, Hauptmann?«

Ich habe die erste Ohrfeige meines Lebens von Giraffe bekommen und spüre den Abdruck davon immer noch auf meiner Wange. Doch was hatte es auf sich mit diesem geohrfeigten Kadetten? Hatte mein Vater in der Kaserne einen Kadetten geohrfeigt, und der Vorfall wurde jetzt am Tisch erwähnt? Vor meinem inneren Auge sah ich, wie mein untersetzter Vater einen riesenhaften Kadetten verprügelte, der vor ihm stramm stand. Dabei hatte er mich niemals geschlagen. Der riesenhafte Kadett würde sich natürlich nicht wehren, außerdem war es an der Tagesordnung, dass Offiziere die Soldaten schlugen, das sollte ich später selbst während meiner Militärdienstzeit erleben. Doch konnte ich mir damals an »*Muhtars* Platz« nicht erklären, was der wie immer grinsende Giraffe mit dem nach dem Witz vorgebrachten Ausspruch »den Kadetten ohrfeigen« gemeint hatte. Heute weiß ich, dass dieser Ausdruck im Argot der Kaserne und des Internats »masturbieren« bedeutet. Und natürlich fällt mir wieder Fırlama ein. Denn er war derjenige, der im *Hamam* stets den Wettbewerb im »Kadettenohrfeigen« begann – und gewann.

Ich weiß nicht, wie das bei meinem Vater war, mein Leben jedoch verlief nicht mit Kadettenohrfeigen, ich habe andere Lüste erlebt, Situationen, für die eine einzelne Hand nicht reichte.

Fırlama, der jede Nacht im Schlafsaal den Kadetten ohrfeigte, als reichte das *Hamam* nicht aus, ohrfeigte schließlich den Studenten, der die Lehrsaalaufsicht hatte. Der Bursche war tatsächlich ein unheimlicher Wichtigtuer. Während der Lernzeit ließ er niemanden auf den Abort, sei es, um uns einfach zu unterdrücken, sei es, um seine Autorität zu beweisen. Zudem war er ein Riesenkerl und unerträglich eingebildet. Doch da war Fırlama, berühmt für sein Draufgängertum, er hatte einen Ruf zu verlieren, und außerdem stand er sehr unter Druck, fast hätte er sich in die Hosen gemacht. Sein Ansehen wäre vor der ganzen Klasse zerstört gewesen. Jeder hätte gesagt: »Mensch, mit so einem großen Ding hast du die Pisse nicht unterdrücken können!« Die Lehrsaalaufsicht hieß Recep. »Auf den Schiffen ist Manöver, / ein Geliebter ist Matrose«, fingen wir leise zu singen an. »Wo ist denn mein Recep hin? / Geh zur Wache, frag nach ihm.« Mit diesem Volkslied, in dem unter anderem auch von »gelben Lira« die Rede war, berauschten wir uns in der Stillarbeitszeit, indem wir es fast flüsternd sangen, doch nachts im Schlafsaal in der Dunkelheit brüllten wir es aus vollem Hals.

Recep mochte das natürlich gar nicht. Seine Härte rührte zum Teil auch daher, dass wir dieses Lied bei allen möglichen Gelegenheiten sangen. Er hatte auf uns alle eine Wut, aber Fırlama hatte er wohl besonders auf dem Kieker. Der Ausdruck »Kieker« gefällt mir überhaupt nicht, aber er passt gerade. Dann sage ich lieber, er hatte ihn besonders gefressen, und wen Recep sich vornahm, vor dem plusterte er sich auf wie ein Truthahn. Manchmal sangen wir auch: »Plustere dich nicht auf, kahle Fatma, / Deine Mutter ist schön, du bist hässlich.« Doch man muss gerecht sein, sein Charakter mochte »kahl« gewesen sein, tatsächlich aber war er gut aussehend. Mit Brillantine zurückgekämmte Haare, eine faltenlose Stirn, die er nie runzelte, leuchtend schwarze Augen, eine leicht gebogene Nase, die zum Schnurrbart hin breiter wurde, ein Schotenmund und Perlenzähne. Wenn Sie fragen, was hier »Schote« bedeutet dann erkläre ich es. Die Aussiedler wissen, dass es auch die Bedeutung »Vagina« haben kann. Dabei war Recep durch und durch männlich, doch wenn er seinen Mund aufmachte, dann meinte man, die schwatzhafteste Vagina der Welt vor sich zu haben. Aber auf alles Bitten und Flehen von Fırlama reagierte er nicht. »Du kannst nicht gehen«, beharrte er. »Niemand, auch kein Fırlama geht zur Toilette, wenn ich Aufsicht habe.« Zuerst war Fırlama geduldig. Er benahm sich für seine Verhältnisse unerwartet fügsam. Brav saß er an seinem Platz und wartete auf das Pausenzeichen. Doch die Klingel ertönte einfach nicht. Die Glocken von Saint Antoine läuteten sogar, und von Weitem hörte man das Quietschen der Straßenbahn, doch die Pausenklingel wollte einfach nicht läuten. Der Arme saß verkrampft in seiner Bank, die Stirn rot, lila angelaufen, sein rundes Gesicht sprühte Feuer.

Recep beobachtete die Sache von seinem Pult aus mit Vergnügen. Aus seinem gekrümmten Schotenmund blitzten die Zähne. Dazu stichelte er auch noch: »Hast du etwa schon in die Hosen gemacht?« Fırlama ließ sich nichts anmerken. Da hielt ich es nicht mehr aus und rief von meinem Platz her: »Recep *Abi*! Bitte lass ihn gehen.«

Recep aber blähte sich auf. »Was geht das dich denn an? Geht bei dir einer rein und raus? Du hast gar nichts zu melden!« Diesen Ausdruck hatte Fırlama ständig benutzt, aber jetzt kam er aus Receps Schotenmund. Fırlama lachte zuerst, dann krähte er: »Natürlich geht keiner bei ihm rein und raus, aber bei mir geht einer rein.« Mit diesen Worten erhob er sich und ging zur Tür. Recep lief hinter ihm her, er überholte ihn und versperrte ihm den Weg. Fırlama sagte: »Lass mich durch!«, doch als Recep nicht darauf achtete, versetzte er ihm eine Ohrfeige. Recep blieb nicht untätig, doch er hatte den ersten Schlag abgekriegt. Und er konnte nicht verhindern, dass Fırlama die Tür öffnete und schleunigst zum Abort sauste.

Die Sache zog natürlich größere Kreise. Sie kam dem Konrektor, dem stellvertretenden Direktor und dem Direktor zu Ohren. Der Disziplinarausschuss trat zusammen und all das … – ich will es nicht weiter ausspinnen. Man hatte als Strafe einen Verweis erwartet, doch der Disziplinarausschuss verhängte eine Woche Ausschluss vom Unterricht. Sie mögen nun denken: Das hat ihm sicher gefallen! Oder: Geschieht dem Schlingel recht! Doch so einfach war es nicht, denn die nächste Stufe nach dieser Strafe war unweigerlich der Verweis von der Schule.

Und damit drohte erhebliches Unheil. Aber Fırlama musste nie wieder vor den Disziplinarausschuss, was immer er auch anstellte, er konnte sich immer retten. An Recep dagegen blieb die Ohrfeige hängen. Eine Zeit lang machte Fırlama sich lustig mit dem Spruch: »Wie im *Hamam* den Kadetten, so ohrfeigte ich den Hund!« Und damit es sich reimte, fügte er manchmal noch den Satz hinzu: »Und streckte den Schwulen zu Grund!« Doch dass er den baumlangen Recep mit einem Schlag zu Boden schlagen könnte, das glaubte niemand.

Der Vorfall beschäftigte die Klasse über Gebühr. Es wäre aber auch nicht richtig gewesen, das Ganze zu vergessen. Man schlug

Fırlama vor, stattdessen den Spitznamen »Tokatlıyan« anzunehmen, aber das wollte er nicht. Er selbst sagte: »Tokatlıyan heißt ja schon ein Geschäftshaus, soll das etwa mein Spitzname sein?«

Wenn ich an jene Jahre denke, kommt es mir manchmal so vor, als sei die Ohrfeige, die ich von Giraffe bekommen hatte, auf Receps Wange explodiert. Und ich kann nichts dafür, aber wenn Tag für Tag auf den Fernsehbildschirmen der Namensvetter des Lernsaalaufsehers auftaucht, dann muss ich mich schwer beherrschen, um ihm nicht ebenfalls eine Ohrfeige zu verpassen. Denn auch er spielt sich auf als *Abi*, als großer Bruder, um alles zu verbieten, und wenn es so weitergeht, dann verbietet er uns eines Tages noch, aufs Klo zu gehen.

***

Ich behaupte nicht, dass meine Erzählung durch die Witze mehr Würze bekomme, aber ich kann nicht anders, ich muss sie einfach erzählen. Soll ich im Vertrauen auf Ihre Nachsicht weitermachen? Nicht mit der Reise, sondern mit den Witzen? Den folgenden habe ich ebenfalls am Stammtisch gehört.

In der Kaserne ist das Leben hart, die Tage wollen nicht vergehen. Die Wehrpflichtigen, zumeist Zwanzigjährige, sind vom Exerzieren vollkommen erledigt und schlafen nachts im Schlafsaal tief und fest. Doch das gilt nicht für alle, denn manche sind Günstlinge. Sie rücken nicht jeden Morgen, »Die Almen, die Almen!« brüllend, zum Dienst an der Waffe aus, sondern begleiten Kranke in die Krankenstation oder trinken sogar Tee mit dem Kommandanten in der Laube. Sie haben das Glück, sich ausruhen zu können, und sie lassen es sich gut gehen. Aber die Nächte sind lang, was sollen sie in Schnee und Winter anfangen? In ihrem Leben gibt es keinen Feuertropfen von den Lippen der Liebsten. Mit Einverständnis der Wachen locken sie also Hunde mit Ködern in die Kaserne. Den Hunden scheint das zu gefallen, denn jeden Abend kommen größere Rudel an die Drahtzäune. Als ein Hundebesitzer sich beschwert, seiner niedlichen Hündin, die von zu Hause weggelaufen war, sei Massenvergewaltigung angetan worden, gibt es natürlich ein Riesentheater. Im türkischen Strafgesetzbuch ist die Vergewaltigung eines Hundes, oder wissenschaftlicher ausgedrückt: »Zoophilie«, kein Straftatbestand, doch hier geht es um die Ehre der Armee. Und der Militärrichter verurteilt die Hundeliebhaber unter den Soldaten zu schweren Strafen mit folgender Begründung: »Sie behaupteten, das sei gut gegen Tripper. Dabei sind in unserer Krankenstation die Penizillinvorräte gegen diese Krankheit noch nicht aufgebraucht.«

Ich habe gesagt, dass sich in meinem Holzkoffer nur Unterwäsche und ein paar Kleider befanden. Ich hatte außer Schuhen und *Zwei Kinder auf Weltreise* kein Buch und kein Heft mitgenommen, auch keine Toilettenartikel, kein Handtuch und keine Zahnbürste. Hierfür würden die Verwandten in Istanbul sorgen. Es war noch eine Woche bis zum Beginn des Schuljahrs, so lange sollte ich bei ihnen wohnen. Mein Vater hatte einen fernen Verwandten, einen pensionierten Bankbeamten, an dessen Namen ich mich jetzt nicht mal mehr erinnere, nicht erinnern will, zum Erziehungsberechtigten für mich bestimmt. Er sollte mich an den Wochenenden rausholen, doch ich musste nicht zwei Tage lang in seiner Wohnung bleiben, wozu hatte ich denn sonst die Prüfung für das Internatsstipendium bestanden, nicht wahr? Er konnte mich ja, nachdem er mich ins Kino ausgeführt und mir hinterher Eis oder Pudding spendiert hatte, wieder in die Schule zurückbringen. Doch es kam nicht, wie ich es erwartet hatte. Mein Erziehungsberechtigter kam ein- oder zweimal an einem Wochenende kurz vorbei, danach meldete er sich nicht mehr. Ich wurde meinem Schicksal überlassen und der Gnade der älteren Internatsstipendiaten. Jahrelang kümmerte sich niemand um mich, bis endlich die Mutter meines Banknachbarn Metin sich der Sache annahm. Meinen Vater sah ich auch nur in den Sommerferien im KKK. Und wenn Sie fragen, was diese Abkürzung bedeute, will ich es gleich sagen, nämlich »*Kara Kuvvetleri Kampı*«, also »Camp der Landstreitkräfte«, in Erdek, an einem Strand namens Çuğra. Dort machen die Offiziersfamilien immer noch Urlaub. Mein Vater reservierte im Sommer einen Platz, meine Großmutter und er kamen aus einer Garnisonstadt irgendwo in Anatolien, ich kam von Istanbul mit dem Dampfer bis Bandırma, wir trafen uns im Camp und genossen gemeinsam das Meer und die Sonne. Wenn die Ferien zu Ende waren, verabschiedeten wir uns von unseren platonischen Sommerlieben mit demselben Sprüchlein, mit dem wir uns früher am Abend von den Spielkameraden verabschiedet hatten: »Der Verheiratete ab in sein Haus, der Bauer ab in sein Dorf / Wer kein Haus hat, ab ins Rattenloch!« Wir wussten, dass wir uns bis zum nächsten Sommer nicht wiedersehen würden. Mein Vater und meine Großmutter hatten ein Haus, selbst wenn es eine Dienstwohnung war, doch der Ort, an den ich zurückkehrte, war vielleicht kein Rattenloch, aber doch ein Internat, in dem ich den ganzen Winter über eingesperrt sein würde.

Meine ersten Jahre vergingen in Einsamkeit, und außer Metin hatte ich keinen engen Freund gewinnen können. Später verlor ich die Scheu, und es wurde dann anders. Ich wurde ebenfalls zum Schlitzohr. Doch davor machte ich, ehrlich gesagt, Schweres durch. Wenn ich die Wünsche der Älteren nicht erfüllte, dann setzte es Schläge. Und sie verlangten immer ganz unmögliche Dinge. Sie zwangen einen, ihre Hausaufgaben zu machen, wenn man die entsprechende Begabung hatte – und die hatte ich im Übermaß. So musste ich ständig »Aufsätze« verbessern. Sie verscheuchten mich vom Fußballplatz, wo ich mir mühsam einen Raum erkämpft hatte, indem ich schon vor dem Läuten aus dem Klassenzimmer geflitzt war. Im Speisesaal klauten sie mir mein »Zigaretten-*Börek*«, im Schlafsaal die Pantoffeln. Wollte man sich in der Kantine etwas kaufen, dann forderten sie Tribut vom Taschengeld. Sie nahmen einem sogar das ganze Geld ab. Solche Räubereien verübten die Aufsichtführenden, und die Lernsaalaufsichten waren nicht besser. Den kleinsten Versuch, die Stille zu durchbrechen – sogar ein Flüstern –, unterbanden sie wie eine geheime Revolte. Auch war es verboten, andere Bücher als die Lehrbücher zu lesen. Deswegen sparte ich von dem Taschengeld, das mir mein Vater schickte, als Erstes eine Taschenlampe zusammen. Wenn nachts im Schlafsaal das Licht gelöscht war und alle im Schlaf versanken, zog ich mir die Decke über den Kopf und las im Licht der Taschenlampe Bücher. Am nächsten Tag versuchte ich in den Pausen hingestreckt auf der Schulbank zu schlafen. Deshalb bekam ich den Namen »Jean Valjean«. Mein Spitzname war »*Sefil*«, also »Elender, Armer«, weil ich mich in den Pausen wie die Clochards von Paris in meinen Mantel, einen Gelegenheitskauf aus Mahmutpaşa, einhüllte und schlief. Manchmal nannte man mich auch »Hauptmannssohn«.

Lieber Himmel! Da bin ich wieder bei meiner Internatszeit gelandet, habe mich fürchterlich in meine Pubertätsjahre verloren. Eines Tages erzähle ich vielleicht auch von den Büchern, die ich unter der Bettdecke las, doch jetzt ist dafür nicht der richtige Augenblick. Ich befinde mich mit meinem Holzkoffer und meinen Träumen gerade in der dritten Klasse des Zugs. Meine Gedanken sind vorausgeeilt in die Zeit nach der Reise, ich habe die Zeitebenen wieder einmal durcheinandergebracht. Doch genau genommen habe ich Istanbul noch nicht gesehen, genauso wenig wie Paris. Beide Städte sind mir mehr oder weniger aufgrund der Briefmarkensammlung vertraut. Und so sitze ich am Fenster des Anatolienexpresszugs, der mich in die Stadt meiner Kinderträume bringt. Es ist Abend geworden, draußen sieht man fast nichts mehr. Der Zug kämpft sich mit Stöhnen und Ächzen in die Finsternis vor. Und die Köpfe der eingeschlafenen Bauern schwanken im Licht der nackten Birne hin und her wie Derwische bei der Rezitation der Gottesnamen. Ich gehe hinaus auf den Gang und öffne das Fenster. Doch sofort sind meine Augen voller Ruß. Nur mit Mühe kann ich mich auf den Füßen halten, denn die Wagen, die an der riesigen Lokomotive hängen, deren Schornstein schwarzen Rauch ausstößt, schwanken und schuckeln. So wie sich unter mir die Eisenräder drehen, so dreht sich draußen vor dem offenen Fenster die Dunkelheit; sie zieht mich immer tiefer in sich hinein. So, halb schlafend, halb wach, mal sitzend, mal auf dem Gang herumstehend, kommt für mich endlich der Morgen.

7

Als ich am Morgen nach dieser schlaflosen, ermüdenden Nacht im Bahnhof Haydarpaşa ankam und die Stufen hinunterstieg, die sich langsam in der Septembersonne erwärmten, verliebte ich mich sogleich in Istanbul. Zuerst erblickte ich das Meer, dann die Möwen. Die Stadt war eine Stickerei in Weiß und Blau, wie ich sie von den Kelims der Nomaden kannte. In der Morgendämmerung ein verschwommenes Fantasiebild, ein Traum. Sarayburnu, die Kuppel der Hagia Sophia und die Minarette der Sultan-Ahmet-Moschee, deren Namen ich erst viel später erfahren sollte, tauchten aus dem Dunst auf, zusammen mit anderen Kuppeln und Minaretten am Goldenen Horn, und gruben sich unauslöschlich in mein Gedächtnis ein. Damals hatte der Galataturm noch nicht diese bleierne Tüte auf. Das Bauwerk in Erinnerung an die Genueser steckte noch nicht im Bauch der Stadt wie ein frisch beschnittenes männliches Organ. Doch auch damals wirkte es fremd zwischen all den verschwommen sichtbaren Steingebäuden, wie von einem anderen Stern. Die Möwen schrien über dem Meer und ebenso die Reisenden, welche die Dampfer, die zwischen beiden Ufern pendelten, am Anleger ausluden; sie waren so aufgeregt wie Ameisen, die nach allen Seiten weglaufen, wenn der Stein über ihrem Bau aufgehoben wird.

Draußen im Offenen ankerten Schiffe, einsame Schiffe voller

Hoffnung, die ihre Besatzungen in die Stadt entlassen hatten und nun entspannt ausruhten. Lastkähne und kleine Dampfer, gelb, rot und schimmelgrün, schwammen zwischen den Schiffen hindurch zum Hafen. Ein Stück entfernt konnte ich blendend weiße, riesige Kreuzfahrtschiffe ausmachen, übereinandergeschichtete Wohnhäuser und das Gewimmel auf der Galatabrücke. Ein Dröhnen, das ich bis dahin nie gehört hatte, das aus der Tiefe der Erde zu kommen schien und an den Treppen widerhallte, mischte sich mit dem Tuten der Dampfer. Ich merkte, wie plötzlich mein ganzes Wesen von diesem Dröhnen erfüllt wurde und mich die Stadt, die sich mit Meer, Möwen, Dampfern und Platanen vor mir wie ein Stoffballen aufrollte, die sich mit ihren Bleikuppeln und Minaretten Stockwerk um Stockwerk zum Himmel erhob, nicht mehr loslassen würde, wohin auch immer ich von nun an gehen, in welch entferntem Hafen ich Anker werfen würde. Mein Bild mag Ihnen wie eine Ansichtskarte erscheinen. Ich bin derselben Meinung, auch mir kommt das Bild, das vor vielen Jahren entstanden ist, inzwischen klischeehaft vor. Doch es war tatsächlich so, mehr kann ich nicht sagen. Ich kann es nur so ausdrücken. Und wie bewegt, wie dicht, wie verlockend alles war! Ich mischte mich nicht unter die Menge, sondern stand mit meinem Koffer, in dem die neue, sorgfältig gefaltete Kleidung für Istanbul und die geputzten Schuhe lagen, auf der Treppe und hielt für eine Weile inne. Mit der Meeresluft atmete ich den Geruch von Tang ein. Ich sog mich voll mit dem Herbsthimmel. Dann befiel mich ein Gefühl von Fremdheit. Als ich den Zug bestiegen hatte, hatte mich jemand verabschiedet, auch wenn er kein Taschentuch geschwenkt hatte; hier aber, in dieser wunderschönen Welt, kam mir niemand entgegen.

Gemäß den Anweisungen meines Vaters nahm ich den Dampfer nach Karaköy und dann die Straßenbahn nach Aksaray. Zuerst fuhren wir über die Brücke. Ich war fasziniert von dem, was auf beiden Seiten davon vor sich ging, diese Mischung aus frechen Dampfern, Lastkähnen und Booten. In Eminönü gerieten wir zwischen die Tauben, und gleich darauf ging es steil aufwärts. Es kam vor, dass wir in die Menge hineinfuhren, die vom Bürgersteig überschwappte, und so, in einem Wechsel von Anhalten und Fahren, gelangten wir durch enge Gassen auf die Ebene hinauf. Als wir dann von Laleli nach Aksaray hinunterfuhren, schienen wir zu fliegen. Ich bekam richtig Angst, wir könnten plötzlich umkippen. Bei der Valide-Moschee stieg ich mit immer noch heftig klopfendem Herzen aus. Das mag für Sie abgedroschen klingen, aber wenn Sie als Teenager frisch aus der Provinz zum ersten Mal Straßenbahn fahren, das alte Istanbul von vorne bis hinten durchmessen, nachdem Sie von den Stufen des Bahnhofs Haydarpaşa aus zum ersten Mal das Meer gesehen und im innersten Ihres Wesens die Begeisterung gespürt haben, mit den Möwen und den Dampfern eins zu sein, dann klopft auch Ihr Herz heftig. Und Istanbul strömt durch Ihre Adern.

Von Aksaray bis nach Yenikapı marschierte ich an Läden vorbei. Ich passierte Hotels, Cafés und Restaurants und bummelte hinter dem Lunapark entlang. Endlich erreichte ich mein Ziel. Diesen ganzen Weg hatte ich wegen meiner Verwandten gemacht, denen es zu viel gewesen war, mich abzuholen. Ihr Haus hatte Meerblick, aber es lag in einer engen Straße, in die kein Sonnenschein fiel. Es war ein zweistöckiges Holzhaus mit Erker, reichlich verwohnt und ein wenig schief wie das Ofenrohr, das aus dem vorderen Fenster ragte. Was heißt »schief«, es konnte beim geringsten Hauch zusammenbrechen. Man hatte für mich kein eigenes Zimmer vorgesehen und trotz der Anweisungen meiner Großmutter auf mein Bett kein blütenweißes Laken aufgezogen. Ich sollte im Wohnzimmer auf einem Sofa zwischen dem Holzofen und dem Esstisch schlafen. Der Mann, der mein Erziehungsberechtigter sein sollte, überließ mich am nächsten Morgen meinem Schicksal, indem er früh aus dem Haus ging. Und seine Frau kümmerte sich gar nicht um mich, nachdem sie mir am Abend einen Suppenteller mit Essen hingestellt hatte. Sie drückte mir lediglich den Hausschlüssel in die Hand. Ich sollte nach Herzenslust herumspazieren und mich zum Mittag mit einem Sandwich begnügen, das vergaß sie nicht zu sagen. Sie hatten keine Kinder, und doch war Platz für mich. Ich konnte die Wochenenden bei ihnen verbringen. Die beiden waren richtig seltsam. Sie schienen weit weg von allen Menschen zu sein, nicht nur von mir. Sie lebten in ihrer eigenen Welt, vielleicht immer noch in ihrer Heimat, die sie hatten verlassen müssen. Sie behandelten mich wie einen Fremden, als wäre ich nicht einer von ihnen. Natürlich hatte ich nicht erwartet, dass sie mich gleich an sich drückten, aber ein wenig Interesse, ein klein wenig Nettigkeit wären nicht schlecht gewesen. Ihre einzige Sorge, die sich zu einer fixen Idee entwickelte, war die »Expropriation«. Dieses Wort hatte ich noch nie gehört, und wie bei vielen Wörtern erfuhr ich seine Bedeutung, nämlich »Enteignung«, erst später. Ich erinnere mich, dass ich, als ich sie erstmals »Expropriation« sagen hörte, das mit »Explosion« verwechselte, ein Wort, das mein Vater ständig verwendete. Als in der Kaserne irrtümlich Sprengstoff explodiert war und zwei Soldaten leicht verletzt worden waren, hatte man meinen Vater dafür verantwortlich gemacht. Wer war wohl verantwortlich für diese »Expropriation«? Natürlich Ministerpräsident Adnan Menderes, wer sonst? Um die Viertel außerhalb der byzantinischen Mauer mit Aksaray zu verbinden, sollten zwei große Straßen angelegt werden, die eine von Topkapı, die andere von Edirnekapı aus. Deshalb hatte der Abriss der Häuser begonnen, also die Expropriation. Ähnlich wie bei einer Explosion wurden die alten Häuser nicht einzeln, sondern alle gleichzeitig weggeräumt, die Regierung nahm keine Rücksicht auf die Tränen der Einzelnen. Es war die Zeit der großen Tiere, der Grundstückshaie, der Spekulanten. Das alte Istanbul hatte Ausverkauf. Neue Wohnhäuser wurden errichtet, Ankara gab ein paar *Kuruş* Entschädigung und warf die armen Leute auf die Straße.

Die beiden Alten verfluchten Menderes ab dem Aufstehen am Morgen. Über kurz oder lang würde die Expropriation auch Yenikapı erreichen. Doch so kam es nicht. Als die Vatan Caddesi und die Millet Caddesi in Betrieb genommen wurden, entspannte sich die Verkehrssituation. Amerikanische Wagen mit ausladenden Hecks fuhren nun durch die angeberisch breiten Straßen. Doch das Viertel, in dem die Verwandten wohnten, behielt sein altes Gesicht. Niemand rührte die schlammigen, engen Gassen an. Noch immer erinnere ich mich ein wenig traurig, vor allem aber ziemlich wütend, an ihr Holzhaus am Ende einer Gasse, das auf die Bahnschienen und die byzantinischen Mauern sah und auch auf ein Stückchen Marmarameer. Danach kam ich nur noch dann an den Wochenenden nach Yenikapı, wenn es mir zum Hals heraushing, in Beyoğlu zu bummeln und die Istiklal Caddesi rauf- und runterzulaufen. Manchmal becherte ich mit meinen Klassenkameraden in einer der primitiven Kneipen am Ufer gegenüber von Yassıada und den im Meer ankernden Schiffen, oder ich mietete ein Boot, um zu fischen. Doch von meinen sogenannten Erziehungsberechtigten, den beiden Greisen, die meine Verwandten sein sollten und die ich nur aus Respekt vor meiner Großmutter nicht »dreckige Aussiedler mit verschissenem Arsch« nannte, distanzierte ich mich und besuchte weder das Haus noch die Gegend dieser beiden Egoisten. Inzwischen steht ihr von der Expropriation verschontes Haus längst nicht mehr, und an der Stelle wurde wahrscheinlich ein hässliches Mietshaus mit billigem Mosaikkitsch errichtet. Vielleicht ist es auch Grabungsgebiet geworden, und selbst das Mietshaus steht nicht mehr. Wenn an der Stelle des Hauses, in dem ich das erste Mal in Istanbul geschlafen habe, nicht eine leere Fläche ist, so arbeiten dort Kräne, und die Erde wird umgegraben. Ich sehe im Fernsehen, dass die Gegend seit Langem für den Verkehr gesperrt ist, weil sie einen Tunnel bauen wollen; die Bagger haben die Erde in ein Maulwurfsnest verwandelt, dieses Mal, um Sarayburnu unter dem Meer hindurch mit Üsküdar zu verbinden. Inzwischen hat man, als man noch tiefer grub, einen alten byzantinischen Hafen entdeckt. Die Regierung hat den Bau gestoppt. Manche haben den Ministerpräsidenten verflucht – war ja eine gute Gelegenheit –, doch der sagt wie ehemals Menderes: »Wer vom *Pilaw* nicht weiter essen will, dessen Löffel soll zerbrechen«, und setzt seinen Weg entschlossen und enthusiastisch fort, hört weder auf Kritik noch Mahnungen. Diese Entwicklung ist, unter uns gesagt, gar nicht gut.

Ich höre Sie schon protestieren gegen meine Abschweifungen, das sei ein anderes Thema, ich solle zur Sache kommen und Ihnen meine Geschichte weiter erzählen. Gedulden Sie sich bitte ein wenig. Ich komme noch zu meiner eigenen Geschichte, aber vorher will ich mein Herz ausschütten und diejenigen, die Istanbul in diese Lage bringen, ein wenig kritisieren; auch wenn Sie denken: Was geht dich an, was die Regierung macht und ob dem Ministerpräsidenten Kritik gefällt oder nicht? Du stehst doch sowieso mit einem Bein im Grab und wirst bald sterben! Ja, ich sterbe bald. Ich lebe sicher nicht ewig auf dieser Erde, wenn sogar der Heilige Salomo nicht ewig gelebt hat. Man sollte rechtzeitig abtreten, ohne lange zu zögern oder wie Menderes aufgehängt zu werden. Aber soll ich etwa, weil ich bald sterbe, stumm in einer Ecke sitzen? Ohne meine Stimme zu erheben, armselig und bescheiden wie mein *»babafingo«* – mit Fırlamas Ausdruck, der verschrumpelt zwischen meinen Beinen hängt. Ich bin ein eigensinniger Mann und kann die Situation nicht ertragen, der Zustand meines Heimatlandes gefällt mir gar nicht.

Meinem Vater, Plattfuß Hasan, gefiel er ebenfalls nicht. Doch der zog in Ankara ein, als wäre es sein Elternhaus – was heißt »einziehen«, er errichtete sich einen Thron. Er stürzte nicht nur die Regierung, als diese nicht zurücktreten wollte, sondern hängte, als es Zeit war, Politik zu machen, auch noch drei Politiker auf, ließ sie am öligen Strick baumeln, sodass sein Name von Hasan zu »*Asan*«, »Henker«, wurde. Ich hingegen habe kaum die Kraft, mich zu erheben und mir einen Kaffee zu machen. Aber lassen Sie mich sprechen. Wer ist denn schon vom Reden gestorben? Und wem schadet es außer mir selbst? Der Spruch »Ein scharfer Essig greift die eigene Flasche an« stimmt. Ich bin jetzt in meinem Alter doch wohl nicht in der Lage, dem Ministerpräsidenten zu schaden! Ich will mich aber mit ihm befassen. Denn jeder schweigt, als hätte er die eigene Zunge verschluckt. Er weiß nicht nur, wie man Baugruben aushebt, sondern auch, wie man Gewinn macht. Doch außer mir »leitet« niemand »aus der Situation die Pflicht ab«. Überdies geht mir der Mann auf die Nerven, ich kann nichts dafür. Vor allem sein Verhalten und seine »Körpersprache«, um es mit einem Modewort zu beschreiben, gehen mir auf den Geist. Fällt er Ihnen etwa nicht auf die Nerven? Diese Siebengescheitheit und das Selbstbewusstsein, die begründete und unbegründete Selbstsicherheit, dieses Vorgaukeln von Stegreifreden, obwohl währenddessen der Teleprompter läuft, ohne dass die Zuschauer es bemerken; diese Angeberei, als stammten diese langen Worthülsen von ihm, und auch dass er seine Sätze mit verworrenen Floskeln wie »An dem und dem Punkt« oder »Der Vorgang dauert an« beginnt, fortsetzt oder beendet – das alles regt mich an unserem Ministerpräsidenten auf. Geht es Ihnen nicht auch so?

Ich will hier abbrechen, sonst verliere ich wirklich den Faden. Wenn Sie fragen, welchen Faden ich meine, kann ich Ihnen gleich antworten. Damit ist nicht der Strick gemeint, an dem der frühere Ministerpräsident Menderes aufgehängt wurde, auch nicht das »Seil Gottes«, an dem wir uns nach den Worten eines anderen Ministerpräsidenten alle festhalten sollen, sondern ich meine den Faden, der sich aufribbelt und sichtbar wird, wenn meine Geschichte zerstört wird und sich auflöst. Ich spreche nicht wie einer, der von Strick und Pfahl gerettet wurde, sondern als ehemaliger Korrespondent und als alt gewordener Bürger. Dieser Strick, was immer Sie auch sagen und vermuten wollen, gleicht dem Faden der Ariadne: Fragen Sie mich nicht, wer das nun sei, sondern recherchieren Sie selbst. Was Ariadne angeht, so bin ich mir unsicher, aber dass das Ende meiner Geschichte, auf das Sie gespannt sind, mit diesem Strick zu tun hat, das weiß ich ganz sicher. Dennoch muss ich vor der Nation – sehen Sie, ich verfalle schon in den Stil des Ministerpräsidenten – folgende Tatsache erklären, entschuldigen Sie bitte:

Wenn die politische Macht beginnt, autoritär zu werden, neigt sie dazu, absolutistisch zu reagieren. Sie fühlt das Bedürfnis, sich überall einzumischen, jeden zurechtzuweisen, alles selbst zu machen. Und natürlich alles zu wissen. Unser Land – oder wie mein Vater immer sagte: »unser paradiesisches Vaterland« – beginnt langsam, soweit ich das sehen kann, in der Person unseres Ministerpräsidenten ein solches Bild abzugeben. Ich als ehemaliger

Journalist gehe jede Wette ein, dass in den Fernsehnachrichten als Hauptmeldung eine Ansprache kommt, die der Ministerpräsident an dem Tag gehalten hat. Mit der zweiten wichtigen Meldung informiert er erneut die Öffentlichkeit, also uns, über ein anderes Thema, und die dritte wichtige Nachricht handelt wieder vom Ministerpräsidenten. Er weiß alles, welche Statue zum Beispiel schön ist und welche hässlich, und er entscheidet, welche zerstört werden muss. Er mischt sich auch in unser Essen und Trinken ein. Himmel noch mal! Wir sollen weißes Mehl meiden, dunkles sei gesünder. Damit nicht genug: Rachegefühle, die ihren Ursprung in seiner Herkunft aus Kasımpaşa haben mögen, treiben ihn an, die Intellektuellen zu diffamieren. Und unsere geschätzten Diplomaten, an deren Tischen ich aus beruflichen Gründen einstmals zu Gast war, macht er klein, indem er sie die *»mon chers«* nennt. Die Privatisierung der Theater fällt ebenso in seinen Zuständigkeitsbereich wie die Außenpolitik, zudem die Abtreibung und das Fastenbrechen.

Einer unserer großen Dichter, dessen Name mir jetzt entfallen ist – wird das denn immer schlimmer mit meiner Vergesslichkeit, was Namen betrifft, wird das bis zu meinem Tod so weitergehen? –, schrieb, als er Stalin kritisierte, dessen Schnauzbart sei jeden Morgen in unserer Suppe. Den mandelförmigen Schnurrbart unseres Ministerpräsidenten und seine Reden haben wir jeden Tag, den Gott gibt, in unserem Fernseher. Als wäre das nicht schon genug, ist er noch weitergegangen. Dieses Mal hat er es auf die Frauen abgesehen. Er hat angefangen, sich ein Recht über ihren Körper anzumaßen. Das Thema Abtreibung ist dafür das deutlichste Zeichen. Die mühsam erkämpften Rechte werden zurückgenommen, die Abtreibung wird verboten und damit die Verfügungsgewalt der Frau über ihren Körper; darüber wird die politische Macht, nämlich der Ministerpräsident, persönlich entscheiden.

Nach dem Putsch vom 12. September begannen die fünf Mitglieder des Rats der Nationalen Sicherheit alle Städte und Dörfer des Landes zu besuchen, und General Evren sprach regelmäßig von den Balkonen der Provinzverwaltungsgebäude, als sei das sein täglicher Sport, sodass das Team vom Volk mit dem Spitznamen »Fünferkette« belegt wurde, weil sie nie alleine, sondern immer gemeinsam auftraten. Nun, sie waren hochdekorierte Militärs, doch wie kommt der Ministerpräsident dazu? Wir sind jetzt in der Epoche der »Einerkette« angekommen; in einer Epoche, in der konservativ zu sein als Tugend gilt, in der kritisches Denken schikaniert, ja verboten wird. Ich hoffe, diese Worte werden nicht auch eines Tages verboten. Sagen Sie nicht, das sei ja nur eine Tonbandaufzeichnung, Sie werden sehen, vielleicht werden meine Erzählungen ja ein Buch, warum denn nicht? Wir sind unter Todesgefahr durch die Straßen marschiert mit dem Lied:

»Ist denn das die Möglichkeit?
Bruder schießt auf Bruder nicht!
Nieder mit den Diktatoren –
Euch gehört die Erde nicht!«

Der erste Märtyrer oder Blutzeuge des Aufstands auf unserer Seite fiel noch vor dem Putsch am 28. April 1960 auf dem Beyazit-Platz. So, jetzt sehen Sie, nach all den Umwegen habe ich die Erzählstränge verbunden. Denn diese Tage im glorreichen Mai, als mein Vater die Diktatoren stürzte und die Macht übernahm, gehören auch zu meiner Geschichte. Schon bald werde ich die Tage schildern, doch jetzt bin ich erst einmal neu nach Istanbul gekommen, bei mir stehen nicht Ausnahmezustand und Revolution auf der Tagesordnung, sondern »Expropriation«. Und bevor ich in die Schule eingesperrt werde, will ich die Stadt erforschen.

Ehe ich während des Jahres in der Schule inhaftiert wurde, durchpflügte ich eine Woche lang Istanbul wie ein Bagger. Es gab keinen Ort, den ich nicht besucht, gesehen hatte. Ich schaute die Stadt nicht »von einem Hügel aus« an, wie der dicke Dichter, der seine letzten Tage im Park-Hotel verbrachte, neben der Suite des damaligen Ministerpräsidenten Menderes. Ich bin selbst durch Istanbul gelaufen, doch das, was ich gesehen habe, habe ich in mir vergraben, bis jetzt, wo ich es jetzt mit Ihnen teile. Ich weiß nicht, wer Sie sind, aber ich bin sicher, dass Sie meinen Worten lauschen.

Mein Vater hatte mir eine Liste mit den Orten gemacht, die ich seiner Meinung nach besichtigen, und den Dingen, die ich essen und trinken sollte. Unter dem Aquädukt von Bozdoğan hindurch- und über die Galatabrücke gehen. Gemacht! In Eminönü den Tauben Futter streuen, den Bettlern bei der Moschee in Eyüp Almosen geben. Gemacht! Auf den Galataturm steigen und den Anblick aus der Vogelperspektive genießen. Gemacht! Von dort aus dem Mädchenturm einen Gruß schicken. Gemacht! Von Karaköy nach Beyoğlu mit der Tunnelbahn fahren. Gemacht! In Cihangir, ohne zu fragen, in die »Fragnichtgehrein-Gasse« gehen. Gemacht! Nicht in die Abanaz-Gasse gehen. Gemacht! In Vefa *Boza* und am Taksimplatz *Demirhindi* trinken. Gemacht! In Kanlıca Joghurt essen, bei Hacıbekir Bonbons und beim *Saray*-Puddingladen einen Reispudding. Gemacht! *Boza* und *Demirhindi* habe ich erstmals in meinem Leben gekostet. Auch Würstchen und sogar Toast gehörten aufgrund dieser vorbereiteten Befehlsliste zu den Dingen, die ich erstmals im Leben zu mir nahm. Ich sollte das Würstchen essen, ohne die Pelle abzuziehen, und den Toast mit *Sucuk*, ohne dass er in der Maschine erhitzt wurde. Ich bemühte mich, die Befehle auf der humorvoll zusammengestellten Liste meines Vaters, der für seine Lachexplosionen berühmt war, in allem Ernst auszuführen, das vergesse ich nie! Ich war in einer andächtigen Stimmung wie beim Umrunden der Kaaba. Man musste Istanbul auf Befehl innerhalb der Befehlskette besuchen, und das tat ich auch. Aber es gab auch Befehle, die ich nicht befolgte. Ich versuchte in die Abanoz-Gasse hineinzukommen, drehte aber am Eingang um. In der Blumenpassage kippte ich ein großes Bier im argentinischen Glas, nachdem ich dem Kellner reichlich Trinkgeld in Aussicht gestellt hatte, dann ging ich in die *Ağa*-Moschee und betete für die Seele meiner Mutter die Sure *Fatiha*. Inzwischen war mein Taschengeld geschrumpft. Von meinem sogenannten Erziehungsberechtigten hatte ich keinen *Kuruş* bekommen, auch keine Einladung. Als die Zeit vorüber und der Tag gekommen war, zog ich meine Hose und mein Jackett an, band mir die Krawatte um, und mit blank polierten, schwarzen Schuhen, einem weißen Taschentuch in der Tasche und dem Holzkoffer in der Hand rückte ich ganz allein in die Schule ein wie in eine Kaserne.

8

Das Gymnasium Galatasaray *Lisesi* mit seinem riesigen, stets verschlossenen Festtagstor und dem von einem grünen Staketenzaun umgebenen Garten mit Statuen, kleinen Wasserbecken und Platanen erstreckte sich über ein großes Areal inmitten des Bezirks, der den gleichen Namen trug. Es lag an der Kreuzung der Istiklal Caddesi mit der Straße, die sich zum englischen Konsulat hinunterschlängelte, gegenüber der Passage mit Kneipen, die den Schriftzug *»Cité de Pera«* trug, und dem Postamt von Galatasaray. Wenn die Gründung nicht vor fast einem Jahrhundert erfolgt wäre, hätte man die Schule nicht im Herzen von Beyoğlu erbaut, sondern weit entfernt vom Stadtzentrum, auf einem Hügel mit Blick auf den Bosporus. Der Name war der der Gegend, doch da hier die Kinder der osmanischen Elite, einschließlich der Minderheiten, erzogen wurden, nannte man sie auch »Schule des Sultans«. Es war ein prächtiger dreiflügeliger, dreistöckiger, gelb getünchter Bau. Wenn man durch die Seitentür hereinkam und den Vorgarten durchquerte, konnte man zur Linken, da, wo der Volleyballplatz war, das »Schloss« sehen, den kaufmännischen Zweig. Eigentlich hätte das Haupthaus »Schloss« heißen müssen, doch diesen Namen hatte das zusammengewürfelte Gebäude bekommen, in dessen Obergeschoss der Krankenpfleger »Bär« Şaban seine Krankenabteilung hatte, wo er allen, die ihm unter die Finger kamen, ob krank oder nicht, mit schmetterlingsgleicher Leichtigkeit seine Spritzen verpasste, die so gefürchtet waren wie sein riesiger Körper. Das »Schloss« war nicht so unerreichbar wie Kafkas Schloss, sondern nur die Zuflucht der erfolglosen Schüler oder derer, die Kaufleute werden wollten. Die Klassenräume waren verwahrlost, die Bänke kaputt. Eigentlich war längst entschieden worden, diesen Trakt zu schließen, doch dafür hätten wenigstens die fünf, sechs Schüler der letzten Klasse den Abschluss machen müssen. Diesen »Doppelt Genähten«, also den Sitzenbleibern aus anatolischen Honoratiorenfamilien, war schon schwindelig vom vielen Wiederholen, und sie waren längst überreif. Doch die Schule war süß, sie führten in ihrem »Schloss« ein vergnügliches Leben. Deswegen konnten sie irgendwie den Abschluss nicht schaffen, besser gesagt: Sie machten ihn nicht. Alle hatten draußen ihre Geschäfte, sie unterhielten einen Laden oder ein Café, sie legten das, was sie beim Glücksspiel verdienten, in Sportwetten an, und wenn sie verloren, glich ihre Familie den Verlust aus. Für die Schule brachten sie kaum Interesse mehr auf. Aber es war bequem, in der letzten Klasse im Internat zu bleiben und vom Taschengeld von zu Hause und dem auswärtigen Verdienst im »Schloss« zu leben.

Manchmal kamen sie auch in den Unterricht, doch ihr eigentlicher Tätigkeitsbereich lag woanders. Zum Beispiel ließen sie die jüngeren Schüler Schutzgeld zahlen. Und »Bär« Ihsan war ihr Anführer.

Es hieß, Ihsan sei der Neffe eines Räubers aus dem Osten, deren Zahl zwar ständig abnahm, die aber immer noch die Wege belagerten, und er trüge eine Pistole am Hintern. In Wirklichkeit habe ich diese Pistole nie gesehen, aber einige Male habe ich ihn im Schlafsaal mit einem riesigen, aus der Küche geklauten Brotmesser Äpfel schälen oder im Speisesaal Kartoffeln pellen sehen. Er benahm sich auch für einen Handelsschüler der letzten Klasse unmöglich. Er war brünett, schnauzbärtig und baumlang. Wir hatten alle Angst vor ihm und erfüllten seine Befehle auf der Stelle. Er zwang uns zu verschiedenen Arbeiten, ließ sich zum Beispiel die Hausaufgaben machen, Zigaretten anbieten und sogar die Schuhe putzen; nachts im Schlafsaal berauschte er sich daran, die Begabten unter uns, insbesondere Seyhan – als Spitznamen hatten wir ihm den des Flusses Seyhan gegeben, der ins Mittelmeer mündet, obwohl der Schüler vom Schwarzen Meer stammte, in das der Yeşilırmak fließt –, die Lehrer oder die damaligen Politiker nachmachen zu lassen.

Nicht nur wir, sondern vermutlich auch die Schulleitung fürchtete sich vor diesem »alten« Schüler, der von restlos allen Schutzgeld erpresste und sogar seine Freunde bedrohte. Er teilte alles mit dem anderen »Bären«, dem Krankenpfleger Şaban, und wohnte vergnügt in seiner Höhle im Schloss, wobei er sich wie ein Angeber benahm. Er zog sich sehr elegant an, trug sowohl im Sommer als auch im Winter feine Lederschuhe mit Absätzen. Zu seinem gestärkten weißen Hemd trug er eine Weste, eine dunkle gestreifte Hose, die immer gebügelt war, dazu ein passendes Jackett, in dessen Brusttasche stets ein rotes Tüchlein steckte. Wegen dieses roten Taschentuchs bekam er natürlich Ärger, weil er als vermeintlicher Kommunist beschuldigt wurde. Auch ohne das waren seine Betragensnoten alles andere als gut. Er erhielt einen Schulverweis und musste eine Zeit lang dem Unterricht fernbleiben. Als er zurückkehrte, war er ein anderer Mensch. Der alte Ihsan war verschwunden, zurückgekehrt war ein Ihsan, der mit allen gut auskam, die Kleinen liebte, die Großen ehrte. Wir verstanden diesen Wandel nicht, der damals »mysteriös« genannt wurde. Ich frage mich noch immer nach dem Grund, doch ich finde keine Antwort. Später begegnete ich diesem Ihsan natürlich wieder; wäre dem nicht so gewesen, dann hätte ich ihm in meiner Geschichte nicht so viel Raum gelassen. Dazu komme ich dann später, denn ich bin noch nicht fertig mit den Besonderheiten des Schlosses.

Seitlich, jenseits der hohen Mauern, sah man entlang der Gasse, die zum Galatasaray-*Hamamı* führte, eine Reihe schmutziger Mietshäuser. Einige waren Bordelle, und am Abend lockten die Mädchen die Schüler mit Zurufen. Diese aber antworteten, wenn sie aus Anatolien kamen: »Lehn dich nur an die Fensterscheibe, / Dann opfere ich mich dir hin!« Wenn sie aber der städtischen Kultur entstammten, war die Antwort: »Wann ist Einlass?«

Direkt gegenüber dem Schloss erhoben sich die Mauern des großen Pausenhofs, den nur die obersten Klassen betreten durften, die dort auch Erlaubnis zum Rauchen hatten. Dieser Bereich war ein Fußballplatz, dessen Tore vom Regen verzogen waren. Im kleinen Hof innerhalb des Hauptgebäudes gab es Basketballvorrichtungen mit zerrissenen Netzen und abblätternder Farbe. Der rückwärtige Garten hingegen war ein heimliches Paradies. Ich kann sagen: Hier war der eigentliche, der echte Garten des *Saray*. Es hieß, in der Epoche von Sultan Bayezid II. habe der legendäre Derwisch *Gül Baba* sich als Einsiedler hierher zurückgezogen und gelb-rote Rosen gezüchtet. Sein Grab war aus blendend weißem Marmor. Den Kontrast dazu bildete ein Wasserbecken, in dessen Mitte sich die Statue einer nackten Meerjungfrau erhob. Wasserrosen und Blumen, Bäume und Vögel vereinten sich zu einer Liebeserklärung an Istanbul, das wie eine schöne Frau ausgestreckt dalag, angefangen von der Bläue des Bosporus bis zu den Bleikuppeln der Süleymaniye-Moschee. Nur die Lehrer und die Schüler der letzten Klasse durften hierherkommen.

Der Bereich der Hausmeister hingegen lag weit entfernt, beim Küchentrakt. Es war unmöglich, den hinteren Garten von der Gasse aus zu betreten. Denn jenseits des Gitters tat sich ein tiefer Abgrund auf. Da unten erstreckte sich ein Labyrinth aus Gassen, die nach Tophane hinunter verliefen, und die roten Ziegeldächer, Terrassen und schiefen Mietshäuser lagen noch unterhalb der Gitterstäbe. Der Seitengarten und auch die Höfe waren von hohen Mauern umgeben. Die »Schule des Sultans« erinnerte deswegen eher an eine Kaserne. Sultan Abdülaziz hatte sich sofort nach seiner Frankreichreise für den Bau entschieden. In den Zeitungen der damaligen Zeit ist zu lesen: »Das schöne Gebäude von Galatasaray in Beyoğlu mit Blick auf den Bosporus, das eine Kaserne hatte werden sollen, erscheint für erste Erfahrungen geeignet.« Mitten in Beyoğlu, also mitten in den Sumpf von Prostitution und Vergnügen, war es hineingepflanzt, zur Qual der Jugendlichen, die eingewilligt hatten, auf das Treiben der Stadt, auf die Einladung zu Spaß und Zerstreuung zu verzichten.

Am ersten Tag versammelten wir uns im Vordergarten und sangen die Nationalhymne, dann war der Herr Direktor mit seiner Ansprache an der Reihe. Er war untersetzt, nett, väterlich, doch seine scharfe Rede war gespickt mit Wörtern wie »Disziplin«, »Moral« und »arbeiten«. Dann verteilten wir uns in die Klassen und weinten. Eigentlich weinten die anderen, die mit mir in die Vorbereitungsklasse kamen, wo man Französisch lernte, die spätere Unterrichtssprache. Der Herr Direktor hatte seine Ansprache mit dem Satz beendet: »Mein Volk, eure Tränen sollen enden, / Denn wir sind erzogen!« Die meisten meiner Kameraden weinten, doch ich hielt meine Tränen zurück. »Ein Junge weint nicht«, auch wenn »das Ziel Sparsamkeit« war. Wir kamen ins Internat. Die Tagesschüler waren in der Minderheit. Wir waren jetzt Internatsschüler, einige von uns auch kostenfrei, so wie ich, die einen Freiplatz hatten und dazu verurteilt waren, sogar die Wochenenden in der Schule zu verbringen. Diese weinten am meisten, sie schluchzten richtiggehend. Was mich betrifft – für wen sollte ich weinen? Ich nahm weder von Mutter noch von Vater Abschied. Beide waren weit weg. Meine Mutter war mir vielleicht ein wenig näher. Ich hatte sie in meinem Herzen begraben. Auch wenn sie Internatsschüler waren, so wurden die meisten meiner Klassenkameraden doch von Eltern, ja sogar von beiden Eltern begleitet, nur ich hatte niemanden. Kein Elternteil kam und keine Geliebte. Beim Wort »Geliebte« fällt mir ein: Für einen Moment dachte ich an Elif. Dann überließ ich mich der bewegten Schülermenge.

***

Mich wundert noch immer, wie ich in der ersten Stunde das erste französische Wort ohne Stocken aussprechen konnte. Es war »lölivr«, ein einfaches Wort. Doch an der Tafel stand *»le livre«*; bei »latabl« war es genauso: *»la table«*. Das eine war männlich, das andere weiblich, was immer das nun sollte. In unserem schönen Türkisch gibt es keinen solchen Unsinn. Wir müssen unseren Wörtern kein Geschlecht zuordnen. Im Vergleich zu »lölivr« und »latabl« war »lo« zum Beispiel noch ein wenig vertrackter, denn an der Tafel stand *»l'eau«,* aber ein anderes »lo« konnte man wie *»lot«* schreiben. Die Frage des ziegenbärtigen, blauäugigen Französischlehrers war sehr schwer zu verstehen. »Kesköse?« – oder *»Qu'est-ce que c'est?«*, wie es gleich darauf an der Tafel stand. Also bestand ein Riesenunterschied zwischen der schriftlichen und der mündlichen Form der Wörter. Ich verlor gleich in der ersten Stunde allen Mut. Monsieur Topaze stellte der Reihe nach jedem Schüler die Frage »Kesköse?«, und wer mit »Lölivr« oder »Latabl« antwortete, wurde gelobt und durfte sich setzen. Als die Reihe an mich kam und der Lehrer »Kesköse?« fragte, flüsterte mir mein Banknachbar ins Ohr: »Weiß ist der Schnee!«, sodass ich nichts zu antworten wusste. Ich konnte nicht anders und musste lachen, dafür bekam ich die erste schlechte Note. So lernte ich Metin kennen.

Mösyö Topaze war wie in dem berühmten Stück von Marcel Pagnol ein liebenswerter, schlichter Lehrer. Ich weiß nicht, was später aus ihm geworden ist. In jenem Jahr führte er uns gründlich in die französische Sprache ein, ohne uns abzuschrecken. Wir sahen uns später nie wieder. Wenn er Diktate veranstaltete, sprach er, wie in dem Stück von Pagnol, die »s« am Ende der Mehrzahlwörter nicht aus. Er hielt sich streng an die Regeln. Allerdings gibt es im Französischen viele Ausnahmen von den Regeln. Bis ich mir alle gemerkt hatte, war ich erledigt. Doch weil Mösyö Topaze geduldig war, liebte ich das Französische, und später nützte mir diese Sprache viel, nicht nur in Paris, sondern auch in meiner Zeit als Korrespondent, als ich die ganze Welt bereiste.

Unsere Klasse war im Parterre. Auch die Speisesäle waren dort. Im ersten Stock befanden sich die größeren Klassenzimmer und die Labore, die Zimmer des Direktors und seiner Stellvertreter und ein Konferenzsaal, der stets geschlossen blieb. Im obersten Stockwerk waren die Schlafsäle untergebracht. In den acht langen Jahren meiner Schulzeit war ich nie durch die Türen des Konferenzsaales getreten, doch nach weiteren acht Jahren konnte ich im Gefolge von General de Gaulle, der anlässlich des hundertsten Gründungsjahres die »Schule des Sultans« besuchte, über jene Schwelle treten. Ich war mit der offiziellen Delegation aus Paris gekommen, um für den Fernsehsender, für den ich arbeitete, über den Türkeibesuch des französischen Staatspräsidenten zu berichten. Es gab damals noch keine Europäische Union, es bildete sich gerade die Europäische Wirtschaftsgemeinschaft mit sechs Mitgliedern. Durch diesen Besuch loderte die Liebe zu Europa wieder auf, und durch das Lob de Gaulles entflammt, begannen wir uns als Europäer zu betrachten. Diese Liebe ist inzwischen erloschen, aus meiner Sicht hat unser Land nach fast hundertjähriger Anwartschaft das Kapitel Europa für sich abgeschlossen. Unser Minister für Europafragen hat nichts zu tun und fängt in seinem Zimmer Fliegen. Ich hatte schon damals begriffen, dass die Sache nicht mit einer Vollmitgliedschaft enden würde, und schickte folgende Mitteilung: »Der Staatspräsident hatte für die ›Schule des Sultans‹, an der seit hundert Jahren Französisch gelehrt wird, anlässlich seines Besuchs eine wichtige Botschaft: Selbst wenn die Türkei als Gesamtheit nicht in die Europäische Gemeinschaft eintritt, so ist diese Schule ihr schon beigetreten.« Ja, das war eine ausgewogene Antwort, halb ernsthaft, halb spaßig. Wenn ich heute sehe, dass ich mit meiner Vorausschau recht hatte, bin ich stolz. Von einem Politiker, dessen Name mir nicht einfällt, stammt ein origineller Beitrag zur Europa-Debatte, die damals aufflammte: »Warum sollen wir Europa beitreten? Europa soll uns beitreten«, hat der Verehrte gesagt.

Zu Ehren von General de Gaulle öffnete sich zum ersten Mal das gusseiserne Festtagstor, das zwei schmale Flügel hat. Der Staatspräsident erwies in Begleitung des damaligen türkischen Außenministers, Ihsan Sabri Çağlayangil, in einem offenen Wagen unserer Schule die Ehre. Als er durch die langen, dämmerigen Korridore zum Konferenzsaal schritt, war ich an seiner Seite. Plötzlich hielt de Gaulle an, ebenso sein Gefolge. Er bückte sich und schaute durch ein Fenster in ein Klassenzimmer hinein. Wir schauten ebenfalls. An der Tafel stand »*Ibne* de Gaulle«, »De Gaulle ist schwul«. Ein Lausbub hatte die Frechheit besessen, diesen Unsinn zu schreiben. Wir waren entsetzt und dann in Panik. Der General bat den Dolmetscher um die Übersetzung des türkischen Wortes. Der Dolmetscher wand sich und erklärte schließlich, dass *»ibne«* so viel hieße wie »hoch lebe …«. Damit glaubte er aus dem Schneider zu sein. Das »glaubte« er, sage ich, denn am Ende seiner mehrmals von Beifall unterbrochenen Rede fügte General de Gaulle, wie es üblich war, ein paar Worte in der Sprache des Gastgeberlandes hinzu und sagte: »*Ibne Galatasaray!*« Allen im Saal verschlug es die Sprache. Doch ich sage: »Hoch lebe Galatasaray!«, und kehre zur Geschichte meines ersten Tages zurück.

Nachdem wir zu Abend gegessen und im Lernzimmer Hefte, Bücher, Stifte und Radiergummi in die Schublade unserer Bank eingeordnet hatten, stiegen wir in den Schlafsaal hinauf, wo ich meine Unterwäsche, Kleider und Toilettenartikel in einen verschließbaren Hängeschrank verstaute. Da überfiel mich dieselbe Fremdheit, die ich gut eine Woche zuvor auf den Stufen des Bahnhofs von Haydarpaşa empfunden hatte. Ich wollte weinen, aber wieder unterdrückte ich meine Tränen. Durchs Fenster sah man das Wasserbecken des hinteren Gartens und die Platanen. Wie waren die nackten Brüste der Meerjungfrau doch so fern, so unerreichbar. Auch die Seerosen, die das gesamte Wasserbecken bedeckten. Jenseits des Gartenzauns leuchteten die Lichter Istanbuls. An der Einfahrt zum Bosporus war der Mädchenturm wie immer an seinem Platz. Ein Schiff von der Größe einer Stadt fuhr mit voller Beleuchtung ins weite Marmarameer hinaus. Am gegenüberliegenden Ufer leuchteten die Minarette und Moscheen neben dem Topkapı Sarayı mit seinen kleinen Kuppeln und Türmen aus der Dunkelheit hervor. Plötzlich bekam ich Angst, ich könnte all das Schöne nur noch von Ferne sehen, als könnte ich nie mehr dorthingelangen. Im Schlafsaal war jeder in seine eigene Welt versunken. Nachdem die Aufseher die Lichter gelöscht und sich in ihren eigenen Bereich zurückgezogen hatten, blieben wir nicht in völliger Dunkelheit zurück. Die Nachtlampen mit ihren blauen Birnen warfen von der hohen Decke ihr Licht auf die Betten und verwandelten die Schüler, die einzuschlafen versuchten, in Tote, die in ein Leichentuch gehüllt waren. Ich zog mir die Decke über den Kopf, drehte meinem Bettnachbarn den Rücken zu und konnte das Schluchzen nun nicht mehr unterdrücken. Ich konnte meinen Nachbarn, an den ich mich später wegen seines Spitznamens Fırlama und wegen seiner ungezogenen Späße erinnern würde, nicht am Reden hindern. Er erhob sich vom Bett und kam zu mir rüber. »Was ist los, Mensch?«, sagte er, indem er mich leicht in die Schulter knuffte. »Sind alle deine Schiffe im Schwarzen Meer untergegangen?« Sie kennen ja Fırlama, ich habe schon von ihm gesprochen. Aus irgendeinem Grund fluchte er nicht schweinisch, sondern deutete nur an, dass er Mitleid mit mir hatte.

***

In Galatasaray dauerte die Ausbildung acht Jahre. Von den vierzig Schülern, die mit mir zusammen in der Vorbereitungsklasse waren, erreichten nur drei die letzte Klasse, ohne durchzufallen. Die anderen wiederholten entweder oder wechselten auf andere Schulen. Oder sie waren auf halbem Weg erledigt und verließen das

Feld. Damit will ich sagen, dass die »Schule des Sultans« nicht so einfach war. Doch Spaß und Rabatz gab es auch. Wenn die Lehrsaalaufseher nicht da waren, warfen wir in der Klasse mit Sitzkissen, im Schlafsaal gab es Kissenschlachten, im Klo Popoklatschen, im großen Hof wurde angegeben, was das Zeug hielt, eine Zigarette nach der anderen wurde angezündet und der Rauch verwirbelt, es regnete Flüche und schamlose Witze. Ich gehörte zu den drei Schülern, die, ohne sitzenzubleiben, bis zur letzten Klasse kamen. Die beiden anderen waren mein Banknachbar Metin und Tesrifat, der »Zeremonienmeister«, der seinem Spitznamen entsprechend später Diplomat wurde und unser Land in allen internationalen Gremien erfolgreich vertrat. Weil er den Lehrern auf dem Korridor entgegenlief und sie bis zum Eintritt ins Klassenzimmer umschmeichelte, hatten wir ihm diesen Spitznamen gegeben.

Mit Metin war ich vom ersten Tag an eng verbunden, zwischen uns passte kein Blatt Papier. Nach Aussage unseres Geschichtslehrers »Allwissend« waren wir wie »Süleyman und Ibrahim«, während unser Lehrsaalaufseher, der an der Universität Istanbul Biologie studierte, uns aus seinem Fachbereich heraus als »Fingernagel und Fleisch« bezeichnete.

Wie böse die enge Freundschaft zwischen Sultan Süleyman, dem »Gesetzgeber«, und Ibrahim Pascha aus Parga endete, hatte ich bei Allwissend sowieso schon gelernt, und jetzt verfolge ich das Ganze auch in der Fernsehserie »Das prächtige Jahrhundert«. Als der Gesetzgeber noch nicht der Gesetzgeber war, auch noch nicht der »Prächtige«, wie ihn die Franzosen nennen, sondern ein hübscher Prinz, begann er eine Freundschaft mit einem ehemaligen Christensklaven aus Griechenland. Ihre Beziehung entwickelte sich schnell zu einer engen Freundschaft, sodass, wenn einer Zahnweh hatte, der andere sich ins Bett legte. Sie aßen und tranken miteinander. Was der eine behauptete, dem widersprach der andere nicht. Manchmal schliefen sie auch in einem Bett, so wie sie auch die Schmerzen und Freuden teilten, die politischen Ansichten und sogar die Frauen. Als wäre diese Nähe nicht genug gewesen, wurde Ibrahim auch der Schwiegersohn des Sultans. Doch später trat eine kleine ausländische Sklavin, die Ibrahim dem Sultan geschickt hatte, zwischen sie und machte durch ihre Intrigen alles zunichte. Sie hieß Hürrem und war ein rothaariges, teufelsäugiges, verführerisches Ding. Es gelang ihr, das Interesse des Padischahs zu erregen und dann in sein Bett zu gelangen, wo sie auch blieb. Es wurde behauptet, sie habe den großen Süleyman verzaubert. Nicht nur bekam sie fünf Kinder vom Padischah, sie erwürgte sogar die Prinzen, die Söhne der anderen Frauen, und zuletzt kam Ibrahim an die Reihe. Genauso wie die Frau, die zwischen Metin und mich trat. Wie diese Geliebte mit den kurzen Haaren, den vollen Lippen und dem matten Teint, woran ich mich immer noch nur mit Schmerzen erinnere. Auf Befehl seines Gönners und Herzensfreunds Sultan Süleyman wurde Ibrahim Pascha zum »Getöteten«, der ins Gras beißen musste. Der Wechsel eines Spitznamens ist kein Zeichen von Segen, sondern bringt dem Menschen Unglück. So war es jedenfalls für Ibrahim. Allwissend sagte: »Jungs, nehmt es nicht tragisch. Da ändert sich bloß ein Punkt. Ja, ihr habt euch nicht verhört, in dieser Shakespeare'schen Tragödie hängt alles von einem Punkt ab. An diesem Punkt geht es um Sein oder Nichtsein.« So hatte also auch noch Shakespeare mit dem Vorfall zu tun, doch wir verstanden trotzdem nicht, um welchen Punkt es bei dem Problem ging. Fırlama stellte, genau als die Seele Ibrahims die Flügel ausbreitete, sofort die entscheidende Frage: »Herr Lehrer, was ist das denn für ein Punkt, was genau meinen Sie?« Allwissend, als hätte er die Frage erwartet, wand und zierte sich, und dann sagte er auf seine selbstbewusste Weise: »Natürlich könnt ihr das nicht verstehen, das ist nicht möglich. Denn ihr kennt die alte Schrift nicht. Die Schuld liegt jedoch nicht bei euch, sondern bei jenen, die die alte Schrift aus dem Lehrplan gestrichen haben.«

Die Sache mit dem Punkt blieb jahrelang ein Rätsel, und ehrlich gesagt bemühte ich mich nicht um eine Lösung. Ibrahim verlor seinen Kopf, Hürrem behielt das Feld, und was dann kam, interessierte mich nicht sehr. Wenn nicht der Ministerpräsident mich in seiner Überlegenheitsattitüde beim Reden an Allwissend erinnert hätte, wenn er nicht am Ende jedes Satzes »an jenem Punkt / an diesem Punkt / an welchem Punkt der Besprechung / der Überlegung« gesagt und damit das Ganze wieder aufgewühlt hätte, hätte ich das Rätsel nie gelöst. Doch ich hielt es nicht aus, und da Allwissend längst gestorben war, fragte ich einen anderen Wissenden um Rat. Dabei erfuhr ich, dass in der alten Schrift unter dem »b« ein Punkt stand, dasselbe Zeichen aber zum »t« wurde, wenn der Punkt unten wegfiel und oben zwei Punkte gesetzt wurden, sodass, wenn der untere Punkt nach oben wanderte und dort zwei Punkte zusammenstießen, aus Ibrahim dem »Beliebten« (*makbul*), Ibrahim der »Getötete« (*maktul*) wurde.

Metin und ich waren wie Brüder, ja mehr als das, aber wir ergänzten uns auch. Er stammte von Krimtataren ab, ich von Rumeliern. Er hatte Schlitzaugen, ich graublaue Augen. Er kam nach seinem Vater, ich hingegen nach meiner Mutter. Er war besser in Naturwissenschaften, ich im Aufsatz. Doch diese Harmonie währte nicht ewig, leider. Wie die Verbindung von Ibrahim Pascha und Sultan Süleyman dauerte auch unsere nur so lange, bis eine Frau sich zwischen uns drängte. Es ist mir, als hörte ich Sie fragen: »Ja, wer ist denn diese Frau?« Natürlich werde ich auch darauf antworten, ich will Sie ja nicht vor Neugier platzen lassen. Haben Sie Glauben und Vertrauen. Wir wollen auch nicht hasten, denn wir haben Zeit. Ich bin noch nicht gestorben, und wenn es so weitergeht, werde ich auch nicht sterben. Dann also: »Unverdrossen weiter so!«, wie der Ministerpräsident jeden Tag im Fernsehen wiederholt.

Wie die meisten Schüler hatte auch Metin einen Spitznamen, nämlich »Pinzette«. Und als sich im letzten Schuljahr sein Spitzname änderte, erholte auch er sich davon nicht mehr, genauso wie Ibrahim Pascha. Er war ein kleiner, zarter Junge mit blassem Gesicht und Schlitzaugen. Seine Hände, seine Arme und seine O-Beine, wie bei unseren Vorfahren, die ihr Leben lang nicht vom Pferd herunterstiegen, seine Muskeln und alles waren zart und ein wenig krumm. Man konnte ihn umpusten und durch eine Berührung zerbrechen. Doch hinter diesem zerbrechlichen Äußeren verbarg sich ein eiserner Wille, eine aufrechte Gesinnung. Außerdem hatte er einen größeren Appetit als wir alle. Obwohl er das einzige Kind einer reichen Familie war, war er kein »Milchbübchen«. Ohne sich zu zieren, verschlang er beim Essen *Pilaw* mit dicken weißen Bohnen, trank das Traubenkompott bis zum letzten Tropfen aus und ging dann in die Kantine, um noch einen doppelten Käsetoast mit *Ayran* hinterherzustopfen. Bei alldem nahm er kein Gramm zu. In seiner Jackentasche hatte er natürlich immer Schokolade oder Waffeln.

Im letzten Schuljahr geschah etwas Unerwartetes. Pinzette Metin und ich verstanden uns nicht mehr. Und es war in jenem Jahr, dass sein Spitzname sich änderte. Als sein Vater nach dem Putsch nach Yassıada kam, sagte Allwissend, der für seine konservative Gesinnung bekannt war, im Unterricht plötzlich, wer weiß, wieso: »Sei stark, Metin, mein Kleiner! Gott möge dich bald wieder mit deinem Vater vereinen.« Die Klasse interessierte sich nicht für Metins Drama und niemand bemitleidete ihn, doch von da an trug er den Spitznamen »*Metin* Metin«.

Mit seiner federleichten Gestalt erscheint er jetzt vor meinem geistigen Auge, schick gekleidet wie immer. Er trug schwarze Hosen im spanischen Stil, die er nachts unter dem Bettlaken glättete, darüber ein pistaziengrünes Jackett, in dessen oberster Tasche wie eine weiße, eben erblühte Teichrose ein Taschentuch steckte, das seine Mutter ihm gegeben hatte, damit er Gesicht und Hände abwischen konnte. Die Haare waren mit Brillantine zurückgekämmt, die Augenbrauen dünn, die Augen mandelförmig, der Mund wie ein Döschen, das Kinn spitz. So glich er den Palastknaben auf den osmanischen Miniaturen. Denken Sie jetzt nichts Schlechtes. Wir waren lediglich Freunde und sogar Brüder, als seine Mutter uns beide unter ihre Fittiche nahm, sonst war nichts zwischen uns. Ob zwischen Süleyman und Ibrahim etwas »war«, kann ich nicht sagen. Allwissend kann ich nun nicht mehr fragen, und wenn jemand etwas gewusst hat, dann er. Ich sehe Pinzette Metin alias Metin Metin nicht nur schick gekleidet vor meinem inneren Auge und erlebe nicht nur, wie Mösyö Topaze das Buch hochhält und fragt: »*Qu'est-ce que c'est?*«, und Metin antwortet: »Weiß ist der Schnee!«, oder wie in einer ähnlichen Situation, als wir einige Jahre später Englisch als zweite Fremdsprache gewählt hatten, unsere Englischlehrerin, »Nullpunkte Melahat«, die Frage stellte: »*Where is the duster?*«, und Metin mir als Antwort ins Ohr flüsterte: »Ich kenn dein Laster!« Ich sehe ihn, wie er im Schlafsaal vor dem Schlafen noch etwas futtert. Wie er in den Pausen aufgeregt diskutiert, wie er mit den Lehrern um Noten feilscht, sogar wie er Basketball spielt. Mit seinen dünnen Fingern dreht er den riesigen Ball wie einen Kreisel, ehe er ihn, hochspringend, ins

Netz schickt. Es kam auch vor, dass er abends im Lernzimmer heimlich seinem Vater auf Yassıada einen Brief schrieb.

Und ich kann nicht verhindern, dass ich auch seine Mutter vor mir sehe, wie sie ihren einzigen Sohn fest umarmt, wie sie ihn an sich drückt, ihn umklammert, als wollte sie ihn ersticken. Und ich sehe auch mich, nachdem Metin und ich uns zerstritten hatten, in ihrem Haus, wo sie mich aus dem Samtsessel im Wohnzimmer hochzieht und an sich drückt, um mich dann ins Schlafzimmer zu führen. Ich geniere mich ein wenig, doch es gefällt mir auch sehr. Zwischen ihren vollen Lippen vereinigt sich meine Zunge mit ihrer, sodass ein Feuer in mir auflodert und ihr Duft mir die Sinne raubt. Ihr Mann würde vielleicht nicht von Yassıada zurückkommen, sie würden sich vielleicht nie mehr lieben. Umarmt sie mich wegen dieses Schmerzes, dieser Unsicherheit auf diese Weise, flüstert mir ins Ohr: »Geh nicht raus aus mir!«? Es ist Metins Stimme, allerdings ohne ironischen Ton. Die Stimme sagt nicht: »Weiß ist der Schnee«, sie sagt auch nicht: »Los, fick mich!« – das gehört sich nicht. Aber was sie meint, wenn sie sagt: »Lass mich nicht!«, das verstehe ich nicht ganz; fürchtet sie, dass ich sie verlassen will, oder soll ich in ihr drinbleiben, ohne mich zu entleeren, damit es immer so weitergeht? Ich habe ja gesagt, ich lebe mein Leben mit den Toten, und manchmal höre ich Stimmen, Flüstern und Stöhnen. Ob dann wohl ein Mann am öligen Strick stirbt oder eine Frau vor Lust stöhnt und sich unter mir windet?

Als ich Metins Mutter zum ersten Mal sah, waren wir noch in der Vorbereitungsklasse, es war noch nicht mal eine Woche nach Schulbeginn. Wir saßen in der Abendlernstunde. Metin war versunken ins Konjugieren der französischen Verben, ich in die Rechtschreibregeln. Als ich zwischendurch den Kopf hob, sah ich durch das Fenster des Klassenzimmers den blonden Kopf einer

Frau. Ihre Haare waren nach der damaligen Mode geschnitten. Das Funkeln ihrer Perlenohrringe konnte ich von meinem Platz aus erkennen. Sie schaute mich mit ihren blauen Augen lächelnd an. Und zwischen ihren vollen, runden Lippen erschienen schneeweiße Zähne. Ihre Stirn war breit, die Nase dünn und lang, fast gar nicht gebogen. Ihre Ohrringe blitzten mit ihren Augen um die Wette. Sie machte mir ein Zeichen zu schweigen und beobachtete Metin eine Weile. Dann wandte sie sich zur Klassenzimmertür, klopfte an, trat ein und sagte zu dem Lehrsaalaufseher, sie wolle ihren Sohn sprechen. Metin konjugierte immer noch Verben, ich stupste ihn an und teilte ihm mit, dass seine Mutter gekommen sei. Sichtbar freudig überrascht sprang er auf und sagte: »Ja, wirklich?« Mit Erlaubnis der Aufsicht verschwand er dann hinter seiner Mutter im Korridor. Erst kurz vor dem Läuten kam er in die Klasse zurück. Er setzte sich hin und nahm die Konjugation wieder auf. Ich sagte: »Hoffentlich seht ihr euch bald wieder!« Er antwortete: »Keine Sorge, sie kommt schon. Sie hält es vor Sehnsucht nach mir nicht aus.«

»Ach, wenn doch auch meine Mutter kommen könnte!«

»Sei nicht traurig. Dafür kommt dein Vater.«

»Das glaube ich nicht. Und ich will auch nicht, dass er kommt.«

»Es ist auch nicht in Ordnung, dass meine Mutter ständig so reinplatzt. Ich geniere mich.«

»Weil sie dich für ein Muttersöhnchen halten könnten?«

»Ja.«

»Lass sie doch. Aber bist du nicht ihr Lämmchen?«

»Ich knall dir gleich eine!« Er wurde plötzlich zornig. Was passierte schon, wenn Pinzette mir eine knallte? Ich unterdrückte ein Lachen und fügte hinzu: »Mach doch!« Das war unser erstes Gerangel. Als es läutete, gingen wir zum Abendessen hinunter. Er kam zu mir und meinte: »Los, vertragen wir uns wieder«, wobei er aus der Tasche eine Schweizer Schokolade zog und sie mir mit den Worten »Die hat meine Mutter gebracht, wollen wir teilen?« reichte. Danach teilten wir alles, einschließlich der Schokolade.

***

Fast alle hatten wir einen Spitznamen, doch ich glaube, in den acht Jahren an der »Schule des Sultans« änderte sich nur der Spitzname von Pinzette. Und der neue Name passte eben so gut wie der alte. Manche Spitznamen, wie zum Beispiel meiner, *Sefil*, »der Arme«, passten nicht so richtig und wurden nach einer Weile vergessen. Doch es gab einige, an die würden Sie sich auch nach Jahren noch erinnern, so wie etwa »Spieß Kemal«. Oder »Gewaltiger Zorn«, »Arschbauch«, »Grips Selim«, »Stricher Kerim«, »Depp«, »Kurde«, »Andauernd« und so weiter. Kemal etwa bekam seinen Spitznamen »Spieß«, weil er eines Tages, als vor dem Unterricht das Prüfungsdatum festgelegt wurde, um alle zu beruhigen, sagte: »Meine Herren, es soll weder der Spieß noch das *Kebab* brennen«, was heißen sollte: Es würde schon nicht so schlimm werden. »Gewaltiger Zorn« aber verdiente sich seinen Spitznamen, weil er an einem Montagmorgen, während der Musiklehrer uns vor dem Eingang mit den weißen Säulen beim Singen der Nationalhymne wie ein Orchesterdirigent vom Pult aus dirigierte, bei der zweiten Strophe sich die Seele vor Begeisterung aus dem Leib schrie:

»Verziehe nicht dein Antlitz,
Freundliche Mondsichel,

Lächele meiner Heldenrasse zu.
Was soll diese Heftigkeit, dieser Zorn?«

»Grips Selim« verdiente sich seinen Spitznamen durch seine Gescheitheit, »Stricher Kerim« durch seine Treulosigkeit; Abdullah wurde »Kurde« genannt, weil er aus dem Osten kam, obwohl er beteuerte, ein hundertprozentiger Türke zu sein. »Sufi« war wirklich ein Frommer, wie sein Spitzname verkündete, wir nannten ihn gelegentlich auch »Paradieser«. Ich erinnere mich jetzt nicht mehr, warum wir Demir »Depp« nannten, aber ich weiß genau, dass »Andauernd«, dessen richtigen Namen ich vergessen habe, so genannt wurde, weil er andauernd von der Schule abhaute. »Tunte« Mehmet war vielleicht etwas »feminin«, doch ich bezeuge für alle, die ihn näher kannten, er war ein Mann durch und durch. Bei einigen leitete sich der Spitzname von ihrer Physis ab: »Glied« war kurz von Gestalt, »Schwan« hatte einen langen Hals, »Feist« hatte überhaupt keinen Hals, vielmehr klebte sein Kopf auf seinem Rumpf. »Ochse« Naci bekam seinen Beinamen ohne unser Zutun von unserem stellvertretenden Direktor, der »Manitou« genannt wurde, weil er morgens schon vor dem Weckläuten aufwachte, in den Studiersaal ging und alles auswendig lernte, was ihm unterkam, einschließlich der Schulordnung. Mustafa »Jammerstimme« verdiente sich seinen Namen nicht nur wegen seiner Stimme, sondern weil er ständig deprimiert war.

Natürlich hatten auch unsere Lehrer Spitznamen, wie denn nicht? Von »Allwissend« zu »Unbedarft«, von »Scheiß Servet« zu *»Kıbla«*, zu »Zitterer« und »Motor Kenan« verkörperten sie alle Charaktere auf eine Weise, dass sie prominenten Komödianten Konkurrenz hätten machen können. *»Kıbla«*, überflüssig zu sagen, bekam seinen Beinamen, weil er uns Religionsunterricht gab, »Zitterer« hingegen war der Sportlehrer, doch er war so alt, dass ihm, wenn er sich bewegen wollte, nicht nur die Hände zitterten, sondern alles. Wir nannten ihn manchmal auch »Parkinson-Hilmi«. In unserer Verderbtheit gingen wir sogar so weit, zu behaupten, dass dies wohl vor allem seiner Frau gefiele, womit wir frecherweise die Tugend einer uns völlig unbekannten Frau anzugreifen wagten. Später erfuhren wir, dass seine Frau wirklich Iffet, also »Tugend«, hieß, was mich ehrlich gesagt nicht erstaunte. Der Sportlehrer ließ die Schüler nicht nach draußen, indem er ungünstiges Wetter vorschob, er ließ sogar Geräteturnen im Klassenzimmer machen. Motor Kenan ging und sprach sehr schnell. Meist verstanden wir nicht, was er sagte. Er war unser Geografielehrer, wohingegen »Scheiß Servet« Arbeitslehre unterrichtete und tatsächlich davon überzeugt war, sein Fach würde uns im späteren Leben mindestens so viel wie Mathematik nützen. »Bus Osman« war sehr streng, und die Zahl derer, die er hatte durchfallen lassen, hätte einen Autobus gefüllt. Es wurde vorgeschlagen, »Furz Hamdi« umzubenennen und anstatt des ordinären Furzes den Ausdruck »Wind« zu verwenden, doch das gefiel keinem, und alle bestanden auf »Furz«, insbesondere weil Hergele im Schlafsaal ein Streichholz an seinem Hintern angezündet und seinen Furz zu Ehren unseres Lehrers Hamdi hatte brennen lassen. So bekamen alle ihre Spitznamen aufgrund ihres Verhaltens oder Charakters.

Zufällig stellte sich heraus, dass unser Militärkundelehrer, Hauptmann Ali, ein Klassenkamerad meines Vaters in Kuleli gewesen war. Sie hatten die Militärschule auch im selben Jahr beendet, danach aber hatten sich ihre Wege nicht mehr gekreuzt. Andauernd fragte er mich: »Wie geht es deinem Vater?«, worauf ich nichts zu antworten wusste. Ich bekam ja von meinem Vater nie eine Nachricht! Er meldete sich nicht, fragte nicht nach mir, schickte keine Botschaft. Ganz selten nur wechselten wir einen Brief, doch seine Briefe enthielten Listen von Anweisungen – »auf Befehl innerhalb der Befehlskette« – für das, was ich zu tun hatte. Der einzige Unterschied zu den Dienstanweisungen aus dem Hauptquartier bestand darin, dass diese per Funk an die Truppen gingen, während ich sie per Post bekam.

Eines Tages fragte Hauptmann Ali mich, ob mein Vater auch Major geworden sei wie er. Anstatt dass ich sagte: »Woher soll ich das wissen?«, antwortete ich plötzlich: »Er ist inzwischen Oberstleutnant.« Seine Reaktion war: »Mein Gott, wie kommt das denn? Wir sind doch derselbe Jahrgang«, was ich zum Anlass nahm, noch weiter zu gehen: »Das weiß ich nicht so genau, wahrscheinlich hat er Beziehungen nach oben.« Er wurde plötzlich ganz kindisch und meinte: »Auch ich habe Beziehungen, und zwar zum Generalstab.«

»Vielleicht wird er von Bayar gefördert.«

»Das kann nicht sein, der Präsident der Republik mischt sich in so was nicht ein.«

Immer noch versuchte er meinen Vater im Weitpinkeln zu übertreffen. »Außerdem ist er klein von Gestalt«, fuhr er fort, und nachdem er mich von oben bis unten gemustert hatte, ließ er es bewenden mit: »Gut, dass du ihm nicht ähnlich bist, deine Größe ist zum Glück ganz normal.«

Zuerst hatten wir ihm den Spitznamen »Soldat« gegeben. Er war dicklich und wirkte lebensmüde, wie er so mit langsamen Schritten genau in der Mitte des Korridors dahermarschierte. Ich wusste ja, dass man die Artillerie einteilte in leicht, mittelschwer und schwer, und mein Vorschlag, seinen Spitznamen von »Soldat« in »Mittelschwer« umzuändern, wurde sofort angenommen. So behielt Hauptmann Ali den Spitznamen »Mittelschwer«. Seine

Physikkenntnisse waren noch geringer als unsere, doch sonderbarerweise bemühte er sich ständig, uns von der Atombombe zu erzählen, wobei er sich nach dem zweiten Satz schon verhedderte und mit »Sie hat ungeheuer viel Megawatt und verbrennt und zerstört alles!« schloss. Er sprach von den fernen Städten Hiroshima und Nagasaki, von denen wir bisher nichts gehört und die wir für Ferienorte gehalten hatten. Einmal versuchte er auch die Relativitätstheorie Einsteins zu erläutern, doch nachdem er die berühmte Formel an die Tafel geschrieben hatte, wusste er nicht mehr weiter und sagte bloß: »Ihr werdet dann schon eine Lösung finden!«

Er behauptete, beim Wehrdienst gehe es vor allem um Wissenschaft, doch er sprach nicht von den Soldaten, die zur Strafe vor dem Abtritt Wache stehen mussten, damit niemand hineinkonnte. Auch nicht von den Vorgängen im Krankenzimmer zu später Stunde, wenn alle schon schliefen. Um zu erfahren, dass der Militärdienst keine Wissenschaft, sondern eine richtige Qual war, musste ich mich persönlich dieser Prüfung unterziehen. Ja, der Militärdienst war wirklich eine Prüfung, und es gab praktisch keine Möglichkeit abzuschreiben, oder anders gesagt: sich vor dem Exerzieren zu drücken, außer wenn man zu den Günstlingen zählte. Und ich, unnötig zu sagen, gehörte zu ihnen. Immerhin war ich der Sohn von »Henker Hasan«, einem Mitglied des Komitees der Nationalen Einheit. In gewisser Hinsicht absolvierte ich meinen Militärdienst schon dadurch, dass ich die »Schule des Sultans« durchlief. Das war kein Pappenstiel, von »Mittelschwer« lernte ich sogar, was Artillerie ist.

Bevor ich das Thema Spitznamen abschließe, möchte ich auch an »Aubergine« erinnern. Wie Sie vermuten können, hatte unser Handelskundelehrer seinen Spitznamen aufgrund seiner Nase bekommen. Während wir endlose Theorien bezüglich und Vergleiche zwischen der Form seiner Nase und der seines männlichen Organs anstellten, unterrichtete er uns weniger in Handelskunde, erzählte uns vielmehr alles Mögliche, zum Beispiel im Detail, wie man so weit komme, die große rituelle Waschung vollziehen zu müssen. Eigentlich fiel es in den Zuständigkeitsbereich von *Kıbla*, uns über die Waschung als solche aufzuklären und uns alle zu beschuldigen, wir seien unrein.

Aus irgendeinem Grund hatten unsere Französischlehrer keine Spitznamen, abgesehen von »Matmasel«. Wenigstens meiner Erinnerung nach. Matmasel, eine unverheiratete ältere Frau, die immer noch sehr attraktiv war, lehrte uns französische Literatur. Wir waren alle in sie verknallt. Doch nur Fırlama machte seinem Namen Ehre und traute sich, einen Spiegel unter ihren Rock zu halten; doch obwohl wir ihn bedrängten und bedrohten, verriet er uns nicht, was er gesehen hatte, was unsere Neugier nur noch steigerte. Die gesamte Stunde hindurch beschäftigte uns die Farbe der Unterhose von Matmasel oder, wenn sie keine trug, die Frage, ob sie dort behaart war oder nicht, mindestens so sehr wie die Liebe zwischen George Sand und Musset, die in Venedig aufflammte und endete und dann in Paris erneut aufflammte.

Ich muss gestehen, dass von all den verehrten Lehrern, an die ich mich erinnere, sowohl was den Spaß mit ihnen als auch was ihre Güte anbelangt, mich am meisten »Kiepe« Sabahat beeindruckt hat. Sie war es auch, die mir die höchste Leistung abverlangte. Wie Matmasel war sie ledig, aber nicht so schön. Auch war sie vollschlank, wenn ich mich recht entsinne. Mir ist, als hörte ich den Einspruch von Fırlama: »Was heißt hier ›vollschlank‹? Sie war richtig dick.« Wenn man ihren Spitznamen bedenkt, dann stimmt das vielleicht. Doch in meinen Augen war sie ein Denkmal des Feingefühls. Die Gedichte von Nedim aus der Tulpenära rezitierte sie mit einem dazu passenden graziösen Ausdruck, sie kannte die Dichter der Gruppe *Servet-i Fünun* auswendig, Tevfik Fikret, der vor uns die »Schule des Sultans« absolviert hatte, war ihr Ein und Alles, nur von der neueren Literatur hatte sie wenig Ahnung. Erst recht nicht von moderner Lyrik. So ganz falsch lag sie damit ja auch nicht, davon nichts zu verstehen. Um jede moderne Strömung mitzumachen, wurde nämlich dem Gedicht die Seele ausgetrieben. Es blieben weder Reim noch Versmaß übrig. Hier die »Erste Neue«, da die »Zweite Neue«, vor lauter Neuem kannte man sich nicht mehr aus. Und dann war da noch jener Nâzım Hikmet, der von den Russen Rubel geschenkt bekam und sich in Moskau ein schönes Leben machte, der Vaterlandsverräter, der Kommunist Nâzım Hikmet. Was mit unseren Gedichten passierte, daran war allein er schuld. Es war sowieso verboten, auch nur seinen Namen zu erwähnen. Man durfte um Gottes willen kein ganzes Gedicht von ihm lesen, und wer es wagte, nur eine Zeile zu rezitieren, machte sich strafbar. Als Kiepe Sabahat mir in der letzten Klasse den Roman *Aşk-ı Memnu*, »Verbotene Liebe«, von Halit Ziya als Hausaufgabe gab, brachte sie mich in Schwierigkeiten. Die Lektüre führte dazu, dass ich mich nicht mit der Schulleitung, sondern mit mir selbst auseinandersetzen musste. Hätte sie mir stattdessen doch eine Hausaufgabe über Nâzım gegeben, und hätte ich doch deswegen Probleme bekommen! Leider war es nicht so.

Ach, die alten Zeiten! Dahin sind jene Tage, jene Lehrer, die Mitschüler, der Lärm! Alles ist längst vergangen. Was waren wir für schmucke Burschen. Und wie viel Spaß hatten wir doch! Und wie schlitzohrig waren wir. Zuletzt sind wir erwachsen geworden. Und sind gestorben wie unsere Lehrer. Zum Glück bin ich noch am

Leben, doch in unserer Klasse begannen die Blätter früh zu fallen. Ach, meine Lehrerin Sabahat! Was für eine bezaubernde Frau, die von Politik keine Ahnung hatte. Kann ich dich denn vergessen? Wo ist denn nun der Schnee vom letzten Jahr? Wenn doch ihr alle, wir alle auf die Bühne kämen! Wenn wir doch eine Parade beginnen könnten auf der Bühne des Konferenzsaals im großen Galatasaray-Gymnasium, wo der große General de Gaulle wer weiß was sagte. Wenn wir doch einen schönen *Halay* tanzen könnten, Zitterer zitternd, *Kıbla* Gott dankend, Kiepe seufzend, Matmasel verträumt blickend. Hinter Fırlama her, der nach der Weise »Da kommt der Hochzeitszug! / Auf, Schwiegermütter, zum *Halay*!« voller Begeisterung vorwärtsstürmen würde. Dann sollten auch wir Schüler uns beteiligen können. Alle zusammen, Schulter an Schulter, später Arm in Arm, wollen wir den Rundtanz tanzen und unsere Freude in die Welt hinausschreien. Wo sind diese schönen Menschen hin, die alten Freunde, wo ist jetzt der Schnee vom letzten Jahr? Und jene heimlichen Liebschaften, die kindliche Liebe? Hier breche ich ab. Hier, wo der *Halay* letztlich unerträglich wird.

***

Wenn ich jetzt nicht zu bequem wäre, um aufzustehen, wenn ich denn aus dem Schrank das neu von meinem Schneider angefertigte dunkelblaue Jackett mit dem Wappen von Galatasaray und mein weißes, gestärktes Hemd nähme und diese Sachen anzöge, dazu die graue Hose und die geputzten Halbstiefel, die gelb-rote Krawatte umbände und auf die Straße hinausginge, so würde ich nicht als Erstes die »Schule des Sultans« besuchen. Vielmehr würde ich, ohne auf der Hauptstraße meines Wohnviertels zu verweilen, in die Nebengassen von Beyoğlu eintauchen, für eine Weile an den Cafés vorbeigehen, wo früher die Statisten der Yeşilçam-Filmstudios mit den Filmleuten *Tavla* spielten und man vor lauter Zigarettenqualm die Hand nicht vor Augen sah, vorbei auch an den Filmplakaten mit »Cinemascope Türkisch in Farbe« mit längst verstorbenen Schauspielern, die als Legende auf jenen Plakaten weiterleben, vorbei an den alten Gebäuden, die zusammenzufallen drohen, und an handbreiten Läden und Lokalen, bis ich in das Treiben auf der Istiklal Caddesi eintauchen würde. Durch die Straßen fahren nicht mehr brummende, schrottreife Busse und Straßenbahnen mit lila Scheiben wie in meiner Jugend. Nachdem ich beim *Saray*-Puddingladen, der die Zeiten überdauert hat, eine Hühnersuppe und ein *Kazandibi* gegessen hätte, würde ich in die Blumenpassage eintauchen. Ich würde mich wie einst mit Fırlama auf einem Barhocker an einem der aus Fässern bestehenden Biertische niederlassen, mir ein Bier im argentinischen Glas bestellen und den Kellner reichlich Wodka reinschütten lassen. Und erst nachdem sich meine Aufregung gelegt hätte und ich leicht beschwipst wäre, würde ich am Schultor läuten. Was heißt denn »läuten«? Nein, ich würde wie ein verspäteter Internatsschüler hineinstürmen oder wie ein Geist, den niemand sieht. Unter den Platanen würde ich nicht laufen, sondern sie mit langsamem Schritt passieren, ich würde durch den Eingang mit den Säulen hindurch über die Treppenstufen hinauf ins Archiv gelangen. Ich würde eine Zeit lang reglos warten, bis sich mein Herzschlag beruhigt hätte. Inzwischen hätte der riesenhafte ehemalige Schüler mit dem Spitznamen »Ameise ermüdet nicht«, der älter war als ich und ohne Rücksicht auf Verluste seine Jahre diesem Museum geopfert und die Schularchive geordnet hatte, die Tür geöffnet. In einem der schwarz eingebundenen Klassenbücher, die auf staubigen Regalen übereinandergeschichtet liegen, würde ich meinen Namen suchen und finden. Meine Schulnummer war 1133, sie steht neben dem Namen. Es gibt auch ein Passfoto, das mich im blauen Jackett und mit der gelb-roten Krawatte zeigt. In meiner Fantasie beginnen meine Klassenkameraden, die inzwischen wie ich nur aus Nummer, Namen und verblasstem Foto bestehen, *Halay* zu tanzen. Das Museum wäre plötzlich von ihren klagenden Rufen erfüllt: »Ach, könnten wir doch zu jenen Tagen zurückkehren!« Sie würden sagen: »Einst sind auch wir durch diese Schule gegangen. Im Speisesaal haben wir unseren Hunger gestillt, im Schlafsaal unsere sexuelle Frustration unterdrückt. Im Unterricht und in den Lernstunden füllten wir die Klassenräume, in den Pausen die Höfe. In den Gärten waren wir deprimiert und flüchteten durch die Gitter.« Während sich der Tanz fortsetzte, ginge ich weiter bis zum hinteren Garten, von wo ich einen Ausblick auf Istanbul hätte. Dieses Mal würde ich nicht meine Freiheit genießen, sondern meine Gefangenschaft.

9

Heute ist der Tag so strahlend schön, so tief leuchtend, und ich bin dermaßen von Lebensfreude erfüllt! Hätte ich kein Rheuma, würde ich anfangen zu tanzen. Vor mir liegt Istanbul ausgebreitet da, am Himmel schweben winzig kleine Wolkenbälle. Vor mir eine Tiefe, die den Menschen weit weg trägt. Wenn ich »Wolkenbälle« sage, kommen mir die schneeweißen Wölkchen in den Sinn, die im Sommer über der Kaserne dahinzogen. Sie schwebten über die kahlen, grauen Hügel hinweg in die Ferne. Hinter diesen Hügeln waren die Berge, und hinter den Bergen kam das Mittelmeer. Nie hatte ich Gelegenheit, es zu sehen, erst viele Jahre später sollte ich durch die Häfen von *»mare nostrum«* ziehen, mich an seinen Stränden erholen, während in meiner Kindheit »unser Meer« nicht meins war. Wenn die Wolken dorthin zogen, trafen auch die Störche ein. Ich malte mir damals aus, wie sie über die Berge in die Ebene herunterkamen und, nachdem sie ein wenig im Schilfdickicht verweilt hatten, ihr Nest auf den mit roten Ziegeln gedeckten Dächern bauten. Auch hier fliegen die Störche vorbei, sehr weit oben schlagen sie mit ihren Flügeln und ziehen in die Ferne, wobei sie schwarz-weiße Flecken im Himmelblau hinterlassen. Ob diese Flecken Wolken sind oder andere Vögel, das kann ich nicht unterscheiden. Mein Herz ist von Lebensfreude erfüllt, doch so schön auch das Wetter ist und so lebenswert die Welt, ich merke, wie mein Körper Tag für Tag schwächer wird. Ob wohl die Wolken wie die Störche meiner Kindheit nach Süden ziehen, in heiße Länder, oder ob sie, vom Wind getrieben, schwarz werden und als Regen auf die Erde niedergehen? Wenn das einer wüsste, dann am ehesten unser Geografielehrer, Motor Kenan, doch seine Worte waren ja nie zu verstehen gewesen. Außerdem lebt er schon nicht mehr. Er ist nicht mehr in der Lage, die Richtung der Wolken zu erklären oder wie stets aufgeregt zu sagen: »Kinder, an solchen Tagen ist die Welt eine blaue Orange.« Bin ich nun wohl zum Dichter geworden oder was? Doch ich schwöre, heute Morgen ist die Welt wirklich eine blaue Orange, und was Istanbul betrifft, so ist es die eine Hälfte ihres Schimmels. Was besteht, das existiert in diesem Schimmel, der Schimmel frisst die Frucht, der Rost das Eisen, alles vergeht, zurück bleiben nur die Erinnerungen. Auch sie verschwinden eines Tages, wenn sie nicht aufgezeichnet werden, wenn sie nicht zu Regen werden und ins Gedächtnis regnen. Vielleicht ist alles andere in Sonne gebadet, doch mein Gedächtnis steht im Platzregen, es wechselt zwischen Vergangenheit und Gegenwart hin und her und flattert in Richtung meiner Kinder- und Jugendjahre. Ich muss es zügeln und meine Geschichte ordnen. Wie ein Meistererzähler, ein *Meddah*.

Wie Sie wissen, gab es einstmals *Meddah* genannte Künstler, die in Istanbul von Kaffeehaus zu Kaffeehaus, in Anatolien von Dorf zu Dorf zogen und Geschichten erzählten, wobei sie an passender Stelle auch ihre Gestalten nachmachten und sogar den Esel schreien ließen. An der Hüfte ein *Cevgan,* auf der Schulter den roten, geflochtenen Rucksack, in der Hand den Rohrstock als Stütze, so setzten sie sich auf einen erhöhten Sitz, und wenn sie zu erzählen anfingen, konnten die Zuhörer nicht genug kriegen. Deswegen fassten sie sich »kurz« und beendeten die Geschichte nach ein paar Stunden. Meine Geschichte dagegen scheint sich hinzuziehen, und außerdem hört mir niemand zu außer mir selbst. In einer Ecke spiele und singe ich einsam vor mich hin. Die »Ecke« ist dabei nur eine Redensart, denn für diese Wohnung mit ihrem großen Salon und diesem herrlichen Blick haben wir, meine Frau und ich, viel durchgemacht, ehe wir sie gefunden haben, doch das ist eine andere Geschichte. Eine Mietwohnung zu suchen ist so absurd, wie einen Blinden nach der Aussicht zu fragen. Eigentlich habe ich viele Geschichten zu erzählen, nicht nur eine. Ja, ich habe Geschichten zu verkaufen. Die Käufer kommen von weit her, sogar von Bagdad, wenn dein Bienenstock guten Honig bietet.

Wenn ich jetzt, wie einst *Kız* Ahmet, der durch Istanbuls Kaffeehäuser gezogen ist und die Leute zum Lachen und Weinen gebracht hat, aus meinem mitgebrachten Korb einen *Mullah*-Turban zöge, um Allwissend nachzumachen, oder einen Filzhut, um Motor Kenan darzustellen, wenn ich einen *Kalpak* aufsetzte aus Sehnsucht nach den Kämpfern aus dem Befreiungskrieg, und wenn ich meine Stimme zwitschern ließe wie eine Nachtigall, um Kiepe Sabahat zu imitieren, was nützte das? Ich erzähle meine Geschichte ja dem Tonband, nicht der Wasserpfeife rauchenden Menge. Ich setze mich jeden Morgen in aller Frühe vor mein uraltes Aufnahmegerät der Marke Grundig und fange in Gottes Namen an zu reden. Und wenn meine Worte auch nicht Flügel bekommen und davonfliegen wie die des blinden Balladensängers aus Izmir, der Legenden aus alten Kriegen vortrug, so weiß ich doch, eines Tages werden sie jemanden erreichen, der sich dafür interessiert. Deswegen attackiere ich auch immer wieder mal den Ministerpräsidenten. Nach Ansicht der alten Meister gehörte es sich nicht, spöttische und verletzende Worte zu benutzen. Gut, das ist ihre Sache. Was soll ich tun? Ich kann nicht anders, ich habe mich auf den Ministerpräsidenten eingeschossen. Ich halte es für eine Art von staatsbürgerlicher Pflicht, mich über ihn lustig zu machen, ihn zu verspotten, wenn es passt, ihn sogar zu beschimpfen, wenn auch maßvoll. Das scheint so zu sein wie mit dem Salz in der Suppe. Davon soll man nicht zu wenig und nicht zu viel verwenden, sondern einen Mittelweg finden. Sonst machen sie einem das Leben schwer. Sie schleppen einen von Gericht zu Gericht, werfen einen ins Gefängnis, ja sie stecken einem brutalerweise sogar den Polizeiknüppel rein.

Ja, genau so machen sie es. Wie beim Salz in der Suppe nicht zu wenig, aber auch nicht zu viel. Um was geht es? Natürlich nicht um das Gewicht der Keule, sondern um die Dosis der Schelte. Und hängt uns nicht der mandelförmige Schnurrbart des Ministerpräsidenten sowieso früh und spät in die Suppe? Wir haben ihn anstelle von Salz in unserer Suppe, als Zucker im Tee und als Schaum im Mokka. Offensichtlich liebt er uns sehr, auch wenn er manchmal so tut, als schlüge er uns, um uns zu erziehen. Alles verdanken wir ihm, unserem Vater. PAPA, KAUF MIR EINEN BALL! HIER HAST DU EINEN BALL! DANKE, PAPA, DANKE! Und auch du sollst hochleben, Plattfuß Hasan, mein leiblicher Vater. Zwar bist du längst zu Staub geworden, doch dein Verhalten an »*Muhtars* Platz« geht mir irgendwie nicht aus dem Sinn. So wie das Verhalten des Ministerpräsidenten im Fernsehen. »Nun hör mal endlich auf, ehe es zu spät ist, sonst nimmt das noch ein schlimmes Ende für dich«, sagen Sie. Gut, meinetwegen, auch wenn in Wirklichkeit, wie es im Sprichwort heißt, »der Padischah befiehlt, uns aber die Berge gehören«. Trotzdem höre ich jetzt rechtzeitig auf. Es geht schließlich nur um eine Suppe, nicht wahr? Was interessiert mich dann ihr Salz?

Und während ich auf meine Art meine Geschichte erzähle, wenn auch nicht wie ein Meister *Meddah*, frage ich mich, wer wohl meine Stimme hört.

***

Wenn ich mich recht entsinne, waren wir in der dritten Klasse der Mittelstufe. Kiepe hatte uns aufgegeben, etwas auswendig zu lernen. Jeder musste vor die Tafel treten und ein auswendig gelerntes Gedicht vortragen. Pinzette hatte »Zum fünfunddreißigsten Lebensjahr« von Cahit Sıtkı Tarancı gewählt – wir nannten ihn unter uns auch »Sıktı«, »Langweiler«, denn er langweilte uns wirklich mit seinen Gedichten im Stil von Baudelaire –, ich hingegen »Das stille Schiff« von Yahya Kemal. Das Gedicht von Pinzette war ziemlich lang, meines dagegen äußerst kurz. Deswegen forderte mich die Lehrerin auf, noch ein zweites Gedicht zu wählen. Irgendwie konnte ich mich nicht entscheiden zwischen »Der Nebel« und »Die Stimme«. Schließlich warf ich eine Münze, die Entscheidung fiel auf »Die Stimme«, und als ich an die Tafel gerufen wurde, begann ich mit geheimnisvollem Tonfall zu rezitieren: »Nachts weckt mich eine Stimme aus dem Schlaf, / Mein Innerstes erschauert, wo bist du?« Ehe ich noch zum dritten Vers ansetzte, sprang Fırlama vom Platz auf und gab die witzig gemeinte Antwort: »Hier bin ich, wo aber bist du?« Durch die Klasse ging eine Woge. Meine Stimmung war zerstört, ich hatte keine Lust mehr. Es war wie bei Pinzettes »Ich kenn dein Laster!«, aber noch schlimmer. Zudem flüsterte Firlama mir nicht ins Ohr, sondern sprach laut, dass es alle hörten. Und die Klasse bog sich vor

Lachen. Selbst Kiepe konnte sich nicht halten und fing zu lachen an. Gleich darauf versuchte sie mich zu trösten mit den Worten: »Nimm's nicht tragisch, Kleiner!« Immerhin war ich ihr Lieblingsschüler. Dann wandte sie sich an Fırlama, um ihm zu drohen: »Ich werde dir schon noch zeigen, wo du hingehörst!«

Noch heute weckt mich in manchen Nächten eine Stimme, die »Wo bist du?« fragt, und ich weiß nicht, was ich antworten soll. Am liebsten würde ich sagen: »Wo werde ich schon sein? Hier bin ich doch!«, aber die Zunge klebt mir am Gaumen, es verschlägt mir die Stimme. Auch jetzt, wenn ich aufs Band spreche, unterbricht eine Stimme meine alte, abgenutzte, heisere Stimme. Sie fragt nicht: »Wo bist du?«, sondern echot: »Wer, wenn ich schrie, hörte mich denn aus der Richter Ordnungen?« Sie haben sich nicht verhört, ich habe nicht »Frauen« gesagt, sondern »Richter«. Schauen Sie mir in die Augen, um zu verstehen, was ich meine oder hätte sagen können, doch die Stimme ist unsichtbar.

Wenn ich wirklich schrie, wer würde meine Stimme hören außer mir selbst? Ich habe erst kürzlich festgestellt, dass das Leben aus langen Reden in absoluter Einsamkeit besteht. Aber ich hätte nie bemerkt, dass mich doch außer mir jemand hört, wenn sie nicht mit einer Ausrede an meine Tür gekommen wäre. Es hatte nämlich wirklich jemand meine Stimme gehört, wobei ich wünschte, es wäre nicht der Fall gewesen. Eines Morgens war ich wieder früh aufgestanden und hatte für eine Weile den Himmel betrachtet, nicht »weinend« wie in jenem Gedicht, sondern vor Freude schwebend in Freundschaft mit den Wolken. Gerade hatte ich mich vor mein Aufnahmegerät hingesetzt, als es klingelte. Meine Tochter konnte es nicht sein, denn die kündigte ihren Besuch immer telefonisch an. Außer dem Briefträger würde es kein Mensch wagen, so früh bei mir zu läuten. Ich vermutete also den Briefträger und wandte mich verärgert zur Tür. Und da sehe ich doch eine alte Frau, stark geschminkt, aufgedonnert, in Lavendelduft gehüllt vor mir stehen! Ich begriff sofort, dass sie mit mir flirten oder sogar anbandeln wollte, doch ich ließ mir nichts anmerken.

»Bitte schön, wen möchten Sie sprechen?«

»Ich hoffe, ich störe nicht.«

»Doch, Sie stören«, hätte ich am liebsten gesagt. Als wäre sie zu Besuch gekommen, wollte sie auch nicht gleich wieder gehen. Obwohl ich sie nicht hereingebeten hatte, stürmte sie sofort durch zum Salon und breitete sich in einem Sessel aus.

»Ihre Aussicht ist ja auch sehr schön!«

Gerade als ich fragte: »Mit wem habe ich die Ehre?«, antwortete sie schon: »Ich bin Ihre Nachbarin Nigâr. Als ich neulich an Ihrer Tür vorbeiging, hörte ich Ihre Stimme. Ich dachte, Sie sprächen mit jemandem. Doch ohne Stocken reihten Sie Ihre Worte aneinander. Unwillkürlich lauschte ich. Bitte, werden Sie mir verzeihen? Ich merkte, dass Sie mit sich selbst sprachen. Dann fiel mir auf, dass Sie etwas erzählten, aber wem? Vielleicht niemandem. Da beschloss ich, an Ihrer Tür zu klingeln. Von jetzt an können Sie es wenigstens mir erzählen.«

Ich schwieg. Das Band drehte sich nutzlos auf dem Tisch, vielleicht nahm es auf, was Nigâr *Hanım* sagte. Während ich schwieg, sprach sie weiter. Neugierig blickte sie sich im Zimmer um. Schließlich gab ich mich geschlagen und fragte: »Möchten Sie einen Tee?«

»O ja, gerne, aber schwach.« Sie machte es sich im Sessel gemütlich, eine dicke, verblühte Frau. Ich muss mich einfach so ausdrücken, auch auf die Gefahr hin, die Feministinnen zu verärgern. Bei ihr war gar nichts mehr attraktiv; damit man den Spalt zwischen ihren Riesenbrüsten sehen konnte, hatte sie den Kragen ihres weißen, schwarz gepunkteten Hemdes extra weit geöffnet;

um ihre keulenförmigen Beine zu verstecken, trug sie eine Art Pumphose. Die Schuhe an ihren Füßen waren nagelneu, in den Ohren hatte sie Ohrringe aus Silberblech. Auf die Wimpern hatte sie reichlich Mascara geschmiert, die Augenbrauen waren gezupft, die Haare geföhnt. Ihr Gesicht glich einem Farbenladen, die Wangen waren wie bei den russischen Puppen rundlich und gepudert. Sie war mindestens so alt wie ich, vielleicht älter.

Ich brachte aus der Küche Tee, den ich schon aufgebrüht hatte, stellte ihn vor sie hin und sagte: »Entschuldigen Sie, dass ich Ihnen nichts dazu anbieten kann.«

»Das macht nichts, ich faste gerade.«

»Ich esse am Morgen ebenfalls nichts.«

»Aber ich esse auch am Mittag nichts.«

Am liebsten hätte ich gesagt: »Na gut, aber woher dann diese Pfunde?« Doch ich beherrschte mich und schwieg. Die Wolken zogen als kleine Bälle über den Himmel. Sie schaute abwechselnd zu den Wolken und zu mir, auf dem zarten, schlanken Glas blieb die Spur ihres Lippenstifts; wenn das meine Tochter sähe, würde sie Vermutungen anstellen. Und die Putzfrau würde aller Welt erzählen, dass ich frühmorgens wieder mal ein Callgirl gerufen hätte. Ich wartete darauf, dass sie austrank und ging, aber sie zog den Besuch in die Länge. Eigentlich trank sie den Tee nicht, sondern tat nur so. Endlich war sie fertig.

»Dürfte ich um ein weiteres Glas bitten?«

Ich konnte nun nicht mehr und sagte, ich müsse irgendwohin. Sie schien ein wenig beleidigt.

»Na, dann gehe ich mal.«

Sie erwartete wohl, dass ich sagte: »Bitte, kommen Sie doch wieder, das war ja nichts Richtiges«, denn sie blieb noch für eine Weile auf ihrem riesigen Körper stehen, bis sie endlich hinauswackelte. Ich ging natürlich hinterher. Auf der Straße drehte ich eine Runde und kehrte zurück. Nun hatte ich ein wenig die Lust verloren, doch ich setzte mich wieder an mein Tonbandgerät.

Da ich das Thema *Meddah* angesprochen habe, möchte ich noch hinzufügen: Ihre Geschichten waren kurz, aber die Wirkung auf die Zuhörer hielt an. Leider bin ich kein *Meddah*. Ich habe nur eine Geschichte zu erzählen, weiter nichts. Zudem verfüge ich nicht über ihre Fähigkeiten. Sie haben wohl schon gemerkt, dass ich weder jemanden imitiere noch meine Stimme variiere noch erfundenen Quatsch rede. Meine Gemeinsamkeit mit einem *Meddah* erschöpft sich darin, dass wir beide die Tatsachen realistisch wiedergeben. So konstruiert Ihnen auch meine Geschichte vorkommen mag. Ich kann nicht wie ein *Meddah* zugleich erzählen und spielen, und wenn ich es wollte, dann gelänge es mir nicht. Doch glauben Sie mir, wenn ich diesen strahlend blauen Himmel und darin diese kleinen Wolkenbällchen sehe, möchte ich am liebsten tanzen.

10

Mein kontemplatives, also betrachtendes Wesen verdanke ich zu einem Großteil dem Internat. Dieser besondere Charakterzug hat sich womöglich entwickelt, weil ich im Herzen von Beyoğlu ausgesetzt war, jedoch ohne den Zugang zu den Verlockungen und zum Anblick der Stadt. Du bist in Istanbul, das auf einer Halbinsel liegt, wo sich drei Meere treffen, das ein von Mauern umschlossenes, außerordentliches historisches Erbe besitzt und eine außergewöhnliche geografische Lage hat, doch du bist hinter hohe Mauern verbannt. Du kannst vom vorderen Garten aus lediglich den Glockenturm von St. Antonius sehen und das Postamt von Galatasaray genau gegenüber der gusseisernen Festtagspforte, das die große Straße, Cadde-i Kebir, unterbricht, die sich hinter dem grünen Staketenzaun nach beiden Seiten hinzieht. Von Ferne hörst du das Quietschen der Straßenbahnen, die um die Kurve biegen. Der hintere Garten ist verbotenes Gelände, ebenso der *Grand Cour.* Sehnsüchtig erwartest du das letzte Schuljahr, um diese Orte zu betreten. Dabei ändert sich nichts, wenn du dort hineindarfst. Wenn du im großen Hof über die Mauer hinaufschaust, siehst du schiefe, krumme Gebäude, Liebesnester mit vorgezogenen Gardinen. Dir wird ganz komisch bei der Vorstellung, was dort passiert, dass du die geschminkten Frauen nie erreichen kannst und dein wachsendes Verlangen unterdrücken musst.

Der hintere Garten ist tatsächlich ein Paradies, doch der Ausblick von dort dient nur dazu, deine Sehnsucht nach Istanbul wieder aufzuwühlen. Denn du kannst ja auch nicht die engen Gassen von Çukurcuma nach Tophane zum Meer hinuntersteigen, kannst nicht über die Galatabrücke auf die andere Seite zur Neuen Moschee gelangen, um den Tauben Futter hinzuwerfen. Du kannst nicht den Dampfern zuschauen, wie sie mal anlegen, mal abfahren. Du kannst nicht nach Belieben in den alten Straßen von Istanbul spazieren, die so viel Aufregendes erlebt haben. Du kannst nicht hinuntersteigen in die byzantinischen Gänge, die Zisternen, die geheimnisvollen Keller der Hagia Sophia, die so nass sind wie ein Walfischbauch. Eingesperrt in die Schule bist du ein Gefangener, der inständig das Wochenende erwartet.

Acht Jahre lang habe ich in Beyoğlu gelebt, immer mit der Sehnsucht nach Beyoğlu und Istanbul. Dann »ergriff mich der Wind meines Schicksals«, wie es in dem traurigen Lied von Zeki Müren heißt, das ich jetzt sehr gerne mag und oft höre, und ich fand meine Zuflucht in Paris. Erst jetzt kann ich mein Heimweh nach Istanbul stillen, kann von meiner Wohnung aus mich sattsehen am Goldenen Horn, den Kuppeln und Minaretten, dem glitzernden Meer jenseits der Stadtmauern und den Lastschiffen und Tankern, die auf das Meer hinausfahren. Wohin fahren die Schiffe so langsam und still? »Ins Unbekannte«, um nie mehr wiederzukehren, wie der Dichter sagt? Nun ja, ich will Ihnen nicht die Laune verderben. Außerdem sagt der Dichter ja auch: »Gewiss sind sie dort zufrieden, / Glücklich, wo sie sind. / Seit Jahren ist keiner zurück von der Fahrt.«

Es gibt auf dieser endlichen Welt keinen Ort, den ich nicht aus beruflichen Gründen besucht und gesehen habe. Ich bin ziemlich herumgekommen. Am Mittelmeer habe ich Sonnenuntergänge betrachtet, in Mitteleuropa schlammige Ströme, habe schneebedeckte Berge und einsame Täler gesehen. Ich habe mich sogar vom Ozean faszinieren lassen. Auch habe ich mich in der Medina weißer Städte verloren. Ich bin über Brücken gegangen, und wenn ich kein Geld hatte, habe ich unter Brücken geschlafen. Aus Hotelzimmern und von Balkonen habe ich auf die Welt geschaut, ebenso von Dörfern aus, die sich auf felsigen Kuppen erheben, und von Türmen. Jedoch kein Anblick, einschließlich dessen, was ich vom Deck der Schiffe sah, hat sich in mein Gedächtnis so tief eingegraben wie der Anblick von Istanbul. Nun bin ich endlich wieder mit dieser Stadt vereint, die ich jahrelang in mir getragen habe, die ich überall mit hingenommen habe, der ich stets die Treue hielt. Und ich grüße sie mit dem Vers des Dichters: »Von einem Hügel schaut' ich gestern, teures Istanbul, auf dich!«

***

Es war schön, ferne Länder, neue Städte, unterschiedliche Gesichter und jedes Mal tiefere Meere zu entdecken, aber manchmal war ich auch erschöpft. Denn ich bereiste die weite Welt nicht, weil mich die Reise als solche lockte, sondern aus beruflichen Gründen. Die »weite Welt« ist eine Redensart, denn ich will nicht behaupten, ich hätte wie die Kinder in *Zwei Kinder auf Weltreise* alle fünf Kontinente besucht und überall außergewöhnliche Abenteuer erlebt. Die Welt hat sich sowieso verändert, seit ich dieses Buch gelesen habe; undurchdringliche Wälder mit von Ast zu Ast schwingenden, rotärschigen Affen sind rar geworden. Die Tierarten sterben aus, wie die Gorillas, die sich auf die Brust trommeln, oder die Riesenschildkröten, die die Meere durchpflügen. Ich bin nicht der Natur gefolgt, sondern der Spur von Kämpfen, Zerstörung und Katastrophen. Ich war auf umkämpften Kontinenten, doch nicht aus Abenteuerlust, sondern um über leidgeprüfte Menschen zu berichten, über Kinder, die nur noch Haut und Knochen waren. Wenn meine Kamera voll war mit den Weltereignissen, mit den Bildern leidender Menschen, dann kehrte ich erschöpft und hilflos, oft auch betrunken in mein Hotel zurück. Aber nein, ich wollte keine Frau neben mir haben, die mich tröstete, meinen verletzten Körper streichelte und belebte. Es machte mir auch nichts aus, fern von Frau und Tochter zu weilen. Ich wusste ja, ich würde bald wieder bei ihnen sein und in ein Land zurückkehren, wo kein Krieg herrschte.

In meiner Jugend hatte ich in der Fremde die Verlassenheit erlitten, deshalb hatte ich nicht die Absicht, mein Heim zu zerstören. Doch am liebsten hätte ich, wie in der Geschichte von dem Derwisch, eine Stadt gehabt, die nur mir gehört und zu meinem Charakter gepasst hätte, in der ich jeden Abend friedlich hätte schlafen können, die ich am nächsten Morgen zusammengefaltet und in die Tasche gesteckt hätte, um meinen Weg fortzusetzen.

Ich hätte sie gerne mit mir getragen, und zu gegebener Zeit wie ein Taschentuch aus der Tasche gezogen. An einem Ufer oder an einem Abhang hätte ich sie ausgebreitet und mich darin ausgestreckt. Die Gassen hätte ich nach Lust und Laune durchstreifen können; es wäre eine saubere, helle Stadt mit breiten Straßen gewesen, ganz der Gegensatz zu meinen Internatsjahren zwischen vier Wänden, zu den finsteren Korridoren, die ich in meiner Pubertät durchstreifte, zum großen Hof voller Zigarettenkippen, die ich nach dem ersten Zug schon wegwarf. Eine Matratze, auf der ich in tiefen Schlaf hätte versinken können, sobald ich meine

Decke über mich gezogen hätte. Eine treue Geliebte, die mir gefolgt wäre, wohin ich auch ging, wo immer ich mich vor Anker legte. Der Schatten meines Schattens.

Inzwischen weiß ich, so eine Stadt wird es in meinem Leben niemals geben. Hier werde ich enden, hier sterben. Diese Stadt kommt nur in der Geschichte des Derwischs vor, der die sieben Meere überwand. Ich werde nun kein anderes Meer mehr finden und auch keine andere Stadt.

Wenn ich in meiner Kindheit in der Offizierswohnung jener abgelegenen Provinzstadt mich auf die Polsterbank setzte, die meine Mutter verlassen hatte, und durchs Fenster schaute, sah ich den Wolken nach, wie sie über die Kaserne und die nackten Hügel dahinzogen. Nachts schimmerte der See im Mondlicht. Ehe es dunkel wurde, verfinsterten sich die Wasser wie in dem Gedicht von Haşim: »Abend, wieder Abend, wieder Abend. / Könnte ich ein Schilfrohr sein im Dunst der Seen.« Mein Schilfrohr hatte sich noch nicht mit Wasser gefüllt, ich lebte glücklich und sicher bei Vater und Großmutter. In meinem Leben träumte ich von keiner Frau außer meiner Mutter. Und da waren noch Elifs Umarmungen und Zärtlichkeiten, ach, diese Berührungen! Aber wie gesagt, mein Schilfrohr war noch ohne Wasser, ich hatte die Peitsche der Lust noch nicht verspürt, ihren Schmerz noch nicht gekostet. Ich war der Anziehungskraft der reizenden Cazibe noch nicht erlegen. Ich konnte stundenlang dieselbe Aussicht betrachten, ohne mich zu langweilen.

In den Ferien in Erdek – Sie erinnern sich, ich sagte es schon, dass ich die Sommerferien mit meiner Großmutter und meinem Vater im Ferienlager der Landstreitkräfte verbrachte –, wenn ich genug hatte von den Offizieren, die sich am Strand mit ihren dicken Frauen und Kindern sonnten, vom Gelächter meines Vaters, dann stieg ich auf den Hügel von Battal Seyit *Gazi,* und von dem Ausblick dort wurde mir bis zum Sonnenuntergang nicht langweilig. Die Kleinstadt zwischen den Olivenhainen lehnte sich an den Berg Kapıdağ. Und bis zum Abhang des Berges sank eine ganz weiße, kleine Wolke herunter. Ein einziges Wölkchen nur. Im Hafen ankerten wie Spielzeug ein paar blaue, rote, gelbe Fischerboote. Und direkt gegenüber lag die Oliveninsel, die einem Meer von Olivenbäumen ähnelte, das aus dem Meer hervorgesprudelt war. Ein anderer Ausblick vom Seyit-*Gazi*-Hügel war die Haseninsel. Ich saß im Schatten der *Türbe,* den Rücken an die zerbröckelten Mauern gelehnt. Während der Wind die Stofffetzen am Wunschbaum flattern ließ, träumte ich von den Kämpfen von Battal *Gazi,* der in dieser Gegend gegen die Griechen gekämpft hatte, als die Ungläubigen noch ganz Anatolien bewohnten. Der Legende nach war er meinem Vater nicht ähnlich. Er war nicht untersetzt, sondern hünenhaft, ein richtiger Recke, der seinen Feinden den Kopf abriss. So stark wie Hamza, so imposant wie Ali und bildschön. Kein Wunder, dass die Griechen sein Bild in ihren Kirchen zusammen mit den Bildern ihrer Heiligen aufhängten. Mit einem Streich besiegte er das byzantinische Heer. In dem Buch *Das Epos von Battal Gazi,* das ich den ganzen Sommer über nicht aus der Hand legte, gefiel mir vor allem die Formulierung: »Vor dem Starken sanken die Truppen der Ungläubigen hin.« Battal beließ es nicht dabei, die Ungläubigen mit dem Schwert zu hetzen, er nahm sich auch die Tochter des byzantinischen Kaisers, nach seiner sehr geliebten ersten Frau, Zeynep Banu, um derentwillen er sich ständig dem Tod aussetzte. Immerhin stammte er aus dem Geschlecht des Propheten Ekrem. Wie der hungrige Wolf das Schaf anfällt, so zerzauste er die Tochter des Kaisers, er entflammte ihr Herz, er band sie an sich und machte sie zu seiner Sklavin.

Ehe Battal *Gazi* auf diesem Hügel als Märtyrer fiel, machte er alle Griechen in Anatolien zu Muslimen, während mein kahlköpfiger, untersetzter Vater weder in den Koreakrieg zog noch sich, nach dem Motto »Es ist gottgefällig, an einer Rose nach der anderen zu riechen«, nach meiner Mutter eine andere Frau nahm. Doch es war an seinem gesamten Benehmen zu spüren, dass er etwas plante. Er soff nicht mehr so wie früher, und manchmal kratzte er sich abends lange den Kopf und versank in tiefes Nachdenken. Von Zeit zu Zeit nahm er mich mit zu Apostolos am Fuße des Kapıdağ, und nach dem zweiten Glas konnte er den Mund nicht mehr halten und sagte: »Du wirst schon sehen, was passiert! Du wirst stolz sein auf deinen Vater!« Ich kapierte rein gar nichts. Auf dem Weg zu dieser Kneipe dachte ich an die Worte des Dichters, dessen Gedichte mich später in bösen Tagen begleiten und meine Trauer lindern sollten: »In meinem Becher eine Wolke, / Auf meinem Teller der Himmel – / Apostolos, was für eine komische Kneipe!« Ich versuche nun zu verstehen, warum und wie mein Vater sich traute, Dinge zu tun, die viel zu groß für ihn waren, doch stolz bin ich nicht auf ihn. Und dass Battal *Gazi* nicht, wie das Volk von Erdek immer noch glaubt, angesichts jenes unvergleichlichen Anblicks gefallen ist, sondern in der Schlacht von Afyon Karahisar, das habe ich nicht durch meine Lehrerin Kiepe Sabahat gelernt, sondern aus der byzantinischen Geschichte, für die ich mich eine Zeit lang interessierte.

11

Wenn ich mich recht erinnere, war es in der zweiten Klasse der Mittelstufe oder in der ersten der Oberstufe. Jene Jahre sind längst vergangen, haben sich aufgelöst in nebligen Nachmittagen, trüben Vormittagen. Doch ihr Einfluss dauert an. Der Wolf liebt das neblige Wetter, er pirscht sich in der Dämmerung an seine Beute heran. Wie ein Wolf verfolge ich die Schulerinnerungen. Mir ist, als erwachte ich jeden Morgen in jenem eisigen Schlafsaal, egal, ob es Sommer ist oder Herbst; wenn ich meine Augen aufschlage, ist es ein Wintermorgen. Ich zittere unter der Decke, und da ich am Abend einen Samenerguss hatte, muss ich mich am ganzen Körper waschen. Ich muss mich vollständig mit Wasser übergießen, sonst ende ich in der Hölle. Mit meinem Verlangen nach Wollust werde ich mich nur schwer vor den Höllenwächtern retten. Dabei träume ich doch von den Huris, sehne mich in der Nacht nach den Jungfrauen des Paradieses. Der beschützende und verzeihende Gott wird alle meine Sünden vergeben, aber für diese Sünde, die Masturbation, werde ich bestraft und in die Tiefen der Hölle versenkt werden. Beim Gang über die Brücke *Sırat* wird niemand bei mir sein außer Fırlama.

Meine Internatsjahre sind längst vorbei, doch ich erwache jede Nacht von einem Albtraum, nämlich dass ich die Schulabschlussprüfungen noch nicht gemacht habe. Ich habe die Universität abgeschlossen und sogar meinen Doktor gemacht, habe als Korrespondent die ganze Welt bereist. Nun bin ich pensioniert und lebe, nachdem mich meine Frau verlassen hat, auf meine Weise in Istanbul, mit einem Fuß in der Grube. Doch irgendwie habe ich die Abiturprüfung noch nicht begonnen. Sie sagen: Du magst ja all das getan haben, was du da vorbringst, magst dein Leben gelebt haben, aber von den Abschlussprüfungen kannst du nicht freigestellt werden. Es gibt keinen Ausweg, du musst in die Prüfung rein.« Aber ich habe alle algebraischen Gleichungen, alle chemischen Formeln vergessen. Auch die Gesetze der Physik sind mir unbekannt. Ich verwechsle sogar die Literaturepochen der Tanzimat-Zeit und *Servet-i Fünun*, obwohl ich doch so viel studiert habe. Wie soll ich diese Prüfung bestehen, woran soll ich mich von nun an im Leben festhalten? Ich erwache schweißgebadet. Und seltsamerweise freue ich mich, wenn ich merke, dass ich schon vor Jahren das Abitur bestanden habe. Ich wäre sogar bereit zu sterben, wenn ich nur diese Prüfung nie wieder machen müsste.

In jenem Jahr hatte Pinzette mit Basketball angefangen, ich mit Volleyball. Mit seinen hellblauen, bis zu den Knien reichenden Shorts, der gelb-roten Uniform, die ihm seine Mutter bei einem der berühmtesten Istanbuler Schneider hatte nähen lassen, und den weißen Sportschuhen war er ein hoffnungsvoller junger Sportler. Wegen der Enge des Platzes wurde immer nur auf ein Tor gespielt. Es gab Zeiten, da spielten wir im vorderen Garten mit nur einem Tor mit einem Tennisball Fußball, wir spielten Basketball mit einem Korb und Volleyball ohne Netz. Im mittleren Hof gab es einen Tischtennistisch, dessen Netz ganz kaputt war und dessen Farbe stellenweise abblätterte, doch das interessierte keinen. Ich war in der Volleyballmannschaft der Zuspieler, und das blieb ich. Dabei gab es in unserer Klasse sogar welche, die später in die Nationalmannschaft aufrückten. Ich wurde kein Nationalspieler und konnte nicht einmal in der Abanoz »national« werden. Mir ist, als hörte ich Sie fragen, was denn die Abanoz nun hier solle. Lassen Sie mich das erklären. Wir bezeichneten unter uns einen, der im Puff seinen ersten Geschlechtsverkehr hatte, als »national geworden«. Ich glaube nicht, dass der heutigen Jugend dieser Ausdruck noch etwas sagt. Doch meine Generation ist mit sexuellen Tabus aufgewachsen, hat ihr Leben lang gegen Vorschriften verstoßen und blieb deshalb vermutlich für immer heillos unbefriedigt.

Dennoch habe ich die Absicht nicht aufgegeben, eines Tages noch »national« zu werden. Für die Abanoz ist es sicherlich zu spät, doch vielleicht werden eines Tages meine Worte, die das Band aufgenommen hat, gedruckt, und ich werde ein berühmter Nationalschriftsteller. Sie mögen sagen: »Wir brauchen nicht noch einen Nationalschriftsteller, wir haben an einem Nobelpreisträger mehr als genug!« Aber dann könnte ich Sie auch fragen, ob er »national« sei, doch das frage ich nicht. Meine Worte sind ja kein Beitrag zu einem Dichterwettstreit, auch kein Interview. Allenfalls ein Bekenntnis, vielleicht eine Fieberfantasie.

Wie auch immer – Pinzette spielte mit seinen Kameraden Basketball mit einem Korb, während ich auf einer Bank saß und zuschaute. Zwischen der letzten Unterrichtsstunde und der ersten Lernstunde lagen anderthalb Stunden, die große Pause, die nicht vergehen wollte, während heute die Tage, Wochen und sogar Monate vergehen wie ein Augenblick; im Handumdrehen ist es Abend, nachts ist die Abiturprüfung, dann kommt der Morgen, und nun bist du nicht im warmen Bett, sondern im Schlafsaal, und auch wenn dein Penis jetzt gar nicht mehr aufsteht, bist du zur Waschung verpflichtet, ja du bist zur Waschung verpflichtet, doch weder du selbst hast etwas gemerkt noch Allah.

Ja, wir waren in der großen Pause, und Fırlama saß neben mir. Er war seit einiger Zeit irgendwie von Pinzette genervt. Wir waren ins Spiel vertieft wie die Spieler, und während der Ball von Hand zu Hand ging, stieg die Spannung, und wir begeisterten uns mit jeder Bewegung des zerrissenen Netzes. Es war nur wichtig, dass der Ball ins Netz ging, nicht, wer gewann oder verlor. Jedes Mal, wenn der Ball durch den Ring fiel, klatschte Fırlama in die Hände und rief: »Bravo, gut gemacht!« Manchmal konnte er sich nicht beherrschen und lief aufs Spielfeld; dieses Mal schwenkte er beide Arme und brüllte durchdringend: »Gewonnen!« Mit anderen Worten: Die Aufregung war am Höhepunkt. Und zugleich die Spannung zwischen den Mannschaften.

Plötzlich, im kritischsten Moment des Spiels, als Pinzette gerade dabei war, den Ball ins Netz zu schicken, hielt er inne und verließ rennend den Platz. Für mich war klar, dass seine Mutter gekommen war, doch Fırlama hatte keine Ahnung. »Verdammt noch mal!«, schrie er von seiner Bank aus, »Steck dir den Ball, den du verschenkt hast, in den Arsch!« Daraufhin fragte einer der Mitspieler: »Welchen Ball? Den Tennisball oder unseren?« Fırlama war in seinem Element. In solchen Situationen reagierte er nach eigener Aussage immer mit: »Der Stein in seine Lücke, und das Gemächt in seine Ritze.« Er antwortete grinsend: »Meine Kanone mit zwei Rädern, Schätzchen!« In dem Moment, warum auch immer, fiel mir das sich aufrichtende Glied Fırlamas ein. Ich hatte es erstmals beim Bad im *Hamam* unter dem Badeschurz gesehen. Wir Internatsschüler wuschen uns im *Hamam* mit umgebundenem Badeschurz. Aber wie alles, was wir anzogen, war auch dieser zerschlissen. Es kam auch vor, dass wir in einer Ecke unter dem Badeschurz miteinander um die Wette masturbierten. Wer zuerst einen Erguss hatte, der war Sieger und wurde beklatscht. Fırlama war ebenso wie ich vielleicht kein guter Sportler, aber beim Masturbationswettkampf im *Hamam* war er Champion. Tatsächlich konnte man Fırlamas Ding mit den Kanonen auf Rädern vergleichen, die aus dem Befreiungskrieg stammen. Und genau wie diese Kanonen mit ihrem dicken Kanonenrohr und ihren Rädern verrostet es vermutlich irgendwo.

Während Pinzette seiner Mutter entgegenlief, stöckelte sie auf den Steinplatten vom Haupteingang zwischen den Platanen daher. Was für ein Gang! Mit schwarzen, hohen Stöckelschuhen, einem passenden engen, schwarzen, weiß gepunkteten Kostüm, mit ihren dichten, kurzen blonden Haaren, frisch vom Friseur, glich sie mit ihrer zarten Figur einer Dame, und doch erinnerte ihr Gang ein wenig an den der Kurtisanen, die von der Arbeit kommen. In der einen Hand hielt sie eine Tasche aus Krokoleder, in der anderen das Geschenkpaket für Pinzette. Unbewusst rannte ich in ihre Richtung. Fırlama wiederum setzte mir nach. Die Frau war gekommen, ihren einzigen Sohn zu besuchen, das war nicht außergewöhnlich. Doch was ging das uns eigentlich an? Wie Sie vermuten, ging es uns etwas an. Aber ein offenkundiges Unglück war nicht passiert. Das Unglück bestand darin, dass es in unserem Leben keine Frau gab, dass wir allein waren, dass wir beide Waisen waren.

Cazibe *Hanım* umarmte ihren Sohn, gab ihm seine Geschenke, setzte sich mit ihm auf die Bank, die wir frei gemacht hatten, sie redeten und schmusten miteinander, dann beteiligte sich Pinzette wieder an dem Spiel, das er unterbrochen hatte, und Cazibe *Hanım* ging, wie sie gekommen war. Als sie fort war, sagte Fırlama seufzend: »Mensch, so sollte eine Frau sein, die den Namen verdient. Was sind dagegen die in der Abanoz?«

»Halt's Maul!«, warnte ich ihn.

»Sie hat was …«, fuhr er fort. »Auch wenn sie Pinzette geboren hat, ist sie immer noch eng. Und so was von heiß …«

»Red keinen Blödsinn!«

»Was geht dich das an, Mensch? Bist du etwa verliebt in sie? Was hast du denn damit zu tun?«

»Würde es dir denn gefallen, wenn ich so über deine Mutter spräche?«

»Sprich doch, ich habe ja keine Mutter.«

»Ich auch nicht, aber Pinzette hat eine.«

»Na gut. Von jetzt an denke ich an sie, wenn ich im *Hamam* wichse.«

Ich konnte mich nicht beherrschen und knallte ihm eine, und sofort prügelten wir uns. Am Ende war ich es, der die Schläge einsteckte. Während Fırlama sagte: »Sieh mal den Hurensohn! Sie ist weder deine Mutter noch deine Schwester, was geht sie dich überhaupt an?«, wischte ich mir die blutende Nase. Gleich würde die Lernstunde beginnen. Pinzette spielte ungerührt weiter, als ob ich mich nicht wegen seiner Mutter mit Fırlama geprügelt hätte. Der Schwerkraft zum Trotz federte er auf seinen langen, dünnen Beinen in seinen weißen Sportschuhen und platzierte mit jedem Wurf den Ball ins zerfetzte Netz.

***

Den geschminkten Frauen, die aus den Fenstern der Puffs an der zum Galatasaray-*Hamamı* führenden Straße herausguckten oder sogar lockende Worte riefen, antwortete auch ich, wie die meisten meiner Klassenkameraden, doch traute ich mich nicht, wenn wir am Wochenende Ausgang hatten, einen Schritt durch die Tür jener geheimnisvollen Bruchbuden zu tun. Dabei war ich voll entwickelt, war kein Kind mehr. Aber ich war auch noch kein ausgewachsener Mann, obwohl ich das von mir glaubte. Als ich mir eines Tages in der Blumenpassage mit Fırlama Mut angetrunken hatte, ging ich mit ihm bis zur Abanoz, doch am Eingang zur Gasse kehrte ich um. Fırlama dagegen platzte gleich ins erste Haus rein, und abends im Schlafsaal schilderte er wie immer ausführlich, wie er die Frau »abgeschossen« habe. Als sie ihn nackt gesehen habe, habe die Frau gesagt: »Was ist denn das für ein Gemächt? Bist du ein Pferd oder ein Maulesel?« Fırlama aber, nicht faul, habe schlagfertig geantwortet, wie es Brauch war: »Bin weder Pferd noch Maulesel, Kleine, sondern ein Adamssohn, wie ihn die Mutter geboren hat.« Die Frau habe gelacht und gesagt: »Na dann gut, aber mach langsam, sonst leg ich mich nicht unter dich.« Vielleicht hielten mich Worte wie »abschießen« vom Bordell ab, diese Andeutungen und Grobheiten. Doch die Grobheiten waren eigentlich Angeberei und machten Spaß. Ja, wir waren Angeber und mimten die starken Männer. Denn eigentlich waren wir schüchtern, verwundbar, widerborstig. Doch stark waren wir nicht. Was waren wir eigentlich für verschämte Pubertierende! Auch wenn ich später Stammgast im Bordell wurde, so habe ich doch keinen Schritt in die Abanoz-Gasse getan.

Doch das Vögelchen erwachte jeden Abend, und ich baute aufgeregt mein Zelt und befriedigte mich. Es war, auch ohne in einen Schlitz einzudringen, schön, meinen Penis so hart, lustvoll, wie ein glühendes Eisen in der Hand zu halten. Liebe hieß ja nicht Geschlechtsverkehr, sondern Träumen nachzuhängen. Und später dann ein Nest zu gründen und Kinder zu bekommen – als wenn das alles notwendig wäre. Für die sexuellen Begierden waren andere Frauen da, die aus dem Fenster rufenden, in der Abanoz-Gasse halb nackt wartenden »Lebens-Frauen«. Die Frage, woher dieser Ausdruck stammte, interessierte mich wirklich, doch traute ich mich nicht, jemanden zu fragen. Ich schaute in allen Wörterbüchern nach, die ich in die Finger bekam, und fand doch keine Antwort. Sie mussten so süß sein wie die »Lebensbonbons« meiner Kindheit. Ich musste auch sie der Reihe nach für mich gewinnen und sammeln. Doch so kam es nicht. Meine Neigung verging, noch ehe ich in der Abanoz-Gasse war, mein Herz begann heftig zu klopfen, sodass ich zur Schule zurückkehrte und mich entweder auf der Toilette befriedigte oder mir nachts im Schlafsaal mein Zelt baute. Danach machte ich mir dann Vorwürfe, dass ich »unrein« sei. Ich war ein Sünder. Zuerst würde ich die Grabesqual erleiden, dann in die Tiefe der Hölle fahren. Dort erwartete mich ein Feuer, das sieben Mal heißer brannte als auf Erden, kochende Kessel, Schlangen, Hundertfüßler und Skorpione. Ich würde den Raubvögeln zur Speise und den Höllenwächtern zum Spott dienen. Folglich musste ich mich sofort mit Wasser übergießen. Zu später Stunde, wenn der ganze Schlafsaal im Schlummer lag und die Aufsichtführenden ihre Inspektion beendet hatten, stand ich auf und ging in die Toilette, füllte Wasser in die Kanne, die ich aus dem Speisesaal mitgenommen und irgendwo versteckt hatte, und übergoss mich reichlich. Ich nahm die große Waschung vor, von *Kıbla »gusül aptesi«* genannt, um meine Unreinheit abzuwaschen und mich womöglich vor der Hölle zu bewahren. Wenn ich jetzt an das kalte Wasser denke, das mitten in der Nacht über meinen fröstelnden Körper floss, fällt mir Heraklit ein. Mir scheint aber, ich wasche mich immer noch im selben Fluss, auch wenn jedes Mal andere Wasser über mich fließen.

In jenen Tagen fing ich an, mich für die Mutter von Pinzette zu interessieren, und um ihr zu gefallen, machte ich mich fein und kämmte mich. In der Gesäßtasche meiner Hose hatte ich einen runden Spiegel mit einem Hahnenmuster, und die Leute begannen, sich über mich das Maul zu zerreißen. Meine Klassenkameraden, allen voran Pinzette, bemerkten meine Veränderung sehr wohl, nur kannten sie den Grund und die Absicht nicht. Ständig schaute ich in den Spiegel und korrigierte etwas an mir, markierte vor meinen Kameraden den großen Mann, manchmal aber versank ich auch in tiefe Gedanken, besser gesagt: Ich tat so als ob.

Cazibe *Hanım* kam sehr oft, um ihren Sohn zu besuchen, und jedes Mal brachte sie ein Geschenk mit. Pinzette teilte diese Geschenke meistens mit mir, aber er war nicht bereit, seine Mutter mit mir zu teilen. Ich sollte lieber sagen: Er wollte nicht, dass sich irgendetwas oder irgendjemand zwischen ihn und seine Mutter drängte. Er erzählte ihr nur selten von mir. Als wären wir keine Freunde, ja mehr noch, Brüder, als teilten wir nicht die Bank, denselben Winkelmesser, das Lineal, den Zirkel, den Radiergummi, die Stifte, die Bücher und unsere Geheimnisse. Seine Mutter wusste nicht mal meinen Namen, als wäre ich ein Fremder, ein Irgendwer. So ging das ein paar Jahre lang, während ich zuerst mit dem Französischen kämpfte, dann mit den anderen Fächern, insbesondere Algebra und Geometrie. Jedes Mal, wenn Cazibe *Hanım* kam, ließ sie mich mit gebrochenem Herzen zurück. Sie war eine charmante, attraktive Frau gemäß der wörtlichen Bedeutung ihres Namens. Und ich, der ich, ohne es zu merken, im Laufe der Jahre von ihrer Anziehungskraft erfasst wurde, kam Pinzette scheinbar immer näher und wurde zu seinem Blutsbruder. Doch Pinzette ging am Wochenende nach Hause. Währenddessen gehörte die riesige Schule mit ihren leeren Klassenzimmern, den Gärten, den düsteren Korridoren, den stillen Schlafsälen mit ihren blauen Nachtlichtern mir und noch einigen umherwandernden Freiplatzschülern. Die Kleinen in den Vorbereitungsklassen durften nicht einmal rausgehen, wenn nicht ein Erziehungsberechtigter kam und sie abholte. Als wir älter wurden, änderte sich das, und wir durften am Wochenende ein paar Stunden draußen verbringen. In der Zeit war ich aber schon fast jedes Wochenende bei Pinzette und seiner Familie.

Ich hatte zwar keinen Erziehungsberechtigten, der mich am Wochenende abholte, aber das Schicksal beschenkte mich binnen Kurzem mit einer neuen Familie. Die Villa von Pinzette in Bebek war nun mein zweites Heim und unterschied sich sehr sowohl von der Schule als auch von den Offizierswohnungen in der Provinzstadt. Sie lag am Ufer des Bosporus, kein historisches Bauwerk aus osmanischer Zeit, sondern eine moderne, zweistöckige Villa mit Balkonen und vielen Fenstern, wie es dem Architekturstil jener Zeit entsprach. Zum Eingang gelangte man durch den rückwärtigen Garten, an der Küche vorbei ging es zum Salon mit Piano, wo eine breite Treppe nach oben führte. Alles verströmte eine Atmosphäre, die ich aus Hollywoodfilmen kannte, und die gesamte Einrichtung bis hin zu den Vorhängen war importiert. Der vordere Garten war größer als der rückwärtige und viel gepflegter. Dort blühten überall Rosen, Geißblatt, Hennablumen, und Stufen führten zum Meer hinab. Es gab Pflaumen- und Feigenbäume und sogar eine Magnolie. Unter einem Maulbeerbaum befand sich eine rot angestrichene Wippe – zu welchem Zweck auch immer. An sonnigen Tagen tanzten die sich spiegelnden Wellen des Bosporus an der Decke aller Zimmer, die aufs Meer hinausblickten. Mein Zimmer ging nach hinten, ebenso wie das von Pinzette. Doch wir verbrachten die meiste Zeit in der Bibliothek, die an das elterliche Schlafzimmer mit Bosporusblick und einem großen Spiegel grenzte. Natürlich interessierten uns nicht Halim *Beys* dicke, schwarz gebundene Bände mit juristischer Literatur, vielmehr hatten wir in einer der Schubladen seine *Playboy*-Hefte entdeckt. Wir machten unsere Hausaufgaben dort. Pinzettes Vater kam nur selten nach Istanbul, er war immer in Ankara, in Anatolien oder auf Reisen mit dem Ministerpräsidenten. Seit Halim Kurban *Bey* Abgeordneter war, hatte er sich dem Haus entfremdet, es hieß, er halte sich in der Hauptstadt eine Mätresse, und so wartete sein kleines Boot, das er sehr liebte, am Steg vor der Villa, und sein geliebter Hund Alicenap wartete im hinteren Garten, angebunden an seine Hütte.

Mit Alicenap verstand ich mich sehr gut. Es war kein riesiger, scharfer Hund, der alle anbellte, wie das zu einer Villa gepasst hätte. Er war schon alt. Und klein. Ich erinnere mich nicht an seine Rasse, aber er war ganz weiß, hatte ein langes Fell und blaue Augen. So wie die Blicke seiner Herrin drangen auch seine Blicke tief in die Seele des Menschen. Tagsüber verbrachte er die meiste Zeit in seiner Hütte, nachts schlief er in den Armen von Cazibe. Alicenap war ein vornehmer Hund, wie sein Name besagte. Die Pracht, die Anziehungskraft, die Aufmerksamkeit seiner Besitzerin waren auf ihn übergegangen. Wäre er bei Halim *Bey* aufgewachsen, dann wäre er wahrscheinlich nicht so angenehm, brav und freundlich gewesen. Er war vielleicht nicht besser als Pinzette, aber sicherlich besser als ich gefüttert und gehalten worden. Neben ihm war ich zerlumpt. Immerhin war ich im Internat. Zudem waren wir in der Pubertät. Alicenap dagegen hatte sein Leben gelebt, in seinen letzten Tagen war er völlig frei und zog sich wie ein Einsiedler in seine Hütte zurück. Denn sehen Sie, das Schicksal wollte, dass er Cazibe überlebte. Dabei lebt der Mensch, wie Sie vielleicht wissen, länger als ein Hund, aber unglaublicherweise kürzer als eine Krähe. Halim *Bey* wäre fast umgekommen, doch durch mich überlebte er sowohl seinen Hund als auch seine Frau.

***

Halim *Ağa* stammte aus Akhisar. In Istanbul war er »*Bey*«, in seiner ägäischen Heimat hingegen immer noch »*Ağa*«. Er war das einzige Kind einer Grundbesitzerfamilie, die eigentlich Aussiedler von der Krim gewesen waren, doch sie besaßen nun in der Ägäis Weinberge, Tabakfelder und Olivenhaine. Seine Kindheit hatte er am Ufer des Flusses Gediz verbracht, und ehe er in Izmir am Gymnasium lernte, war er auf dem Gut verhätschelt und umsorgt worden, hatte aber unter seiner gestrengen Mutter nicht wenig zu leiden gehabt. Sein Name Halim bedeutete zwar »verträglich, nachgiebig«, doch er war störrisch, ehrgeizig und genusssüchtig. Ich erkannte diese seine Eigenschaften erst viel später, das passt hier noch nicht hin, es ist mir so rausgerutscht, aber weil ich es schon mal gesagt habe, verrate ich, dass er einer der brutalsten Vertreter der Regierung Menderes war. Er hatte in Istanbul Jura studiert, und ehe er sich in den Reihen der Demokratischen Partei in die Politik stürzte, heiratete er eine, wenn auch nicht der reichsten, wohl aber der am besten erzogenen Töchter von Istanbul. Zwischen ihm und seiner Frau bestand so gut wie keine Gemeinsamkeit. Aber von Ferne, manchmal streitend, manchmal sich wieder versöhnend, liebten sie einander doch. Sie standen sich nicht nahe, waren aber Gefährten auf demselben Weg. Sie hätten sehen sollen, wie sie sich umarmten, wenn sie sich wiedersahen.

Wenn ich bei ihnen zu Hause war, wurde ich ganz selten auch Zeuge, wie sie sich liebten. Und stritten. Zweifellos beschloss ich auch deswegen, nicht zu heiraten und, sollte ich eines Tages mit einer Frau zusammenleben, kein Kind zu bekommen. Doch da kann man sich viel vornehmen! Schließlich habe ich doch beides getan. Und weder meiner Frau habe ich es recht machen können noch meiner Tochter. Dennoch vergeht kein Tag, an dem ich nicht an sie denke. Insbesondere an meine Frau. Wie weiß sie ist, wie schön, welch gute Figur sie hat. Meine Tochter ähnelt ihr, doch ihren Charakter hat sie von mir. Sie ist launisch, würde ich sagen, doch ich will ihr nicht unrecht tun. Ab und an schaut sie vorbei, um ihrem alten Papa einen *Rakı*-Tisch zu decken. Ich hätte es gerne, wenn sie öfter käme, wenn sie sich mehr um mich kümmerte, doch auch sie hat ihre Aufgaben – oder, um es im Argot des Internats zu sagen, einen »Stecher«, von dem sie begeistert ist.

Aber tut mir etwa das Geschehene leid? Natürlich nicht. Wer in aller Welt bereut seine Nachkommenschaft? Ich mag das osmanische Wort für »Nachkommenschaft«, *»zürriyet«*, nicht. Sollen sie wenigstens »Freiheit«, *»hürriyet«*, sagen, das klingt anders. Was gleicht der Freiheit? Nichts. Der wahre Lehrmeister im Leben ist nicht das Wissen, auch nicht der Sauerkonservenverkäufer Hurşit, sondern die Freiheit. Die Freiheit, die Halim *Ağa* dem Heimatland genommen hatte, brachte mein Vater, Kahlkopf Hasan, zurück. Doch verschieben wir die Geschichten der Väter und wenden uns unseren Müttern zu. Damit die Ereignisse schneller aufeinander folgen, dass endlich etwas passiert. Ja, Halim *Bey* und Cazibe *Hanım* liebten einander auf besondere Weise. Doch Cazibe *Hanım* liebte ihren Sohn wahrscheinlich mehr als ihren Mann, und zweifellos deshalb fühlte sie sich auch mir ein wenig nahe. Eigentlich hatte sie in ihrem Wesen nichts Anatolisches außer ihrem Namen, während Halim *Bey* durch seine Härte und seinen dunklen Teint, seine geschlitzten Augen, seine ausgeprägten Wangenknochen und kohlschwarzen Brauen, seinen raumgreifenden Gang ganz und gar nach Erde roch. Zwar hatte er die juristische Fakultät beendet, doch hatte er weder Rechtsanwalt noch Staatsanwalt noch Richter werden können, sondern war immer Halim *Ağa* geblieben. Die Arbeitskräfte auf seinen Ländereien betrachtete er als Stimmendepot, nur im Wahlkampf kümmerte er sich um ihre Angelegenheiten und verteilte viel Geld. Er war nicht weich, wie sein Name nahelegte, und wäre er nicht Abgeordneter gewesen, dann hätte Pinzette sicherlich viel zu leiden gehabt. Später hingegen hatte er selbst viel zu leiden. Das war, als mein Vater, Kahlkopf Hasan, mit ein paar anderen Obersten die Macht ergriff und ein Durcheinander stiftete. Als sie das Land, das viele »Nachkommen« (*zürriyet*) hatte, aber keine »Freiheit« (*hürriyet*), auf Vordermann brachten.

Cazibe war kein einziges Mal in die Heimat ihres Mannes mitgekommen, sie hatte die Verwandten auf dem Dorf nicht kennengelernt. Die Schwiegereltern, die nach der Hochzeit nach Istanbul gezogen waren und mit dem Paar gelebt hatten, waren inzwischen gestorben. Aus ihrer eigenen Familie gab es kaum noch Angehörige, mit Ausnahme ihres betagten Vaters, der im Ausland lebte. Sie hatte keinen nahestehenden Menschen auf der Welt außer ihrem Sohn. Und ihrem Ehemann, der jedoch im Strudel der Politik gefangen war und nicht einmal an den Feiertagen auftauchte. In den Augen dieser jungen Frau, die, anstatt in Abwesenheit ihres Gatten herumzureisen und sich ein schönes Leben zu machen, sich um ihren Sohn kümmerte und ihm all ihren Besitz und ihre Zeit schenkte, war ich anfangs ein unscheinbarer, schüchterner Provinzler, ein auf sich gestellter Internatsfreiplatzschüler. Ich besaß, außer dass ich der Banknachbar von Pinzette war, keine Besonderheit, keinen Vorzug. Ich schien wie von einem anderen Stern zu sein. Für Cazibe *Hanım* war nicht nur das Leben in der Provinz, sondern auch die Welt der Offiziere, die ihr Leben in der Kaserne verbrachten, wie ein ferner Planet. Mit ihren Fragen ging sie mir manchmal wirklich auf die Nerven. Was für ein Mensch war mein Vater, was hatte meine Großmutter durchgemacht, hatte sie ihre Familie wirklich in den Balkankriegen verloren, oder übertrieb sie ihre Leiden, wie das alle Aussiedler so taten? Wie hatten wir in der Provinz gelebt? Was hatten wir gegessen, getrunken, mit wem hatten wir verkehrt? Wenigstens stellte sie mir keine Fragen über meine Mutter, wohl um mich nicht traurig zu machen. Nur einmal wollte sie wissen, ob ich ein Foto von ihr bei mir habe, und als ich verneinte, schnitt sie das Thema nie mehr an. Auch das Privatleben meines Vaters war von näherem Interesse. Warum hatte er nicht noch einmal geheiratet, gab es eine Frau in seinem Leben, oder hatte er sich ganz dem Vaterland geweiht? Was hatte er nach seiner Pensionierung vor? Wollte er weiterhin auf Bärenjagd gehen? Ich gab jedes Mal zur Antwort: »Woher soll ich das wissen?«, doch sie wurde nicht müde, dieselben Fragen zu wiederholen. Eines Tages platzte es aus mir heraus: »Mein Vater ist mit dem Alkohol verheiratet, er braucht keine andere Frau.« Hätte ich das bloß nicht gesagt! Denn nun musste ich ihr von den Trinkgelagen an »*Muhtars* Platz«, den beduselten Gesprächen – den »Bärengesprächen«, würde ich sagen, wenn es den Ausdruck in unserer Sprache gäbe – erzählen und sogar von den Musikanten, die Mozart so verhunzt hatten. Das alles hörte sie mit Interesse an, ging dann aber nicht weiter darauf ein, sondern meinte nur: »Ich hoffe, ich lerne deinen Vater eines Tages kennen.«

In den Augen von Cazibe *Hanım* war ich nicht nur der Banknachbar ihres Sohnes, ich war auch nicht nur ein Internatsstipendiat, der in einer der schönsten Städte der Welt zwischen vier Mauern eingeschlossen war. Ich war der »Hauptmannssohn«. Und wäre ich wie in Puschkins berühmter Novelle die »Hauptmannstochter« gewesen? Wenn das Unglück, das ihr widerfuhr, mir widerfahren wäre? Auch ich war in einer abgelegenen Ecke des Landes, in einer Garnisonsstadt aufgewachsen, meines Vaters Beruf war es, auf die Feinde zu warten und dementsprechende Verteidigungspläne auszuarbeiten. Dabei war kein Feind zu sehen gewesen, er würde auch niemals kommen, er würde niemals die Kaserne oder die Burg einkreisen und alles drum herum verwüsten. Auch in meinem Leben gab es schneebedeckte Hügel, Soldaten, die zum Exerzieren auszogen, und eine Provinzstadt fernab der Hauptstadt, auch ein paar Kanonen rosteten in einer Ecke vor sich hin, doch gab es weder Gewalt noch Tod. Noch nicht. Erst später erlebte ich, besser gesagt: erlebten wir das Hängen. Nicht Rebellen wie in Puschkins Novelle verbreiteten Schrecken, keine heldenhaften Offiziere vergossen ihr Blut für das paradiesische Vaterland. Doch gegen den inneren Feind würde später gekämpft werden. Nicht sehr viel später, sondern einige Jahre später. Meine Eltern wurden nicht durch Rebellen getötet, wie die der Hauptmannstochter Mascha, doch meine Großmutter disziplinierte ihren Sohn ähnlich wie Wassilissa Jegorowna bei Puschkin mit eiserner Härte. Ich aber befand mich in Sicherheit, indem ich nach Istanbul ins Internat gekommen war. Ich hatte noch Glück gehabt, wie Sie sehen. Dennoch sagte Cazibe *Hanım*: »Ach, du Armer! Hättest du nicht die Prüfung für einen Freiplatz im Internat bestanden, wer weiß, was dir passiert wäre, wo du dein Leben vergeudet hättest.«

Als Pinzette ihr erzählt hatte, mein Vater sei Offizier, hatte er auch nicht zu erwähnen vergessen, dass ich als kleines Kind schon die Mutter verloren hätte. Cazibe behandelte mich anfangs wie ihren zweiten Sohn und ließ es an Aufmerksamkeit und Zärtlichkeit nicht fehlen. Doch im letzten Schuljahr änderte sich die Situation. Ich war erwachsen geworden, die Pubertät lag hinter mir, und ich wurde ein junger Mann. Mir war jetzt bewusst, dass ich voll entwickelt war, und mein Selbstvertrauen wuchs, sodass ich meine Schüchternheit zu überwinden begann. Doch immer wenn Cazibe *Hanım* ihre tiefblauen Augen auf mich richtete oder zwischen ihren vollen Lippen mit ihren weißen Zähnen lächelte – ich will diese nicht mit Perlen vergleichen, aber, wie Kiepe Sabahat stets sagte, »hier traf es zu« –, dann überlief es mich heiß und kalt. Wenn sie sich mit ihren schönen, gepflegten Fingern durch die Haare fuhr, um diese zu richten, dann wunderte ich mich, dass mir mein Herz nicht aus dem Käfig der Brust entflog. Ja, ich war der Anziehungskraft Cazibes längst erlegen, doch ich senkte in ihrer Gegenwart nicht mehr wie früher den Kopf. Und wenn sie ihren Satz mit »Ach, du Armer!« begann, dann wurde ich nicht mehr rot im Gesicht.

Der Moment, als wir uns das erste Mal berührten – das klingt eigentlich zu gefühlvoll, lieber sollte ich, inspiriert von Fırlama, sagen: »Als Pinzettes Mutter mich zum ersten Mal vögelte« –, ist mir im Gedächtnis, als wenn es heute gewesen wäre. Gestern oder heute, ich habe das sowieso nie vergessen. Wie viele Frauen habe ich vergessen, wie viele Berührungen, Fickereien und gefährliche Liebschaften, doch den Augenblick, als mich Cazibe – ich kann sie jetzt einfach Cazibe nennen, ohne den Zusatz *»Hanım«* – in die Arme nahm, nicht wie eine Mutter, sondern wie eine Geliebte, kann ich einfach nicht vergessen.

Ich sitze in der Villa in Bebek im Parterre in einem der Ledersessel, doch ich schaue nicht hinaus. Ich halte die Zeitschrift *Hayat* in der Hand und blättere darin. Was Muhterem Nur passiert ist, in welchem Film Ayhan Işık zuletzt gespielt hat, das weiß ich alles. Ich kenne auch die Abenteuer des Lackaffen Ibo. Über Ayşecik hatten sich die Zuschauer in ihrem letzten Film wieder kaputtgelacht. Und Zeki Müren hatte sich im Maxim-Kasino mit seinen weiblichen Fans getroffen. Das Hilton wurde noch attraktiver, weil die feine Gesellschaft zum Fünf-Uhr-Tee kam. Ganz versteckt gab es auch politische Nachrichten. Die erhitzte Universität, der brodelnde Kessel der Politik, eine aufgereizte Jugend und die Wahlreden der bedrängten Regierung. Doch nichts davon interessiert mich, aus dem Augenwinkel beobachte ich Cazibe. Sie ist in die Aussicht versunken und schöner denn je, noch viel anziehender. Pinzette ist beim Basketballtraining, sein Vater wieder in Ankara oder mit dem Ministerpräsidenten auf einer der endlosen Reisen. Die Zeitschrift *Hayat* fällt mir aus der Hand. Auch ich richte meinen Blick auf die Aussicht so wie Cazibe. Vom Sonnenuntergang färbt das Meer sich rot, doch die Möwen sind immer noch weiß. Eine hat sich auf dem mit Seetang bewachsenen Poller niedergelassen, sie scheint uns zu beobachten. Ebenso wie die Jachten in der Bucht von Bebek. Die Segel von Halim *Beys* Boot sind abgetakelt. In der Ferne fährt ein Schlepper vorbei. Inzwischen ertönt vom gedrungenen Minarett der Moschee im Park der Abend-*Ezan*. Daraufhin erhebt sich Cazibe von ihrem Sitz und legt eine 45er-Platte auf den Plattenspieler. Die kehlig raue Stimme von Édith Piaf übertönt die des *Muezzin*.

»Non, rien de rien
Non, je ne regrette rien

Ni le bien qu'on m'a fait
Ni le mal; tout ça m'est bien égal.«

Für eine Weile versinken wir gemeinsam in dem Lied. Piaf nimmt uns mit in die Ferne, vielleicht zu einem regnerischen Abend in Paris, vielleicht in die Herbe eines Rotweins, der in einem rauchigen Café getrunken wird. Cazibe hat ja immerhin Paris gesehen und weiß, wie es dort ist, während ich es mir in der Fantasie ausmale. Allerdings bin ich derjenige, der Französisch kann. Unaufgefordert beginne ich die Worte des Liedes zu übersetzen. In einem Atemzug übersetze ich den Text, den ich schon kenne, denn ich habe ihn in den Schulpausen vor mich hin geflüstert, davon träumend, nach Paris zu gehen. Sie sagt: »Bitte wiederhole das doch noch einmal.« Und ich wiederhole:

»Nein, absolut nichts / Nein, ich bereue gar nichts / Nicht das Gute, das mir widerfuhr / Nicht das Schlechte; all das ist mir piepegal.« Sie verweilt an der Glastür, die auf den Balkon hinausgeht, schaut auf die dunkler werdenden Wasser des Bosporus, zu den Lichtern am anderen Ufer hinüber. Ein Dampfer nähert sich der Anlegestelle von Kandilli. Die Bugwelle bricht sich am *Kıbrıslı Yalısı*, auf Göksu senkt sich die Dunkelheit. Bei der Festung funkeln die Lichter der Fischerboote, die ausgelaufen sind, um Makrelen zu fangen. Von Weitem kann ich die Menschen, die aus dem Dampfer aussteigen, nicht sehen, aber die Silhouette Cazibes erkenne ich sehr wohl von meinem Platz aus. Dieses Mal trägt sie keine hochhackigen Schuhe, sondern Pantöffelchen. Dadurch ist sie etwas kleiner als sonst, doch ihrer Figur tut das keinen Abbruch. Sie kehrt mir den Rücken zu. Sie trägt einen ganz kurzen, weißen Rock, der damals nicht Mode war, darüber eine Bluse und einen blauen Schal. Als sie sich mir zuwendet, fallen mir ihre Brüste ins Auge. Sie scheinen aus dem BH hervorzuspringen. Oder es kommt mir im Halbdunkel so vor. Bis zu den Knien sind ihre Beine lang, dann etwas kürzer und die Hüften schmal. Ihre Haare enden über dem Nacken, sie trägt die blaue Kette, die sie meistens trägt, wenn sie zu Hause ist. Plötzlich, wie unter einem raschen Entschluss, läuft sie auf mich zu und setzt sich zu mir in den Sessel. Ich höre ihr Herzklopfen ganz nahe. Es kommt mir wie das Herzklopfen eines jungen Mädchens vor, doch da bin ich mir nicht sicher. Bis dahin habe ich nämlich das Herzklopfen eines jungen Mädchens weder gehört noch gespürt.

Ja, wie geht es nun weiter? Warum ist Cazibe gekommen und hat sich neben mich gesetzt, was geht in ihr vor? Was beabsichtigt sie? Während diese Fragen durch meinen Kopf schießen, beginnt sie, meine Haare zu streicheln. Dann sagt sie, vielleicht um irgendetwas zu sagen: »Deine Haare sind länger geworden.« Doch das reicht ihr nicht, und sie flüstert mir ins Ohr: »Noch länger als meine«, und mit der anderen Hand fasst sie mich bei der Schulter und zieht mich zu sich hin. Dann vereinen sich unsere Lippen.

Wenn Sie gestatten, mache ich hier eine Pause. Vielmehr – mit Ihrer Erlaubnis erzähle ich nicht, wie es weiterging. Ich sehe Sie schon vor mir, wie Sie ungeduldig sagen: »Los, erzähl! Mensch, erzähl doch! Wir wollen nicht hören, was vorher war, sondern was danach kam!« Sie haben ja recht. Doch eine Zeit lang müssen Sie Ihre Neugier noch zügeln. Nein, ich erzähle nicht, wie Cazibe mich über die Treppen hinauf ins Schlafzimmer zog, mir alle Kleidungsstücke einzeln auszog und dann, als sie ebenfalls ganz nackt war, sich auf mich legte, wie sie, um meinen verkrampften Körper zu entspannen, mich erst zart, dann härter massierte und, als mein immer kleiner zusammenschrumpfendes bestes Stück unter ihren Händen nicht erwachte, es mit ihren prallen, wollüstigen Lippen küsste, mit ihren Perlenzähnen hineinbiss, es dann in den Mund nahm, sodass meine Männlichkeit in diesem feuchten, warmen Ort wuchs, während mir wieder das Bild von Fırlamas Gerät vor Augen war, das unter dem zerrissenen Badeschurz hervortrat, und ich bedauerte, nicht wie er geschaffen zu sein. Dennoch konnte ich mich mit Cazibes matt schimmerndem Körper vereinigen, und als ich in sie eindrang, mich mit ihr eins fühlte, fügte sie als die erste Frau in meinem Leben, wenn man Elif nicht mitrechnet, meiner jugendlichen Sensibilität diese unheilbare Wunde zu. Nein, das werde ich nicht erzählen. Nur dies will ich sagen: Von dem Tag an war die Schule für mich die Hölle, während die schönsten Tage meines Lebens die Wochenenden waren, an denen wir miteinander schliefen, wenn es möglich war.

12

Der Tag hatte eine strikte Stundeneinteilung wie in einer Kaserne, doch wir bewegten uns, wenig beeindruckt von der Disziplin, in gemütlichem Tempo. In der Früh um halb sieben erwachten wir durch eine Glocke; dass die Mitschüler früher durch einen Tambour geweckt worden waren, habe ich nicht mehr miterlebt, aber von den Älteren öfter gehört. Doch für unsere Schülerzeitung mit dem Titel *Tambour* habe auch ich geschrieben. Hier veröffentlichte ich die Verse, die meine heimliche Liebe zu Cazibe zur Sprache brachten. Die Leser meiner Gedichte reagierten wie üblich darauf; außer unserer Literaturlehrerin Kiepe, die mich lobte, interessierte sich niemand besonders dafür. Doch als Fırlama in seinem individuellen Stil eine Fortsetzungsreihe mit Erzählungen seiner Abenteuer in der Abanoz-Gasse begann, gab es einen richtigen Aufstand. Als herauskam, dass auch ich an diesen Texten beteiligt war, wurden wir vor den Disziplinarausschuss zitiert und mit dem Verbot belegt, je wieder im *Tambour* zu veröffentlichen. Dennoch tauschten wir unsere Liebeserfahrungen untereinander aus. Da meine Liebe eine verbotene war, erzählte ich Fırlama von meinen Erlebnissen, als handele es sich um meine Fantasien. Auch den Leuten in meiner Umgebung, insbesondere Pinzette, stellte ich es so dar. Natürlich vor allem Pinzette.

Wenn ich sage: »In der Früh um halb sieben erwachten wir«,

ist das nicht wörtlich gemeint. Im Winter, wenn die Heizung längst ausgegangen oder noch gar nicht an war, versuchten wir alles, um im Bett liegen zu bleiben, bis endlich der Lehrsaalaufseher uns die Decke wegzog und die letzten aus dem Bett prügelte. Die Schüler standen vor den Toiletten Schlange, in den Waschräumen waren die Spiegel kaputt, wenn es überhaupt welche gab. Auch wenn inzwischen Jahre vergangen sind, will mir scheinen, ich sehe in aller Frühe immer noch mein Gesicht im Spiegel. Ob in der Fantasie oder im Traum, ist nicht klar. Es gleicht in keiner Weise dem Gesicht eines jungen Menschen. Vielmehr ist es eine weiße Maske, ein Antlitz wie in Heiligenlegenden oder in den Märchen aus *Tausendundeiner Nacht*. Auf meinem Gesicht trage ich immer noch diese Maske, aber nur diejenigen, die mich gut kennen, wissen und sehen das. Ich will mich nicht ins Karnevalstreiben mischen und keinen Maskenball besuchen, vielmehr habe ich mich immer noch nicht von der Auswirkung des morgendlichen Zwielichts befreien können. War ich tatsächlich bei jedem Erwachen im Schlafsaal ein böser Dschinn – oder ein Derwisch, der gerade erst aus den Exerzitien kam? Wer war ich wirklich mit meinen in den Höhlen versunkenen Augen, mit meinem von Müdigkeit gezeichneten Gesicht? Mit meinem blöden, vor Schlaflosigkeit bleichen Gesicht? Mit meinem mehrtägigen Bart, der bloß nicht so grau war wie jetzt, und mit Haaren, die trotz der Ermahnungen der Lehrsaalaufsicht immer schmutzig waren und lang. Wurde doch der Heizkessel im *Hamam* nur ein Mal pro Woche angeheizt. Später dann begann ich mich im Haus von Pinzette zu waschen, doch dort fand ich in der bootsförmigen Wanne keine Zeit zum Haarewaschen, weil ich mit den Schaumflocken spielte. Manchmal fing auch Cazibe an, mich zu waschen wie einst Elif, doch das endete dann immer im Bett.

Die Morgenlernstunde begann um sieben. Doch einige, die der Lehrsaalaufsicht trotzten, oder die Wiederholer zeigten sich nur an der Tür und gingen in den vorderen Garten hinunter, wo sie mit dem Pasteten und *Börek* verkaufenden Albaner, der sich mit seinem Wagen den Gitterstäben näherte, das Gespräch vertieften und die neuesten Nachrichten aus dem Nachtlokal erfuhren. Vielleicht übernachtete der Albaner nicht jede Nacht im Nachtlokal, doch er verfolgte die Heimkehr der Damen von der Arbeit genau, und er wusste, wer mit wem wohin ging. Manchmal kauften Schüler, die die Morgenlernstunde schwänzten, auch eine Zeitung von ihm. Dabei war bei denjenigen, die gut ausgeschlafen und mit sich und der Umwelt im Reinen waren, in den Morgenstunden der Geist am ehesten aufnahmefähig und die Arbeitszeit am fruchtbarsten. Wenn Sie bitte beachten, dass ich nicht »mit der Welt im Reinen« sage, denn die »Welt« war für uns etwas auf einem anderen Stern. Alles, was außerhalb unseres Internatsschullebens lag, außerhalb von Schulbänken und Klassenzimmern, von Wänden mit Tafeln, von düsteren Korridoren und Schlafsälen und Speisesälen, wo wir uns drängten, alles jenseits der grünen Staketen war ein unerreichbarer Raum, ein ferner Traum.

In der Morgenlernstunde lernte ich die Inhalte sofort auswendig, ich konnte die Gedichte und zu lesenden Texte flüssig wiedergeben, doch beim Frühstück vergaß ich wieder alles. Um halb neun gingen wir in den Speisesaal hinunter. Unser Frühstück bestand aus kalt gewordenem Tee in angeschlagenen Tassen und einem Stück Brot mit Margarine und Rosen- oder Quittenmarmelade. Das schnappten einem aber oft die Wiederholer weg, die früher kamen, sodass ich bis zum Mittagessen hungrig blieb. Ja, im Internat lernte ich den Hunger kennen. Und ebenso Ungerechtigkeit und Brutalität. Aber ich verdanke dem Internat auch diesen Eigensinn, diese Widerstandskraft und die Angewohnheit, früh aufzustehen. Und meine Fähigkeit zum Träumen ebenso wie die zu schönen Worten, die ich auf dieses Tonband tropfen lasse. Ich habe von Kiepe nicht wenig gelernt, einschließlich der Regeln des Aufsatzschreibens. Auch meine Redekunst ist gut, selbst wenn ich in meinem Beruf mehr als Worte Bilder gesammelt und dadurch Millionen von Zuschauern die Weltereignisse vermittelt habe. Ich muss aber auch gestehen, dass ich meine Abneigung gegen das Alleinsein ebenso wie gegen das ständige Zusammensein mit anderen ebenfalls dem Internat verdanke. Nehmen Sie meine Worte nicht so ernst, in Wirklichkeit ist das Alleinsein gut. Zumindest am Anfang, später dann durchdringt es den Menschen wie Moder, und wenn Sie keinen Zweig zum Anklammern finden, werden Sie mit dem Südwind weggeblasen. Im Morgengrauen ist niemand bei Ihnen, dem Sie Ihren Kummer klagen können.

Bis zum Mittagessen hatten wir vier Unterrichtsstunden. Die erste Pause dauerte fünf Minuten, die zweite zwanzig, die dritte ... Daran kann ich mich jetzt nicht erinnern, doch das ist auch nicht so wichtig. Sie werden nun sagen: »Wenn es nicht so wichtig ist, warum bestehst du dann darauf, die Länge der übrigen Pausen genauestens zu schildern?« Meine Antwort lautet: Die Zeit in der Schule gleicht nicht der Zeit draußen. Ich lebte in beiden von diesen Zeiten: So augenblicksschnell die Wochenenden vergingen, so sehr dehnten sich die Schultage aus, wollten und wollten nicht vergehen. In den Pausen wickelte ich mich in meinen Hirtenmantel und versuchte in einer Ecke des Klassenzimmers oder auf eine Bank hingestreckt zu schlafen, weshalb ich, wie schon gesagt, den Spitznamen »Jean Valjean« bekam, oder »*Sefil*«, »der Elende«, was jedoch später in Vergessenheit geriet. Eine Zeit lang nannten sie mich auch »Hauptmannssohn«, doch auch das passte nicht richtig. Dagegen glaubt Fırlama, der noch lebt, wenn auch wie ich mit einem Bein in der Grube, sein Spitzname sei immer noch passend für ihn. Das gilt auch für Pinzette. Manchmal sehen wir uns bei unseren Jahrgangstreffen zum Essen; ihre Spitznamen sind dann nicht vergessen, an meine aber erinnert sich niemand. Gut so. Sonst hätte ich auch noch die Last des Spitznamens »der Elende« zu tragen, als wäre das Alter nicht Last genug. Oder ich wäre der »Hauptmannssohn« geblieben, obwohl mein Vater im Rang eines Obersten in die andere Welt gegangen ist. Wenn Sie mich fragen, dann ist der Ministerpräsident der eigentlich »Elende«. Lassen Sie sich nicht davon täuschen, dass er jeden Tag schick gekleidet auf den Fernsehbildschirmen erscheint; ich bin sicher, zu Hause hat er Puschen an und ein Käppchen auf dem Kopf. Für die Öffentlichkeit sind diese Krawatten in Farben von Weinrot bis Ebenholz bestimmt, in Wirklichkeit liebt er das kragenlose Hemd. Und wenn es ihm möglich ist, zieht er *Mest* an. Ich frage Sie, was das ist, wenn nicht das Elend der Politik.

Lassen Sie mich zu meiner geliebten Schule zurückkehren. Man sagt, die Tage der »Schule des Sultans« seien gezählt, ich hoffe, das stimmt nicht. Unsere Leute setzen ja gerne ab und zu ein Gerücht in die Welt. Doch ehrlich gesagt mache ich mir Sorgen, denn die westliche Kultur haben wir ja übernommen, und das Verhältnis zwischen uns und Frankreich ist gestört. Vielleicht verwandeln sie ja im Handumdrehen das Galatasaray in ein *Imam-Hatip*-Gymnasium. Hat nicht der Ministerpräsident erst kürzlich verkündet, er wolle gebildete, moderne, sprachkundige *Imame* heranbilden? Wenn das so ist, bin ich zu Recht beunruhigt. Es heißt, wenn er sich das in den Kopf gesetzt habe, dann werde er auch unsere Schule zu einem *Imam-Hatip*-Gymnasium machen. Verdammt noch mal, soll er doch Blödsinn reden, möchte ich am liebsten sagen, aber dann tut mir meine Schule leid. Mir blutet das Herz. Und am meisten leidet Fırlama unter diesem Zustand, und er seufzt: »Dass wir das auch noch erleben müssen!« Dann beschuldigt er den Vater von Pinzette, Halim *Bey*. All das gehe zurück auf die Leute von der Demokratischen Partei, nach Ansicht von Fırlama sind sie die Hauptverantwortlichen für die Situation, denn sie haben sich nicht damit begnügt, den Gebetsruf auf Arabisch singen zu lassen, sondern haben auch die *Imam-Hatip*-Gymnasien im Land verbreitet. Dass drei von ihnen am Galgen baumeln mussten, hat nicht viel verändert. Niemand, nicht einmal die größten Angsthasen unter den Politikern, habe sich das Geschehen eine Lehre sein lassen. Was kann ich schon machen? Ich sitze schüchtern und stumm am gedeckten Tisch und höre zu. Ich leere ein Glas *Rakı* nach dem anderen und mache mir Sorgen. Fırlama scheut sich genau so wenig wie ich, dem Ministerpräsidenten kräftig die Meinung zu sagen. Zumindest hat er das Draufgängertum im Blut, da trägt er seinen Spitznamen zu Recht, er hat die Furcht ein für alle Mal aus seinem Herzen verbannt. Dazu muss man dem Jungen gratulieren. Aber meine gute Erziehung erlaubt mir nicht, die von ihm ausgesprochenen Flüche hier zu wiederholen, und dass ich »aus der Situation die Pflicht« ableite, wie das mein Vater, Glatzkopf Hasan, tat, dafür reichen inzwischen weder meine Kraft noch meine Lebenszeit aus.

Nach der vierten Schulstunde gingen wir in den Speisesaal hinunter; um dreizehn Uhr begann die fünfte und genau fünfundvierzig Minuten später die sechste und letzte Stunde. Dazwischen gab es nochmals eine Pause, doch fragen Sie mich nicht, wie lange diese nun dauerte, denn ich erinnere mich wirklich nicht. Es waren fünf oder zehn Minuten, doch ich erinnere mich sehr wohl, dass, wenn mich der Schlaf überkam, ich mich in dieser letzten Pause nicht vom Platz bewegte. Ich legte den Kopf auf die Bank und tauchte ab. Aber seltsamerweise war mein Schlaf verflogen, wenn nach dem Unterricht die längste Pause begann und ich in diesem irgendwie nicht endenden Zeitabschnitt nicht wusste, was ich tun sollte, um die Zeit herumzubringen. Meine Langeweile vertrieben weder die Zigaretten, die ich mir im großen Hof nacheinander anzündete, noch in der letzten Klasse meine Runden durch den hinteren Garten und durch die Korridore noch Lektüre und Schreiberei. Die Schwere, die ich seit Tagesbeginn um halb sieben bis zur großen Pause nicht hatte abwerfen können, war wie eine Schlange, die sich in mir zusammenkringelte und beim Ausreißen schmerzte, war eine riesige rostige Kugel. Aufgrund meiner Erlebnisse mit Cazibe wurde das vollends unerträglich. Denn ich dachte nur an sie, und wenn ich mir vorstellte, wie wir uns liebten auf dem Sofa im Salon, auf dem Tisch in Halim *Beys* Büro und sogar in der Kajüte des Bootes, das vor dem Haus ankerte, dann flog ich erst vor Glück, doch dann schämte ich mich zu Tode. Während des Unterrichts musste ich ununterbrochen an sie denken. Alle Gleichungen ergaben Cazibe als Lösung, in den Versuchen im Chemielabor erschien sie, in Geometrie erinnerte alles vom Dreieck bis zum Trapez an ihre Gesichtszüge, im Literaturunterricht erzählten die Romane von ihr, ebenso wie die Schilderungen der Kriege unserer glorreichen Geschichte, die Allwissend maßlos übertrieb, und die Pausen vergingen zwischen Schlaf und Erwachen mit ihrem Bild. Wenn ich nach dem Abendbrot in der Abendlernstunde mit Pinzette in einer Bank lernte, lenkte mich Cazibe ab, und ich tat alles, um meinen Freund nichts merken zu lassen, wobei ich mich zwischen Aufregung und Schuldgefühlen zerrieben fühlte. Pinzette aber hatte von all dem keine Ahnung und zog mich auf. Manchmal stritten wir, doch bald versöhnten wir uns wieder. Und während er beim Basketballtraining den Ball geschickt ins Netz schlug, lag ich mit seiner Mutter im Bett ... Ich will nicht schildern, was ich dabei alles gemacht habe, sonst hängen sie mich eines Tages auch auf wie Menderes und seine Gefährten. Sie erlassen ein neues Gesetz, das mich rückwirkend zum Tode verurteilt.

Halt, ich bin noch nicht fertig. Mein Tag verging mit Träumen von Cazibe und die Nacht gleichfalls. Im Schlafsaal nahm sie meine Sinne erneut gefangen, sie war da, wenn ich mein Zelt baute und mich befriedigte und wenn ich dem Schlaf nachjagte. Der Schlaf floh vor mir. Aber manchmal jagte ich auch Cazibe nach. Ich verfolgte sie im Salon, und wenn sie zweimal ums Klavier herumgelaufen war, wandte sie sich zur Treppe, ich hinter ihr her. Es gelang mir, ihre Beine zu umfassen und festzuhalten, aber mit einer Drehung machte sie sich los. Ich behielt einen ihrer hochhackigen Schuhe in der Hand, manchmal auch einen Seidenstrumpf. Sie versteckte sich in Halim *Beys* Büro und schloss sich ein. Gleich danach war sie im vorderen Garten zu sehen – es war ja ein Traum –, und die Jagd ging im Schatten der Bäume weiter. Es war Frühling geworden, die Judasbäume standen in Blüte. Das Wäldchen von Bebek war in tiefes Lila getaucht. Die Bäume bestanden aus Blüten. Sie wippte auf der roten Wippe auf und nieder und jedes Mal, wenn sie nach oben stieg, fühlte ich, wie der Saft, der in den Stämmen der Bäume quoll, auch meine Unterhose beschmutzte. Und sie, mir gegenüber, rief jedes Mal, wenn sie unten ankam: »Los, lass mich noch mal fliegen!« Ich ließ sie mit jedem Aufkommen meiner Füße von der Erde höher steigen, sie spreizte mir gegenüber die Beine und überließ sich dem immer schneller werdenden Spiel. Auch ich hatte meine Beine gespreizt, die Wippe war für uns ein Pferd mit einer Trense im Maul. Sein heißer Atem streifte uns beide. Da stieg sie ab und lief durch den Garten, wobei sie sich dieses Mal ins Meer stürzte. Ich hinter ihr her. Irgendwie konnte ich Cazibe nicht erwischen. Und obwohl ich wusste, ich würde sie nie erreichen, wollte ich doch, dass diese Verfolgungsjagd nie endete.

***

Sogar nachdem ich das Gesicht des Todes in der Realität kennengelernt hatte, hörten meine Zwangsvorstellungen von einem gemeinsamen Selbstmord mit Cazibe im Bosporus nicht auf. Einstmals hatte meine Mutter nach den Worten des *Imam*, der das Totengebet leitete, den »Tod schmecken müssen wie jedes Lebewesen«. Es hieß, sie habe die Barmherzigkeit Gottes erlangt, ja sogar, sie habe sich befreit aus der Unterdrückung meiner Großmutter, doch ich glaubte als Kind, sie sei irgendwohin gegangen und komme eines Tages bestimmt von dort zurück. Sie würde unbedingt wiederkommen, wenn nicht heute, so doch morgen oder übermorgen, aber ganz sicher würde sie kommen, und wenn sie zurückkäme, wäre das eine Freude für die Polsterbank, die Zypressen würden rauschen, und hinter den kahlen, grauen Hügeln würde der Mond aufgehen.

Dabei hatte ich beim Selbstmord von Sufi das Gesicht des Todes gesehen. Es war schrecklich. Dennoch hatte ich weiterhin den Impuls, mich zusammen mit Cazibe in den dunklen Wassern des Bosporus zu begraben. Sufi war der stillste Schüler der Klasse. In sich verschlossen. Er stammte aus Konya. Während wir

Baudelaire lasen und Édith Piaf hörten, lernte er die Vierzeiler Mevlanas auswendig und rezitierte die Gebete von Yunus. Im *Ramazan* stand er auf zum *Sahur*, dem Frühstück vor Sonnenaufgang, und fastete zusammen mit den anderen fastenden Schülern, insgesamt nicht mal so viele wie die Finger meiner beiden Hände. Eines Abends sah ich sogar, dass er im Schlafsaal, als alle bereits schliefen, betete. Er hatte einen blutroten Gebetsteppich, der ein Gegenstand des Spottes für uns war. Fırlama opferte sogar Geld, um Sufi eine Gebetsschnur, ein *Tesbih* zu schenken. Dazu sagte er: »Während wir wichsen, kannst du wenigstens am *Tesbih* ziehen.«

Wir dachten, er verbringe das Wochenende bei Verwandten, stattdessen fiel er im Stadtteil Kocamustafapaşa auf die Visionen eines Scheichs rein und trat als Jünger des Scheichs heimlich einem Orden bei. So wie ich in Cazibes Haus verweilte, so verweilte er im Haus des Scheichs, und wie eine Motte ums Licht kreist, so wich er nicht von der Seite seines Meisters. Er nahm teil an der Litanei der Gottesnamen und am Derwischtanz, und es kam sogar vor, dass er sich einen Spieß in die Wange bohrte. Dabei herrschte zwischen ihm und dem Scheich ein Verhältnis, das weit über ein Verhältnis zwischen Schüler und Meister hinausreichte, es war tiefe Liebe. Aufgrund dieser Tatsache, die nach seinem Selbstmord herauskam, befasste sich der Staatsanwalt mit dieser Sache und begann eine Untersuchung. Der Scheich und die anderen Anhänger wurden verhaftet, und es fand sich nur schwer ein *Imam*, der bereit war, das Totengebet für Sufi zu sprechen. Zusammen mit Fırlama ging ich zur Moschee von Sümbül *Efendi*, von wo aus der Leichnam bestattet werden sollte, weil wir unseren Klassenkameraden ein letztes Mal sehen wollten. Er lag in der Leichenwäscherei, splitternackt ausgestreckt. Sein Gesicht war dunkellila. In diesem Gesicht sah ich in jenem Moment meinen eigenen Tod, und ich hörte den *Imam*, der vor uns stand, sagen: »Im Islam ist der Selbstmord die größte Sünde. Niemand hat das Recht, die Seele, die Gott gegeben hat, zu nehmen. Selbstmörder werden in der Hölle weilen.«

Und was war mit meiner Mutter? Wenn sie Selbstmord begangen hatte, bedeutete das, sie war in der Hölle wie Sufi. Deswegen war sie nicht zurückgekehrt. Eigentlich kehren diejenigen nicht zurück, die an dem Ort glücklich sind, wo sie sich aufhalten, aber hier lag noch die Grabesqual dazwischen, dann die Auslieferung an die Höllenwächter und die ewige Folter. Dennoch war ich nicht abgeschreckt. Mit Cazibe in den Armen war der Ruf des Bosporus stark, und doch gelang es mir, mich diesem Ruf zu widersetzen. So wie Allwissend zu Metin gesagt hatte: »Sei stark!«, so ertrug ich mit Stärke den Schmerz. Welchen Schmerz? Natürlich den Schmerz der Waise, doch dieses Mal ging es auch um die Liebe. Mir ist, als hörte ich Cazibe, nachdem sie »Ach, du Armer!« gesagt hatte, im Hilton, wo sie keine Tee-Party versäumte, ihren Freunden zurufen: »Auf die Liebe! Auf die Liebe!« Es ging natürlich auch um die Liebe, was denn sonst?

Wenn ich jetzt an Sufi denke, dann fällt mir ein Fußballspiel ein, das wir in der letzten Klasse im großen Hof gespielt haben. Ich stand im Tor, Pinzette im Tor der gegnerischen Mannschaft. Weil er Basketballer war, waren seine Hände geschickter als seine Füße, darum war er Torwart. Meine Begründung dagegen sah anders aus. Weil mein Vater das Vaterland verteidigte, musste ich im Zentrum der Verteidigung unserer Mannschaft gegen den Ansturm der Gegner stehen. Doch als wir das erste Tor kassierten, und zwar zwischen meinen Füßen hindurch, tauschten sie mich gegen Fırlama aus, ohne Rücksicht auf mein Bedauern. Wir mussten auch kein weiteres Tor hinnehmen, sondern schossen in den letzten Minuten des Spiels sogar noch eins, doch der Schiedsrichter, der Krankenwärter Bär Şaban erkannte das Tor wegen Abseits nicht an und erklärte das gegnerische Team zum Sieger. Daraufhin schritten unsere Anhänger zur Tat. Zuerst umhüllten sie den Kopf von Şaban mit dem Gebetsteppich von Sufi, dann gossen sie über dem riesigen Mann einen Eimer Wasser aus und wälzten ihn im Schlamm. In dem Augenblick hörte man Sufi schreien: »Lasst das! Es ist Sünde!« Sufi, der all die Jahre nie die Stimme erhoben, nie ein Wort gesagt hatte, schrie laut: »Ihr macht meinen Gebetsteppich schmutzig, ihr Dreckskerle!« Damit stürzte er sich auf unsere Anhänger. Als man ihn packte und vom Spielfeld schleppte, schrie er immer noch: »Ihr alle seid zur Hölle verdammt!« Ich erinnere mich an die Antwort von Fırlama: »In Wirklichkeit bist du zur Hölle verdammt, du Befleckter!« Die Anhänger begannen ein anderes Spiel, indem sie den Gebetsteppich von Bär Şabans Kopf nahmen und so taten, als reizten sie einen Stier. Das war nun kein Fußballspiel mehr, sondern ein Stierkampf. Bär Şaban, der wütend schnaubte, war jetzt der Stier, während es mehr als einen Matador gab. Der Gebetsteppich ging wie eine Fahne von Hand zu Hand, und in einer Ecke weinte Sufi still vor sich hin.

13

Wie ich schon sagte, gab mir in der letzten Klasse Kiepe Sabahat als Hausaufsatz eine Arbeit über den Roman von Halit Ziya, *Aşk-ı Memnu*, »Verbotene Liebe«. Doch ich habe noch nicht erzählt, was ich deswegen erleiden musste, wie ähnlich ich dabei Fırlama wurde, wie ich sogar anfing, wie er zu reden. Ich habe auch noch nicht die Parallelen der Handlung des Romans zu meinen Erlebnissen mit Cazibe aufgezeigt. Noch immer frage ich mich, mit welcher Absicht, ja welchen Hintergedanken Kiepe mir eine derartige Quälerei zumutete, und finde keine Antwort.

»Da hast du jetzt aber in die saure Quitte gebissen!«, meinte Fırlama.

»Wieso das denn?«

»Dir geht es anders als unserer Stammmutter Eva, die in den Apfel biss und aus dem Paradies vertrieben wurde. Die verbotene Quitte ist *Aşk-ı Memnu*. Wenn du davon isst, wirst du es tausendfach bereuen.«

In dem Augenblick sah ich Cazibe vor mir. Ich erinnerte mich an das, was wir getan hatten. Und das, was wir noch nicht getan hatten, aber noch tun würden, breitete sich vor mir aus wie eine Badewanne voller Schaum, wie eine einladende Matratze, ein seidener Perserteppich. Da befiel mich plötzlich ein schrecklicher Verdacht. Argwöhnte Fırlama vielleicht irgendetwas? Ahnte er, was zwischen Cazibe und mir vorging? Oder veräppelte er mich nur, obwohl er wie immer keinen Schimmer hatte? Und Kiepe? Warum tat sie mir diese Tortur an? Wollte sie mir etwas damit andeuten, wenn sie mir eine Hausarbeit über einen Roman stellte, in dem es um verbotene Liebe ging? Oder wollte sie mich bestrafen? Legte sie mir den Strick um den Hals nach dem Motto »Das geschieht ihm recht«? Entweder schaffte ich es, oder ich wurde aufgehängt. In dem Fall würde ich mich auch vor Fırlama blamieren, der die Gelegenheit ergriff, mich durch den Kakao zu ziehen.

»Man sollte Quitte und Apfel nicht verwechseln«, sagte er. »Im Fall des Apfels ist die Frau schuld, nicht der Mann. Sie ist es, die auf den Teufel hört, den Mann verführt und Kinder gebiert. Niemand glaubt, dass das, was sie vom Baum pflückt und anbeißt, wirklich ein Apfel ist.«

»Aber was ist es denn dann?«

»Was schon? Natürlich der *babafingo* unseres Stammvaters.«

»Die Sache ist anders, als du meinst. In dem Roman soll es um eine Liebe gehen, die von Anfang bis Ende ein Sturzbach der Gefühle ist.«

»Lies erst mal, dann reden wir weiter. Gib mir Bescheid, wenn die Penetration erfolgt.«

Kiepe hatte zur Bedingung gemacht, dass ich den Roman in seiner Originalfassung las. Die Sprache von Halit Ziya war wirklich eine Qual, schlimmer noch: eine Folter. Nur die Sprache? Insbesondere die Bekleidung der weiblichen Hauptfiguren, die Einzelheiten in Bezug auf die Läden, in denen sie einkauften, die vielen Möbel im *Yalı* und die seitenlangen Landschaftsschilderungen waren so langweilig, dass es der geduldigste Leser nicht aushielt. Ebenso wie die osmanischen Wortkombinationen ließen

Ausflüge, Betrachtungen und endlose Landschaftsbeschreibungen mir die Haare zu Berge stehen. In der einen Hand das osmanische Wörterbuch, das ich aus der Bibliothek geholt hatte, in der anderen den Bleistift, kämpfte ich mich durch all die unverständlichen osmanischen Ausdrücke wie *takarrüp*, *tebeddül*, *teşeddüt*, *tetabuk*, *tenakus*, und weiter ging es mit *ihtira*, *imtizaç*, *intişar*, *ikraz*. Insbesondere die mit »m« beginnenden Wörter machten mir das Leben schwer. Wörter wie *müdevver*, *müsemmim*, *mülevves*, *müşevveş*, *müsteni*, *münteha*, *müteaccip*, *müstevi*, *müdekkik*, *mücasele*, *mücella*, *müşevvik* raubten mir den Schlaf, während die Wörter, in denen auf das »m« ein »u« folgte, wie in *muttarit*, *muavenet*, *muannit*, *mukaret*, *muavveç*, *muaheze*, das Ganze in eine *mudhike*, also nach heutiger Ausdrucksweise in eine Komödie verwandelten.

Dabei war der Roman kaum komisch zu nennen, die Handlung war eigentlich eine Tragödie. In einem *Yalı* am Bosporus erlebt die Halbwaise Nihal, erzogen von französischen Gouvernanten, eine einsame, traurige Kindheit, voll Sehnsucht nach ihrer Mutter und im Zank mit ihrer Stiefmutter. Die Stiefmutter betrügt ihren Ehegatten mit dem Neffen, der im selben *Yalı* wohnt, und während diese verbotene Liebe mit den Worten des Autors »immer mehr an Wichtigkeit gewinnt«, bietet der schamlose Schürzenjäger dem jungen Mädchen eine »fiktive Ehe« an, wobei seine Versuche, sie zu »heiraten«, eher tragisch wirken, statt den Leser zum Lachen zu bringen. Und all die Gespräche, Höflichkeitsbezeigungen, Bootsfahrten auf dem Göksu, die ich lediglich mithilfe des Wörterbuchs verstand, begannen mich anzuöden. Natürlich gab es auch Fahrten nach Pera, Hochzeiten, Ausflüge im Mondschein zur Insel Heybeli, Ausfahrten auf dem Bosporus. Zweifellos war die verbotene Liebe zwischen der Stiefmutter Bihter und dem Schürzenjäger Behlül für die Moralvorstellungen der damaligen Zeit nicht normal, ebenso wie das, was sich daraus entwickelte: Begehren, Leidenschaft und Eifersucht, Betrug und Selbstmord. Andererseits waren der zärtliche Vater und betrogene ältere Ehemann, Adnan *Bey*, sowie sein einziges Töchterlein Nihal keine besonders interessanten Gestalten, und doch las sich der Roman wie von selbst. Wenn man denn die endlosen Beschreibungen von Kleidung, Möbeln und Landschaften aushalten konnte und die Bedeutung von Wörtern wie *tavassut*, *tecessüs*, *tacil* und *teşrik* kannte, ebenso wie die von so unaussprechlichen Ausdrücken wie *mütevaggıl*, *ıttırad*, *istiğrak*. Und dann gab es so wunderschöne Zusammensetzungen wie *kavs-i kuzah*, *şetaretinin ratıp nesimi*, *ciddal şemmesi* und das Wort *sairfilmenam*, das »Schlafwandler« bedeutete, so schön, dass der Spruch »Iss sie nicht, lieg neben ihr« galt.

Sowieso lag Behlül lange Zeit neben der verbotenen Frucht Bihter, ohne sie zu essen, und Fırlama, der mich in der Abendlernstunde beobachtete, wie ich bei der Arbeit an dem Roman Blut und Wasser schwitzte, kam andauernd vorbei, um zu fragen: »Ist die Penetration immer noch nicht erfolgt? Was ist denn das für eine verbotene Liebe, Mensch?«

Auch ich war nicht recht zufrieden mit dem Verlauf der Handlung. Im Grunde wollte Bihter das *Yalı* von Adnan *Bey* in Tarabya besitzen und in der damaligen Istanbuler Gesellschaft einen Platz erringen, vor allem aber wollte sie sich in das Bett des reichen Mannes legen, mit dem ihre Mutter kokettierte. Dies gelang ihr auch, aber die Rechnung war ohne den Wirt gemacht worden. Sie liebte ihren Ehemann nicht, und dieser, statt seiner jungen, schönen Frau »die Ehre zu erweisen« (wobei Fırlama das französische Wort »*honoré*« in dem Roman so verstand, dass er sie im Bett beehren sollte), widmete sich lieber seinen Kindern aus erster Ehe, insbesondere Nihal. Der Autor beschrieb nicht mal die Hochzeitsnacht, was nicht nur Fırlama aufbrachte, sondern auch mich. Wir beide waren fixiert darauf, dass die Penetration erfolgte. In Wirklichkeit wartete Fırlama, während ich in den Sprachwogen des literarischen Zeitalters der »Morgendämmerung« kämpfte und versuchte, im Ozean des Osmanischen mit Mühe und Not vorwärtszukommen.

»Na, wie steht's?«, fragte Fırlama immer wieder nach. Und ich gab ihm im selben Stil zur Antwort: »Was soll erfolgen, Kleiner? Sie vögeln nicht, sie haben sich noch nicht mal richtig geküsst.«

»Na dann gut, lies du mal Seite für Seite, und überlies bloß nichts, und wenn es dann passiert, sag mir Bescheid.«

Ich mühte mich bis zur Mitte des Romans, ohne dass Bihter sich Behlül wirklich hingab beziehungsweise Behlül Bihter eroberte – oder in Fırlamas Ausdrucksweise: Bihter sich von Behlül »poppen ließ«. Ich rieb mich weiterhin auf zwischen den Ausdrücken, die ich im Wörterbuch des Osmanischen nachschlug. Ich ertrug die tiefsinnigen psychologischen Betrachtungen, die den seelischen Zustand der Helden analysierten, und langweilte mich weiterhin bei den Landschaftsschilderungen. Gegen meine Langeweile half auch nicht, dass der Schürzenjäger Behlül in Beyoğlu mit einer holländischen Sängerin schlief. Und nicht einmal die Antwort von Fırlama auf meine Frage, was wohl der zweideutige Begriff »*kasr-ı basar*« bedeuten möge (»Vögelt der etwa die Villa oder das Schlösschen, oder was?«), brachte mich zum Lachen. Als ich durch einen Blick ins Lexikon erfuhr, dass der Begriff so viel wie »kurzsichtig« bedeutete, hätte ich Fırlama am liebsten geantwortet: »Nein, mein Lieber, der Autor will sagen, dass der Mann kurzsichtig ist, keiner wird gevögelt, weder das Schlösschen noch

Bihter!«, doch ich schwieg. Bis der Abschnitt kam, wo die Penetration wirklich erfolgte, musste ich, angefangen vom Bett, all die Dinge kennenlernen, die mit dem Lastkahn zum *Yalı* gebracht wurden, die Kronleuchter, die schweren Vorhänge, die geschnitzten Eichensessel im Stil Louis XV., die Stehlampen mit riesigen Lampenschirmen, die Mahagonitische und Mahagoniboote, die Spiegel, Schränke und Kerzen, die der äthiopische Diener ständig herumtrug; ich musste mir bis zu den Farben und Formen der Gesichtsschleier und Tschadors, vom Schmuck bis zu den Handschuhen die Kleidung der Heldinnen und damit die Mode der damaligen Zeit merken. Und dabei erfolgte weder die Penetration, noch hatte der Ehemann – nach den Worten von Fırlama – seine Frau ein einziges Mal beschmust. Meine Geduld war fast am Ende, als schließlich in einer lang und breit auserzählten Szene, die »einen tiefen psychologischen Sinn offenbart,« (genau so hatte ich es in meiner Arbeit formuliert), Bihter sich in einer Nacht in ihrem Zimmer im *Yalı* splitternackt auszieht und sich angesichts des Bosporus im Spiegel betrachtet, wonach, dem Himmel sei Dank, auch die Penetration erfolgte. Und zwar auf eine Weise, die selbst Fırlama überraschte oder, um es mit dem Wort des Autors zu sagen: die ihn *»mütehayyir«* machte.

Ehrlich gesagt offenbarte diese Szene der Selbstbespiegelung ausreichend die wollüstigen Gefühle einer unbefriedigten Frau voller Verlangen, doch schien der Autor Schwierigkeiten zu haben, dem Leser diese zu vermitteln, er machte tausend Umwege und nahm seine Zuflucht zu Bildern. Doch durch mein außergewöhnliches Gespür ahnte ich, dass es zur Sache kommen würde. An sich war gar kein Gespür nötig, aber ich war schon dermaßen durch alles Vorangegangene entnervt, dass ich, als ich den berühmten Satz las, aufsprang und zu Fırlama hinlief mit den Worten: »Jetzt ist die Penetration nahe!« Ich erinnere mich, von der Lehrsaalaufsicht einen gehörigen Rüffel erhalten zu haben. Wenn Sie gestatten, möchte ich jenen Satz auch mit Ihnen teilen:

»Sie wünschte sich eine Umarmung, die sie bis an die Spitze ihres Wesens erschütterte, aufsog, erdrückte; sie wollte eine Liebe haben, die ihre Seele trunken, ohnmächtig machte.«

Jetzt mögen Sie mich fragen: »Wie kannst du einen solchen Satz im Kopf behalten? Es ist schon nicht normal, dass du all die osmanischen Wörter, die in dem Roman vorkommen, in einem Rutsch dahersagst.« Dann werde ich Ihnen antworten, indem ich wie immer den Satz »Sie haben recht!« voranschicke. Meine Hausarbeit über den Roman *Aşk-ı Memnu,* für die ich von Kiepe Sabahat die Bestnote bekam, liegt sicher in meinem Archiv. Ich habe in diesem Leben viel verloren, sei es, dass es mir genommen wurde, sei es, dass ich es weggegeben habe. Doch diese Hausarbeit werde ich niemandem geben, verstehen Sie mich? Habe ich mich deutlich genug ausgedrückt? Diese Arbeit hat mit meiner heimlichen Liebe, mit Cazibe, meiner ersten Geliebten, wenn auch nicht meiner letzten, zu tun. Wie kann ich sie da vergessen?

Fırlama las den Satz, den ich ihm zeigte, aufgeregt durch und meinte: »Das ist gut. Die Sache ist klar. Bihter wird sich endlich von Behlül poppen lassen. Na gut, aber da bin ich wirklich gespannt, wie unser Muffel Halit das darstellen wird. Bihter wird, wie ihr Name sagt, ständig ›Noch mal!‹ sagen, wenn Behlül in sie eindringt. Jetzt ist die Penetration vorherbestimmt.«

Ich vermute, Sie sind mindestens so sehr wie Fırlama auf die Penetration gespannt. Und hier ist die Szene: »Nach ihrer eigenen Aussage fehlte dieser wunderbaren Frau eine köstliche Liebeserfahrung. In ihrer gegenseitigen Liebe erlebte Bihter das Körperliche derart intensiv, dass sie alle gierigen Wünsche Behlüls mit

Hingabe erfüllte, Dinge tat, die womöglich ein Opfer darstellten, die, wenn man sie gegen sie verwendete, sie gewöhnlich machten, sie ihre Vornehmheit kosten, der Nachrede aussetzen würden. Sie verweigerte Behlül nichts, keiner seiner Wünsche war für sie zu viel. Dabei brauchte er aber doch die Zurückweisung, das Flehen, die Schwierigkeit beim Erreichen des Gewünschten, um zu genießen.«

Als Fırlama diesen Satz hörte, äußerte er seine Ansicht mit den Worten: »Gratuliere, Muffel Halit, wir haben dir unrecht getan.« Als ich ihm sagte, Behlül habe vor nicht allzu langer Zeit, zu Beginn des Jahrhunderts, in den Bänken gesessen, in denen wir uns die Knie durchwetzten, in den Betten gelegen, wo wir unsere Zelte aufbauten, und habe wie wir in den Klassenzimmern sich den Kopf zerbrochen, also wie wir die »Schule des Sultans« besucht, antwortete er: »Das wundert mich nicht, alle Schürzenjäger kommen aus Galatasaray.«

Schließlich, als Behlül Bihter, die Frau seines Onkels, verführt und gefickt und sich hörig gemacht hatte, als es ihm gelungen war, sie zu seiner Sklavin zu machen, nachdem er also die Frucht der verbotenen Liebe gegessen und den Kern ausgespuckt hatte, stürzte er sich einerseits in die Ausschweifungen des Istanbuler Nachtlebens, andererseits aber warf er ein Auge auf die fünfzehnjährige Nichte Nihal, um sie zu heiraten, woraufhin es einen Riesenskandal gab. Als ich das erzählte, war Fırlama mindestens so aufgeregt wie ich und fragte, Bezug nehmend auf einen Satz des Romans: »Erzähl, erzähl! Hat Behlül, inspiriert von den ›verführerischen Wolken‹, auch das Mädchen verführt?« Ich antwortete: »Der Autor spricht nicht von ›verführerischen Wolken‹, sondern vom ›trügerischen Horizont‹, also von Betrug. Er meint etwas anderes als das, was du unter dem Ausdruck ›verführerisch‹ verstehst.«

»Dann egal, stör mich nicht mit irgendwelchem Quatsch. Die Penetration ist ja erfolgt, was dann noch kommt, kümmert mich nicht.«

Es war kein Kinderspiel, von Kiepe Sabahat die Bestnote zu bekommen. Doch wie gesagt, das Thema *Aşk-ı Memnu* war meine ganze Mühe, meine Qualen mit dem Wortschatz wert. Ich war von dem Roman sogar dermaßen fasziniert, dass ich mich nicht bremsen konnte und Bihter mit Madame Bovary verglich. Es gab viele Parallelen zwischen den beiden, einschließlich Selbstmord. Die eine erschoss sich mit der Pistole, die andere vergiftete sich. Sie waren die Opfer ihrer Träume, ihrer romantischen Fantasien und betrogen ihre Ehemänner, ehe sie, nach den Worten von Fırlama, von ihren »Stechern« verlassen wurden. Für meinen Romanvergleich bekam ich von Kiepe noch einmal eine Bestnote. Doch hatte ich nicht den Mut, Cazibe das Ganze zu erzählen, auch wenn ich es gerne getan hätte. Deswegen erzähle ich es jetzt Ihnen.

14

Genau über dem säulenflankierten Eingang des Hauptgebäudes befand sich ein Balkon, und weiter oben, unter dem riesigen gelbroten Wappen mit den Buchstaben »GS« hing eine Uhr. Ich wartete acht Jahre lang, dass einer unserer Großen von diesem Balkon aus eine Rede halten würde, doch diese Erwartung wurde enttäuscht. Sogar General de Gaulle zog, wahrscheinlich aus Sicherheitsgründen, dem Balkon den Tevfik-Fikret-Konferenzsaal mit den dunkelroten Vorhängen vor. Ich weiß nicht, ob der *Gazi*, als er unsere Schule beehrte, von diesem Balkon aus sprach, doch jetzt haben wir einen Ministerpräsidenten, der, siegestrunken nach gewonnenen Wahlen, vom Balkon aus Reden hält. Aus der Ferne winkt er der Menge zu, die den Platz ausfüllt. Auch wir füllten an jedem Montagmorgen den Schulhof aus. Während die Fahne gehisst wurde, sangen wir die Nationalhymne. Und wenn am Samstagmittag die Fahne wieder heruntergelassen wurde, sangen wir ebenfalls die Nationalhymne. Jetzt hört man von allen Orten den *Ezan*-Ruf. Fünf Mal am Tag erinnern uns die Lautsprecher der Moscheen daran, dass Gott groß ist. Das wissen wir sowieso, natürlich ist Gott groß, kein Mensch hat genügend Kraft, Ihm etwas Gleichwertiges zur Seite zu stellen. Allerdings ist, wie es in dem bekannten jüdischen Witz heißt, das Boot klein, da hilft nichts. Doch ehe ich mich weiter versündige, wende ich mich wieder den alten Tagen zu.

Während ich auf der Schule war, hielt von dem Balkon herunter niemand eine Rede, doch auf dem Zifferblatt der Uhr ging der Wettlauf der Zeiger immer weiter. Mal war der kleine Zeiger vorne, mal der große. Sie überlagerten sich auch, sie paarten sich, aber aus dieser Vereinigung ging kein Kind hervor, nur dass die Zeit verrann, die Minuten enteilten. Ja, die Minuten, die Stunden, die Wochen, die unzähligen Monate und Jahre vergingen, und als ich in die letzte Klasse kam, hatte ich die Pubertät abgestreift und war ein junger Mann geworden, aber weder Cazibe nahm davon Notiz noch Istanbul. Auch Istanbul hatte sich verändert, hatte von der »Expropriation« mehr als profitiert. Ganz im Gegensatz zu Istanbul war mir die Veränderung bewusst. Ich konnte in Bebek am Bosporus entlangschlendern und bis zum gegenüberliegenden Ufer schauen, weil zur Verbreiterung der Straße die Holzhäuser – mögen ihre Seelen in Frieden ruhen – abgerissen worden und die Grundstücke leer waren. Auch die »historische Halbinsel«, wenn ich es mit dem heute geltenden Terminus ausdrücken soll, hatte sich verändert. Die Vatan Caddesi und die Millet Caddesi hatten den Verkehr entzerrt, wenn auch auf Kosten von Vaterland und Volk. Nur Beyoğlu hatte sich nicht verändert. In der Istiklal Caddesi reihten sich die Straßenbahnen immer noch aneinander, bimmelnd und mit ihren eisernen Rädern Funken schlagend. Und die Busse mit ihren großen schwarzen Reifen brummten weiter vor sich hin, während die stehenden Fahrgäste von einer Seite zur anderen schwankten. Manchmal beteiligte sich auch ein Pferdewagen mit Wassermelonen an dem Verkehr. Um nicht zerquetscht zu werden, musste der Kutscher sein lebensmüdes, armes Pferd peitschen, das vor lauter Hunger nur noch Haut und Knochen war. Die Menge, die über die Bürgersteige quoll, drängte und schubste, die Schaufenster waren prall gefüllt. Die Nebenstraßen, insbesondere die steilen Gassen, waren das Reich der Straßenhändler, die den ganzen Bezirk hinauf und hinunter durchquerten. Der *Simit*-Verkäufer mit dem Tablett auf dem Kopf, der Joghurt-Mann, der auf den Schultern verzinnte Töpfe trug, die an eine riesige Waage erinnerten, der Händler, der auf seinem dreirädrigen Handwagen *Pilaw* mit Kichererbsen anbot – sie alle passten vielleicht nicht nach Beyoğlu, doch indem sie hier herumliefen, vertraten sie die Gruppe der Binnenmigranten vom Dorf in die Stadt. Man konnte beobachten, wie ein Priester aus der Kirche kam und wie ein *Imam* im Hof der *Ağa*-Moschee sich zum Gebet wusch. Und wir Dauerinternatszöglinge hatten während der Woche unseren Platz hinter dem Gitter und am Wochenende in der Blumenpassage oder im Kino.

Die Kinos, die Theater, die Läden waren belebt, doch die Nebengassen nachts menschenleer. Die Fassaden der mächtigen Gebäude waren schwarz wie Saffian, erschreckend. Von den Obstläden, Fischhandlungen und Krämerläden, die bis spät nachts geöffnet waren, wie die Nachtlokale, fiel ein Lichtschein auf die Bürgersteige. Und ständig regnete es. Es kam auch manchmal vor, dass Schneeregen fiel, doch nie habe ich in Beyoğlu Sommerhitze erlebt. Was ich sah, waren Mäntel, Regencapes und pechschwarze Schirme. Im Frühling brach natürlich die Sonne durch, manchmal schüttete es auch, das Wetter war wechselhaft, es richtete sich nach dem *Lodos*. Der Wind ließ die Hüte fliegen, wirbelte die Röcke durcheinander und beschleunigte den Herzschlag. In der Schule vergingen die Nächte schlaflos. Die Schreie der Katzen, die sich auf den Dächern paarten, waren ebenso nervtötend wie das Kreischen der Möwen und so langweilig wie der feine Regen Istanbuls. Wenn ich im Schlafsaal mein Zelt aufbaute, stellte ich mir die

Frauen in der Abanoz-Gasse vor, die mit riesigen, nassen Penissen »abgeschossen« wurden. Aber von »Abschießen« konnte keine Rede sein, ich hatte nicht mal eine auch nur an der Hand gefasst. In meiner Fantasie waren die Frauen in den Puffs alle halb nackt, ihre Kunden aber waren stumm und scheu, als hätten sie ihre Zunge verschluckt.

Als bei den Vorfällen vom 6. und 7. September 1955 die Läden der Minderheiten geplündert wurden und diese auswandern mussten, nahmen schnurrbärtige Türken aus Anatolien, die wie Bauern gekleidet waren, ihren Platz ein. Trotzdem verlor Beyoğlu nur wenig von seinem kosmopolitischen Aussehen. Die Kirchen standen Tag und Nacht offen. Ebenso die Kneipen und Buffets. Es gab nicht wie heutzutage streng verhüllte Frauen, Geistliche mit weißem Rauschebart, Kinder, die Verdünner schnüffelten. Selbst meine Sehnsucht fühlt sich anders an als früher, und trotzdem sehne ich mich nach der Zeit, als ich in der Pubertät war. Und ich frage mich, wie es kommt, dass Ministerpräsident Menderes, wenn er nach Istanbul kam und im Park-Hotel in der Suite neben dem Zimmer unseres Yahya wohnte, nicht auch hierher seine Hand ausstreckte. Man sagt: »Das Leben des Verstorbenen reichte nicht aus.« Wenn es aber gereicht hätte! Dann hättet ihr euer blaues Wunder erleben können. Dann wäre Beyoğlu womöglich das Paradies der Holzpantoffeln geworden und hätte sich den Ehrennamen »Neues Konya« verdient.

Das Istanbul meiner Pubertätsjahre besteht aus verblassten, vergilbten Schwarz-Weiß-Fotografien. In meiner Fantasie fangen die eingefrorenen Ansichten manchmal an sich zu bewegen. Manchmal spaziere ich auch zwischen den Menschen umher, die auf den Bildern zu sehen sind. In Eminönü zwischen den jungen Männern in verschlissenen Kleidern, mit Schiebermützen und Pumphosen, zwischen den unrasierten Typen, die in den Ecken der Teehäuser dösen. Wir reden nicht ein Wort miteinander. Sie sind so weit entfernt von meiner Welt. Sie sind müde und elend wie Lastkähne auf dem Dock. Zu denen, die sich unter der Brücke zum Schlafen legen, gehören auch Kinder. Es kommt mir vor, als sähe ich, wie Boote an den verrotteten, stellenweise eingebrochenen hölzernen Kais von Unkapanı anlegen und ihre Lasten abladen. Da ist ein Lastenträger, dessen Rücken gebeugt ist von einem riesigen Bierfass von der Art, auf die wir in der Blumenpassage unsere Teller mit *Meze* aufgereiht und unsere argentinischen Biergläser abgestellt haben. Nicht nur legen Dampfer an der Brücke an, sondern von Hunderten kleiner Boote aus werden Angeln in das schmutzige Wasser gehalten und Fische gefangen. In der Schule habe ich keine von den verschiedenartigen Makrelen, Meerbarben und Blaufischen gegessen, die man über dem Grillfeuer brät. So wie ich keine Frau hatte, obwohl es massenhaft Frauen gab, mögen sie auch Huren gewesen sein, so bekam ich mitten in Istanbul, das ringsherum vom Meer umgeben ist, keinen Fisch. Acht Jahre lang begnügte ich mich mit *Pilaw* und weißen Bohnen. Natürlich kam es vor, dass ich bei Cazibe Fisch aß, den besten sogar, und in jenem Haus berührte ich auch zum ersten Mal die Haut einer Frau. Daher kommt es, dass ich Fische und Frauen liebe. Und auf die Gefahr hin, die Feministinnen zu erzürnen, muss ich es sagen: Insbesondere von den fülligen Frauen bin ich begeistert, die wir »fischfleischig« nennen.

In meiner Jugend endete die Stadt Istanbul an den Mauern, dahinter begannen die Obstgärten. In einem dieser Obstgärten standen kaputte Pferdedroschken. Ihre Farbe war abgeplatzt, die Deichseln gebrochen, Droschken ohne Pferde. Irgendwie ausgemustert, vielleicht hergebracht, damit sie verrotteten. Ihre Räder drehten sich nicht mehr, sie konnten nicht mehr fahren. Da standen sie unter einem Baum und warteten darauf, dass sie ganz zusammenfielen und vergingen. Jenseits der Mauern endete die Stadt und die Friedhöfe begannen. Marmorgräber, in denen keine Angehörigen von mir lagen. Oder schiefe Grabstelen mit dem Turban obendrauf.

»Von einem Hügel schaut' ich gestern, teures Istanbul, auf dich!« Ich habe nicht nur von einem Hügel auf Istanbul geschaut, sondern habe, auch wenn meine Sehnsucht in der Fremde immer wieder aufflammte, alles darangesetzt, es zu vergessen, um niemals wiederzukehren. Während Yahya Kemal, der in der Epoche Abgeordneter war, in der es nur eine Partei gab, als das einzig Gute an Ankara die Möglichkeit der Rückkehr nach Istanbul bezeichnete, liebte Ministerpräsident Menderes, als ein Mann der Scholle, wahrscheinlich Ankara mehr als Istanbul. Doch jedes Mal, wenn er vom Park-Hotel aus auf Istanbul blickte, spann er neue Träume bezüglich der »Expropriation«. In meiner Fantasie besteht das Istanbul meiner Jugendjahre aus erstarrten Fotos. Und mir wäre am liebsten gewesen, es wäre so geblieben. Doch es kam anders, wie man sieht. Zuerst begannen sie mit Beyoğlu, denn in ihren Augen war Beyoğlu mit der islamischen Identität Istanbuls nicht vereinbar, war es eine Burg, die es noch zu erstürmen galt. Istanbul war Jahrhunderte vorher erobert worden, doch Pera hatte standgehalten. Deswegen umzingelten sie es erst und durchkämmten danach Straße für Straße, Haus für Haus. Inzwischen gibt es weder die Abanoz-Gasse mehr noch die alten Kinos. Und die Nutten, die in den Logen jener Kinos ihrem Gewerbe nachgingen, sind schon lange zu Büßerinnen geworden. Dieses leidige Thema möchte ich abschließen mit einem Zitat jenes nostalgischen Schriftstellers, von dessen Werken ich zwar nicht alle, aber doch einige gerne gelesen habe und dessen Name mir jetzt nicht einfällt: »Istanbul wurde nicht 1453 erobert, sondern heute.«

***

In manchen Nächten, in den Stunden zwischen Schlaf und Wachen, wenn Träume und Wirklichkeit sich zu vermischen beginnen, ist mir, als würde ich in einen tiefen Brunnen gezogen. Eine unbekannte Kraft verwandelt meinen Körper in ein Blatt in der Luft, der Wind bläst alles Bewegliche vor sich her in jenen blinden Brunnen hinein, der alles ins Dunkel saugt. Ich falle, falle, und das Fallen hat kein Ende. Dabei höre ich wieder jene Stimme. Jetzt fragt sie nicht: »Wo bist du?«, sondern sie sagt: »Du wirst fallen und immer tiefer fallen!« Dabei wollte ich doch nach Beyoğlu hinauf, um meinem Schicksal eine Nacht abzutrotzen. Dieses »hinauf« ist natürlich nicht wörtlich gemeint, eher sollte ich sagen: »hinunter«. Warum soll ich denn über die Brücke und nach Beyoğlu »hinauf« wie diejenigen, die auf der anderen Seite des Haliç wohnen, wo ich mich doch sowieso mitten im Vergnügungsviertel der Stadt, im Zentrum der Prostitution befinde? Ich bin doch in der »Schule des Sultans«, mit Hunderten von Heranwachsenden, die im Internat eingesperrt sind. Und mein sexueller Hunger wird nicht gestillt, indem ich abends im Schlafsaal das Zelt aufbaue oder unzüchtige Handbewegungen mache. Inzwischen tauche ich in die Nebengassen von Beyoğlu ein.

Ich sitze in einem Puff im Salon, dem Spiegel gegenüber. Im Dämmerlicht sieht man im Spiegel junge registrierte Frauen, halb nackt, rötlich und lila, gepudert, mal auftauchend, mal verschwindend. Sie schieben ihre Kunden vor sich her die Treppe hinauf oder hinunter. Das Haus brummt, und die Puffmutter ist glücklich. Die Frauen ebenso. Die Kunden ziehen Gesichter, doch auch sie sollten eigentlich glücklich sein. Warum sollten sie sonst an diesen feuchten, verwohnten Ort kommen? Warum sollten sie die engen Stiegen des alten Gebäudes hinauf- und hinuntersteigen, begleitet von hochhackigen Schuhen? Warum sollten sie oben in Zimmern mit niedrigen Decken auf schmutzigen Betten mit jenen »bekannten« Frauen rumliegen? Warum sollten sie sich über sie legen, schnaufend wie Kolben von Lokomotiven in Höchstgeschwindigkeit?

Ich sitze allein in dem breiten Sessel, dessen Leder stellenweise abgewetzt ist, und fühle mich so wohl wie sonst nirgends. Als hätte ich schon immer im Puff gewohnt, aber das wird mir gerade erst bewusst. Doch ich bin mit keiner der nackten Frauen im Bett. Ich bin bei Cazibe. Ich bin in Bebek. Ich bin in einer Badewanne voller Schaum, in einem der Schulschlafsäle, deren Fenster vereist sind, auf der Sitzbank, auf der meine Mutter Stramin bestickt, auf dem Balkon eines Hotelzimmers, von wo aus man in der Ferne das Meer sieht, im Zug am Fenster, im Flugzeug zwischen den Wolken. Wo bin ich denn eigentlich? Nun ruft die Stimme: »Wo bist du?« Es ist immer dieselbe Stimme, die mich nachts aus dem Schlaf weckt. Ich öffne den Mund, um zu antworten, doch mir hat es die Stimme verschlagen. Da verstummt plötzlich das Dröhnen der Stadt. Man hört weder das Brummen der Busse noch die Rufe der Straßenverkäufer, nicht das Kreischen der Straßenbahn, das Tuten der Dampfer. Auch die Schreie der Möwen sind nicht zu hören. Istanbul ist stumm. Dann die Stimme – die Stimme aus dem Gedicht, immer dieselbe Stimme: »Wo bist du?« Ich werde von Entsetzen geschüttelt und erwache. Ich bin zu Hause in meiner Etagenwohnung in meinem Bett, das mir einst zum Grab werden wird. Doch zugleich bin ich in einem alten Puff im hintersten Zimmer. Ich habe genügend Geld verdient, indem ich einem von den reichen Kindern aus einer Klasse unter mir Französischstunden gegeben habe. Und ich bin ganz in der Nähe plötzlich in einen der Puffs in der Gasse, die zum Galatasaray-*Hamamı* führt, hineinspaziert.

Ich kenne die hinteren Zimmer der Puffs in Beyoğlu, wenn schon nicht die in Abanoz. Stellen Sie sich vor, Sie sitzen im Salon in einem breiten Sessel mit abgenutztem Leder, und die Dame, auf die Ihr Blick gefallen ist, ist eine junge, hübsche und teure Frau, die noch nicht nach Galata oder in die Ziba abgesunken ist. Eigentlich ist sie brünett, aber sie hat die Haare blond färben und die Augenbrauen zupfen lassen. Ein künstliches Lächeln hat sich in ihren Mundwinkeln festgesetzt. Einer ihrer Vorderzähne ist ein wenig schief, sie hat eine Stupsnase, ihre Wangen sind gepudert, ihre Blicke müde. Sie wird immer diese Maske aufsetzen, und für lange Zeit, jeden Tag außer sonntags, keiner anderen ihren Platz überlassen – bis sie alt sein wird und in einem der drittklassigen Bordelle endet. Wenn Sie zusammen ins Zimmer gehen, scheint die Zimmerdecke über euch einzustürzen. Das Fenster ist geschlossen, die Vorhänge zugezogen. Ohne auf die Waschschüssel und den Krug in einer Ecke zu achten, lassen Sie sich aufs Bett fallen, und Sie spüren den Herzschlag in Ihrem Körper, der gerade erst vor Verlangen gezittert hat, aber nun vor Aufregung verspannt ist. Dann entkleiden Sie sich, nackt wie die Mutter Sie geboren hat, bereit für eine neue Geburt. Der kleine Holzofen ist längst erloschen, doch das Zimmer ist warm. Und das Doppelbett, dessen Schmutz vom roten Licht verschluckt wird, ist eng. Denn die Liebe in diesem Bett ist einseitig. Vor Ihnen liegt eine Höhle, so tief, geheimnisvoll, aufregend wie der mit Vaseline befeuchtete Schoß der Frau, in den Sie gleich eindringen werden, während hinter Ihnen das undeutliche Bild einer Kaserne liegt, umgeben von grauen Hügeln, so kahl wie die Glatze Ihres Hauptmann-Vaters.

Die Spiegelsalons und die hinteren Zimmer der Puffs lernte ich kennen, nachdem Cazibe mich verlassen hatte, doch ich hatte keine Ahnung, dass der Name der »bewussten« Straße, die ich aus Erzählungen kannte – insbesondere durch die obszönen Abenteuer Fırlamas seinerzeit – und die ich nicht ein einziges Mal betreten habe, vom Namen einer Holzart, nämlich Ebenholz, abgeleitet ist. Beim Namen »Abanoz« fielen mir die Frauen ein, die Fırlama »abschoss«. Als liebte man sich dort nicht, sondern schösse aufeinander. Und aus diesen Schießereien ging stets Fırlama siegreich hervor, während die Körper der Frauen mit jedem Schuss ein Stück weiter verschlissen, verbraucht wurden. Ich hatte nicht die mindeste Ahnung von der Existenz eines Baumes namens *Abanoz*. Auch nicht, dass man mit Möbeln aus Ebenholz Dielen, Zimmer, Korridore und Dachterrassen füllte. Schränke, Tische, Kommoden, Kisten aus Ebenholz verstauben wahrscheinlich noch irgendwo in den Ecken, doch in jener Gasse warten keine Frauen mehr auf Kunden in den einsamen Nächten von Beyoğlu. Das Bordell ist längst geschlossen, nur der Name lebt in der Erinnerung und den Erzählungen von Fırlama. Niemals werde ich wirklich wissen, was dort geschah.

Die Puffs mit einer alten, dicken Puffmutter am Eingang, mit den Lampenschirmen aus rotem Plüsch, die das Licht dämpften, mit den brünetten, blonden und rothaarigen Schönen, die im Salon warteten, mit der Treppe, die man herzklopfend in ihrer Begleitung hinaufstieg, waren für uns junge Leute leicht erreichbar, vorausgesetzt wir hatten Geld. Abanoz hingegen stand unter staatlicher Aufsicht. Den Eingang der Gasse bewachte ein Polizist, keine gastfreundliche Mama. Deswegen befeuerte nicht nur die Neugier, sondern auch das Verbotene die Aufregung und verschlimmerte so all die Entbehrungen der Pubertät, die Kälte der frauenlosen und schlaflosen Nächte, das »Rudern mit einer Hand« und die darauf folgende Reue. Fırlama machte sich darüber lustig mit den Worten: »Wer nicht in die Abanoz geht, der muss nachts im Bett mit einer Hand rudern!« Was mich betrifft, so hatte ich meine Hand fest an meinem Penis. Das alles war vor Cazibe. Doch ich muss sagen, es setzte sich auch nach Cazibe fort. Deswegen erinnere ich mich bei der Nennung von Beyoğlu an die Prostitution alten Stils mitsamt den käuflichen Frauen, deren Besitzer ständig wechselten, die ohne Zärtlichkeit geliebt wurden, in die man eindrang, die man misshandelte und erniedrigte, die man »abschoss« und verschliss und danach ihrem Schicksal überließ. Im Labyrinth meiner Erinnerung haben sich diese engen, feuchten Gassen mit Kopfsteinpflaster oder Steinplatten, die alle zur Prostitution führten, wie alle Straßen nach Rom führen, miteinander vermischt, so wie diejenigen, die sich in jenen schmutzigen Betten vereinigten, fast ineinander verschmolzen sind. Der Zerfall der nach Schimmel riechenden Gebäude mit den schwarzen Fassaden erinnert an diese heimliche, lautlose Auflösung, die allgegenwärtige Existenz des Todes, seine Fortdauer, seine absolute Souveränität. Noch immer regnet es auf die Glockentürme mit ihren verrußten Dächern, auf die Terrassen, wo Wäsche aufgehängt ist, auf die rückwärtigen Gärten, auf die Dachziegel, wo Tauben landen und Ratten ihr Nest bauen, auf versteckte Höfe und enge Gassen mit Treppen, auf die müden Gesichter der Nachtlokaldamen, deren Schminke verläuft und die in der Dämmerung ihren Weg zu finden suchen, auf die schwarzen Hüte ihrer lüsternen Kunden, die in Pluderhosen aus Anatolien gekommen sind. Die Wasser aus den Regenrinnen der Gebäude, die aus der Zeit der Konstitution oder nach dem Waffenstillstand stammen, dieser Steinhaufen, die den Himmel verdecken, fließen durch die steilen Gassen zum Meer hinunter, wobei sie auch Abfälle und Auswurf mitnehmen und die schmutzigen Schuhe derer waschen, die nach Beyoğlu gekommen sind, um eine schöne Nacht zu verbringen. Das Beyoğlu meiner Jugend bestand nicht nur aus der gut gekleideten Menschenmenge, die über den Bürgersteig der Cadde-i Kebir hinausquoll, nicht nur aus den Tausenden von Waren, die in den Auslagen lockten und den von Neonlicht erleuchteten Filmplakaten. Auch nicht nur aus den Gymnasiastinnen, die im *Melek*-Kino auf dem Balkon schmachteten und Sonnenblumenkerne oder Kaugummi kauten. In den Nebenstraßen konnte man auch die Schauspieler jener Filme antreffen, und es gab verrauchte Cafés, Großkotze, Taschendiebe, Bettler und schulschwänzende Internatszöglinge, die sich in Abanoz versteckten. Und in engen Durchgängen gab es düstere Kneipen.

»Wo bist du?«, fragt die Stimme eindringlich. Es ist mir inzwischen egal, ob Fırlama eine witzige Antwort gibt. Soll doch die gesamte Klasse lachen und sogar Kiepe Sabahat. Ich schweige. Meine Zunge klebt mir nun einmal am Gaumen, auch wenn ich wollte, ich könnte nicht schreien. Und wenn ich auch schrie, wer hörte mich denn aus der Frauen Ordnungen? Haben Sie bemerkt, dass ich dieses Mal nicht »Richter«, sondern »Frauen« gesagt habe? »Wo bist du?«, fragt die Stimme, ohne zu ermüden, ohne sich zu schämen. Wo bin ich? Wo soll ich denn sonst sein als noch immer in jenen Nebengassen, engen Durchlässen, in den einfachen Kneipen und Puffs, nachdem ich ein kostenloses

Gläschen auf den Weg bekommen hatte, das ich in der Schule noch spürte. Vielleicht bin ich in der Kaserne, von der mein kahlköpfiger Vater Hauptmann bei der Ermahnung der Wehrpflichtigen mit gerunzelten Brauen sagte: »Hier ist nicht Mutters Schoß, sondern ein Militärkorps!« Ich bin in der grauen Steppe oder laufe wie ein Gefangener in den düsteren Korridoren der »Schule des Sultans« herum, und ich werde vor der Tafel mündlich geprüft. Die Stimme fragt noch immer: »Wo bist du?« Kiepe Sabahat erwartet eine Antwort von mir. Ebenso meine Klassenkameraden. Doch ich schweige. Aus meinem Mund kommt keine Stimme, nicht mal ein Flüstern. Man hat mir den Kiefer geschlossen und mit einem Tuch festgebunden. Wie man es mit den Toten macht, ehe man sie in das Leichentuch hüllt. Dabei sind meine Augen offen, ich bin noch nicht tot. Die Welt ist schöner denn je, die Frauen sind reizvoll, das Leben ist da. Ich liege in meinem Bett, konfrontiert mit meiner Vergangenheit, in den Stunden, wo sich Träume und Wirklichkeit zu vermischen beginnen.

Beyoğlu ist nicht weit entfernt von hier, doch scheinbar liegen unendliche Wege, riesige Entfernungen dazwischen. Um dorthin zu gelangen, muss ich bis zum Grund eines Brunnens hinunterfallen. Zwischen uns liegen davongeflogene Jahre, Trennung, Sehnsucht und Tod. Nun bin ich alt, ans Bett gefesselt, und in einem Augenblick hat sich Beyoğlu verändert, erneuert, die alten Kleider gegen neue getauscht und sich globalisiert. Das Beyoğlu meiner Jugend lebt nun nur noch in meiner Erinnerung. Ich verlasse die Schule und gehe zum Bürgersteig auf der anderen Seite. Gleichzeitig fährt eine Straßenbahn vorbei, ihre Eisenräder schlagen Funken, sie biegt in die Meşrutiyet Caddesi ein. Sie soll ruhig ihren Weg fortsetzen, doch ich marschiere Richtung Tunnel, vorbei an der Pension Narmanlı, an einer Sackgasse, die an den Stufen zum

Eisentor einer Kirche endet, an kühlen Eingängen zu Geschäftshäusern, Verkaufstischen, die von Karbidlampen erhellt sind, vorbei an Kurzwaren- und Antiquitätenhandlungen, an Lokalen und Geschäften. Die Dichter, die wie üblich in der Konditorei Baylan sitzen, singen leise ein Volkslied. Einer von ihnen, mit einem roten Schal um den Hals, rezitiert hinter den beschlagenen Scheiben ein Gedicht, das mit den Versen beginnt: »Ach, wenn ich wüsste, wer du, Pia, bist / Ach, riefst du mich doch nicht aus weiter Ferne!« Auch ich weiß nicht, wer Pia ist, auch mich ruft jemand aus weiter Ferne. Genauer gesagt, ist es eine Stimme, die schauerliche Stimme, die mich fragt: »Wo bist du?« Ich bin im Tunnel. Ich bin in den steilen Gassen von Galata, die auf- und absteigen, in den Gassen, die aus der Zeit der Genueser stammen, stehe im Vorhof einer Kirche. Ich bin bei den Tauben im Duft von Basilikum und Weihrauch. Ich bin in den leuchtenden Gesichtern der Heiligen, in ihren sanften Blicken, in den Flammen der Opferkerzen, die mich nicht versengen, in der Hölle bei den Höllenwächtern. Einst war ich in Marias Schoß, jetzt hänge ich am Kreuz. Vielleicht bin ich in Cazibes Armen, doch sie ist in Bebek, und ich bin in Beyoğlu.

15

In den Unterklassen, noch ehe ich an den Wochenenden Stammgast in der Blumenpassage wurde, jagte ich anderen Freuden nach, harmlosen Tröstungen, soweit mein Taschengeld es zuließ. Was konnten das schon für Vergnügungen sein, wenn ich jedes Mal am Eingang zur Abanoz-Gasse umkehrte? Natürlich nicht der Fünf-Uhr-Tee im Hilton, vielleicht waren es Dampferfahrten auf dem Bosporus, aber nicht die Sonntagskonzerte von Zeki Müren im Maxim, die kamen überhaupt nicht infrage. Mich zog es auch nicht in den Lunapark hinter dem Fußballstadion von Dolmabahçe zum Autoskooter oder zur Lotterie. Ich mochte nicht mit dem Luftgewehr auf Hasenattrappen schießen. Wegen meines Vaters hasste ich jede Art von Schießerei, ausgenommen die mit einem Lederfußball. Während Fırlama in der Abanoz war, scheute ich mich sogar, den Film »Schlagt die Hure« anzuschauen. Inzwischen hatte ich begonnen, einige Kinos zu besuchen. Eigentlich stand mir der Sinn eher nach dem Theater, doch das war teuer trotz der Schülerermäßigung. In Wirklichkeit war auch das Kino im Verhältnis zu meinem Taschengeld nicht billig, doch ich musste meinen Kopf frei machen nach einer Unterrichtswoche mit Gleichungen und anderen Rechenoperationen.

Innerhalb kurzer Zeit hatte ich so viele türkische Filme gesehen, wie zum Beispiel »Die phosphoreszierende Cevriye«, »Die

Favoritin Selims des Dritten«, »Dracula in Istanbul« und »Der unsichtbare Mann in Istanbul«, dass ich anfing, die Inhalte wie auch die Schauspieler zu verwechseln. Es waren sowieso immer dieselben Schauspieler. Muzaffer Tema, Ayhan Işık, Belgin Doruk, Muhterem Nur … Keiner von ihnen begeisterte mich. Sogar die wunderschöne Türkân Şoray, die später ein Star werden würde, war mir egal. Manchmal war Fırlama dabei. Ihn interessierte lediglich, »wie sich der Junge an die Frau ranmacht«, was nur in ausländischen Filmen gezeigt wurde, doch in Als »Istanbul Blut weinte« erfüllte sich sein Wunsch, und mit sabberndem Mund verfolgte er die »Gruppensexszenen«, die der in der Besatzungszeit spielende Film in den Bordellhöhlen von Tatavla zeigt – das ist natürlich nicht so wie heute, damit Sie mich nicht falsch verstehen, ich spreche von Szenen, wo nach damaligem Geschmack aufreizende »fischfleischige« Huren ihre nackten Unterschenkel zeigen, wenn sie auf dem Schoß ihrer schnauzbärtigen Freier sitzen. Zwar hat der heldenhafte Kommissar Muharrem, gespielt von Muzaffer Tema, dem Kopf der griechischen Schutzgelderpresserbande, Chrisantos, seine Puppe (Gülistan Güney) weggenommen, und zwischen den beiden entwickelt sich eine empfindsame Beziehung, aber die anderen Mitglieder der Bande fühlen sich in dem Sumpf von Tatavla wie zu Hause und rauben lustig weiter. Am Schluss erschießt Kommissar Muharrem tatsächlich Chrisantos. Und seltsamerweise ist mir trotz all der vielen Filme, die ich gesehen habe, der Inhalt von »Als Istanbul Blut weinte« im Gedächtnis geblieben, vielleicht weil ich nachts im Schlafsaal mir die vollen Brüste von Eftimia vorstellte, die zuerst die Puppe von Chrisantos und dann die Liebste von Muharrem mimt. Auch an »Der unnahbare Löwe« erinnere ich mich.

Wäre ich nicht der Sohn eines Hauptmanns gewesen, hätte

ich mir vielleicht diesen Film nicht angeschaut. Doch das Ende des Koreakrieges lag noch nicht lange zurück. Noch immer war die Trauer um unsere Gefallenen, die dort in den Reisfeldern begraben lagen, um die Söhne des Vaterlandes, die wir in der Fremde gelassen hatten, frisch und die Katastrophe von Kunuri, die auf unserer Seite als großer Sieg gefeiert wurde, aktuell. Als in meiner Kindheit die Nachricht kam, mein Vater solle nach Korea gehen, begann meine Großmutter zu jammern, denn sie wusste, was ein Krieg bedeutete. Mein Vater spielte die Rolle des tapferen türkischen Soldaten, aber ich erinnere mich gut, dass er nach einer großen Flasche *Rakı*, die er ganz allein geleert hatte, zu weinen begann, weil ihn »das Schicksal dazu auserkoren hatte, auf den Reisfeldern zu sterben«. Gott wollte es so, dass er in letzter Minute die Sprachprüfung nicht bestand und woandershin versetzt wurde, sodass er von Korea verschont blieb. Nun aber klagte er: »Ach, wie trügerisch ist doch das Schicksal! Ich durfte nicht nach Korea gehen. Ich konnte dort nicht als Held fallen!« Um seine Mutter zu ärgern, machte er ihre Aussprache nach, doch heimlich grinste er. Mehr noch, er war überglücklich. Anstatt auf den Reisfeldern von Aasgeiern gefressen zu werden, blieb er bei seiner Mutter, was gab es Schöneres? Sie werden jetzt sagen: »Der türkische Soldat ist tapfer, ein Held. Er fürchtet sich nicht vor dem Feind. Und erst recht nicht vor einem Feind wie dieser schlitzäugigen, plattgesichtigen, kurzbeinigen Truppe von Gog und Magog. Außerdem kann niemand es ablehnen, sein Leben für das Vaterland zu opfern. Selbst wenn das Vaterland Nordkorea wäre.« In »Der unnahbare Löwe« ging es genau um dieses Thema. Der Film war voller »koreanischer« Szenen, doch ursprünglich hatten sie gar nichts damit zu tun gehabt. Der Regisseur hatte Szenen aus dem Zweiten Weltkrieg, in denen Japaner gegen Amerikaner kämpften, verwendet. Major Suat hatte die Aufgabe übernommen, Selma, der Verlobten des im Koreakrieg gefallenen Bülent, die Todesnachricht zu überbringen. Zusammen mit einem griechischen Hauptmann kommt er nach Istanbul, und die beiden mischen erst einmal die Stadt auf, indem sie alle Nachtlokale besuchen und keine Kaschemme auslassen. Major Suat wagt es nicht, Selma die Wahrheit zu sagen. Nachdem er lange um den heißen Brei herumgeredet hat, stottert er endlich etwas hervor, indem er der jungen Frau gesteht: »Ich konnte es nicht sagen, weil ich es nicht sagen konnte. Ich konnte es nicht sagen, weil ich es nicht zu sagen geschafft habe.«

Ich erinnere mich an ähnliche Köstlichkeiten in *Hiroshima mon amour* zum Beispiel, wo ich diese Art Sprachspielereien womöglich nicht gänzlich verstand, weil mein Französisch nicht ausreichte, obwohl ich schon in der letzten Klasse war. Auch in diesem Film, von dem alle Frankreichfans, angefangen bei unseren Philosophie- und Französischlehrern, begeistert waren, ging es um Krieg. Zeitebenen und Schauplätze überlagerten sich. Die Französin sagt zu ihrem japanischen Geliebten: »Wie schön tötest du mich.« Tatsächlich drückt sich der Japaner eng an die Frau, doch dann verändert sich urplötzlich der Schauplatz, und wir befinden uns in Nevers, wieder mit derselben Frau, die nun aber in den Armen eines deutschen Soldaten liegt. Die Frau sagt auch zu ihm: »Wie schön tötest du mich. Du machst mich glücklich.« Daraufhin schläft sie ganz leidenschaftlich mit dem Japaner in Hiroshima. »Ich bitte dich, entstelle mich bis zur Hässlichkeit.« Doch ihr Gesicht wird nicht hässlich, es ist immer noch schön und attraktiv. Nun wiederum drückt sich der Deutsche an die Frau. In Nevers fließt der Fluss, während in Hiroshima der Morgen anbricht, als die Frau immer noch weiterspricht: »Ich treffe dich wieder. Ich erinnere mich an dich. Wer bist du? Du tötest mich!«

Was für ein Zufall, dass ich im *Saray*-Puddinglokal beim Ausgang des Kinos Onkel Orhan traf, als ich meine Hühnerbrühe löffelte. Mit ihm diskutierte ich den Film von Marguerite Duras, und wie in meiner Kindheit lernte ich bei dieser unserer letzten Begegnung sehr viel. *Hiroshima mon amour* sei nicht leicht zu verstehen, aber ganz einzigartig. Ungewohnt und neu für uns. Er enthalte eine Antikriegsbotschaft. Freilich, für diejenigen, die sie verstünden. Onkel Orhan erklärte das alles voller Geduld. Ich hörte mir seine Beweisführungen an, stimmte seinen Ansichten zu, und doch verhehlte ich nicht, mich während des gesamten Films gelangweilt zu haben. Ich erinnere mich an den Ausspruch von Onkel Orhan: »Er hat eine wunderbare Filmsprache.« Später würde ich diesen Begriff, den ich hier zum ersten Mal hörte, sehr oft verwenden. Das war aber viel später. Und ich würde meinen Berufskollegen, die Marguerite Duras kritisierten, ins Gesicht schleudern, dass *Hiroshima mon amour* ein Meisterwerk sei.

In jenen Jahren ging ich oft ins Kino, doch nie war ich ein Sklave der Leinwand. In meinem letzten Schuljahr war Pinzette auf dem Weg zum hoffnungsvollen Basketballer, während seine Mutter zeitweilig keinen Fünf-Uhr-Tee im Hilton verpasste. Sie traf sich dort mit Freunden, vielleicht mit ihrem Geliebten und zeigte nun weder für ihren Sohn noch für mich viel Interesse. Die Samstage waren zu einer richtigen Folter geworden. Ich mochte nicht nach Bebek fahren, und so trank ich mal alleine, mal mit Fırlama in der Blumenpassage Bier mit Wodka, soweit mein Geld reichte. Auf den Bierfässern, die als Tische dienten, schäumte in den riesigen argentinischen Gläsern unser Bier wie Pferdepisse. Der Kellner war sehr großzügig beim Zugießen von Wodka, und er stellte auch kostenlos Nüsse als Beilage hin. Wenn ich einige Schlucke getrunken hatte, wurde ich leicht benebelt und entspannte mich. Dabei wurde auch mein Kummer leichter. Es schmerzte mich, mir Cazibe in den Armen eines anderen Mannes vorzustellen, aber nach dem zweiten Bier vergaß ich alles. Die Menge in der Passage schwankte vor meinen Augen, und mir war, als stürzte das ganze riesige Gebäude über mir zusammen. Stimmen, Farben, Getränke vermischten sich. Genau in dem Moment erschienen die Akkordeonspielerin und die Blutdruckmesserin. Während die Frau den Betrunkenen den Puls maß, begannen die neapolitanischen Schlager. Ich wundere mich immer noch, wie diese miserable Stimme meinen Kummer besänftigen konnte. Das Konzert fing an mit »Komm zurück nach Sorrent« und endete mit *»O sole mio«*. Auch diese Sängerin malträtierte die Lieder wie die Musikergruppe damals bei *»Muhtars* Platz«, doch das störte niemanden. Manchmal ging ich in diesem Zustand sogar ins Kino. Auch in *Hiroshima mon amour* ging ich von der Passage aus, das habe ich vorhin zu sagen vergessen. Jetzt, wo es passt, erwähne ich es. Ich hätte die Empfehlung von Onkel Orhan nicht gebraucht, mir hätte dieser Film aus eigenem Antrieb gefallen können. Ja, ich hätte ihn sicherlich gemocht, doch in meinem damaligen Zustand mochte ich überhaupt nichts, mir war ja alles scheißegal.

Nach dem Kino hätte ich gerne ein *Kazandibi* gegessen. Ich schaute in der Hosentasche nach; mein Taschengeld war fast alle, sodass ich mich entschloss, zur Schule zurückzukehren. Bis zum Abendessen war es noch lange hin, doch ich war schon hungrig. Je näher ich der Pforte kam, umso stärker fühlte ich, wie meine Schritte zögerlicher wurden. An den Samstagen nahmen die Freiplatzschüler ihr Abendbrot in einem kleinen, extra für sie abgeteilten Speisesaal ein. Am folgenden Tag ebenso. Die Sonntagsfrühstücke sind mir als die bedrückendsten Frühstücke meines Lebens im Gedächtnis geblieben, und den kalten, nach Bratfett riechenden Speisesaal habe ich nie vergessen. Nach dem Sonntagsfrühstück besserte sich meine schlechte Laune meistens ein wenig im *Hamam*, und wenn ich mich mit dem Badehandschuh abrubbelte, schruppte ich mir Schmutz und Hautfetzen vom Körper. Doch am Sonntagabend befiel mich im selben Speisesaal erneut der gleiche Trübsinn. Das Haus in Bebek, Cazibe und das Badevergnügen mit ihr waren längst Vergangenheit.

An der Schulpforte drehte ich um und stürmte zurück ins *Saray*-Puddinglokal, denn ich hatte noch genug Geld für eine Hühnerbrühe. Ich setzte mich an einen der hinteren Tische. Während ich meine Suppe löffelte, wen sah ich da plötzlich? War das nicht Onkel Orhan? Er hatte die Brille auf die Stirn geschoben und las ein Buch. Ich wollte ihn nicht stören, deshalb ging ich nicht an seinen Tisch. Doch er hob den Blick von seinem Buch, um sich eine Zigarette anzustecken, und als er nach der Zigarettenschachtel griff, sah er mich. Und sofort rief er mich zu sich.

»Hallo! Was machst du denn hier?«

»Ich wollte eine Suppe essen.«

»Lass die Suppe stehen, iss ein *Kazandibi*.«

Wie gut verstand er doch, was in mir vorging. Onkel Orhan hatte ein stark ausgeprägtes Gespür für Menschen. Aber war es nur ein starkes Gespür? Es war auch ein unendliches Wohlwollen. Mein Nachname war Hoşgör, aber eigentlich war er es, der alles wohlwollend betrachtete. Er ertrug sogar, was ich über *Hiroshima mon amour* sagte. Er hatte den Film zwei Mal gesehen und fand ihn wunderbar. Wenn er Zeit habe, wolle er ihn ein drittes Mal anschauen.

Er war ziemlich gealtert. Seine lockigen Haare waren weiß geworden, auf der Stirn hatte er Falten, aber seine blauen Augen leuchteten immer noch. Er fragte nach meinem Vater, nach meiner Großmutter. Ich sagte, sie seien in Ankara. Auch er war schließlich und endlich versetzt worden, und zwar als Französischlehrer ans Çapa-Ausbildungsinstitut in Istanbul. Als ich ihm erzählte, dass ich am Galatasaray-Gymnasium im Internat einen Freiplatz hätte, sagte er: »Wie schön für dich! Ich habe Nedim ebenfalls in die Aufnahmeprüfung für die ›Schule des Sultans‹ geschickt, aber er hat nicht bestanden.« Und ohne dass er mir Gelegenheit zu der Frage gab, wo denn mein Freund aus Kindertagen zur Schule gehe, fügte er hinzu: »Er geht aufs Atatürk-Gymnasium. Er hat gute Noten, aber ich hätte gerne gehabt, dass er eine Fremdsprache lernt.«

Ja, und Leyla? Wo war sie, und wie ging es ihr? Sie sei groß geworden, ein hübsches Mädchen. Eine von der Sorte Teufelchen in Engelsgestalt. Ich erinnere mich jetzt nicht mehr, ob Onkel Orhan das sagte oder ob ich mir das so zusammenfantasierte. Doch ich erinnere mich gut, dass er Nedim nach der Schule zum Französischlernen nach Paris schicken wollte. Dieser Traum erfüllte sich kurz danach. Nedim fand wie ich in Paris Zuflucht, doch dort begegneten wir uns nie. Auch Leyla sah ich nie wieder. Das Leben hatte uns schon in jener Provinzstadt getrennt. Von Onkel Orhans Tod erfuhr ich auch nicht durch seine Kinder, sondern aus der Zeitung. Einige Monate nach unserer Begegnung wurde er Opfer eines Busunglücks. »Möge er ruhen im Lichte!« So würde Großmutter sagen, wenn sie noch am Leben wäre. Und vielleicht würde sie zum ehrenden Andenken an ihren Landsmann, den Umsiedler, hinzufügen: »Möge ihm die Erde leicht sein!« Ich sage beides nicht, kann es nicht sagen. Denn mir fällt die Grabesqual ein. Ich glaube nämlich, dass jeder Tote, ehe er die Brücke *Sırat* überquert, in der Erde mit Schlangen und Hundertfüßlern Bekanntschaft macht und von Käfern abgenagt wird, um zum Skelett zu werden. Ich weiß nicht, ob ein Licht auf das Grab fällt, während das alles geschieht, und ob der Körper im Licht ruht, ehe er zu Staub wird. Doch ich wüsste es gerne.

Das *Kazandibi*, zu dem mich Onkel Orhan an jenem Tag einlud, hatte einen ganz besonderen Geschmack. Er wertschätzte mich wie einen Erwachsenen und war ein Vorbild an Geduld und Wohlwollen, als er mir den Film von Duras erklärte. Ich weiß nicht, ob er noch ein drittes Mal hingegangen ist, um *Hiroshima mon amour* zu sehen. Vielleicht war es so, sonst wäre Onkel Orhan nicht der mir bekannte Onkel Orhan gewesen, an den ich immer noch voll Liebe zurückdenke.

***

Ich langweilte mich nicht nur in den sinnentleerten Pausen, die ich alleine verbrachte, weil ich zu gar nichts Lust hatte, und in denen ich in tiefe Gedanken versunken an der Mauer lehnte, während meine Kameraden Ball spielten, sondern auch die Unterrichtsstunden erschienen mir fade. Weder interessierte mich, was die Lehrer erzählten, noch konnte ich über Witze lachen. Ich schaute aus dem Fenster, während sich die Minuten endlos dehnten. Die Zeit wollte einfach nicht vergehen. Draußen wurde es Abend, der Lärm Beyoğlus schwappte über die hohen Mauern und erfüllte den Garten, die Platanen verloren ihre Blätter. Wir waren im Herbst 1959. Danach kam der Winter, die Tage wurden kürzer. Nun dunkelte es schon in der ersten Lernstunde. In den Klassenzimmern brannte Licht, im Speisesaal gab es zwar ziemlich oft weiße Bohnen und *Pilaw*, aber dazwischen auch Spinat mit Joghurt und manchmal Kohleintopf, in dem das Fett schon erstarrt war. Dann fing es an zu schneien. Der Schnee war weich wie Seide, und sein Fallen berührte den Menschen innerlich, doch ich war angespannt und litt. Immer schmerzlicher fühlte ich die Abwesenheit Cazibes. Ich wollte sie umarmen, in ihrer Hitze dahinschmelzen. So war also die Liebe, sowohl weich wie die dicken Flocken als auch hart und erbarmungslos wie ein Schneesturm. Vielleicht war es die Mutterlosigkeit, die lange Entbehrung. Doch Cazibe war nicht meine Mutter, sondern die Frau, mit der gemeinsam ich zum Höhepunkt gekommen war. Sie war die Mutter von Pinzette, für mich aber meine Geliebte, oder genau gesagt: meine Puppe, die ich verführt hatte. Meine Gefühle schwankten zwischen Lust und Zärtlichkeit, aber genau besehen hatte ich von beidem nicht genug bekommen. Cazibe schien ein ganz anderes Geschöpf zu sein, ein Wesen jenseits von Frau und Mutter, mein Alles. Sowohl ganz nahe bei mir als auch unerreichbar fern. Ich bemühte mich, sie zu vergessen, aus meinen Gedanken zu verbannen, doch jedes Mal überwältigte mich wieder meine Fantasie. Ja, die erste Liebe meines Lebens, die erste Frau, der erste Schmerz nahm mich völlig gefangen, überfuhr mich, tauchte mich unter. Ich war losgezogen, sie »abzuschießen«, und war getroffen worden, war längst unten in der Tiefe angelangt. Ich unterschied mich nicht von einem Schwammtaucher, den die Taucherkrankheit getroffen hatte.

Manchmal hatte ich Depressionen. Ich wollte niemanden um mich haben, weder Pinzette noch Fırlama noch jemand anderen.

Vom hinteren Schulgarten aus schaute ich in die Gegend, doch ich nahm nichts wahr.

Du blickst mich an
Eine blaue Flamme leckt meinen Körper
Befeuchte mich mit deinen Lippen
Küss mich mit deinen Augen.

Diesen Vierzeiler schrieb ich in einer Abendlernstunde, und am anderen Morgen bekam ich von Kiepe dafür ein Lob, wenn auch keine Bestnote. Doch auch dieser Erfolg hellte meinen Kummer nicht auf. Wenn ich heutzutage denselben Vierzeiler schriebe, würde ich die letzte Zeile ersetzen durch einen Vers von Cemal Süreya: »Küss mich, und dann gebier mich neu!«

Cazibes Abwesenheit war eine unheilbare Wunde in mir. Aus irgendeinem Grund hatte sie sich von mir entfernt, hatte zwischen uns Distanz geschaffen. Ich versuchte ihr ebenfalls kühl zu begegnen, doch das gelang mir nicht. Wann immer sie in die Schule kam, um Pinzette zu besuchen, strich ich die Segel. Sie kam sowieso längst nicht so oft wie früher. Pinzette war groß geworden. Und während er größer wurde, schien ich kleiner zu werden, sodass ich in den Augen Cazibes unsichtbar wurde. Sie musste einen neuen Geliebten gefunden haben, mein einziger Trost waren die Verse, die ich mit schwarzer Tusche auf Strohpapier schrieb, und die Gläser, die ich an den Wochenenden leerte. In das Haus in Bebek ging ich jetzt nicht mehr. Ich wusste, Cazibe würde ich dort nicht finden, sondern ich wäre mit Pinzette nach seinem Basketballtraining allein. Wir würden zusammen den *Playboy* durchblätterten, und mir würde das Herz zerspringen. Mit Pinzette war ich sowieso jeden Tag in der Schule zusammen, da wollte ich nun, da seine Mutter nicht mehr da war, die Wochenenden nicht auch noch mit ihm verbringen. Ja, ich war verlassen. Das war das zweite Mal nach dem Tod meiner Mutter, dass ich verlassen war, und die Wunde war frisch und viel tiefer. Ich verstand nach vielen Jahren, was Giraffe wohl gefühlt haben mochte. In meiner Vorstellung lebte nun das Bild des hochgewachsenen Provinzjünglings mit seiner ganz besonderen Schwermut wieder auf. Ich konnte wie Giraffe vor Liebe sterben. Die Liebe konnte dem Leben ein plötzliches Ende setzen, sie konnte einen auslöschen, vernichten. Als Fırlama mich so geknickt sah, fragte er nicht mehr: »Sind etwa deine Schiffe im Schwarzen Meer gesunken?« Vielmehr sagte er: »Du bist verliebt, aber in wen? In wen auch immer, scheiß drauf!« Nach seiner Ansicht schoss man den weiblichen Part ab, aber man verliebte sich nicht. Denn wenn das passierte, wurde man selbst abgeschossen.

Eines Nachts wollte ich die tief schlafende Cazibe auf den Armen heruntertragen, und nachdem ich den Garten in einem Moment durchquert hatte, wollte ich mich mit ihr zusammen in die Fluten des Bosporus sinken lassen. In meinen Armen sollte sie ihr Leben beenden, zusammen sollten wir ertrinken. Giraffe hatte es falsch gemacht, nicht nur hatte er unsere Klassenlehrerin dem Lebensmittelhändler überlassen, er hatte sich auch lieber, statt mit ihr zusammen von »*Muhtars* Platz« zum See zu gehen, ganz allein ertränkt. Wenn du liebst, dann reicht es nicht, dich selbst umzubringen, du musst auch das geliebte Wesen töten.

Also Spaß beiseite, du musst einen richtigen Mord begehen. Das traute ich mich nicht. Statt dass ich Dinge tat, die für mich zu groß waren, entschloss ich mich, Cazibe wiederzugewinnen. Doch das war gar nicht nötig. Cazibe kehrte aus eigenem Antrieb zu mir zurück. Nicht aus Sehnsucht nach mir, sondern wegen meines Vaters. Ich war immer noch der »Hauptmannssohn«, auch wenn in der Schule mein Spitzname nicht recht gepasst hatte. Mein kahlköpfiger Vater war inzwischen Oberst in Ankara. Und der Putsch stand vor der Tür.

16

»Wir haben deine Geschichte mit Interesse angehört, du hast dein Inneres vor uns ausgebreitet, vielen Dank. Du hast uns dein Herz ausgeschüttet. Hast von deiner Mutter, deinem Vater, deiner Großmutter und von deiner Kindheit erzählt. Auch von deinen Internatsjahren. Wir teilen deine Liebe zu Istanbul und wüssten gerne mehr über Paris, wo du so lange gelebt hast. Auch Städte sind nämlich eifersüchtig, genauso wie Frauen. Sie möchten nicht gerne teilen. Du hast uns die Trinkkumpane deines Vaters vorgestellt wie auch deine Klassenkameraden. Manche hatten wir gern, über andere haben wir gelacht, und einzelne haben wir gehasst. Auch das Bild, das du uns von Onkel Orhan gezeichnet hast, gefiel uns gut. Wir können vermuten, dass deine Nachbarin Nigâr *Hanım* ihre Rolle noch nicht zu Ende gespielt hat und du sie noch einmal auftreten lässt. Den Schmerz der ersten Liebe, diese Wunde, die irgendwie nie verheilt, kennt zwar jeder, doch nun haben wir das noch einmal von dir gehört. Aber im Grunde ist an deinem Leben nichts Besonderes. In deiner Geschichte ist zu wenig *action*!«, höre ich Sie klagen. Sie haben recht, was ist einzuwenden gegen ein ehrliches Wort? Doch halt, noch ist meine Geschichte ja nicht zu Ende. Ich möchte fortfahren, wenn es Sie nicht langweilt.

Mein Leben mag gewöhnlich sein, ebenso wie das, was ich erzähle. Doch was sagte Malraux? Jener große Schriftsteller, der ein außergewöhnliches Leben gelebt und Abenteuer so sehr geliebt hat? Mit Ihrer Erlaubnis zitiere ich: »Ein Leben mag nichts wert sein, und doch ist nichts wertvoller als ein Leben.« Ja, genau das hat er gesagt. Und das will ich in Ihrer Gegenwart besonders betonen. Ich will ja nicht immer nur Beispiele von unserem Yahya bringen! »Was für eine Vertraulichkeit! Wer soll denn Yahya sein?«, können Sie nun fragen. Natürlich nicht Johannes der Täufer, sondern Yahya Kemal. Er hat zwölf Jahre lang in Paris gelebt, diese Stadt aber in seinen Gedichten fast gar nicht erwähnt. Wenn Sie ihm das wohlwollend nachsehen, dann hoffe ich, Sie werden aus Respekt vor meinem Namen auch zu mir wohlwollend sein.

Was die *action* betrifft, so kommt das natürlich noch. Denn wir befinden uns im Jahr 1959, in dem sich die Ereignisse überstürzten. Das wichtigste Ereignis in jenem Jahr war meine Beziehung zu Cazibe. Außer ihr sah ich niemanden und nichts. Am liebsten hätte ich mein Herz, das sie mit dem Messer zerhackte, während sie ständig »Ach, du Armer!« sagte, von eigener Hand zerstört – und dabei ihr Herz gleich mit. In meinen Armen sollte sie liegen, wenn wir gemeinsam in den dunklen Fluten des Bosporus versanken, gemeinsam sollten wir über die Brücke *Sırat* balancieren, im selben Augenblick in die Hölle hinunterfallen. Die Höllenwächter sollten im selben Moment unsere sündigen Körper übernehmen. Während ich mich mit diesen Gedanken quälte, beschleunigten sich plötzlich die Ereignisse. Wenn Sie *action* wollen, dann bitte sehr!

Fırlama pflegte mir seine Schachtel Yenice mit den Worten zu reichen: »Bitte bedien dich. Menderes raucht diese Marke auch.« Was Alkohol und Zigaretten betraf, war Fırlama freigebig, mit Frauen dagegen hart.

Als er mich so niedergeschlagen, schwermütig leiden sah, erkannte er wohl, dass es um eine Frau ging, und sagte: »Quäl dich nicht, lass sie gehen!« Ich konnte niemandem von meinem Leid erzählen. Vor allem hatte ich mächtig Schiss, dass Pinzette etwas mitbekam. Schließlich fühlte ich mich auch schuldig. Ich hatte die Mutter meines Banknachbarn gevögelt. Eigentlich hatte sie mich gevögelt, doch was für einen Unterschied machte das? Obwohl wir nicht zusammengehörten, hatten wir zusammen im Bett gelegen. Fırlama machte sich Sorgen, ich könnte mich umbringen, wenn ich diesen »Seelenzustand« nicht bald aufgäbe, um einen damals häufig gebrauchten Ausdruck zu benutzen. Trotzdem machte er sich weiterhin heimlich über mich lustig. Vielleicht versuchte er auch, sein eigenes Leid, seine eigene Hoffnungslosigkeit zu überspielen, indem er alles verspottete, auch die Liebe.

Manchmal debattierten wir in der letzten Abendlernstunde mit Erlaubnis der Lehrsaalaufsicht. Zwei Gruppen zu je drei Personen stellten die Bänke einander gegenüber wie bei einem Wettkampf und diskutierten über eine Frage, die uns wichtig erschien. Der Aufseher und die Klasse waren die Schiedsrichter, und anschließend verfolgten die von der Siegerpartei die Verlierer, und wenn sie sie gefangen hatten, hockten sie sich auf ihre Rücken und feierten den Sieg. Und wie beim Spiel »Langer Esel« rangen sie den Verlierer nieder.

»Langer Esel« war schon ein ziemlich raues Spiel, doch es gab noch ein härteres, nämlich »Turnier«. Es unterschied sich nicht wesentlich vom mittelalterlichen Turnierkampf, bei dem die Ritter mit Lanze und Schild aufeinandertrafen und den Gegner vom Pferd zu stoßen versuchten, wobei sie ihn oft schwer verletzten. Für unsere Turniere, die wir im Innenhof oder im Schlafsaal veranstalteten, reichte statt des Pferdes eine starke Person, die einen auf den Rücken nehmen konnte, und anstelle der Lanze eine lange Stange. Mein Pferd war immer Fırlama, mein Gegner aber war Pinzette. Fırlama wieherte, als trüge er einen edlen Ritter, und wenn er angetrieben wurde, bäumte er sich auf und griff plötzlich an.

Pinzette nahm, seiner Größe entsprechend, stets die Position des beherzten Ritters Lancelot ein, von dem Matmasel im französischen Literaturunterricht ständig sprach. Seine Reittiere wechselten ständig. Und aus irgendeinem Grund fiel er beim ersten Hieb. Fırlama gab an: »Der Kerl fällt wie ein Sack Scheiße!« Ein wenig eingebildet war Pinzette, ein Erbe seines Vaters Halim *Bey*. Ich sehe keinen Grund, dies nach so vielen Jahren nicht auf dem Band festzuhalten. Zweifellos war es für mich deswegen ein besonderes Vergnügen, Pinzette zu Boden zu werfen. Fırlama rammte Pinzette mit seinem riesigen Körper, wie er die Frauen in der Abanoz abschoss. Und wir konnten nicht genug davon bekommen, gemeinsam Siegesschreie auszustoßen.

Wie waren wir doch so voller Energie, mein Gott! Um die Energie abzubauen, die sich in unseren jugendlichen Körpern staute, reichten weder Ballspiele noch »Langer Esel« noch »Turnier«. Auch Zeltbauen im Schlafsaal und Einhandrudern waren vergebens. Wir tobten uns beim Fußballspiel am Lederball aus und im »Turnier« an dem Feind, der auf dem menschlichen Pferd saß. Es kam vor, dass wir beim Fußballspielen nicht nur einen Ball platzen ließen, sondern mehrere hintereinander. Fırlama spottete dann: »Diese Bälle sind schlechter als die Kanonenkugeln deines Vaters. Dafür reicht das Taschengeld nicht!« In so einem Augenblick hörte ich eine explosionsartige Lachsalve in meinem Ohr. Während ich auf den Kahlkopf meines Vaters schoss, war mir, als hörte ich ihn immer noch mit letzter Anstrengung sagen: »Sparsamkeit ist das Ziel!«

Ich werde nie vergessen, dass es einmal bei einer Debatte um die guten oder schlimmen Auswirkungen eines Buches ging. Ich war der Sprecher der Partei, die die Ansicht vertrat, Literatur könne auf die Leser auch negative Auswirkungen haben. Meine Beweisführung verlief etwa so, dass ein Buch einen Menschen in den Tod treiben könne. Nicht nur könne es die Jugend auf den falschen Weg oder zu schlechten Angewohnheiten verführen, sondern auch der Grund für Selbstmord sein. Das Beispiel war *Werther*. Bekanntlich war die Anzahl derer, die nach der Lektüre von Goethes *Die Leiden des jungen Werther* Selbstmord begingen, nicht unbeträchtlich.

Fırlama gehörte nicht zu den Diskutanten, doch er verfolgte die Debatte interessiert. Schließlich gewann unsere Partei. Ehe die Verfolgungsjagd begann, kam er zu mir und sagte in allem Ernst: »Deine Ausführungen waren sehr gut. Und dass wir nun wissen, wer dieser Werther ist, das verdanken wir dir.« Ich mag eigentlich kein Lob, doch in dem Moment rutschte mir der Satz raus: »Bücher sind zum Lesen da, lies doch auch.« Er hörte mir gar nicht zu, sondern antwortete pfiffig: »Ich schreibe meinen eigenen *Werther*. Was interessiert mich Goethe? Mein Anstand verbietet mir ja sogar, seinen Namen auszusprechen.«

Am nächsten Tag brachte er ein Schriftstück mit dem Titel *Die Leiden des jungen Kertmek*. Ich warf schnell einen Blick drauf und sah, es war das typische Gefasel von Fırlama. Der junge Kertmek, ein Schüler in der »Schule des Sultans«, litt sehr unter der Frauenlosigkeit, denn in seiner qualvollen »Frustration«, wie man so sagt, reichte es ihm nicht, wie wir alle im Schlafsaal sein Zelt aufzubauen. Er war gefühlvoll und verletzlich, aber er war zudem ebenso kreativ wie stets auf dem Sprung. Die Wochenenden sehnte er herbei. Sobald es Samstag war, stürzte er gleich nach der Nationalhymne nach Beyoğlu hinaus. Nicht um nach Abanoz zu gehen, sondern um in einen vollen Bus einzusteigen und eine

Frau zu begrapschen. Er stieg an der Haltestelle Galatasaray in einen der schrottreifen Skoda-Busse ein, bei denen der Motor sich neben dem Fahrer befand. Dann machte er die Aufforderung des Schaffners nach, drängte die Fahrgäste nach vorne und rief: »Gehen Sie durch, meine Herrschaften!«, wobei er unter dem Vorwand, den eingezwängten Frauen Platz zu schaffen, seine Hand auf den Oberschenkel der Frau legte, die er sich ausgeguckt hatte. Wenn kein Protest kam, ließ er die Hand weiterwandern, um noch andere Gegenden zu erkunden. Am Abend im Schlafsaal stellte sich der junge Kerter dann manchmal die reife Frau vor, die er im Bus begrapscht hatte. Und auch er hatte Selbstmordfantasien.

Was mich betraf, so hatte ich mich wie Werther in eine vergebene Frau verliebt, wegen der ich, wiederum wie der junge Werther, fast Selbstmord beging. Der Tod war nur einen Augenblick entfernt beziehungsweise einen Schritt. Doch diesen Schritt tat ich nicht. So wie Fırlama die aussichtslose Liebe des jungen Werther in die aussichtslose Pubertät und chronische Frustration des jungen Kerter verwandelt hatte, so lenkte ich durch einen meisterlichen Kunstgriff meinen eigenen Schmerz in eine andere Richtung. Und durch dieses Verhalten gelang es mir, meine Geliebte erneut zu gewinnen.

***

Was im Land vor sich ging, interessierte mich eigentlich recht wenig, doch ich hatte keine Wahl, als Cazibe sich von mir abwandte und mit einer raschen Entscheidung, deren Grund ich nicht kannte, Abstand zwischen uns schuf. Ich suchte Trost in der Blumenpassage, im Kino und bei den Witzen Fırlamas, doch das half nichts. Ich konnte einfach nicht vergessen, wie sie mich umarmte, wie sie sich wand, wenn ich in sie eindrang, wie sie jammerte und flehte, wenn ich mich zurückzog, und wie sie mich dann erneut umschlang. Daran musste ich jeden Augenblick denken. Da ich sie nicht vergessen konnte, beschloss ich, wenigstens meine Wut an einem anderen auszulassen. Ich nahm mir den Ehemann von Cazibe als Zielscheibe.

Halim Kırımlı war einer der forschesten und entsprechend erfolgreichsten Minister der Regierung. Die Idee zu einem Untersuchungsausschuss, der vor dem Putsch seine Arbeit aufnahm und offen verfassungswidrig handelte, war in seinem Kopf entstanden. Sein Sohn Pinzette begann sich vermutlich wegen der Position seines Vaters für Politik zu interessieren. Ich übernahm, um es mit den Worten des jetzigen Ministerpräsidenten zu sagen, »offen und klar« die Gegenposition, die Opposition. Der damalige Ministerpräsident wurde zum »ehemaligen«, zum »entthronten« – wir werden sehen, was aus dem jetzigen wird. Mir scheint, er wird kein gutes Ende nehmen, doch das weiß ich nicht, nur Gott weiß es. Ich weiß, darum geht es nicht, doch ich kann nicht anders, ich kann nicht weitererzählen, wenn ich nicht den Schnurrbärtigen erwähne.

Ja, ich hatte mich auf die Seite der Opposition geschlagen, ich war für Inönü, für die Jugend, für die vom damaligen Ministerpräsidenten so bezeichneten »schwarzen Talare«, also für die Universitätsprofessoren. Unsere Lehrkräfte waren astreine Demokraten, während die meisten Schüler in meiner Klasse, die sich für Politik interessierten, gegen die Regierung waren. Allerdings trauten wir uns nicht, darüber zu diskutieren. An der »Schule des Sultans« war Politik verboten. Dabei hätte auch ich, allein wegen der Position meines Vaters, etwas tun müssen. Ich wusste nicht, dass er einen Putsch vorbereitete, aber er war Mitglied der Armee. Und die Armee war der reinste Hexenkessel. Gerüchte über eine höchst kritische Lage gelangten auch über die hohen Mauern bis zu uns. Doch auch ich musste etwas tun, etwas gegen Halim *Bey* und gegen die Regierung. Denn ich hockte verlassen in einem Winkel der Schule wie ein rausgeworfenes Kätzchen. Cazibe kam nicht und erkundigte sich nicht nach mir. Sie hatte unsere Liebe wohl vergessen, während ich stärker denn je unter ihrer Abwesenheit litt. Sie war schuld an meinen nächtlichen Träumen, daran, dass ich tagsüber im Unterricht in Fantasien versank, dass ich in düsteren Korridoren, wo mich niemand sah, schluchzend weinte. Ich argwöhnte, Cazibe habe einen reiferen Mann gefunden, einen Geliebten, der charakterlich zu ihr passte und ihr ein Gesprächspartner sein konnte, nachdem sie mit mir ihren Spaß gehabt hatte. Die Eifersucht zerfraß mich, doch ich ließ mir nichts anmerken. Ich sagte, Atatürk habe uns, der Jugend, die Republik ans Herz gelegt, und wenn wir uns unseres großen Führers als würdig erweisen wollten, müssten wir gegen die Despotie von Leuten wie Halim Kırımlı auf die Straße gehen, auf Plätzen demonstrieren, damit die Flamme der Freiheit in uns niemals zum Erlöschen komme. Waren nicht wir es, die schon in der Volksschule unser ganzes Dasein der Türkei geweiht hatten? Jetzt mussten wir als oberste Klasse der »Schule des Sultans«, die schon unzählige Freiheitsliebende und Verteidiger der Freiheit erzogen hatte, für das Erbe unserer Vorfahren eintreten, die Jugend Hand in Hand mit der Armee. Wenn unser Retter Atatürk sagte: »Mein wertloser Körper wird eines Tages freilich zu Staub, doch unsere Republik wird in Ewigkeit bestehen!«, so hat er uns ermahnt, indem er uns vor der ganzen Welt zu Wächtern der Demokratie erklärte, so als hätte er die Ereignisse der Gegenwart schon vorausgeahnt.

Von draußen erreichten uns nur wenige Nachrichten. Die Zeitungen erschienen mit leeren Seiten. Im Radio hörten wir nur die Namen derer, die sich der Nationalen Front angeschlossen hatten. Der albanische *Börek*-Verkäufer, der vor der Morgenlernstunde mit seinem dreirädrigen Karren an die Gitter des vorderen Gartens kam, redete nicht mehr über die Nachtclubdamen, sondern über Politik. Er war Demokrat durch und durch und würde Menderes nicht im Stich lassen, komme, was wolle. Er verpasste keine einzige der Reden des Ministerpräsidenten, die die Stimmung noch anheizten, und gab sie uns wieder. Inzwischen arbeitete auch die Flüsterpresse, der Zensur zum Trotz, auf Hochtouren. Sogar die Radionachrichten standen unter Zensur. Pinzette versuchte mit seinem Transistorradio, das er von zu Hause mitgebracht hatte, über die Nachrichten ausländischer Sender das Geschehen zu verfolgen, und er informierte auch mich. Doch er war nicht neutral, konnte es nicht sein. Er gab sich Mühe, niemanden, auch mich nicht, merken zu lassen, wie sehr er sich um das Schicksal seines Vaters sorgte.

In dieser Lage geschah etwas Unerwartetes. Pinzettes Vater kam in die Schule, um seinen Sohn zu besuchen. Acht Jahre lang hatte Cazibe dieses Amt übernommen, von Halim *Bey* kannten wir nur den Namen. Dass er eines Tages der Schule die Ehre erweisen würde, hätten wir nie gedacht.

Ich sehe Halim *Bey* noch immer vor mir, wie er, trotz der Frühlingshitze in Kamelhaarmantel und Filzhut, Anzug und Krawatte, durch den Vordergarten auf die Säulenpforte zumarschierte. Dieser Mann, der nur einen Monat später vor dem Richter wie ein begossener Pudel Rechenschaft ablegen würde, benahm sich hier noch wie ein kleiner Gott. Was für eine Überlegenheit, was für ein Stolz, welche Arroganz! Und Abrakadabra! Dass auch er zu denen gehören würde, die am Vorabend des 27. Mai in Handschellen auf die Insel Yassıada gebracht wurden, hätte höchstens der Zauberer Zati Sungur ahnen können oder eine Kaffeesatzleserin.

Wir hatten Abendlernstunde. Ich sah ihn durch die Fenster, die vom Klassenzimmer in den Garten hinausgingen. Er näherte sich nicht wie einst Cazibe, die auf ihren hochhackigen schwarzen Schuhen unter den Platanen dahergestöckelt gekommen war, sondern selbstbewusst, langsamen, gemessenen Schritts, indem er fest auftrat. Als er vor der Säulenpforte angelangt war, schaute er für eine Weile auf die Flagge mit Mond und Stern, die am Montagmorgen auf die Fahnenstange aufgezogen worden war, dann betrat er das Schulgebäude. Als ich Pinzette sagte, sein Vater werde gleich im Klassenzimmer sein, dachte der, ich mache Spaß. Natürlich erwartete er nicht, dass sein Vater nach Istanbul kommen und ihn plötzlich besuchen würde, während das Land im Chaos versank, die Regierung mit dem Rücken zur Wand stand und das Volk das Vertrauen in die Führung verloren hatte. Halim *Bey*, den ich zuvor einige Male in Bebek gesehen hatte und den ich ein wenig aus der Zeitung kannte, zeigte sich, wie auch Cazibe das meistens tat, zuerst im Fenster, doch dann trat er, ohne Handzeichen und ohne anzuklopfen, ein. Wir sprangen alle auf, die Aufsicht eingeschlossen, so als käme der Direktor oder sein Stellvertreter. Ohne dass er uns wieder uns setzen hieß, ging er auf seinen Sohn zu und flüsterte ihm etwas ins Ohr. Dann gingen sie zusammen hinaus. Wir standen immer noch. Nach einer Weile gab der Aufsichtsführende ein Zeichen, und wir konnten uns wieder auf unsere Plätze setzen.

Es war das letzte Mal, dass ich ihn sah. Am Abend im Schlafsaal fragte ich Pinzette nach dem Grund für das Kommen seines Vaters. Er antwortete nur: »Es ist nichts, er hatte bloß Sehnsucht nach mir.« Er wusste sehr wohl, dass ich nicht glaubte, Halim *Bey* sei völlig grundlos in die Schule gekommen, und wechselte das Thema. Ich hakte nicht nach. Vermutlich war er gekommen, um seinen Sohn zu ermahnen, sich ruhig zu verhalten und auf keinen Fall an »Demonstrationen« teilzunehmen, die von den Universitäten ausgingen. Doch wäre mir nicht im Traum eingefallen, dass ich Pinzettes Vater nicht mehr sehen und dass er dank meinem Vater vor dem Strick gerettet werden würde. Zwar hatte mein Vater bei unserer letzten Begegnung im Sommer 1959 in Erdek gesagt, es würde etwas passieren, doch ich hatte damals geglaubt, dass er im Suff spreche. Und was konnte denn noch passieren? Die Anarchie griff um sich, jeder hatte eine andere Meinung, und wer zu viel redete, wurde zum Schweigen gebracht. Dennoch war es nicht so, dass ich nicht wissen wollte, was passieren konnte. Ich sagte mir: Mein Vater wird wahrscheinlich Pascha, und das wird meine Großmutter glücklich machen. Die Zeit für eine Beförderung war längst gekommen. Entweder würde er in den Ruhestand versetzt oder zum Pascha befördert. Eigenartigerweise passierte beides nicht. Vielmehr war er in Ankara einer Geheimorganisation des Militärs beigetreten, die versuchte, die legale Regierung mit Waffengewalt zu stürzen. Dabei war er gar kein ausgesprochener Vertreter von Demokratie und Freiheit, sondern ein eingefleischter Nationalist, wenn Sie mich fragen. Doch er war ehrgeizig. Mir ist bis heute schleierhaft, wie er nach dem Putsch in das Komitee der Nationalen Einheit gelangt ist. Er war kein Kommandant einer Einheit, sondern immer nur der einfache Artillerist auf den hinteren Rängen gewesen. Zwar diente er im Generalstab, doch er hatte keine unmittelbare Befehlsgewalt. Auch fehlte ihm der Mut, bei einem Himmelfahrtskommando, die Hand auf der Pistole, einen Eid auf Ehre und Gewissen zu schwören. Oder er besaß eine heimliche zweite Persönlichkeit, die ich nicht kannte und die er erfolgreich vor seiner Familie verborgen hielt. Sie mögen einwenden: »Wieder ein Fall von Dr. Jekyll und Mr. Hyde? Das klingt langsam recht abgegriffen. Kann es keine andere Erklärung dafür geben, dass dein Vater ins Komitee der Nationalen Einheit eingetreten ist?« Die gibt es natürlich. Vielleicht wollte er seine Mutter beeindrucken. Oder er war Putschist geworden, um in einen höheren Posten aufzusteigen, um etwas zu erreichen. Um aller Welt zu beweisen, dass er als kleiner Wicht fähig war, wichtige Dinge zu erreichen. Möglicherweise war er angestachelt worden durch einen der Erzfeinde der Demokratischen Partei, seinen Trinkkumpan, den Staatsanwalt, dem es schließlich gelungen war, als Anklagevertreter an den Kassationsgerichtshof zu gelangen. Ich vermute, mein Vater ahnte nicht, dass es in der Öffentlichkeit Empörung hervorrufen würde, als in dem Prozess gegen die »ehemaligen« und »entthronten« Mitglieder der Regierung auf Yassıada unser forscher, allwissender Staatsanwalt als Ankläger vor Menderes mit einer Frauenunterhose herumwedelte und sich der Prozess, der unter der Bezeichnung »Babyprozess« begonnen hatte, binnen Kurzem zum »Unterhosenprozess« wandelte. Doch mein Vater aß weiterhin mit seinem alten Trinkkumpan vom selben Teller und trank aus derselben Flasche, nicht nur nach solch windigen Anklagen, sondern auch nach Prozessen, in denen drei Personen wegen Verfassungsbruchs zum Tode verurteilt worden waren. Der eine hatte als Stellvertreter des Generalstaatsanwalts am Obersten Gerichtshof bei fünfzehn Todesurteilen mitgewirkt, der andere vollzog jene Urteile, ohne mit der Wimper zu zucken, als

Mitglied des Komitees der Nationalen Einheit, auch wenn der Vollzug der Todesstrafen auf drei beschränkt worden war. Vielleicht war ja Verdruss das eigentliche Motiv meines Vaters. Nach außen hin ging es darum, die »Einheit des Landes« zu wahren und die »Republik zu beschützen«, doch vielleicht war er Putschist geworden, um seiner Mutter seine Reife zu beweisen. Oder er sehnte sich danach, so bald wie möglich mit meiner lieben Mutter vereint zu sein, die durch eine Kugel aus seiner Dienstpistole ihr Leben verloren hatte – ob es nun Mord, Selbstmord oder ein Unfall gewesen war, werde ich nie erfahren. Wäre nämlich der Putsch nicht geglückt, dann wäre nicht der Kopf von Menderes, sondern der meines Vaters gerollt. Am Ende verlor Menderes. Nach der Hinrichtung seiner beiden nahen Freunde unternahm er einen Selbstmordversuch. Man rettete ihn. Dann hängte man auch ihn auf der Insel Imralı, nachdem seinem letzten Wunsch, eine Yenice zu rauchen, stattgegeben worden war. Der Lohn des Henkers betrug nach damaligem Geldwert hundertfünfzig Lira.

Aus welchem Grund oder aus welchen Gründen auch immer – Hauptmann Plattfuß Hasan war nun Oberst *Asan*, der Henker, ein ausgewiesener Revolutionär. Ich bin noch immer erstaunt, wie es mir gelungen ist, Halim *Bey* aus seinen Händen zu befreien. Ja, was habe ich gesagt? Ich sagte, ich hätte keine Ahnung von den Vorgängen im Land gehabt, doch Sie haben wahrscheinlich den Eindruck bekommen, dass das nicht stimmt. Dennoch behaupte ich: Mein erster und letzter Auftritt auf der politischen Bühne geschah aus Liebeskummer. Hätte Cazibe mich nicht verlassen, dann wäre ich nicht mit der studentischen Jugend auf die Straße gegangen und hätte nicht die Fahne geschwungen. Ich hätte nicht aus vollem Hals »Freiheit! Freiheit!« gebrüllt. Und hätte nicht gesungen: »Nieder mit den Diktatoren! / Euch gehört die Erde nicht!«

Die Ereignisse beschleunigten sich dermaßen, es passierten so schwerwiegende Dinge, dass ich den Schmerz um Cazibe vergaß. Und als es wärmer wurde und die Bäume blühten, kochte in meinen Adern das edle, rebellische Blut wie bei allen oppositionellen Jugendlichen, sodass ich mich mit Ankunft des Frühlings inmitten der Proteste gegen die Regierung befand.

Nicht nur das Blut in unseren Adern, auch die Universitäten kochten. Wenn wir die Vorbereitungsklasse mitzählten, dann hatten wir in der letzten Klasse an der »Schule des Sultans« das Alter für die Universität längst erreicht. Weder die Armee noch die Opposition waren mit dem Gang der Ereignisse einverstanden. Sogar die Regierung wollte vorgezogene Neuwahlen beschließen. Die meisten Journalisten und sämtliche Linke saßen im Knast. Ismet Inönü warnte die Regierung vom Rednerpult im Parlament aus mit den Worten: »Wenn Sie so weitermachen, kann selbst ich Sie nicht retten.« Doch er wurde nicht nach Kayseri gelassen, er konnte sich sogar nur mit Mühe aus der Hand der Anhänger der Demokraten retten. Inzwischen kam eine zweite ernste Ermahnung von Cemal Gürsel, damals Oberkommandierender der Landstreitkräfte, doch niemand nahm den Brief des in der Armee beliebten »Cemal *Ağa*« an das Verteidigungsministerium ernst. Die Entwicklung war nicht mehr zu stoppen. Die Panzerbrigade in der Kaserne von Davutpaşa in Istanbul und die Geheimorganisation, der auch mein Vater angehörte, die sich an der Kriegsakademie von Ankara gebildet hatte, also die Junta, die aus Offizieren unterhalb der Generalsebene bestand, warteten nur auf eine Gelegenheit zum Losschlagen. Die Einsetzung der mit außerordentlichen Befugnissen ausgestatteten Untersuchungskommission und die demonstrierende Jugend auf den Straßen von Istanbul waren ausreichende Gründe. Und mit der Regierung, der Pinzettes Vater angehörte, war es vorbei, während mein Vater heil davonkam.

Da ich annehme, Sie erwarten weiterhin *action*, komme ich nun zu den Ereignissen vom 28. und 29. April 1960, die ich unmittelbar selbst miterlebt habe.

Am 28. April schwänzte ich nach dem Frühstück den Unterricht und brach mit einer kleinen, wie ein Taschentuch zusammengefalteten Fahne in meiner Hosentasche nach Beyazit auf. Die Schüler der letzten Klasse durften, wenn sie einen hinreichenden Grund vorbrachten, einfach das Schultor passieren. Meine Entschuldigung lautete: Besuch bei meinem Vater, der ins Krankenhaus Cerrahpaşa eingeliefert worden sei. Dabei befand sich mein Vater in Ankara, bewaffnet im Hinterhalt auf die Gelegenheit zum Aufstand wartend, wie ein Wolf, der das nebelige Wetter liebt. Wenn die Zeit gekommen war, würden die Panzer die Kaserne verlassen, die Kanonen würden ihre Mündungsrohre auf Çankaya richten, man würde die Regierung stürzen und die Parteigrößen verhaften. Wer Widerstand leistete, würde erschossen werden. Das war die unabänderliche Regel jeder Revolution, doch bis zu jenem Tag war sie nicht angewendet worden. Es war das erste Mal, dass so etwas im Land geschah, und Oberst Hasan Hoşgör, auch wenn er nicht Pascha war, würde für eine kurze Weile an höchster Stelle stehen.

Die Schulverwaltung wusste natürlich nichts davon, dass mein Vater in Ankara im Hinterhalt saß. Ich wusste es auch nicht. Es gelang mir, aus der Schule abzuhauen, indem ich behauptete, mein Vater sei wegen einer Operation nach Istanbul gekommen. Als ich mich unter die Studenten mischte, die im Garten der Universität versammelt waren, graute der Morgen. Wir hatten die Absicht, gegen den Untersuchungsausschuss zu protestieren, weil dieser gegen die Verfassung verstieß. Wir entfalteten die Fahnen. Auch ich zog meine Fahne aus der Tasche, band sie an einen Stock und schwenkte sie. Wir fingen mit dem »*Gazi*-Osman-Pascha-Marsch« an und fuhren mit dem »Kriegsmarsch« fort. Dann marschierten wir in Richtung Atatürk-Statue. Die Reihen wurden dichter, und als wir vor dem Standbild angekommen waren, wollten wir die Nationalhymne singen und uns zerstreuen. Dabei konnten wir nicht umhin, die Fahnen nach allen Seiten zu schwingen. Ich begann sogar »Von rechts nach links, / Von links nach rechts – / Schwenke die Fahne / Auf den Feind!« zu singen, doch da wurde ich ermahnt von dem neben mir marschierenden Studenten, der ein großes Atatürk-Bild trug: »Nein, das sind keine Feinde!«

»Was denn dann?«

»Verfluchte Diktatoren!«

Na schön, dachte ich mir und begann zu rufen: »Nieder mit den Diktatoren!«

Die Demonstranten schlossen sich mir an: »Nieder mit den Diktatoren!« Einzelne riefen auch: »Menderes, tritt zurück!« Dieser Slogan fand wenig Zustimmung. Was würde der Rücktritt des Ministerpräsidenten schon ändern? Ich konnte mich auch jetzt nicht bremsen und fing an, »Freiheit! Freiheit!« zu schreien. Genau in dem Moment fielen die Polizisten, die sich hinter den Bäumen versteckt hatten, über uns her. Wir mussten zurückweichen, weil auch berittene Polizei dabei war, doch wir waren so viele, dass sie uns nicht zerstreuen konnten.

Diese berittenen Polizisten waren tatsächlich etwas Seltsames. Sie sahen aus wie die spanischen Eroberer, die im Morgengrauen ihr Pferd bestiegen hatten. Zwar hatten sie keine Rüstungen, aber Helme und in der Sonne gleißende Uniformen. Sie waren mit den Tieren unter ihnen verschmolzen, als wären sie deren Fortsetzung. Sie sahen richtig furchterregend aus, muss ich sagen. In dem Moment erinnerte ich mich nämlich daran, was unser Geografielehrer, Motor Kenan, über die Eroberung Amerikas erzählt hatte. Ich wusste noch, dass die Eingeborenen, die zum ersten Mal im Leben ein Pferd sahen, die spanischen Eroberer in ihren Rüstungen für Götter hielten, die aus dem Weltall gekommen waren. Also konnte der Mensch, der ein Pferd bestieg, mithilfe der ihn tragenden Pferdestärke sich in göttliche Bereiche erheben. Heute gibt es die alten Götter auf Pferden nicht mehr, doch an jenem Tag, so erinnere ich mich, konnte ich mich im letzten Augenblick retten, bevor ich unter ihren Hufen zerquetscht wurde.

Während die berittenen Polizisten Verwirrung stifteten, sah ich einen Polizeijeep auf uns zufahren. Er streifte die Demonstranten und überfuhr einige, ehe er anhielt. Polizeichef Zeki Şahin, der später ebenfalls auf Yassıada verurteilt werden sollte, stieg aus und schoss wahllos mit seiner Pistole um sich. Einige von uns wurden verletzt. Später erfuhr ich, dass Turan Emeksiz infolge dieser Schüsse zum Märtyrer, zum Blutzeugen wurde. Ich verwende bewusst das Wort »Blutzeuge«, denn er war »unser erster Blutzeuge der Freiheit«, nicht »der Tote auf dem Beyazitplatz«, wie in dem Gedicht, das Nâzım Hikmet mit eigener Stimme in *Unserem Radio* las, das aus Leipzig sendete. Heutzutage nennen sie Menderes und die mit ihm Gehenkten ebenfalls »Blutzeugen«. Wie soll man das nun interpretieren? Ich weiß nicht, ob sie Blutzeugen waren, aber zumindest Menderes war, wie ich mich erinnere, nur noch Haut und Knochen in seinem schwarzen Anzug, der ihm zu groß geworden war, dem gestärkten weißen Hemd, um dessen Kragen sorgfältig eine Krawatte geknotet war, mit dem Hinrichtungsbeschluss am Kragen auf seine gefesselten Hände blickend. Als dieses Foto in den Zeitungen abgedruckt wurde, hätte niemand gewagt, ihn als »Blutzeugen« oder »Märtyrer« zu bezeichnen. Jetzt ist die Lage anders. Sein Leichnam wurde von Imralı in das Mausoleum überführt, das groß und breit an der Vatan Caddesi steht, die aufgrund von zwangsweiser »Expropriation« angelegt wurde. Wir haben jetzt zwei Mausoleen, eins in Ankara für Atatürk, das andere in Istanbul für Menderes. Und wenn die Geschichte aus Wiederholungen besteht, dann ist vorherbestimmt, dass wir in Kürze ein drittes Mausoleum haben werden. Sie dürfen raten, wer da wohl drin liegen wird.

Als ich am Abend in die Schule zurückkehrte, war ich immer noch aufgeregt. Doch ich verriet niemandem auch nur das Geringste. Weil die Nachrichten zensiert wurden, erfuhr Pinzette aus seinem Transistorradio weder, dass der Rektor der Universität geschlagen und gefesselt ins Polizeigefängnis gebracht worden war, noch, dass die Studenten, als sie bei ihrem Marsch auf die Provinzverwaltung durch Soldaten mit aufgepflanztem Bajonett aufgehalten worden waren, gebrüllt hatten: »Hoch, hoch, hoch! Die türkische Armee lebe hoch!« Er konnte auch nicht hören, dass die Brücken über das Goldene Horn hochgeklappt worden waren, um zu verhindern, dass die Demonstranten, die über alle Plätze hinausquollen, zum Taxim-Platz strömten. Als Pinzette am nächsten Tag bei der Suche nach einem anderen Sender als Radio Istanbul Nâzım Hikmet sagen hörte:

»Dort liegt ein Toter
Den man erschoss
Und das Blut, das aus seiner Wunde floss
Erblühte wie eine rote Nelke auf seiner Stirn
Auf dem Beyazitplatz in Istanbul«,

meinte er, zuerst zu mir und dann zur ganzen Klasse gewandt: »Da hat offensichtlich ein Kommunist die Finger drin.« Damals, unter den Bedingungen der damaligen Zeit, hätte ich mich nicht getraut, Turan Emeksiz einfach einen »Toten« zu nennen. Ich war ein Teenager, der an etwas glaubte. Später sollte ich selbst hören, wie der Kommunist Nâzım Hikmet den jungen Mann, der auf der einzigen Demonstration meines Lebens von einer Polizeikugel getroffen worden war, als »Blutzeugen« bezeichnete:

»Der Blutzeuge vom Beyazitplatz
Schreckte auf aus seinem Grab
Trug seine Wunde wie eine Sonne in der Hand
Zerstörte die Höhle des Schlangenkönigs Şahmaran.«

Nach dem Putsch vom 27. Mai wurde nicht etwa die Höhle von Şahmaran zerstört, sondern die autoritäre Herrschaft der Demokratischen Partei. Nach zehn Jahren an der Regierung war an dieser Partei außer dem Namen nichts Demokratisches mehr. Aber war es denn etwa besonders demokratisch, dass man die Führer der Partei, zu denen auch der Vater von Pinzette gehörte, verurteilte und ins Gefängnis warf, dass man mit Zustimmung des Komitees der Nationalen Einheit, zu dem auch mein Vater gehörte, drei von ihnen aufhängte? Zudem, da Menderes schon im Begriff gewesen war, vorgezogene Neuwahlen auszurufen, weil das Land außer Kontrolle geraten war. Doch irgendwie hatte er sich nicht entschließen können. Am Ende bezahlte er dieses Zögern mit seinem Leben. Jetzt pendelt ein Dampfer namens »Turan Emeksiz« zwischen den beiden Ufern des Bosporus hin und her. Das Mausoleum von Menderes an der Vatan Caddesi ist gedrängt voll mit Besuchern. Beide sind Blutzeugen des Umsturzes. Ich denke daran, wie mein Vater sagte: »Du wirst schon sehen, was passiert!« Und anstelle seines Ausrufs »Was ist denn das für eine Kneipe?«, als er in die Kneipe von Apostol am Abhang des Berges eintrat, möchte ich am liebsten sagen: »Was ist denn das für ein Land?« Aber zu wem sollte ich das sagen? Wer, wenn ich schrie, hörte mich denn aus der Richter Ordnungen?

Hier schließe ich das Kapitel voller *action*. Denn es gibt noch andere Vorkommnisse, neue Entwicklungen, auf die Sie vermutlich sehr gespannt sind. Ich muss hier nicht im Detail erzählen, was in der Nacht vom 27. auf den 28. Mai passierte und was in den Radionachrichten am folgenden Morgen verlesen wurde. In den Worten der damaligen Zeit hieß das: »Der Schlag, von dem Menderes auf dem Weg nach Kütahya getroffen wurde«, und: »Celal Bayar litt in Çankaya«. Wer es weiß, der weiß es sowieso. Und wer es nicht weiß, der erfährt es wie in dem Witz von Nasreddin *Hoca* von denen, die es wissen. Einerseits war ich bei den Ereignissen nicht dabei, und andererseits interessierten mich die Nachrichten nicht, die die Flüsterpresse draußen und in der Schule verbreitete. Ich erinnere mich nur noch mit Schaudern an eine Titelseite der *Milliyet* an einem der Tage nach dem Putsch. Die Zeitung schrieb, aus den Kühlhäusern der Morgue seien massenhaft zerstückelte Leichen gekommen, angeblich die Körper der demonstrierenden Studenten, die vor ihrer Einlieferung durch eine Maschine zerhackt worden seien. Ich aber hatte an den Demonstrationen teilgenommen, um mich an Cazibe zu rächen. Das heißt, dem »Ach, du Armer!«-Ausspruch meiner Geliebten zum Trotz wäre ich fast ebenfalls zerstückelt und um der Liebe willen mit den unbekannten Blutzeugen der Revolution vermischt worden.

In jenem Jahr machte ich meinen Schulabschluss. Als Pinzette mich einlud, die Ferien in Bebek zu verbringen, sagte ich ohne

Zögern zu. Halim *Bey* saß im Knast, konnte nicht nach Hause, selbst wenn er gewollt hätte. So konnte meine Liebe, die voller Enttäuschung und Trennungsschmerz zu Ende ging, erneut aufflammen. Und genau das geschah. Der Sommer kam und verging, und als die Herbsttage kürzer wurden, begannen auf Yassıada die Prozesse. Ich wartete auf den Beginn des Studienjahrs, um von Bebek fortzugehen. Nach der Rückkehr von einer Bosporustour umarmte mich Cazibe in der Kajüte des Bootes ihres Mannes, während vor dem Bullauge die dunkel werdenden Wasser dahinflossen und die Sonne hinter Rumeli Hisarı unterging. Dieses Mal ertönte nicht Édith Piaf von der Schallplatte, sondern man hörte aus dem Radio die Stimme von Salim Başol, dem Vorsitzenden des Obersten Gerichtshofes:

»Die Angeklagten wurden hereingebracht und nahmen ohne Fesseln ihre Plätze ein. Die Verteidiger sind bereit. Die öffentliche Verhandlung geht weiter.«

Zu den Angeklagten der Verhandlung gehörte auch der Ehemann der Frau, die sich in meinen Armen wand. Man hatte die Todesstrafe für ihn gefordert. Und dieses Mal liebten wir uns nicht, weil sie mich gern hatte, sondern weil sie ihren Mann vor dem Strick retten wollte, und ich wusste, sie gab sich mit dieser Absicht nicht mir, sondern dem Hauptmannssohn hin. Liebe ist entweder Hingabe oder Unterwerfung. Am Ende war es Cazibe, die sich unterwarf. Ich hatte mich an Halim *Bey* gerächt. Ich war nun endlich der Nehmende, und das machte mir großen Spaß. Die Machtergreifung durch meinen Vater hatte sie zu Opfern und mich glücklich gemacht. Ich schäme mich nicht, zu dieser Tatsache nach all den Jahren im Herbst meines Lebens zu stehen. Doch dabei bin ich weder auf meinen Vater stolz noch auf mich.

17

Nachdem die Todesurteile vom Gericht auf Yassıada verkündet worden waren, schwieg Cazibe eisern. Ihr heiteres Wesen, ihre Fröhlichkeit waren dahin, sie war bedrückt. Tagelang saß sie im Salon und verließ das Haus nicht, wenn es nicht sein musste. Manchmal stieg sie in den Garten hinunter.

Dort saß sie zuweilen stundenlang unter dem Maulbeerbaum. Danach stand sie auf, setzte sich auf die Wippe, die sie im Gleichgewicht zu halten versuchte, und schaute zwischen den kahlen Bäumen in den Himmel, als suchte sie dort etwas, während sich zu ihren Füßen das Laub häufte. Wenn ich sie so besorgt, zerstreut, reuig sah, liebte ich sie noch mehr. Sie kümmerte sich kaum um mich. Vielmehr schien sie darauf zu warten, dass ich bald ging. Ich wollte ihre Gastfreundschaft auch nicht länger strapazieren. Ich hatte mich im Fach Französische Philologie an der Universität Istanbul eingeschrieben und studierte fleißig. So verging schnell ein Jahr, ohne dass es mir richtig bewusst wurde. Schon vor dem zweiten Studienjahr hatte ich mich um ein Stipendium für Frankreich beworben. Je nachdem, welche Antwort ich erhalten würde, wollte ich entweder nach Paris oder in ein Studentenwohnheim umziehen. Es hieß, mein Vater solle Natürlicher Senator werden, doch das Geld, das er mir schickte, reichte nicht, um eine Wohnung zu nehmen. Noch immer galt Sparsamkeit als Ziel. Während ich auf den Bescheid bezüglich des Stipendiums wartete, wartete Halim *Bey* auf Yassıada auf den Tag der Hinrichtung.

An ihm und an Cazibe hatte ich mich nun gerächt. Ich war nicht traurig. Pinzette aber hegte in seinem Winkel finstere Gedanken. Er hatte das Basketballspielen aufgegeben und wie ich das erste Studienjahr an der Universität geschafft. Er hatte Jura gewählt, ein noch schwierigeres Fach als meines. Er hoffte, seinen Doktor in Frankreich zu machen. Cazibe versuchte manchmal, die bedrückte, trübselige Stimmung im Haus zu zerstreuen, und sagte: »Meine beiden Söhne werden zu Franzosen, während ich nichts verstehe und nicht mal die Gelegenheit ergriffen habe, die Sprache von Édith Piaf zu lernen«, doch wir konnten darüber nicht lachen. Ab und zu liebten sie und ich uns auch, ohne dass Pinzette es merkte. Sie schien dann ihre Traurigkeit zu vergessen und gab sich sofort wie ein fügsames Kätzchen hin. Was mich betraf, so begehrte ich sie noch stärker als früher. Ich vermute, das war auch der Grund, weshalb ich ihren Mann zu retten versuchte. Sie sollte in meiner Schuld stehen. Cazibe sollte mir etwas verdanken beziehungsweise mir ihre Schulden abbezahlen. Ich war nicht hinter Geld her, vielmehr war ihre matte Haut für mich noch immer die größte Kostbarkeit. Sie verlangte also gar nichts von mir, ich selbst hatte die Idee, nach Ankara zu fahren und mit meinem Vater zu sprechen. Das unterstützten sowohl Mutter als auch Sohn. Vielleicht griffen sie wie Ertrinkende nach dem Strohhalm, aber ich hatte, glauben Sie mir, keine andere Absicht, als zu verhindern, dass meine Geliebte zur Witwe und mein Banknachbar zur Waise wurden. Das glauben Sie nicht? Stimmt, ich gebe es zu: Es war mir sogar egal, ob Cazibe zur Witwe werden würde, sie sollte nur bei mir sein, besser gesagt: verfügbar sein oder, in der Ausdrucksweise von Fırlama, sich mir »ergeben«, wenn ich

Lust auf sie hatte. Ich schäme mich nicht, wenn ich das sage. Ich möchte, dass Sie wissen, dass alles erlaubt ist, um die geliebte Frau zu bekommen. Wie in der Politik heiligt auch hier der Zweck die Mittel. Um das Ziel zu erreichen, also die Herrschaft zu erlangen, darf man alles tun, sogar betrügen und Gewalt anwenden. Ich griff zur List. Das Schicksal von Halim *Bey* war eine gute Gelegenheit, Cazibe an mich zu binden. Dabei kümmerte ich mich während der Dauer der Prozesse kaum um ihn. Als ich mich mit Fırlama, der sitzengeblieben war und die letzte Klasse wiederholte, in der Blumenpassage traf, sagte ich, dass die aufeinanderfolgenden Prozesse nicht ernst zu nehmen seien und dass ich sie nicht gerechtfertigt fände. Nach dem »Unterhosenprozess« hatte gegen Celal Bayar der »Hundeprozess« begonnen; angeblich hatte er die Staatskasse geschädigt, weil er einen edlen Windhund, ein persönliches Geschenk des afghanischen Königs, aus dem Tierpark habe holen und verkaufen lassen – dem Protokoll gemäß ein »privilegiertes Tier« –, und mit derselben Begründung wurde gegen Menderes ein »Pinzettenprozess« angestrengt. Einer wie Fırlama konnte dazu nicht schweigen.

»Hör bloß auf, um Gottes willen! Gibt es wegen solcher Lappalien Prozesse? Das mit dem Hund und mit der Pinzette ist klar, aber worum geht es denn in diesem ›Unterhosenprozess‹?«

»Worum soll's gehen? Es geht darum, dass sich Menderes die Sopranistin Ayhan Aydan als Geliebte zugelegt und ihr uneheliches Kind gleich nach der Geburt hat umbringen lassen.«

»Glaub so ein Gerede nicht. Die Frau hat den Mann geliebt, sie hat vor Gericht ausgesagt, sie habe ein Kind von ihm haben wollen. Das Kind ist dann gestorben, so einfach ist das. Ich konnte meine Tränen kaum unterdrücken, als ich das hörte.«

Er machte sich unbemerkt wieder lustig.

Diese Dinge zerstörten das Ansehen des Obersten Gerichtshofs und erzeugten im Volk negative Reaktionen. Der »Unterhosenprozess«, der angestrengt worden war, um den Ministerpräsidenten zu blamieren, ihn zu erniedrigen, bewirkte stattdessen, dass Menderes in den Augen des Volkes zwar als Weiberheld dastand, aber auch als empfindsamer türkischer Mann angesehen wurde. Die konservativen Kreise hingegen, die ihn in die Regierung gewählt hatten, glaubten, er steige jede Nacht nach dem Nachtgebet auf ein geflügeltes Pferd, um die Moschee in Eyüp oder sogar die Kaaba zu besuchen.

Die großen Ausgaben, die aus einem Sonderfonds getätigt worden waren, wurden ebenfalls untersucht und führten zu dem »Pinzettenprozess«.

Bei der Durchsuchung der Wohnung des Ministerpräsidenten war eine Rechnung für eine Pinzette gefunden worden, und diese Pinzette war zusammen mit einer Frauenunterhose in einer Schublade aufgetaucht – wer auch immer sie dort hineingelegt hatte. Der Staatsanwalt, unser Fachmann in Fragen der Etymologie, führte diese Gegenstände als Beweisstücke an, doch das führte zu nichts, denn es stellte sich heraus, dass die Pinzette in der Küche verwendet worden war, um einer Gans die Federkiele auszureißen. In Wahrheit war die Staatskasse die Gans, die man rupfen konnte, doch das musste man nicht mit einer Pinzette machen, sondern mit einem anderen Werkzeug, mit einer Schafschurmaschine zum Beispiel. Der Staatsanwalt erreichte also weder mit dem »Unterhosenprozess« noch mit dem »Hundeprozess« noch dem »Pinzettenprozess« sein Ziel.

»Richte unserem Metin aus, er solle nicht traurig sein. Bei all diesen Prozessen kommt nur Scheiß raus. Geh zu deinem Vater, und du wirst seinen Vater bald herausholen, so wie man sich mit einer Pinzette ein Haar ausreißt«, meinte Firlama dazu nur.

Das war auch meine Idee gewesen. Doch obwohl Menderes und seine Freunde in den Unterhosen-, Hunde- und Pinzettenprozessen freigesprochen wurden, wurden sie wegen Verfassungsbruchs zum Tode verurteilt. Auch Halim *Bey* gehörte dazu. An dem Tag, als der Gerichtsbeschluss zur Ratifikation an das Komitee der Nationalen Einheit geschickt wurde, fuhr ich mit dem Zug nach Ankara.

Es war das erste Mal, dass mich mein Weg in die Hauptstadt führte. Am Bahnhof nahm ich ein Taxi und fuhr zu der Wohnung meines Vaters. Die Straßen waren verlassen, die Gassen menschenleer. Vom Ausnahmezustand war nichts zu spüren. Alle waren bei der Arbeit. Die Fahnen, die von den Balkonen wehten, erzeugten keine Festtagsatmosphäre. An die Stelle der Begeisterung vom 27. Mai schien ein Abwarten getreten zu sein. Die zukünftigen Hinrichtungen hüllten die Stadt in Schweigen, so als zögerten alle zu sprechen oder einen Kommentar abzugeben, ja als hätten alle richtiggehend Angst. Ich wusste, dass es zwischen den Befürwortern der Todesstrafe und denen einer Begnadigung geheime Kämpfe gab, und erwartete aufgeregt den Ausgang. Hatte meine Reise hierher nicht genau damit zu tun? Jedenfalls war ich nicht gekommen, um meinen Vater oder meine Großmutter zu besuchen. Ich glaube auch nicht, dass sie sich nach mir sehnten oder sich um mich Sorgen machten.

Nachdem wir in Ulus um das Atatürk-Denkmal gekurvt waren, bogen wir in eine Seitenstraße ein. Ich hatte dem Chauffeur den Zettel mit der Adresse in die Hand gedrückt, und er fand ohne Mühe das Haus. So sah ich denn endlich nach Jahren die Wohnung meines Vaters in Ankara, das ich nicht »unser Haus« nenne.

Die Wohnung befand sich im Souterrain, dunkel und kleiner als die Offizierswohnungen meiner Kindheit. Die Möbel waren immer noch die alten. Die Polsterbank, auf der mein Mütterlein mit dem Stickrahmen gesessen hatte, stand wieder am Fenster. Der mit Stroh ausgestopfte Bärenkopf grinste vom Buffet im Besuchszimmer, als wollte er einen willkommen heißen. Auch der *Rakı*-Tisch stand am richtigen Platz, doch war niemand da, um die Gläser klingen zu lassen. Der »bedeutungslose Körper« Giraffes war längst zu Staub geworden, und was mit dem Finanzdirektor war, wusste niemand. Der Staatsanwalt saß in der Anklagebehörde des Obersten Gerichtshofs, während mein Vater mit den achtunddreißig Mitgliedern des Komitees der Nationalen Einheit vom Sitz des Ministerpräsidenten aus das Land regierte. Es war nicht die richtige Zeit, um sich zuzuprosten. Alles war anders geworden. Die Tage, an denen man die Gläser gefüllt hatte, lagen weit zurück.

Ich umarmte meine Großmutter. Ohne Willkommensgruß sagte sie sogleich, mein Vater sei nicht daheim. Als ahnte sie den Grund meines Kommens, fügte sie hinzu: »Keine Sorge, dein Vater ist ein bedeutender Mann geworden. Er findet sicher eine Lösung für dein Problem.« Anscheinend war sie noch immer betrübt, dass er nicht Pascha geworden war, doch sie versuchte sich nichts anmerken zu lassen. Schließlich hielt sie es nicht mehr aus. »Sie wollen ihn zum Senator machen oder so … Was immer das heißt …«, brachte sie heraus. Ich hatte keine Zeit, ihr zu erklären, was ein Natürlicher Senator war. Ich konnte nicht sagen, dass die Senatoren im alten Rom in weißen Umhängen herumgelaufen waren und Reden gehalten und sich manchmal auch gegenseitig mit Dolchen durchbohrt hatten. Ich sagte auch nicht: »Wäre er Pascha geworden, dann könnte er die Armee befehligen, wie schade!«, um ihre Wunde nicht wieder aufzureißen und sie noch trauriger zu machen. Stattdessen sagte ich etwas Unverfängliches: »Im Dienst an der Heimat ist jede Rangstufe heilig.«

Ich passte meinen Vater im Regierungsgebäude ab, als er von einer Sitzung in eine andere eilte. Er war nicht sehr erstaunt, mich zu sehen. Dabei hätte ich zumindest erwartet, dass er gesagt hätte: »Was machst du denn hier?« Oder: »Welcher Wind hat dich denn hergetrieben?« Stattdessen fragte er: »Gehst du etwa nicht in die Prüfungen?« Er wusste nicht einmal, dass die Aufnahmeprüfungen für die Universität längst vorbei waren.

»Die Prüfungen habe ich doch bestanden …«

»Na gut. Und wieso erfahre ich das nicht?«

Ich hatte es ihm mitgeteilt, aber darauf weder eine Antwort noch einen Glückwunsch erhalten. Es war ihm im Grunde ganz egal, wo in Istanbul ich wohnte und was ich machte.

»Hör mal, Vater, ich bin nicht gekommen, um mit dir über die Prüfungen zu reden«, sagte ich.

»Weshalb bist du dann gekommen?«

»Weil ich in einer wichtigen Sache deine Hilfe brauche.«

»Ich habe jetzt eine Sitzung. Wir reden am Abend.«

»Am Abend fahre ich zurück.«

Wir zogen uns in eine Ecke zurück. Im Stehen schilderte ich knapp mein Anliegen. Natürlich wusste er nicht, wie nahe Cazibe und ich uns standen, aber dass ich mit Metin ein Herz und eine Seele war, schien ihm bekannt zu sein. Auch dass ich in der Villa in Bebek wohnte. Er hielt es nicht für richtig, dass ich dort wohnte, ging aber dann nicht weiter darauf ein. Dass mein Geld nicht ausreichte, um mir eine eigene Wohnung zu mieten, sagte ich nicht.

»Schau mal, Junge, wir haben unter Lebensgefahr eine Revolution gemacht. Wäre uns das nicht gelungen, hätten sie uns aufgehängt. Verfassungsbruch ist ein großes Verbrechen. Darauf steht die Todesstrafe«, meinte er stattdessen leicht prahlerisch.

»Ihr macht ja sowieso eine neue Verfassung. Die alte gilt nicht mehr.«

»Was wir tun, geschieht alles im Rahmen von Recht und Gesetz.«

»Das Volk ist da aber anderer Meinung.«

»Woher weißt du das denn? Fühlst du etwa von Bebek aus dem Volk den Puls?«

Schweigen trat ein. Ich sagte, dass eine Revolution wohl als etwas zu verstehen sei, was sein eigenes Recht durchsetzen wolle. Leider schon, um ihn zu erweichen. Er warf sich noch mehr in die Brust. »Offenbar beobachtest du genau, was wir tun. Bist du stolz auf mich?«

Ich zögerte keine Sekunde lang und antwortete sofort mit dem damals üblichen Wort: »Selbstverständlich!« Ich sah ihn nicht an, damit er nicht merkte, dass ich log. Ich bat ihn, seinem Familiennamen entsprechend auf die anderen Mitglieder des Komitees einzuwirken, damit die Strafe für Halim *Bey* in »lebenslänglich« umgewandelt würde, sodass Pinzette nicht zur Waise würde.

»Ich wusste gar nicht, was mein Sohn alles weiß und wie schön er formulieren kann. Mach dir keine Sorgen. Ich werde tun, was ich kann.«

Ich gebe das Gespräch mit meinem Vater nicht so wieder, wie ich es in Erinnerung habe, sondern so, wie es hätte sein sollen. Manchmal schildere ich die Lüge, als wäre es die Wahrheit. Es war nämlich ganz anders. Mein Vater ging fast ohne ein Wort zu sagen in die zweite Sitzung. Und ich dachte, es sei alles aus. Wenn schon nicht für Cazibe, so tat es mir für Pinzette leid, doch ich hatte getan, was ich konnte, und mein Gewissen war ruhig. In dem Augenblick machte ich mir nicht die geringste Hoffnung, dass mein Vater sein Möglichstes zur Rettung von Halim *Bey* unternehmen würde. Doch es war so. Dieses Mal sage ich die Wahrheit, glauben Sie mir. Am Ende hatte wieder einmal meine Großmutter recht. Mein Vater fand eine Lösung für mein Problem. Das Wohlwollen von Oberst Hasan Hoşgör wurde von der Mehrheit der Mitglieder des Komitees der Nationalen Einheit unterstützt, und so verschaffte ich dem Ehemann von Cazibe, den ich wie meine Sünden hasste, ein neues Leben.

Wenn ich jetzt darüber nachdenke, dann komme ich zu dem Schluss, dass ich keinerlei Einfluss auf die Umwandlung von dreizehn Todesstrafen, unter anderem für den ehemaligen Staatspräsidenten Celal Bayar, in »lebenslänglich« hatte. Zweifellos spielten andere Gründe eine Rolle, viel wichtigere, politische Faktoren, Fragen des politischen Gleichgewichts, die weit über meinen Vater und mich hinausgingen. Damals aber war ich davon überzeugt, dass meine Reise nach Ankara mit zu der Entscheidung beigetragen habe. Sie können sagen: »Da ist Vater Staat, der fragt doch nicht dich, was er tun soll! Er hängt auf, wen er will, und begnadigt, wen er will!« Sie haben recht. Vater Staat, der einerseits Ministerpräsident Menderes und zwei Minister aufhängte, zeigte andererseits seine Väterlichkeit und begnadigte die anderen durch die Hand meines Vaters und um meinetwillen.

Im Regierungsgebäude traf ich auch unseren Kurden Ihsan.

»Was suchst du denn hier?«, verhörte er mich.

»Und was machst du hier? Ich dachte, du bist noch immer im Schloss.«

»Die Zeiten sind vorbei, mein Kleiner!«, sagte er und plusterte sich auf. »Ich bin jetzt Berater des Staatspräsidenten.«

Cemal Gürsel hatte Bär Ihsan zu seinem Berater gemacht, weil er zu seinem Volksstamm gehörte.

Ich war ganz scharf darauf, mich so schnell wie möglich in die Arme von Cazibe zu werfen und ihr die gute Nachricht zu überbringen, dennoch beeilte ich mich nicht, zurückzufahren. Wie vor Jahren bei meiner ersten Ankunft in Istanbul durchstreifte ich jetzt die Hauptstadt von vorn bis hinten. Ankara war eine Beamtenstadt, die aus hässlichen Steingebäuden, Mausoleen, Banken, Banken und noch mal Banken bestand. Während der *Gazi* in seinem Mausoleum seinen ewigen Schlaf schlief, saßen die Bürokraten in ihren Büros tatenlos herum. Nur mein Vater vergoss für Volk und Vaterland Schweiß bis zum frühen Morgen. Er sagte nicht einmal: »Bleib doch diese Nacht hier, fahr erst morgen zurück!« Oder er hat es gesagt, aber ich habe es nicht gehört – oder so getan, als hörte ich nicht.

Ich kehrte mit dem Nachtzug nach Istanbul zurück. Und gegen Morgen stand ich auf den Treppenstufen des Bahnhofs Haydarpaşa. Ich sog die Meeresbrise in vollen Zügen ein. Die Möwen kreischten. Cazibe und Pinzette erwarteten mich in ihrem Haus in Bebek. In dem Augenblick wurde mir bewusst, dass jeder Mensch ein Zuhause hatte, nur ich nicht. Zuerst glaubten sie nicht, dass ich meinen Vater überzeugt hätte, auf jeden Fall etwas zu unternehmen, später gaben sie vor, es zu glauben. Offensichtlich bereiteten sie sich auf ein bitteres Ende vor. Trotzdem sagte Pinzette: »Danke schön, Hauptmannssohn, diese gute Tat werde ich dir nie vergessen!«, während Cazibe sich mit einem Lächeln begnügte. In diesem Lächeln lag Ergebung ins Schicksal, kein Gefühl von Dankesschuld mir gegenüber. Bis heute nicht, möchte ich gerne sagen, doch Cazibe starb einige Jahre nach diesen Ereignissen an Krebs, wohingegen Halim *Bey* nach seiner

Entlassung aus dem Gefängnis in Kayseri eine junge Frau heiratete, nachdem er vorher schon nach Ankara gezogen war. Was er auf Yassıada durchgemacht hatte, erfuhr ich weder von Pinzette noch von ihm selbst, vielmehr aus seinen Memoiren, die vor seinem Tod veröffentlicht wurden. Er war am Vorabend des Putsches vom 27. Mai verhaftet und im Flugzeug erst nach Istanbul und dann nach Yassıada gebracht worden. Wie Menderes und Bayar saß er eine Zeit lang in Isolationshaft, und das Verhör setzte ihm sehr zu. Wenn ich mich nicht falsch erinnere, schrieb er an einer Stelle des Buches: »Es fällt leicht, das zu schreiben, doch es war nicht leicht, es zu erleben.« Verhöre, Püffe und Stöße, Beleidigungen, ja sogar Schläge waren für das einfache Volk nichts Ungewöhnliches, doch hier machten die Führer der Demokratischen Partei, die bisher verwöhnt worden waren, zum ersten Mal Bekanntschaft mit der Folter. Das war ein wenig auch der Strenge des Inselkommandanten zuzuschreiben. Halim *Bey* bedauerte, dass er nicht, wie gewünscht, Liebesbriefe an Cazibe habe schreiben können, um ihr zu zeigen, wie sehr er sie geliebt, wie er in Sehnsucht nach ihr gebrannt habe. Das Recht der Gefangenen beschränkte sich auf Briefe von fünfzig Wörtern. Er fing an, die Briefe an die Familie in Gedichtform abzufassen. Ach, du lieber Gott, was waren das doch für billige Heucheleien, unwürdig eines zum Tode verurteilten Politikers. Ich sehe keinen Grund, dies nach all den Jahren nicht aufzudecken. Vielleicht rede ich auch so, weil ich immer noch eifersüchtig auf Halim *Bey* bin. Ich weiß ja, er verdankt sein Leben in gewisser Hinsicht meinem Vater – oder mir oder besser noch Cazibe. Doch diese Tatsache wird so nicht in die Geschichte eingehen. Vielmehr wird es heißen, Halim *Bey*, der vom Obersten Gerichtshof mit Stimmenmehrheit zum Tode verurteilt worden sei, sei wie die anderen im letzten Augenblick nicht hingerichtet worden; stattdessen sei seine Strafe in »lebenslänglich« umgewandelt worden, und nachdem er zwei Jahre abgesessen habe, sei er aufgrund einer Amnestie freigelassen worden.

Jene Situation, die Halim *Bey* in seinem Buch beschreibt, würde ich tatsächlich nicht gerne erleben. Bewacht von Soldaten mit Maschinengewehren sei er auf ein Schnellboot gebracht und zur Hinrichtung auf die Insel Imralı befördert worden. Dort hätten sie ihm alle seine Sachen weggenommen, sogar den Gürtel und den Geldbeutel mit dem Kinderfoto von Metin, ehe sie ihn in eine feuchte, dunkle Zelle gesteckt hätten. Während er auf den Tod gewartet habe, habe er an Cazibe gedacht, nur an sie und seinen einzigen Sohn. Wie aufrichtig er in seinen Aufzeichnungen ist, weiß ich nicht, doch ich kann mir vorstellen, wie er sich gefühlt hat. Denn ich hatte in einem Buch von Dostojewski gelesen, was ihm in der gleichen Lage durch den Kopf gegangen war. Doch Halim *Bey* war kein großer Schriftsteller, er war ein gieriger Politiker, der nur daran dachte, wie er sein Vermögen vergrößern könne, ein konservativer Grundbesitzer und Genussmensch. Es war ihm in seinem Buch nicht richtig gelungen, seine Gefühle auszudrücken.

Wann die Villa in Bebek verkauft wurde, weiß ich nicht mehr genau. Viel später erfuhr ich, dass Pinzette gegenüber Fırlama geklagt hatte: »Die Sache ist nun auch vorbei!« Ich weiß noch immer nicht, welche Sache vorbei war, der Verkauf der Villa oder der Gefallen, den mein Vater seinem Vater getan hatte. Als ich nach Paris ging, verloren wir uns für lange Zeit aus den Augen. Jetzt treffen wir uns, wenn auch selten, um über die alten Zeiten zu reden. Manchmal kommt auch Fırlama dazu. Wie immer macht er sich lustig und sagt: »Sei stark, mein Sohn Metin, mach deinem Namen Ehre. Wäre der Hauptmannssohn nicht gewesen, dann hätte man dir deinen Vater weggenommen, wie man mit der Pinzette ein Haar ausreißt, und du hättest in der Scheiße gesessen.«

»Nein, ich wäre in jungem Alter Waise geworden«, erwidert der andere. Nach kurzem Schweigen fährt er fort: »Du hast recht, Fırlama. Selbst wenn es so weit gekommen wäre, dann wärest du aus deiner zerrissenen Unterhose geschlüpft und hättest eine Lösung gefunden.«

Mich wundert es gar nicht, dass sie sich immer noch wie Pubertierende aufführen und sich wie in der Schulzeit gegenseitig auf die Schippe nehmen. Damals lag das Leben vor uns, jetzt aber liegt es hinter uns. Die längste Zeit unseres Lebens ist vorbei, es ist nur noch wenig davon übrig. Ich hoffe, es bleibt von meiner Geschichte etwas zurück, wenn sie denn jemand hört. Und wenn nicht, auch nicht schlimm! Ich habe mein Innerstes hervorgekehrt, was will ich mehr?

18

Was war in meine Tochter gefahren, dass sie mich in aller Herrgottsfrühe anrief? Ich war zwar wach, aber noch nicht aufgestanden. Ich fühlte mich wie vor vielen Jahren, wenn ich an einem Wintermorgen im Schlafsaal aufgewacht war, mir war kalt. Dabei war Sommer, bald würde die Sonne aufgehen und, ehe sie die schmutzigen Fluten des Haliç erleuchtete, auf die weißen Mauern des Mädchenturms fallen, der sich aus dem Nebel schälte. Ein Schiff würde in den Bosporus einfahren, ein anderes aufs Marmarameer zusteuern. Dann würden sich das Topkapı Sarayı mit seinen kleinen Kuppeln und seinen Gärten, der Galataturm und die Galatabrücke, die Dampfer mit den Möwen, die ihnen folgten, und die Tauben vor der Yeni Cami, der Neuen Moschee, wie ein bunter Seidenteppich vor mir ausbreiten. Bei diesem Anblick würde ich mich am liebsten hinstrecken wie beim Gebet, die Betrachtung Istanbuls ist für mich Gottesdienst. Vielleicht der einzige Gottesdienst, den ich in diesem vergänglichen Leben ausgeübt habe. Wenn ich schon »Gottesdienst« sage, dann füge ich gleich hinzu: Ich hatte Lust, auf dem Balkon *Rakı* zu genießen, zweifellos erstmals in meinem Leben wollte ich so früh morgens den Tisch herrichten. Eine Zeit lang hatte ich mir angewöhnt, einen Mittags-*Rakı* zu trinken, aber noch nie hatte ich mir dieses Gift schon zum Frühstück einverleibt. Auch meinen Vater hatte ich nie in aller Frühe mit *Rakı* gesehen. Meine Tochter schien zu verstehen, was in mir vorging, als sie sagte:

»Entschuldige bitte, ich rufe dich sehr früh an. Wie geht es dir?«

»Na wie schon? Einigermaßen. Immerhin besser als dem eingeheirateten Schwiegersohn, wie man auf Türkisch so sagt.«

»Das trifft die Sache. Auch ich wollte diese Angelegenheit mit dir besprechen und deshalb vorbeikommen.«

»Ja freilich, komm vorbei, du kannst auch zum Abendessen bleiben. Wir haben uns ja lange nicht gesehen.«

»Das stimmt, aber abends habe ich keine Zeit. Wenn du willst, komme ich zum Mittagessen.«

»Gut, komm, aber geh nicht gleich wieder weg. Vater und Tochter können doch mal beisammensitzen und ein bisschen bechern.«

Mittags hatte sie eingekauft und den Tisch auf dem Balkon gedeckt. Der Tisch war reichlich bestückt. Immerhin ist sie Vaters Tochter, dachte ich. Meine Tochter besuchte mich alle heiligen Zeiten einmal und deckte mir den Tisch, und wenn auch nicht wie in Apostols Kneipe »auf meinem Teller eine Wolke, / in meinem Glas der Himmel« war, so lag doch mein geliebtes Istanbul vor mir. In leicht abgehobenem Zustand machte ich den Fernseher an, um zu erfahren, was im Land so vorging. Hätte ich doch nur nicht eingeschaltet! Auf dem Bildschirm ereiferte sich Unserer mal wieder. Diesmal war ich gemeint. Ja, Sie haben sich nicht verhört, ganz direkt wurde ich, wurden Genießer wie meinesgleichen angeprangert. Offenbar waren alkoholische Getränke verteuert worden. Woher sollte ich das wissen, da mir meine Zugehfrau, die auch für mich einkauft, nichts gesagt hatte? Der Ministerpräsident beschimpfte diejenigen, die gegen die Verteuerung protestiert hatten, sie sollten, statt Wein zu trinken, lieber Trauben essen. Auf anatolischem Boden, wo der Dionysos-Kult einst erblüht war, wachsen inzwischen auch solche Typen. Es ist unglaublich. Mit einer Handbewegung tut er die jahrtausendealte Weintradition der Menschen ab, die dionysischen Gottesdienste, aus denen die griechische Tragödie hervorging. Hat er doch die Unverfrorenheit zu sagen: »Jetzt hört auf, dieses Gift zu trinken!«, und rät uns, statt Wein zu trinken, Trauben zu essen. Man denkt an das Sprichwort: »Iss meine Trauben und frag nicht nach dem Weinberg!«, aber er vergisst, dass wir, wenn es so weitergeht, statt Trauben zu essen, anfangen werden, den Weingärtner zu schlagen.

Es reicht! Gut, dass mein Vater das nicht mehr erlebt hat. Wenn allerdings meine Großmutter noch lebte, dann würde sie diesen Ministerpräsidenten vielleicht in seinem Kampf gegen den Alkohol heimlich unterstützen. Ich hingegen wäre sogar bereit, auf meinen Mittags-*Rakı* zu verzichten, damit er so schnell wie möglich verschwände. Aber er tritt ja nicht ab, drum: »Prost!«

Als meine Tochter und ich beim Anblick von Istanbul mit dem ersten Glas anstießen, leuchteten ihre Augen. Ohne weitere Umschweife kam sie auf ihr Anliegen zu sprechen.

»Schau, Papa, du hast jetzt ein würdiges Alter erreicht.«

»Was für ein würdiges Alter, Mädchen? Ich stehe mit einem Bein im Grab.«

»Sag das nicht. Du hast noch einige schöne Tage zu leben vor dir. Zum Glück bist du gesund, und Spaß am Leben hast du auch.«

Während ich dachte, dass meine Tochter mich überhaupt nicht verstehe, kam sie endlich zu ihrem Anliegen.

»Aber so geht es nicht weiter. Ich kann vielleicht auch nicht immer für dich da sein.«

»Wann warst du denn für mich da?«

»Sei jetzt nicht so gemein, du bist undankbar! Ich glaube, du hast mich verstanden. Du brauchst eine Frau.«

»Ich habe ja eine Putzfrau. Sie kocht mir auch das Essen. Und wie du weißt, bin ich mit deiner Mutter verheiratet.«

Als hätte sie diese Antwort erwartet, fuhr sie fort: »Ja, du bist mit meiner Mutter verheiratet, aber sie will sich von dir scheiden lassen. Gestern hat sie aus Frankreich angerufen. Sie ist dabei, mit einem Gleichaltrigen ein neues Leben zu beginnen. Sie ist dir noch immer sehr böse. Sie sagte, sie werde die Scheidung einreichen.«

Ich war wie vor den Kopf gestoßen. Ich war mir so sicher, meine Frau werde eines Tages zu mir zurückkehren, dass ich sie nie angerufen hatte, seit sie fortgegangen war. Kalter Schweiß brach mir auf dem Rücken aus, meine Hände begannen zu zittern. Also hatte ich am Morgen deswegen gefroren. Ich tat, als wäre es mir egal, und sagte: »Das ist ihre Sache. Der Teufel soll sie holen! Scheiß drauf!« Plötzlich fiel mir Cazibe ein. Als sie mich das erste Mal verlassen hatte, hatte Fırlama genauso »Scheiß drauf!« gesagt.

»Hör auf zu fluchen, bitte! Und tu nicht so, als wäre es dir gleichgültig. Ich weiß, du liebst Mutter noch immer.«

»Woher willst du das denn wissen?«

Sie schwieg kurz. Dann hellte sich ihr Gesicht auf, und sie lächelte. Aus ihrer Tasche holte sie einen Brief hervor und reichte ihn mir.

»Als ich vorhin in der Küche das Essen zubereitet habe, habe ich ihn zwischen den Rechnungen gefunden. Ich habe ihn aufgemacht und gelesen.«

Wie ich sah, war es derselbe Brief, den der Postbote neulich gebracht hatte. Es stand der Name meiner Frau darauf. Irgendwie hatte ich vergessen, ihn ihr zu schicken. Als ich genauer hinschaute, erkannte ich meine eigene Handschrift. Verdammt noch mal! Das war der Brief, den ich vor Jahren, als ich aus der Wohnung in Istanbul in ein Hotel in Bebek gezogen war, abgeschickt hatte. Woher sollte ich ahnen, dass er dermaßen spät kommen würde? Dass der verflixte Postbote, lange, lange nachdem meine Frau nach Paris zurückgekehrt war, an der Tür klingeln würde? Der Postbote klingelt zwei Mal. Dieser verflixte Kerl hatte nur ein Mal geklingelt, und er war auch nicht wiedergekommen. Als wir jung gewesen waren, hatten meine Frau und ich nicht genug kriegen können vom Sex. »Die wie vielte Post ist das?«, hatten wir damals gesagt. Schlimm! Wie war die Zeit doch so schnell vergangen! Wir waren älter geworden und hatten uns getrennt. Ich konnte nur sagen:

»Was soll ich tun? Es ist reichlich spät.«

Ich wollte noch in den Worten von Yahya anfügen: »Das ist das letzte Lied, mein Leben. / Vergehe, wie du willst!« Doch ich unterließ es.

Meine Tochter fuhr fort: »Nun gut. Am besten schließt ihr dieses Kapitel ab. Es tut mir sehr leid, doch man muss realistisch sein. Wir finden für dich hier eine Braut.«

Mir schien, sie wollte sich über mich lustig machen. Jedenfalls war sie die Tochter ihres Vaters. Selbst in der schlimmsten Lage verfiel sie nicht in Panik, wusste »aus der Situation die Pflicht« abzuleiten wie ihr Großvater.

»Du kannst gleich zu suchen anfangen.«

»Ich meine es ernst, Papa.«

»Ich meine es auch ernst. Sag mir, wenn du schon eine im Auge hast.«

»Ja, aber ich fürchte, du wirst böse, wenn ich es sage.«

»Ich werde nicht böse, versprochen. Wer soll diese zukünftige Braut denn sein?«

»Deine Nachbarin Nigâr *Hanım*. Sie hat mir gestanden, dass du ihr sehr gefällst und dass sie es nicht ertragen kann, wie du da ganz allein in deinem Winkel hockst und dein Leben vergeudest.«

Mich packte ganz plötzlich die Wut. Da hatten diese beiden Weibsstücke, ohne dass ich es wusste, aus der Situation die Pflicht abgeleitet.

»Nun hör mir mal gut zu! Du hast deinen Vater noch nicht kennengelernt. Was soll ich denn mit dieser alten Vettel anfangen?«

»Sprich nicht so, sie ist auf ihre Weise ein guter Mensch. Ihr könnt einander unterstützen. Und du hörst endlich damit auf, Huren ins Haus zu rufen.«

Als ich das Wort »Hure« hörte, verlor ich die Fassung.

»Die eigentliche Hure bist du! Und diese Nigâr, das ist die größte Schlampe!«, schrie ich.

Ich drehte vor Wut fast durch. Sie hatte nicht erwartet, dass ich dermaßen heftig reagieren würde, und selbst wenn ich ihren Vorschlag nicht gleich annahm, dann hätte es doch nicht so ausgehen müssen. Sie fing zu weinen an. Dann trocknete sie ihre Tränen und erneuerte im Bad ihr Make-up. »Ich gehe jetzt. Mach, was du willst!« Mit diesen Worten knallte sie die Tür zu. Ich aber schoss voller Zorn hinaus und traktierte die Tür von Nigâr. Unflätig schrie ich los und beschwerte mich bei ihr. Die Nutte ging am selben Tag noch zur Polizei und zeigte mich an. Als die Polizisten kamen und das Tonband beschlagnahmten, war ich gerade fertig, den Brief, den ich meiner Frau aus Bebek geschrieben hatte, aufs Band zu sprechen und das Band zurückzuspulen:

Meine Geliebte,
ehe ich dich fand, war ich eine Ruine; ein bleicher, einsamer Mann, der sich vor seinem Anblick im Spiegel fürchtete, ein Vagabund. Ich war ein Schiff, das mit gelösten Trossen im offenen Meer trieb. Ich war ein Nomade, der zwar sieben Meere durchfahren hatte, doch ich war blind und mein Herz ohne Liebe. Ich war in Cafés zu Hause, und Hotels waren meine Wohnung. Es gab in meinem Leben eine Reihe Frauen, dennoch war ich allein. Mit den einen war ich auf eine Zigarettenlänge zusammen, mit anderen eine ganze Nacht. Sie kamen zu mir wie zum Einkaufen, danach gingen sie wieder. Immer nahmen sie mir etwas, ließen nichts zurück. Ich fühlte mich wie ausgeraubt. Stets blieb ich ihnen etwas schuldig, doch sie hatten keinen Funken Liebe für mich übrig. Eigentlich will ich sagen: Als du kamst und bei mir bliebst, war ich längst auf den tiefsten Grund gesunken. In gewisser Weise begann mein Leben mit dir, du hast mich geboren und aufgezogen. Um es mit den Versen des französischen Dichters zu sagen, den du so sehr liebst: Ich war »die Unordnung eines Hotelzimmers« und »ein Reisender ohne Fahrschein auf den Stufen des Zuges«. Ehe ich dich fand, ehe ich der Deine wurde, ehe ich mich an dich band.
Du weißt, um die Liebe zu beschreiben, sind Wörter manchmal unzureichend. »Ich wusste nicht, dass Lieder derart schön, / Dass Worte derart nackt sind, / Bevor mich dieses Leid befiel.« Erinnerst du dich an den Tag, an dem ich dir diese Verse zum ersten Mal vorsagte? Du konntest noch nicht Türkisch, während ich überzeugt davon war, dass die Worte auf Französisch nicht die gleiche Wirkung hätten. Es war aber nicht so, wie ich gedacht hatte. Du hast mein Leid

sofort verstanden. So wie du in Istanbul den Verzückten verstanden hast, der wie aus Aladins Wunderlampe plötzlich vor uns auftauchte und mit den Worten von Fuzuli sagte: »Das Leid ist groß, / Es gibt keinen Leidensgenossen.« Damals wusste ich nicht, dass auch ich eines Tages Liebesqualen erleiden würde. Wir waren auf der Hochzeitsreise. Nicht in Venedig, wie alle verliebten Paare, sondern in Istanbul, der Stadt meiner Jugend. Ich hatte dir so viel von dieser Stadt erzählt, dass du vorschlugst, unsere Flitterwochen in Istanbul zu verbringen. Für dich war es ein erstes Mal und in gewisser Weise auch für mich. Es war und blieb die Stadt meiner ersten Liebe, der ersten Frau, des ersten Schmerzes und der ersten Trennung.

Wir waren glücklich. Wir durchwanderten die ganze Stadt, so wie ich es in den ersten Tagen getan hatte, nachdem ich aus einer abgelegenen Provinzstadt neu nach Istanbul gekommen war. Die Lieder waren schön, die Wörter sämtlich unzureichend. Doch ich litt nicht. Noch nicht.

Meine geliebte Frau, das ist zweifellos der letzte Brief, den ich dir schreibe. Dieser letzte Brief wird uns scheiden, wie in dem Lied des blinden Sängers, der in dem Fischrestaurant im Schatten der Türme im Burghof von Anadolu Hisarı ganz allein zur Geige sang. Ja, so wird es sein, wenn du nicht zu mir zurückkehrst. Mir ist, als käme das Gespenst von den Türmen herabgeschwebt, nähme mich an der Hand und schleppte mich in die Hölle. Ich kann dich sehen, wie du lächelnd sagst: »Der Teufel muss Qualen erleiden.« Hätte ich dich doch nie diesen Spruch gelehrt. Aber du hattest die Redewendungen meiner Sprache so gerne, hast sie dir so zu eigen gemacht, als hättest du dich nicht in mich verliebt,

sondern ins Türkische. Deswegen wollte ich dir die Feinheiten der schönsten Sprache der Welt nicht vorenthalten. Und nicht den feurigsten Sex der Welt. In Istanbul, in Paris und auf allen Reisen, auf denen du mich begleitet hast.
Ich hoffe, du kehrst eines Tages zu mir zurück, früher oder später, ich warte auf dich. Denn unsere Wohnung in Istanbul mit dem unvergleichlichen Ausblick hast du gesucht und gefunden, hast du eingerichtet. Unsere Tochter hat auch ein bisschen geholfen. Ich hatte vor, nach der endgültigen Rückkehr in mein Land dort mit dir zusammen zu leben und zu sterben. Doch als wolltest du dich für meine Vergangenheit rächen, bist du einem Mann gefolgt und fortgegangen. Während unserer Ehe war immer ich es gewesen, der gegangen ist, aber ich bin jedes Mal zurückgekommen. Das einzige Mal, dass du weggegangen bist, ist dieses Mal. Ich weiß nicht, ob dir klar ist, dass dies das Schlimmste ist, was man einem Mann antun kann, der sein Leben mit Fortgehen, Hin- und Herfahren, dem Pendeln von einer Stadt in die andere, von einer Frau zur anderen verbracht hat. Du weißt, ich habe, dich eingeschlossen, niemanden verlassen. Ich bin immer verlassen worden. Und das habe ich verdient, ja ich bin schuld. Mea culpa! Doch ich möchte, dass du verstehst, welche Wunde dieses unsagbare Leid gerissen hat. Dass ich in meinem Alter diese Trennung nicht ertrage, dich zu verlieren fürchte, dieses Gefühl ist Höllenqual, ist Verdammnis.

»Wenn du schon gehst und mich hier allein lässt / Warte, damit ich dich noch einmal anschaue.« Ich weiß nicht, ob du dich erinnerst, dass der blinde Geiger auch dieses Lied gesungen hat. Wie schön warst du in deiner Sommerklei-

dung. Der Geist Hamlets beobachtete uns von den Türmen aus, du aber warst eine weiße Wasserrose, die auf dem Göksu erblüht war, und, Ophelia zum Trotz, eine glückliche junge Frau. Ich hätte am liebsten ausgerufen: »Was bist du doch weiß!« Deine Haut war noch nicht am Strand verbrannt, und deine Brüste waren noch nicht groß geworden. Sie waren winzig, fest und aufgerichtet. Und deine Beine waren ganz gerade, wie du sie unter dem Tisch ausstrecktest. Inzwischen sang der blinde Geiger: »Meine schöne Magnolie«.

Ich bin für eine Weile ins Hotel gezogen, damit du deine Sachen packen kannst. Ich schreibe dir diesen Brief aus dem Hotel Bebek. Vor vielen Jahren erlebte ich meine erste Liebe hier in der Nähe in einer Villa, und in Bebek habe ich den Schmerz der Trennung erlitten. Mein Schicksal ist es, dass ich hier auch von meiner letzten Liebe Abschied nehme. Das Blau des Bosporus hat sich wie immer nach dem Regen in ein Kupfergrün verwandelt. Das gegenüberliegende Ufer ist jetzt etwas näher gerückt. Wenn ich die Hand ausstreckte, könnte ich die Türme von Anadolu Hisarı berühren. Und auch die Worte des blinden Sängers. Ein Schiff, von Möwen verfolgt, fährt vorbei. Ein ganz weißes Schiff, beladen mit Sehnsucht. So weiß wie dein Rock, der sich in Göksu entfaltete. Ich weiß, ich verbrenne mir die Hände, wenn ich mich vom Balkon hinausbeuge und das Schiff berühre. Noch schlimmer wäre es, wenn ich dich berührte, berühren könnte. Feuerbrände, es werden von nun an immer Feuerbrände sein. Ich traue mich nicht mehr zu fragen, wohin das alles führen soll. Überlege es dir gut, und dann entscheide dich. Entweder mit mir oder ohne mich. Es ist unmöglich, dass wir einen Mittelweg finden. Denn immer noch liebe ich dich sehr. Und ich will dich nicht mit einem anderen teilen. Wenn du aber für immer gehst, nicht zu mir zurückkehrst, sollst du wissen: Ein Teil von dir wird hier in Istanbul bleiben. Und wenn ich sterbe, wirst du dich mit mir zusammen in der Erde von Göksu vermischen.

Na, wie war das? Gar nicht so schlecht formuliert, oder? Ich denke, wenn dieser Brief bei meiner geliebten Frau angekommen wäre, dann wäre sie bestimmt zu mir zurückgekehrt. Besser gesagt: Sie wäre nicht weggegangen, sie hätte unserer Beziehung eine weitere Chance gegeben. Sie wäre nicht so plötzlich verschwunden. Dennoch habe ich die Hoffnung noch nicht aufgegeben. Wenn dieser Brief sie schon nicht erreicht hat, dann muss ich ihr eben einen zweiten Brief schreiben. Dieses Mal werde ich nichts von Anadolu Hisarı schreiben, auch nicht von den Tagen, die wir in Paris verbracht haben, sondern von Limoges, wo wir uns zum ersten Mal gesehen haben. Sie sagen vielleicht: »Wo kommt denn nun dieses Limoges her?« Ich will es erklären.

Nachdem ich Cazibe, meinen Klassenkameraden und meine Familie – wenn man meinen putschenden Vater und meine ausgesiedelte Großmutter als »Familie« bezeichnen kann – verlassen hatte, fand ich mich in Frankreich wieder, das wie die Türkei an drei Seiten vom Meer umgeben ist. Genau in der Mitte dieses schönen Landes, das mich freundlich aufnahm, liegt Limoges, weit entfernt vom Meer und den Schnellzugstrecken, drei Stunden von Paris entfernt. Die Stadt ist berühmt für ihr Porzellan, die Kathedrale, die alten Häuser und das kupfergrüne Bahnhofsgebäude. Und auch für seine sehr alte Steinbrücke mit den vielen Bögen. Der Uhrenturm gleich neben dem Bahnhof erhebt sich wie ein selbstbewusster Phallus. Unter dem ebenfalls grünen Kuppeldach verfolgen sich in einem steinernen Rahmen ununterbrochen die Uhrzeiger. Die gewundenen Steinstraßen der alten Stadt führen vorbei an kleinen Plätzen und einsamen Innenhöfen hinunter zum Fluss. Wie alle historischen Städte Frankreichs ist auch Limoges sehenswert.

Ich kam nicht als Besucher nach Limoges, sondern um eine Dokumentation über das bunte Porzellan zu drehen. Als ich aus dem Zug stieg, erwartete mich am Bahnsteig meine zukünftige Frau. Sie arbeitete damals bei der Stadtverwaltung und war damit beauftragt, das Aufnahmeteam zu unterstützen. Ihre geheimnisvolle, geradezu unvergleichliche Schönheit schien wie die der Stadt aus alten Zeiten, vielleicht aus der Römerzeit herzurühren. Dabei war sie sehr jung. Fast noch ein Kind. Wenn sie lachte, dann lachten auch ihre Augen, und in ihren Blicken floss nicht nur die Vienne, sondern flossen alle Ströme Frankreichs. Sie war am Delta der Loire geboren und aufgewachsen, in jener regnerischen Stadt, wo die Loire in den Ozean mündet. So wie unsere Tochter auch. Später, nachdem wir geheiratet hatten und unsere Tochter geboren war, blieb sie in meinem Leben immer »die Frau vom Delta«. Mit ihrer Hilfe ertrug ich das Heimweh, durch sie wurde ich von der Qual der Einsamkeit gerettet. Und auch aus den eisernen Klauen des Verwaistseins.

Sie war beweglich wie die schnell fließenden Flüsse, ein durch und durch sauberer Mensch. Wenn ich mit ihr zusammen war, fühlte ich mich wie von frischem Wasser übergossen. Sie war so glasklar, rein und weiß wie eine Lilie, die in einem Flusstal erblüht. Ich liebte sie vielleicht deshalb so tief und leidenschaftlich, weil sie allen Flüssen Frankreichs glich, deren Wasser an den schnellen

Fluss des Lebens erinnern, sodass ich durch sie im Schatten einer Platane ausruhen und nach der Rückkehr von meinen Reisen sie umarmen konnte. Ja, sie war weiß und sauber wie ein fließendes Wasser. Doch durch mich wurde sie beschmutzt. Durch mich wurde sie in diverse Dinge und Beziehungen hineingezogen, wenn auch nicht in jede Schlechtigkeit. Mehr brauche ich nicht zu erzählen. Ich will Ihre kostbare Zeit nicht noch mehr in Anspruch nehmen. Ich weiß, Sie glauben mir nicht, wenn ich sage: Wir verliebten uns an jenem Herbsttag auf dem Bahnhof von Limoges unter dem riesigen kupfergrünen Dach wie im Märchen auf den ersten Blick, doch es war so. Dass mein Herz immer noch schmerzt, hat damit zu tun. Tatsächlich schmerzen meine Gelenke vom Rheuma, aber das ist etwas anderes. Man kann den ganzen Tag lang ausruhen, den ganzen Tag lang auf dem Bett liegen, wenn nur das Herz nicht schmerzt. Wenn es aber anfängt zu schmerzen, ist es der Anfang vom Ende.

In Limoges nahm ich nicht nur die tausenderlei Porzellanfiguren in verschiedenen Rot-, Lila-, Blau- und Grüntönen auf, die den Menschen in eine ganz andere Welt tragen, viel schöner als die unsere, ich filmte auch im Museum die Skulptur eines Paares, das einander umarmte, vielleicht König und Königin, die im selben Grab lagen. Sie schienen in dem kalten Marmor seit dem Mittelalter weiterzuleben. Die Frau war dem Mann zugewandt, ihre Hand lag auf seinem Herzen. Ihr Herz lag offen da. Sie fühlte den Puls des Mannes, den sie ihr Leben lang geliebt hatte. Sie kamen aus alter Zeit, doch ihre Verbundenheit, ihre unbedingte Liebe, ihre reine, unverfälschte Zuneigung hatte die Zeit besiegt, auch wenn sie vom Tod besiegt worden waren.

Was soll ich noch sagen? Hier endet meine Geschichte. Ich weiß, der Todesengel wartet vor der Tür, doch noch zögert er, einzutreten. Er ist nämlich nicht so bedenkenlos wie meine Nachbarin, die Schlampe, sondern er ist Gottes Engel. Von jetzt an gibt es für mich zwei Arten von Menschen: die gestorbenen und die, die noch sterben werden. Die meisten, mit denen ich in meinem Leben zu tun hatte, gehörten zur ersten Gruppe, ich gehöre zu denen, die sterben werden. Wie der Dichter sagt: »Wer weiß, vielleicht morgen, vielleicht sogar früher.« Am Tag, an dem meine Mutter starb, fand ich heraus, wie das Lesen funktioniert. Und ich habe ihr nicht nachgeweint. Ich möchte auch nicht, dass mir jemand nachweint. Auf meinem Grabstein soll nur stehen: »Er kam, lachte und starb.« Mehr nicht. Und man soll dieses Tonband aufbewahren, es kommt vielleicht der Tag, an dem es jemand abhört.

Als die Polizisten zusammen mit Nigâr *Hanım* die Tür aufbrachen und hereinkamen, fanden sie einen alten Mann an einem unmodernen Tonbandgerät sitzen. Er spulte das Band zurück, als wollte er sein Leben neu beginnen. Er war ganz ruhig. Die unerwarteten Gäste würdigte er keines Blickes. Für eine Weile versank er im Bild Istanbuls, dann ließ er sich ins Leere fallen.

Das Tonband, das seine Geschichte aufgenommen hatte, wurde zuerst vom Staatsanwalt, danach von den Richtern abgehört, und er wurde wegen Beleidigung des Ministerpräsidenten und Pornografie für schuldig befunden. Doch der Angeklagte war nur noch eine Stimme, die man nicht einsperren oder aufhängen konnte. Er konnte höchstens als heiterer Klang unter der Himmelskuppel bestehen bleiben. Und so war es denn auch.

Oktober 2012 bis Juni 2013

GLOSSAR

Ayı	Bär
Abi	Älterer Bruder
Ağa	Großbauer, Großgrundbesitzer
Ayran	Joghurtgetränk
Baba	Vater
Babafingo	Bramstange
Bey	Herrscher, Fürst, Herr, dem Namen nachgestellt
Börek	Pastete, Teigrolle
Cadde	Straße
Efendi	Herr, Gebieter, wohlerzogener Mensch
Ezan	Gebetsruf
Fez	Kopfbedeckung für Männer im Osm. Reich
Gazi	Veteran, Ehrentitel für Glaubenskämpfer; insbesondere Bezeichnung für Atatürk
Halay	Art Reigentanz
Hamam	Türkisches Bad

Hanım	Dame, Frau, dem Namen nachgestellt
Hayat	Leben
Imam	Vorbeter in der Moschee / Geistlicher
Kader	Schicksal
Kalpak	Pelzmütze (der Offiziere in der osmanischen Armee)
Kazandibi	Pudding, der auf der Unterseite »angebrannt« / karamellisiert ist
Kebab	Gegrilltes oder gebratenes Fleisch
Kıbla	Gebetsrichtung, für Muslime ist es Mekka
Köfte	Fleischbällchen, Frikadelle
Kuruş	Münze; 100 *kuruş* ergeben 1 Lira
Lodos	Warmer Sturm aus Südwesten, meist im Winter
Meddah	Geschichtenerzähler
Melek	Engel
Mevlut	Langgedicht über die Geburt und das Leben des Propheten; *Mevlut* ist auch die Feier, bei der das Gedicht vorgetragen wird
Meze	Vorspeise(n)
Muezzin	Gebetsrufer
Muhtar	Gemeindevorsteher
Pastırma	Pökelfleisch
Pilaw	Reisgericht
Ramazan	Fastenmonat
Rakı	Türkischer Schnaps

Sahur	Frühstück vor Sonnenaufgang im Fastenmonat
Saray	Schloss, Serail
Sırat	Brücke, über die die Menschen am Tag des Jüngsten Gerichts gehen müssen
Simit	Kringel mit Sesam
Sucuk	Hartwurst
Tavla	Brettspiel, Backgammon
Tesbih	Gebetsschnur
Türbe	Grabmal, Mausoleum
Yalı	Sommerhaus, Villa, meist aus Holz, an den Ufern des Bosporus

ERKLÄRUNGEN

S. 11 Hinweis auf ein Lied von Zeki Müren (1931–1996), türkischer Dichter, Komponist und Sänger, in dem es heißt, die Haare der Geliebten seien »zerzaust« (türkisch *tarumar*).

13 Ein bekannter Ausspruch von Atatürk lautet: »Der wahre Lehrmeister im Leben ist die Wissenschaft.«

15 »Ich war ein Kind«: Beginn des Gedichts *»Alageyik«* (»Der bunte Hirsch«) von Mehmet Ziya, mit Schriftstellernamen Ziya Gökalp (1875–1924), türk. Publizist, Essayist, Soziologe.

17 Ayşecik ist eine Figur in türkischen Filmen.

17 *»Zum fünfunddreißigsten Lebensjahr«*: Cahit Sıtkı Tarancı (1910–1956), türkischer Dichter und Denker.

18 Vollständig heißt das Stoßgebet: *»Lâ havle ve la kuvvete illâ billâhil aliyyil azîm.«* (»Kraft und Stärke sind nur mit Gottes Hilfe möglich.«)

18 Die Sure *»El Fatiha«* (»Die Eröffnende«) ist die erste Sure des Korans. Sie ist für Muslime ein grundlegendes Gebet etwa wie das Vaterunser für Christen.

20 *Teravi*-Gebet: ein zusätzliches Nachtgebet im *Ramazan.*

22 »*Muhtars* Platz«. *Muhtar* bedeutet »Gemeindevorsteher«.

22 Brücke *Sırat:* Diese Brücke ist nach islamischer Vorstel-

lung hauchdünn, sie führt über einen Abgrund hinweg ins Paradies. Jeder muss am Jüngsten Tag alleine über diese Brücke balancieren. Die Sünder fallen in den Abgrund, in dem ein Feuer lodert.

23 Anspielung auf das Buch *Min el aşk* (»Schönheit und Liebe«) von Scheich Galip, Dichter und Mystiker in Istanbul (1757–1799).

23 Pascha: General im osmanischen Heer, auch Ehrenbezeichnung.

28 *Erke el koydu:* »hat die Macht übernommen«; Machtübernahme, Machtergreifung.

28 Ministerpräsident Adnan Menderes sowie die Minister Fatin Rüştü Zorlu und Hasan Polatkan.

29 Çankaya: Regierungsviertel in Ankara.

29 Yassıada: eine der im Marmarameer gelegenen Prinzeninseln. Diente schon im byzantinischen Reich als Verbannungsort. Nach dem Putsch von 1960 wurde auf der Insel ein Sondergericht installiert, das die Führungspersönlichkeiten der Demokratischen Partei aburteilte. Es wurden 15 Todesurteile ausgesprochen, davon drei (s. o.) auf der Insel Imralı vollstreckt. Seit 1995 ist Yassıada unbewohnt.

29 Löwenmilch: poetische Bezeichnung für *Rakı.*

32 Schlacht von Plewen oder Plevna im russisch-türkischen Krieg 1877.

32 *Evlad-i fatihan*: Balkantürken werden die Nachkommen jener Türken genannt, die im Osmanischen Reich den Balkan eroberten.

33 Gesetz über die Nachnamen: Mit dem Gesetz vom 21. Juni 1934 wurden in der Türkei Familiennamen eingeführt.

34 *Gazi*, »Veteran«, ist u. a. eine Ehrenbezeichnung für Atatürk, insbesondere in der Verbindung »*Gazi* Pascha«.

35 Niederlage einer osmanischen Armee in der Schlacht von Kırkkilise 1912, Thrakien.

36 Sirkeci: Bahnhof auf der europäischen Seite von Istanbul.

38 »Die Wasser wurden dunkel«: aus dem Gedicht *»Merdiven«* (»Die Treppe«) von Ahmet Haşim (1884–1933).

38 *Şirket-i Hayriye:* Firma, die 1854–1945 für den Fracht- und Personenverkehr auf dem Bosporus zuständig war.

39 *»Mecnun«* (wörtlich »verrückt«) ist die Bezeichnung für den Geliebten der Leyla, der an seiner Liebe zugrunde geht. Die klassische orientalische Liebesgeschichte ist in verschiedenen Versionen und Sprachen (in Persisch, Arabisch, Kurdisch, Türkisch, Urdu usw.) seit dem 7. Jahrhundert überliefert.

40 Militäreliteschule Kuleli in Çengelköy auf dem asiatischen Ufer des Bosporus.

40 *Ittihat ve Terakki Cemiyeti* (Komitee für Einheit und Fortschritt) war eine politische Organisation im Osmanischen Reich, auch »Unionisten«, Partei der Jungtürken. Treibende Kraft hinter der konstitutionellen Revolution von 1908 und dem Völkermord an den Armeniern.

40 Verfassung von 1908: konstitutionelle Monarchie.

48 »Kein anderer Traum«: Lied von Zeki Müren (s. o.)

48 Fevzi Çakmak (1876–1950), Feldmarschall und Generalstabschef der türkischen Armee.

49 Schlacht am Fluss Sakarya, bei Polatlı: wichtige Schlacht im Befreiungskrieg, die zwischen 23. August und 13. September 1921 stattfand. Schlacht bei Dumlupınar: letzte Schlacht des türkischen Befreiungskrieges Ende August

1922, in der Nähe von Kütahya. Diese für beide Seiten sehr verlustreichen Schlachten führten schließlich zur Vertreibung der griechischen Truppen aus Anatolien.

50 »Mutter hat mich …«: Das Gedicht von Yesari Asim Arsoy (1900–1992) beginnt: »Auf Heybeli fuhren wir raus jede Nacht, / Im Mondenschimmer vor Freude trunken.«

50 »An den Stränden …«: anonyme Liedertexte.

50 Zypernkrieg: 1974. Nachdem griechische Putschisten den Anschluss der Insel an Griechenland hatten durchsetzen wollen, besetzten türkische Streitkräfte die Insel.

51 »Vogelstimmen erfüllen das Tal«: Kinderlied.

51 Zeki Müren (s. o.).

52 »Abend kam …«: anonymer Verfasser.

54 Abanoz-Gasse: eine frühere Bordellstraße in Istanbul.

60 Ergenekon-Mythos. Die Ergenekon-Sage ist weit verbreitet unter den Turkvölkern. Der Sage nach sollen sich in alter Zeit die Türken nach einer großen Niederlage, angeführt von einem Wolf, in einem schwer zugänglichen Tal namens Ergenekon niedergelassen haben. Nach vielen Generationen wird das Tal zu eng für die Menschen, und sie suchen einen Weg zurück in die Steppe.

60 Inschriften von Orhun: Die alttürkischen Runeninschriften werden nach ihrem Fundort am Fluss Orchon/Orhun in der Mongolei auch »Orhun-Runen« genannt. Entstehungszeit: 600 n. Chr.

63 Tanburspieler Cemil *Bey*: Komponist und Meister auf verschiedenen Saiteninstrumenten (1873–1916).

63 Müzeyyen Senar: Sängerin türkischer Kunstmusik (1918–2015).

63 »Wenn endlich der Tag«: Die Verse des türkischen Dichters Yahya Kemal Beyatlı (1884–1958) stehen als zweites Motto dem Roman voran (siehe S. 5).

65 Divan-Literatur: Der persische/arabische Begriff *»divan«* hat eine Doppelbedeutung, nämlich »Versammlung / Register«, aber auch »Sammelband, Anthologie«. Divane sind Textsammlungen, zumeist von Gedichten. Die Divan-Literatur folgt strengen Formprinzipien und verwendet traditionelle Bilder, z. B. von Rose und Nachtigall. Inspiriert von den Gedichten des Persers Hafis schrieb Goethe seinen *West-östlichen Divan*. In der Türkei endete die Divan-Dichtung mit dem Ende des Osmanischen Reiches.

66 *Hayat*: wörtlich »Leben«.

66 Istiklâl Caddesi: Hauptstraße im Stadtteil Beyoğlu.

66 Wir »spazierten durch Beyoğlu«: anonymes, volkstümliches Lied.

70 *Yörük*, Jörüken: oghusisch-türkische Volksstämme, ehemals Nomaden, heute allenfalls Halbnomaden (Sommerweide), vorwiegend im südlichen Anatolien.

72 *Yüzbaşı*: wörtlich »Kopf von Hundert«, »hundertköpfig. Hauptmann

72 Keloğlan: glatzköpfiger Held in türkischen und altaischen Erzählungen bzw. Märchen. Sohn einer Witwe oder aus armer Familie löst nach anfänglichen Misserfolgen schwierige Aufgaben, besiegt stärkere Gegner durch List, erringt die schöne Königstochter usw. Volkstümliche Identifikationsfigur.

77 *Hicas*, *Nihavent*, *Rast*: Bezeichnungen für einzelne Tonarten (*makam*) der orientalischen Musik.

78 *Kanun*: Art Zimbel, Hackbrett.

79 *Zurna*: türkische Oboe, Klarinette.

80 Janitscharenmarsch: Militärmusik der Osmanen. Es gibt verschiedene Märsche der Janitscharen, mit Text und ohne. Einfluss auf die europäische Musik ist bekannt.

81 *Zeybek*: türkischer Volkstanz im 9/8-Takt, der vorwiegend in der Ägäis getanzt wird.

81 *Pastırma*: luftgetrocknetes Rindfleisch, ummantelt von einer stark gewürzten Paste.

82 *Topik*: armenische Vorspeise, Knödel aus Kichererbsen- und Kartoffelpüree, gefüllt mit Zwiebeln, Sultaninen, Pinienkernen.

82 *Lakerda*: Das Fleisch des Atlantischen Bonitos, eingelegt in Öl und Salz.

82 »Ach, verflucht …«: Zeki Müren (s. o.).

82 »Auf meinem Teller eine Wolke / In meinem Glas der Himmel«: aus einem Gedicht von Oktay Rıfat Horozcu, türkischer Jurist und Schriftsteller (1914–1988), Mitbegründer der Dichtergruppe *Garip*.

82 Sadi Hoşses, türkischer Sänger und Liederkomponist (1908–1994).

82 »Lieben ist eine besondere Qual …« von Kâzım Nami Erdölen (1893–1976), er schrieb Lieder im Stil klassischer türkischer Musik.

85 »Missgeburt«: Bei seinem Besuch 2011 in Kars nannte Ministerpräsident Erdoğan das Denkmal *insanlık*, (»Menschheit / Menschlichkeit / Menschengeschlecht«) des Bildhauers Mehmet Aksoy, das die Aussöhnung zwischen Türken und Armeniern symbolisieren soll, eine »Missgeburt«. Nach heftigen Auseinandersetzungen und einem Gerichtsprozess wurde es abgerissen.

85 *Kuvayı Milliye* (wörtlich »Nationale Kräfte«): Widerstands-

gruppen in der Türkei, die sich aufgrund der Besetzung des Landes durch die Truppen der Triple Entente nach der Niederlage des Osmanischen Reiches im Ersten Weltkrieg bildeten. Es waren die ersten bewaffneten Truppen des türkischen Befreiungskriegs.

86 Sakarya: Schlacht am Sakarya (s. o.).

86 Çanakkale: Schlacht von Çanakkale, auch: Schlacht von Gallipoli, auf der Halbinsel Gallipoli im Ersten Weltkrieg, 19.2.1915 bis 9.1.1916. Die verlustreiche Schlacht gegen einen übermächtigen Gegner (England, Australien, Neuseeland, Frankreich) endete mit einem Sieg des Osmanischen Reiches (verbündet mit Deutschland und Österreich).

86 *Mevlut*: Hier geht es um die Feuer eines Totengedenkens.

90 *Rast Makamı*: Kâzım Nami Erdölen (s. o.).

91 Sarayburnu: die Halbinsel zwischen Marmarameer und Goldenem Horn, auf der sich u.a. das Topkapı-Serail, die Hagia Sophia und die Blaue Moschee befinden.

95 *»Zwei Kinder auf Weltreise«*: französisches Kinderbuch von Jean de la Hire (*Le tour du monde de deux enfants,* 1912).

96 »Schule des Sultans«: der alte Name des Galatasaray-Gymnasiums war *Mekteb-i Sultani,* heute Galatasaray *Lisesi.*

98 »Am Horizont des Abends ohne Wiederkehr«: Yahya Kemal (s. o.).

98 »Ich beklage mich bei niemandem …« Müzeyyen Senar (s. o.).

98 *»Il pleut sur Nantes«* von Barbara, frz. Chansonsängerin und Komponistin (1930–1997).

100 Köroğlu ist eine Gestalt aus der Volksliteratur Anatoliens; er verkörpert die Gestalt des edlen Räubers, der die Tyrannen bekämpft und das Geraubte an die Armen verteilt.

110 *Tokatlıyan*: wörtlich »Ohrfeigenausteiler«.
112 »Der Verheiratete ab in …«: Anspielung auf ein Gedicht von Ahmet Haşim, türk. Dichter (s. o.).
113 Jean Valjean: Figur aus *Les Misérables* von Victor Hugo.
113 Mahmutpaşa: Stadtteil in Istanbul mit billigen Läden.
119 Vatan Caddesi, wörtlich »Vaterlandsstraße«, Millet Caddesi, wörtlich »Volksstraße«.
120 »Wer vom Pilaw«: Ein Fluch auf den Zögerlichen, der seine Angelegenheit nicht mit Nachdruck verfolgt.
123 Kasımpaşa: Stadtteil in Istanbul mit ärmerer Bevölkerung. Der Fußballclub Kasımpaşa SK wurde schon 1921 gegründet.
124 Putsch vom 12.9.1980.
124 *Beşi bir yerde*: wörtlich »fünf an einer Stelle«, Kette mit fünf Goldmünzen, traditioneller Brautschmuck, auch Geldanlage.
124 Bei der Studentendemonstration am 28. April 1960 auf dem Beyazit-Platz vor der Istanbuler Universität starb der Student Turan Emeksiz, von Polizeikugeln getroffen.
125 Der dicke Dichter: gemeint ist Yahya Kemal (s. o.).
125 *Boza*: Getränk aus vergorener Hirse.
125 *Demirhindi*: Tamarinde, auch indische Dattel. In Istanbul bereitet man aus den süßsauren Früchten eine Limonade.
130 Sultan Bayezid II. herrschte von 1481 bis 1512.
131 Sultan Abdülaziz, Regierungszeit 1861–1876, besuchte als erster osmanischer Herrscher das Ausland. Seine Reise zur Pariser Weltausstellung fand 1867 statt.
131 »Mein Volk, eure Tränen …«: aus *Mülkiye Marşı* (»Politologischer Marsch«) von Cemal Edhem Yeşil (1900–1977), Politologe, Beamter, Diplomat.
137 *Kanuni* Sultan Süleyman, Sultan Süleyman I., »der Gesetzgeber«, auch »Der Prächtige«. Regierungszeit 1520–1566.

137 Ibrahim Pascha aus Parga. Parga ist sein vermutlicher Geburtsort bei Epiros. Lebensdaten: 1493–1536. War u. a. verheiratet mit Hatice Sultan, Tochter Süleymans des Prächtigen.

137 *»Muhteşem Yüzyıl«*, »Das prächtige Jahrhundert«, türkische Fernsehserie über die Regierungszeit Sultan Süleymans.

137 Christensklaven: Durch das System der sogenannten *Devşirme* (»Knabenlese«) wurden im Osmanischen Reich bis ins frühe 18. Jh. hinein christliche männliche Jugendliche aus ihren Familien geraubt und islamisch erzogen, um sie später im Militär und Verwaltungsdienst einzusetzen.

138 Hürrem Sultan, auch Roxelane, Lieblingsfrau von Sultan Süleyman.

139 Alte Schrift: Bei der Schriftreform im Jahre 1928 ließ Mustafa Kemal Atatürk die arabische Schrift durch das lateinische Alphabet ersetzen.

141 *Metin*: wörtlich »robust, stabil, stark«. *»Metin* Metin« heißt also »starker Metin«.

145 *Kıbla*, eigentlich *kıble*: Gebetsrichtung (nach Mekka).

147 Celal Bayar, türkischer Staatspräsident von 1950 bis 1960.

149 Große rituelle Waschung, *gusül aptesi*: ist im Islam vorgeschrieben nach dem Geschlechtsverkehr oder nach einem Orgasmus. Der ganze Körper samt Haaren muss mit fließendem Wasser übergossen, d. h. geduscht werden (ein Wannenbad gilt nicht), danach werden einzelne Körperteile noch extra gewaschen, wobei Gebetsformeln gesprochen werden.

150 Nedim: Ahmet Nedim (1681–1713) war ein Dichter der Tulpenära.

150 *Servet-i Fünun*: wörtlich »Reichtum der Wissenschaft«, Name einer avantgardistischen Zeitschrift, die zwischen 1891 und 1944 in Istanbul erschien; anfangs als wissenschaftlich-technische Zeitschrift konzipiert, wurde sie durch Halit Ziya (1866–1945) und andere Autoren der gleichnamigen osmanisch-türkischen Literaturbewegung zu einer Kunst- und Literaturzeitschrift. Ab 1896 war der Dichter Tevfik Fikret (1867–1915) ihr Herausgeber. Die Zeitschrift arbeitete auf eine Erneuerung der türkischen Literatur hin und nahm auch europäische Strömungen auf.

150 Die »Erste Neue«, »Zweite Neue«: Literaturströmungen in der Türkei im 20. Jahrhundert. »Die Erste Neue« (*Birinci Yeni*) war eine Dichtergruppe, die aus Orhan Veli Kanık (1914–1950), Oktay Rıfat (1914–1988) und Melih Cevdet (1915–2002) bestand. Sie nannte sich auch *Garip* (»seltsam, fremdartig«), womit sie den Bruch mit der als dekadent empfundenen osmanisch-türkischen Lyrik ausdrückte. Orhan Veli Kanık war der bekannteste Vertreter der Gruppe. Seine Gedichte sind geprägt durch Knappheit, Verwendung der Gegenwartssprache mit volkstümlichen Elementen, Verzicht auf Metrum, Reim, Metaphern und die Bildsprache der osmanischen Poesie. Inhaltlich geht es oft um Alltagsthemen und das Leben der einfachen Menschen. Damit drückt sich ein sozialkritischer Ansatz aus.

Die »Zweite Neue« (*Ikinci Yeni*) war ab 1956 eine Gegenbewegung zur »Ersten Neuen« und zum sozialistischen Realismus der 40er-Jahre. Die bekanntesten Vertreter der Gruppe waren Edip Cansever, Ilhan Berk, Ece Ayhan, Cemal Süreya, Turgut Uyar und Sezai Karakoç. Diese

Dichter lehnten eine einfache Sprache und sozialkritische Inhalte ab, vielmehr gestalteten sie Themen wie das Unterbewusste, Einsamkeit, Sexualität, Tod und Suizid.

150 Nâzım Hikmet (1902–1963) gilt als Begründer der modernen türkischen Lyrik.

150 *Aşk-ı Memnu*: »Verbotene Liebe«, Roman von Halit Ziya Uşaklıgil (1866–1945). Dieser war ein Vertreter der osmanisch-türkischen Literaturströmung *Servet-i Fünun* (s. o.).

152 Yeşilçam-Filmstudios: *Yeşilçam* (»Grüne Pinie«) heißt die Gasse in Beyoğlu, in der sich früher die Büros und die Aufnahmestudios der türkischen Filmindustrie befanden. Inzwischen ist das »türkische Hollywood« in das Neubauviertel Yenibosna umgezogen.

152 *Saray Muhallebici*: eine bekannte Konditorei, die sich auf besondere Milchspeisen spezialisiert hat.

152 *Kazandibi* (wörtlich »angebrannter Topfboden«) ist ein Reismehlpudding, der auf der Unterseite kunstvoll »angebrannt« bzw. karamellisiert ist.

156 *Cevgan*: ein mit Rasseln oder Schellen besetzter Reifen bzw. eine Art Tamburin, ggf. an einer Stange.

157 *Kız* Ahmet: berühmter *Meddah* im alten Istanbul, Lebensdaten unbekannt. Der Künstlername »*Kız*«, also »Mädchen / Tochter«, weist darauf hin, dass er Frauenfiguren einprägsam verkörperte.

157 Balladensänger aus Izmir: gemeint ist Homer.

159 »Der Nebel« ist ein Gedicht von Ahmet Kutsi Tecer (1901–1967); »Die Stimme« ist ein Gedichttitel von Tevfik Fikret (s. o.).

160 Anspielung auf die »Erste Duineser Elegie« von Rilke, wo es heißt: »Wer, wenn ich schrie, hörte mich denn aus der

Engel / Ordnungen?« Das türkische Wortspiel zwischen *»kadı«* (»Richter«) und *»kadın«* (»Frau«) kann man im Deutschen nicht wiedergeben.

160 »Weinend«: gemeint ist *»Merdiven«*, »Die Treppe« (s. o.).

165 Cadde-i Kebir (»Große Straße«) ist der alte Name der Istiklal Caddesi.

166 »Ins Unbekannte«: Der Dichter ist Yahya Kemal, die Anspielung bezieht sich auf das Motto des Buches (s. o.).

167 »Von einem Hügel«: Gedicht von Yahya Kemal (s. o.).

169 »Abend, wieder Abend«: Gedicht von Ahmet Haşim (1883–1933), Vertreter der »alten Schule«, der von den »Ersten Neuen« (s. o.) bekämpft und verspottet wurde.

169 Das türkische Wort für »Schilfrohr«, nämlich *»kamış«*, bedeutet auch »Penis«.

170 Battal Seyyit *Gazi*: Geburtsjahr unbekannt, gestorben 740, legendärer Anführer der Araber gegen Byzanz in der Omayyaden-Zeit. Er kam in der Schlacht von Akroinon in der heutigen Provinz Afyon Karahisar ums Leben.

170 Hamza: ein Onkel des Propheten Muhammed. Aufgrund seines Mutes und seiner Kampfkunst wurde er »Löwe Gottes« genannt. Er wurde in der Schlacht von Uhud (625 n. Chr.) heimtückisch ermordet.

170 *Ekrem*: wörtlich »edel, großzügig«, ist ein Beiname des Propheten Muhammed.

171 Schlacht von Afyon Karahisar (s. o.).

180 *»Hayat kadını«*: wörtlich »Lebens-Frau«, ist die korrekte, nicht wertende Bezeichnung für eine Prostituierte.

180 *Gusül aptesi*: große Waschung (s. o.).

181 Cazibe: die »Attraktive«.

182 Bebek: Vorort von Istanbul am Bosporus.

183 *Cenap*: wörtlich »Exzellenz«.

191 *Kıbrıslı Yalısi*: *Yalı* aus dem 18. Jh., benannt nach einem der Besitzer, *Kıbrıslı* Mehmet *Paşa*.

191 Osmanische Festung gegenüber von Bebek: Anadolu Hisarı aus dem 14. Jh.

199 *Mest*: Überschuh oder Socke aus weichem Leder. Erleichtert die Beibehaltung der rituellen Reinheit, weil der Fuß nicht mit Schmutz in Berührung kommt.

199 *Imam Hatip Lisesi*: Gymnasium, das die SchülerInnen zu *Imamen*, VorbeterInnen, ausbildet, das aber auch zum Abschluss mit Studienberechtigung führt. Pflichtfächer sind u. a. Islamkunde und Arabisch.

200 *Demokrat Parti* (Demokratische Partei) DP, gegründet 1946 u. a. von Adnan Menderes und Celal Bayar, in Opposition zur herrschenden CHP (Republikanische Volkspartei). Menderes war ab 1950 Parteivorsitzender und wurde im selben Jahr zum Ministerpräsidenten gewählt, während Celal Bayar Staatspräsident wurde.

204 *Mevlana*: Das Wort bedeutet »unser Herr/Meister« und bezieht sich auf den 1273 in Konya gestorbenen persischen Mystiker Dschelal ed-din Rumi. Seine Hauptwerke sind das Lehrbuch *Mesnevi* (auch *Mathnavi*) und die Gedichtsammlung *Divan-e Schams-e Täbrizi*.

204 Yunus Emre: Mystiker und Dichter (Mitte 13. Jh. bis 1321), der – für die damalige Zeit ungewöhnlich – in türkischer Sprache dichtete.

205 *»Aşk olsun!«*: wörtlich »Es sei Liebe!«

206 »Befleckter« im Sinne von religiöser Unreinheit durch einen Orgasmus.

208 »Penetration erfolgt«: Die osmanisch-türkische Formu-

lierung *»duhul zuhur« etmek* meint: »den Eintritt/die Penetration verwirklichen / erfolgen lassen.«

211 *Fecr-i Ati*: wörtlich »Morgendämmerung«, Gruppe von Literaten am Ende des Osmanischen Reiches, z. T. in Personalunion mit den Dichtern, die in der Zeitschrift *Servet-i Fünun* veröffentlichten (s. o.).

213 Halit: Gemeint ist Halit Ziya, der Autor des Romans.

213 *Bihter* bedeutet im Persischen »noch« bzw. »noch mal«.

217 »GS« ist die Abkürzung von Galata Saray.

218 *Vatan* bedeutet »Vaterland«; *Millet* ist »Staatsnation, Volk« (s. o.).

220 Vorfälle vom 6./7. September 1955: gewalttätige Ausschreitungen in der Nacht gegen die christliche, vor allem griechische Minderheit und vereinzelt gegen Juden und Armenier in Istanbul und anderen Teilen der Türkei.

220 Yahya Kemal (s. o.).

220 *Takunya:* Holzpantoffeln, welche die frommen Sufis tragen.

222 Ein Turban auf der Grabstele zeigt, dass hier ein Mann begraben liegt.

222 Bis Ende der 40er-Jahre gab es nur eine Partei, die auf Atatürk zurückgehende CHP.

223 »Istanbul wurde nicht 1453«: Selbstzitat Nedim Gürsel.

225 Ziba: wörtlich »schön, hübsch«. Name einer ehemaligen Bordellstraße in Istanbul.

228 Zeit der Konstitution: Gemeint ist die Zeit zwischen 1908 und 1922, als nach dem Putsch der Jungtürken 1908 Sultan Abdülhamid II. die Verfassung von 1876 wieder in Kraft setzte. In der nunmehr konstitutionellen Monarchie wurden ein Parlament und eine Regierung gewählt. Die Jungtürken stellten mehrfach den Ministerpräsidenten.

228 Nach dem Waffenstillstand: d. h. nach dem 1. Weltkrieg, als Istanbul von den Alliierten besetzt war.

230 »Ach, wenn ich wüsste«: Gedicht »Pia« von Atilla Ilhan (1925–2005).

231 *Vurun Kahpeye* (»Schlagt die Hure«). Der Roman von Halide Edip Adıvar (1884–1964) wurde mehrfach verfilmt. Es geht um eine idealistische, junge Lehrerin, die zur Zeit des türkischen Befreiungskriegs in einer anatolischen Kleinstadt Unterricht abhalten soll und dabei mit massiven Widerständen aus der Bevölkerung kämpfen muss. Aufgrund falscher Anschuldigungen wird sie gelyncht.

231 *Fosforlu Cevriye* (»Die phosphoreszierende Cevriye«): Film von 1959 nach dem Fortsetzungsroman von Suat Derviş (1903–1972), der das Leben einer Prostituierten schildert. Der Stoff wurde mehrfach verfilmt und in ein Musical umgewandelt.

231 *Üçüncü Selim'in Gözdesi* (»Die Favoritin Selims des Dritten«): Film von 1950.

232 *Drakula Istanbul'da* (»Dracula in Istanbul«): türk. Film von 1953.

232 *Görünmeyen Adam Istanbul'da* (»Der unsichtbare Mann in Istanbul«), türk. Film von 1955.

232 *Istanbul Kan Ağlarken* (»Als Istanbul Blut weinte«): 1951.

232 *Dokunulmaz Bu Aslana* (»Der unnahbare Löwe«), 1952.

233 Die Katastrophe von Kunuri bzw. Schlacht von Wawon in Nordkorea, Ende November 1950.

233 »Gog und Magog«: siehe Offenbarung 20,8 und Koran Sure 18, 94 ff.: Bezeichnung für gottesfeindliche Völker, die in der Endzeit auftreten.

234 *Hiroshima mon amour*: Film nach dem Drehbuch von Marguerite Duras, Regie: Alain Resnais. Die Dialoge in Nedim Gürsels Roman weichen leicht von denen im Film ab.

238 Çapa Eğitim Enstitüsü: früher Lehrerbildungsanstalt, heute Teil der Universität Istanbul.

246 Yahya ist die türkische Form von Johannes. Das Wortspiel zwischen Yahya Kemal, dem Dichter, und Johannes dem Täufer lässt sich im Deutschen nicht wiedergeben.

246 Yenice: frühere türkische Zigarettenmarke.

249 Goethe: *»göt«* heißt auf Türkisch »Hintern«, »Goethe« klingt wie *»göte«* (»zum Arsch«).

249 *Kertmek* ist wörtlich »grapschen«, also: »Die Leiden des jungen Grapschers«.

253 Nationale Front, Vatan Cephesi: Unterstützer der Menderes-Partei.

256 Die Prozesse wie »Unterhosen-«, »Hunde-«, »Babyprozess« werden im Folgenden noch ausführlich behandelt.

258 Die Anhänger der Demokraten hinderten Inönü, den Vorsitzenden der CHP, daran, in Kayseri an einer Versammlung seiner Partei teilzunehmen.

262 »Dort liegt ein Toter«: Zitat nach Dietrich Gronau, *Nâzım Hikmet*, rororo Monografie, Reinbek 1991, S. 125.

263 Şahmaran ist in der kurdischen und persischen Mythologie der Schlangenkönig oder die Schlangenkönigin, die einen menschlichen Kopf und einen Schlangenleib haben. Die zitierten Verse sind die zweite Strophe des Gedichts *»Hürriyet Kavgası«* (»Freiheitskampf«) von Nâzım Hikmet (s. o.). Timur Selçuk vertonte das Gedicht als *Hürriyet Marşı* (»Freiheitsmarsch«). Er wird bei Demonstrationen gesungen.

264 Menderes wurde auf dem Weg zu einer Versammlung in Kütahya verhaftet.

270 Eyüp: Die Eyüp-Sultan Moschee befindet sich im Stadtteil Eyüp am nördlichen Ende des Goldenen Horns. Die Moschee ist für Muslime ein besonders heiliger Ort, denn sie steht über dem angeblichen Grab von Eyüp Ensari, Freund und Gefährte des Propheten Muhammed.

271 Ulus: zentrales Viertel in Ankara. Dort befinden sich u. a. das alte Parlamentsgebäude, die römische Burg und ein Reiterstandbild von Atatürk.

287 »Die Unordnung eines Hotelzimmers«: Die Verse stammen von Louis Aragon (1897–1982).

287 »Ich wusste nicht, dass Lieder«: Verse von Orhan Veli Kanık (s. o.) aus seinem Gedicht: *»Anlatamıyorum«* (»Ich kann's nicht erklären«).

289 »Wenn du schon gehst …«: Worte von Mehmet Erbulan (1934–2006), Melodie von Muzaffer Ilkar (1910–1987).

290 »Meine schöne Magnolie« von Zeki Müren (s. o.).

291 Göksu: Gegend am asiatischen Ufer, wo der Fluss Göksu in den Bosporus mündet. Hier steht auch die Burg Anadolu Hisarı (s. o.).

294 »Wer weiß, vielleicht morgen«: aus der fünften Strophe der türkischen Nationalhymne, der Dichter ist Mehmet Akif Ersoy (1873–1936).

FSC
www.fsc.org
MIX
Papier aus verantwortungsvollen Quellen
FSC® C083411

Die türkische Originalausgabe erschien 2014 unter dem Titel
›Yüzbaşinin Oğlu‹ bei Dogan Kitab, Istanbul.

Published in arrangement with Literary Agency Michael Gaeb.

Erste Auflage 2017

Übersetzung: Barbara Yurtdas
Umschlaggestaltung: Lübbeke Naumann Thoben, Köln
Satz: Fagott, Ffm
Gesetzt aus der Gotham und der Garamond
Druck und Verarbeitung: CPI books GmbH, Leck
Gedruckt auf säurefreiem und chlorfrei gebleichtem Papier
Printed in Germany
ISBN 978-3-8321-9853-4

www.dumont-buchverlag.de

Nach vielen Jahren im Ausland, wo er als Journalist tätig war, ist der Ich-Erzähler im Alter in seine Heimat Türkei zurückgekehrt. In der Hoffnung, dass sich jemand eines Tages für seine Erinnerungen interessieren wird, vertraut er seine Gedanken einem Tonbandgerät an. Erst spät in seinem Leben hat er sich auf seine Eltern und seine Herkunft besonnen und erkannt, wie prägend seine Kindheit in einer Garnisonsstadt in der türkischen Provinz war, wie sehr sein Denken und Fühlen bestimmt wurden von den Jahren in einem Istanbuler Internat mit den derben Scherzen und den ersten sexuellen Erfahrungen. Vermisste er damals schon seine früh verstorbene Mutter, oder stellte sich die Sehnsucht nach ihr erst mit zunehmendem Alter ein? Wäre er mit ihr ein anderer geworden? Was empfand er wirklich für seinen Vater, der am Militärputsch von 1960 beteiligt war und dem er die Begnadigung eines Mannes abringen konnte, der der Vater seines besten Freundes und der Ehemann seiner ersten großen Liebe war?
In ›Der Sohn des Hauptmanns‹ stellt Nedim Gürsel Fragen, die uns alle bewegen: Welchen Einfluss hat unsere Herkunft auf unser Leben? Und was ist Heimat: ein Land, die Familie oder die Menschen, die man liebt?